Lorna Seilstad

Bei Anruf Herzklopfen

Über die Autorin

Lorna Seilstad liebt es, historische Liebesromane zu schreiben: Sie erschafft Figuren, die – obwohl sie zu anderen Zeiten und in anderen Kulturen leben – doch mit den gleichen Problemen und Herausforderungen konfrontiert sind wie wir: Paare verlieben sich. Müssen gegen Ungerechtigkeiten ankämpfen. Hürden überwinden. Wachsen gemeinsam.

Auch ihre eigene Liebesgeschichte wurde von Gott geschrieben und so lebt sie heute mit ihrem Mann David und den drei gemeinsamen Kindern in Iowa. Die beiden sind in der örtlichen Gemeinde in der Jugendarbeit tätig, wo sie auch Bibelarbeiten leiten.

LORNA SEILSTAD

Bei Anruf Herzklopfen

Roman

Aus dem Englischen von Silvia Lutz

GerthMedien

Du bist zum Herrn, dem Gott Israels, gekommen,
um bei ihm Schutz und Zuflucht zu finden.
Möge er alle deine Taten reich belohnen!
Ruth 2,12

1

Des Moines, Iowa
April 1908

Sollte sie es wagen?

Hannah betrachtete die Rollleiter, die an einem der Regale des Gemischtwarenladens lehnte. Doch wenn sie wieder einmal diese Leiter hinaufklettern würde, bekäme der arme Mr Reilly ihretwegen womöglich noch einen Herzinfarkt.

Obwohl die Gefahr bestand, dass sie dadurch Mr Reillys frühzeitiges Ableben riskierte, legte Hannah die Hand auf die Sprosse der Leiter. Wenn der kleine Mann einen Wutanfall bekäme, dann wäre das allein seine Schuld. Warum füllte er seine Regale nicht besser auf oder bot wenigstens an, ihr zu helfen? Immerhin stand sie schon seit fast fünf Minuten hier und zu Hause warteten ihre Schwestern auf das Abendessen.

Sie brauchte nur noch eine Dose Tomaten, dann hätte sie alles, was auf ihrer kärglichen Einkaufsliste stand. Und diese Dose stand außerhalb ihrer Reichweite und blickte ihr mit einem leuchtend roten Etikett aus dem obersten Regalfach lockend entgegen. Sie forderte sie praktisch auf, hinaufzuklettern und sie zu holen.

Der Blick der jungen Frau glitt zu dem Schild, das an einem Nagel im mittleren Regalfach hing: „Wir helfen Ihnen gerne.“ Sie würde sich ja gerne helfen lassen, aber leider nahm Mr Reilly in seinem Geschäft außer den wohlhabenden Kunden keine anderen Leute wahr. So wie es aussah, blieb ihr keine andere Wahl, als die Sache selbst in die Hand zu nehmen.

Hannahs Blick wanderte von dem Schild zu dem untersetzten Kaufmann mit der langen Nase. Er stand hinter der Verkaufstheke, nahm sich ausgiebig Zeit für ein Plauderstündchen mit der Gattin eines Bankiers und drückte ein Auge zu, als ihr fünfjähriger Sohn wild durch das Geschäft rannte, als sei er auf dem Jahrmarkt.

Hannah rollte die Leiter an der Schiene ein paar Zentimeter hin und her und beobachtete Mr Reilly, um festzustellen, ob er bemerkte, was sie tat. Als er sich nicht in ihre Richtung wandte, hob sie ihren Rock ein wenig. Sie stellte einen Fuß auf die unterste Sprosse und rollte die Leiter einen Meter nach rechts. Nachdem sie die Leiter unter den schwer zu ergatternden Tomaten angehalten hatte, eilte sie die drei Sprossen hinauf, umklammerte die Dose und reckte sie wie eine Trophäe in die Luft.

Gib nicht so an! Sie klemmte sich die Dose unter den Arm. *Beeil dich lieber und kletter wieder runter!*

„Hü!"

Hannah bemerkte aus dem Augenwinkel, dass der ungezogene kleine Junge auf einem Besen geradewegs auf die Leiter „zugeritten" kam. Ihr stockte der Atem.

„Hü!" Er stieß mit dem Besenstiel gegen die Leiter.

Und als sei sie eine Kugel auf einem Billardtisch, rollte die Leiter an der Regalreihe entlang. Die Tomatendose in der einen Hand, klammerte sich Hannah mit der anderen an eine Sprosse. Am Ende des Regals kam die Leiter abrupt zum Stehen. Um nicht auf den Boden zu stürzen, ließ sie die Dose fallen und umklammerte die Leitersprosse mit beiden Händen. Die Dose landete prompt in Mr Reillys Kartoffelfass. Die aufgehäuften Kartoffeln purzelten auf den Boden.

Hannah kletterte eilig die Leiter hinab und begann, die armen Opfer des Tomatendosenangriffs vom Boden aufzusammeln. Sie wollte gerade eine Kartoffel aufheben, die in die Mitte des Ganges gerollt war, als der Junge ihr zuvorkam und anfing, damit Fußball zu spielen. Die Kartoffel segelte über den Boden und rollte unter den Tisch mit der Meterware.

Mr Reillys Schatten baute sich drohend über ihr auf. „Sie schon wieder?!"

Hannah ließ einen Armvoll Kartoffeln in das Fass plumpsen und wischte sich den Schmutz von ihrem Rock. „Entschuldigen Sie, Mr Reilly. Sie waren mit Mrs Young beschäftigt, und der Junge –"

„Der Junge hat Glück gehabt, dass Sie ihn nicht umgebracht haben!" Mr Reilly schaute mit finsterer Miene in Hannahs Korb, in dem jetzt die Tomatendose neben einem kleinen Mehlsack und ein paar Kartoffeln lag. „Ist das alles, was Sie brauchen?"

„Nein, auf meiner Einkaufsliste steht noch mehr." Hannah warf die Schultern zurück. Er brauchte nicht zu wissen, dass sie nur diese drei Sachen kaufen wollte. Das wenige Geld, das sie noch hatten, musste eine Weile reichen. „Und ich würde Ihnen raten, in Zukunft kleine Kinder nicht unbeaufsichtigt durch Ihr Geschäft laufen zu lassen!"

„Was für eine Unverschämtheit!" Die herbeigeeilte Bankiersgattin zog ihren Sohn an sich.

„Wenn Sie mich jetzt bitte entschuldigen. Ich muss meinen Einkauf fortsetzen." Hannah hob das Kinn.

Ihr Herz hämmerte wie wild. Das war knapp gewesen. Wenn Mr Reilly sich weigerte, ihr Lebensmittel zu verkaufen, müsste sie mit der Pferde-Straßenbahn durch die halbe Stadt fahren, um ihre Einkäufe zu tätigen. Vor drei Monaten, als ihr Vater noch gelebt hatte, hätte Mr Reilly keine der Gregory-Schwestern jemals so behandelt. Sie hätten von ihm ebenso eine Vorzugsbehandlung bekommen wie die Bankiersgattin.

Vor drei Monaten hätte sie allerdings auch nicht in Mr Reillys Geschäft gestanden. Sie hätte in einer Vorlesung in Rechtswissenschaften am Drake College gesessen und Referate und nicht Einkaufslisten geschrieben.

Tränen brannten in Hannahs Augen. Sie blinzelte und drängte die Tränen zurück. Dieses Leben war vorüber. Ihre Eltern waren gestorben und sie musste nun andere Aufgaben wahrnehmen. Sie musste ihre zwei Schwestern großziehen und versorgen.

Sie und ihre Schwestern lebten seit dem Tod ihrer Eltern von dem Geld, das ihr Vater ihnen hinterlassen hatte, aber die finanziellen Mittel würden nicht mehr lange reichen. Wenn sie nicht bald eine Anstellung fände, müssten sie, Charlotte und Tessa verhungern.

Hannah legte eine Dose, deren grünes Etikett verriet, dass sich darin gebackene Bohnen mit Speck befanden, in ihren Korb. *Oder wir sterben an einer Überdosis Bohnen.*

Sie strich über die großen Lettern auf dem Etikett einer Kaffeedose. Sie und ihre Schwestern waren schon seit drei Wochen, zwei Tagen und sechs Stunden gezwungen, auf ihr Lieblingsgetränk zu verzichten. Nicht, dass sie angefangen hätte, die Stunden zu zählen … Wenn sie auf das Mehl verzichteten, könnte sie sich ihren

Kaffee leisten, aber das wäre nicht fair. Ihre Schwestern konnten viel leichter ohne Kaffee als ohne Mehl überleben.

Nachdem sie dem immer noch knurrenden Mr Reilly das Geld für die Lebensmittel gegeben hatte, begab sie sich zum Ausgang. Hannahs Blick fiel auf eine Anzeige, die an der Korkwand neben der Eingangstür hing, und sie blieb abrupt stehen.

Telefonistin gesucht
Eine Telefonistin hat eine Mission in ihrem Leben:
den Dienst an ihren Mitmenschen.

Telefonistin? Hoffnung keimte in ihr auf. Das wäre vielleicht eine Möglichkeit. In der Anzeige stand, dass die ausgewählten Kandidatinnen schon während der Ausbildung Lohn erhielten. Vielleicht war diese Stellenanzeige die Erhörung ihrer Gebete.

Sie las weiter.

Schnelligkeit, Intelligenz, Genauigkeit und Höflichkeit sind entscheidende Voraussetzungen sowie Mut und Geistesgegenwart, um in Notfällen richtig zu reagieren.

Hannah lächelte. Das passte doch perfekt. Sie war auf jeden Fall intelligent, und als sich Charlotte in der vergangenen Woche in den Finger geschnitten hatte, hatte sie einen kühlen Kopf bewahrt und war beim Anblick des Blutes nicht in Ohnmacht gefallen.

Kandidatinnen müssen zwischen 16 und 25 Jahren sein und über ausgezeichnete Sehkraft und perfektes Gehör verfügen.

Sie hakte im Geiste jede Anforderung ab.

Geduld, gutes Benehmen, ein tadelloser Charakter und ein stilles und gehorsames Wesen sind ein Muss.

Sie hüstelte. Ein gehorsames Wesen? Offenbar erfüllte sie diese Anforderungen doch nicht so perfekt!

Mit einem Seufzen wollte sie sich schon abwenden, blieb dann aber noch einmal stehen. Ja, Gehorsam war nie ihre starke Seite gewesen. Und wenn schon?! Sie konnte alles schaffen, was sie sich vornahm. Das war schon immer so gewesen und das galt auch jetzt.

Sie las die letzte Zeile.

Nur Kandidatinnen, die diese strengen Anforderungen erfüllen, sollten sich bewerben.

Sie nahm die Anzeige vom Schwarzen Brett, faltete sie zusammen und steckte sie ein. Sie erfüllte die gestellten Anforderungen. Sie war intelligent und genau, und wenn es sein musste, konnte sie auch still und gehorsam sein. In diesem Fall war sie sogar dazu gezwungen, wenn sie und ihre Schwestern überleben wollten.

Leise Zweifel regten sich in den versteckten Winkeln ihres Verstandes. Konnte sie ihren Schwestern zuliebe wirklich einen ganzen Haufen von Regeln schweigend befolgen?

„Das sieht nicht nach dem aus, was ich gekauft habe." Als Charlotte einen dampfenden Teller mit Fisch und eine Schüssel mit Kartoffelbrei auf den Tisch stellte, beäugte Hannah das Essen misstrauisch.

Nachdem sie auf ihren Platz an dem runden Eichentisch gerutscht war, breitete Charlotte ihre Serviette auf ihrem Schoß aus. „Tessa hat nach der Schule einen Fisch gefangen und ich habe ihn gebraten. Ich habe Kartoffelbrei gekocht und dazu ein Glas von Mamas Pfirsichen aufgemacht." Sie lächelte Tessa an. „Ein richtig gutes Essen."

Als sie ihre Mutter erwähnte, zog sich Hannahs Herz schmerzlich zusammen. Auch nach drei Monaten war der Schmerz über den Verlust ihrer Eltern noch genauso groß wie am ersten Tag. Sie drängte den Schmerz zurück und betrachtete ihre jüngste Schwester. Im zarten Alter von vierzehn Jahren war Tessa immer noch mehr ein Wildfang als eine junge Dame. Was sollte sie nur mit ihr machen?

„Der Fisch sieht köstlich aus, Tessa, aber du hättest fragen sollen, bevor du angeln gehst." Sie schenkte sich Wasser in ihr Glas. „Hatte ich dir nicht gesagt, dass du nach der Schule Klavier üben sollst?"

Wut loderte in Tessas Augen auf. „Und wenn du dich noch so sehr bemühst, du bist nicht Mama!"

„Tessa Gregory, du solltest dich schämen!" Charlottes Blick glitt zwischen ihren zwei Schwestern hin und her. „Hannah hat sich nicht darum gedrängt, für uns beide verantwortlich zu sein."

Hannah betete im Stillen um Weisheit und legte die Hand auf Charlottes Arm. „Es ist für uns alle schwer. Tessa, ich weiß, dass ich nicht Mama bin, aber ich bin jetzt euer Vormund."

Das Mädchen riss seine Serviette so energisch vom Tisch, dass ihr Besteck gegen den schon angeschlagenen Porzellanteller schlug. „Du willst doch nur, dass ich Klavier spiele, damit ich einen Mann finde, der mich heiratet, und du mich los bist!"

„Was redest du denn da?!", sagte Hannah und mühte sich um Geduld. Hatte sie ihren Eltern in diesem Alter auch so viel Kummer bereitet? „Ich will, dass du übst, weil jede junge Dame ein gewisses Gespür dafür haben sollte. Wenn du selbst spielen kannst, weißt du auch die Musik besser zu schätzen."

Sie hielt ihren Schwestern als Aufforderung, mit ihr zu beten, die Hände hin. „Würdest du bitte das Tischgebet sprechen?"

Charlotte neigte den Kopf und raunte ihrer kleinen Schwester zu: „Und wenn du schon dabei bist, solltest du Gott auch gleich um Vergebung für deine lose Zunge bitten."

Tessa verdrehte die Augen und senkte ebenfalls den Kopf. „Guter Gott, danke für diesen Fisch und die Kartoffeln. Ich habe in letzter Zeit so viele Bohnen gegessen, dass sie bestimmt bald in mir keimen. Herr, sagst du Mama und Papa bitte liebe Grüße von uns? Sag ihnen, dass wir sie lieben und dass wir sie vermissen. Sag Mama, dass ich die Beete für die Aussaat vorbereitet habe, und sag Papa, dass ich gern mit ihm angeln gehen würde. Wenn ich allein gehen muss, ist es einfach nicht das Gleiche. Und, Herr, bitte mach meine Schwestern freundlicher, und wenn du schon dabei bist, könntest du bitte auch Mrs Wilson ein wenig mehr Barmherzigkeit schenken? Das bitten wir dich in Jesu Namen. Amen."

Hannah lächelte ihre jüngste Schwester beruhigend an, aber das Gebet verriet, wie es im Herzen ihrer Schwester aussah. Kein Wunder, dass Tessa sie angefaucht hatte! Jede der drei Schwestern hatte einmal einen schlechten Tag und heute war offenbar Tessa an der Reihe.

Hannah löste ein Stück Fisch von den Gräten, schob es sich in den Mund und kostete. „Köstlich! Perfekt gebraten, Charlotte. Und, Tessa, der Fisch ist mal eine angenehme Abwechslung. Danke, dass du ihn geangelt hast."

„Bitte." Tessa schlurfte ein Stück Pfirsich von ihrem Löffel.

Trotz des Verstoßes gegen die Tischetikette ermahnte Hannah sie nicht. „Tessa, wie war es heute in der Schule?"

„Ich habe meinen Aufsatz zurückbekommen. Du erinnerst dich doch an den Aufsatz, in dem wir unsere Zukunftspläne schildern sollten?" Tessa fügte ein Stück Butter zu ihrem Kartoffelbrei. „Mrs Wilson hat er nicht gefallen. Ich musste nach dem Unterricht dableiben, und sie hat mir erklärt, dass ich praktischer denken müsse. Ihrer Meinung nach sollten junge Damen es nicht anstreben, in der Männerwelt zu arbeiten."

„Unsinn." Hannah presste ihre Wirbelsäule an die harte Stuhllehne. Durch die offene Küchentür konnte sie die große Fotografie ihrer Eltern sehen, die im Wohnzimmer an der Wand hing. Genauso wie viele andere Dinge, die in letzter Zeit unerledigt geblieben waren, musste der ovale Rahmen dringend abgestaubt werden, aber die herzliche Miene ihrer Eltern war trotz der Staubschicht deutlich zu erkennen. Was hätte ihr Vater zu Mrs Wilsons Bemerkung gesagt? Wäre er in die Schule gegangen und hätte die Lehrerin wegen ihrer altmodischen Ansichten zur Rede gestellt, oder hätte er Tessa gesagt, sie solle ihre Worte einfach ignorieren?

Hannah entspannte sich und grinste, als ihr ein Gedanke kam. „Frauen haben in unserer Welt viel beizusteuern. Erinnere dich nur an das, was Papa immer gesagt hat: ‚Wenn Annie Edson Taylor in einer Tonne die Niagarafälle bezwingen konnte, beweist das nur, dass du alles erreichen kannst, was du dir vornimmst.'"

Tessa wischte sich mit der Serviette den Mund ab. „Diesen Ausspruch habe ich in meinem Aufsatz zitiert, aber Mrs Wilson sagte: ‚Miss Taylors unvernünftige Entscheidung macht sie nicht zu einer

Frau, die deine Bewunderung verdienen würde. Du solltest dir als Ziel setzen, eine wohlerzogene junge Dame zu werden, die einen Mann findet, der sie heiratet. Besonders jetzt.'"

Hannahs Hand verkrampfte sich um ihr Wasserglas. Das war also der Grund für Tessas Bemerkung in Bezug auf das Heiraten. Hannah räusperte sich. „Ich habe nachgedacht …"

Charlottes Augen wurden groß. „Dass du heiraten willst? Wen?"

„Nein, nicht, dass ich heiraten will. Ich habe über unsere Zukunft nachgedacht." Hannah schaute Charlotte und dann Tessa an. „Ich finde, keine von uns dreien sollte das Gefühl haben, sie müsste heiraten, nur damit wir etwas zu essen auf dem Tisch und ein Dach über dem Kopf haben. Wir haben einander, und wir haben die Träume, die Gott uns geschenkt hat."

„Zum Beispiel den Traum, Telefonistin zu werden?", kicherte Charlotte. „Du glaubst wirklich, dass du das kannst? Sie werden dich ziemlich schnell durchschauen und merken, dass du es keine zehn Minuten schaffst, Regeln einzuhalten. Geschweige denn neun Stunden am Tag!"

„Wie Papa immer gesagt hat: Wenn ich muss, kann ich alles." Hannah seufzte. „Außerdem ist das nur eine vorübergehende Lösung für unsere Situation. Ich spreche von unseren langfristigen Zielen. Charlotte, ich weiß, dass du an eine Kochschule gehen willst. Tessa, dir steht die ganze Welt offen. Und ich möchte irgendwann mein Studium fortsetzen und vielleicht sogar lernen, ein Flugzeug zu fliegen. Wir wissen nicht, was die Zukunft für uns bereithält, aber wir können sie gemeinsam angehen und uns gegenseitig unterstützen. Ich denke, wir sollten uns versprechen, dass wir alles tun, um einander zu helfen, diese Träume Wirklichkeit werden zu lassen. Ich glaube, das würden Papa und Mama von uns wollen."

„Ja, Mama hat gesagt, dass wir zusammenhalten sollen." Charlotte hielt die rechte Hand hoch. „Ich schwöre, dass ich euch beiden helfe, so gut ich kann, und dass ich Tessa nicht zwingen werde, mit fünfzehn irgendeinen reichen alten Knacker zu heiraten, nur damit wir nicht jeden Tag Bohnen essen müssen."

Tessa schlug sie auf den Arm. „Als Strafe dafür sollte ich versprechen, dass ich Hannah helfe, ihre Träume zu verwirklichen, und dir nicht."

Charlotte winkte ab. „Nein, nein! Wir sind Schwestern. Wir müssen zusammenhalten."

Tessa legte ihre Serviette auf den Tisch und stand auf. „Ich verspreche, dass ich euch beiden helfe, eure Träume zu verwirklichen, selbst wenn ich euch in Rollstühlen herumschieben muss, wenn ihr zu alt und grau seid, um selbst gehen zu können."

Hannah knüllte ihre Serviette zusammen und warf sie nach ihrer jüngsten Schwester. Charlotte folgte ihrem Beispiel und warf ihre ebenfalls. Tessa fing die Serviette auf und schleuderte sie zurück. Bald flogen die weißen Bälle durch den Raum und alle drei kicherten.

Ein Klopfen an der Tür riss sie aus ihrer ausgelassenen Stimmung. Hannah erhob sich und warf die Servietten, die sie eingesammelt hatte, auf ihren Stuhl. „Ihr zwei bleibt hier und esst weiter. Ich gehe an die Tür."

Sie schob die Jalousien im Wohnzimmer zur Seite, um zu sehen, wer sie besuchen kam. Doch der attraktive Mann, den sie auf Ende zwanzig schätzte, war ihr unbekannt. Er trug einen grauen Tweedanzug und wirkte auf der Veranda ihres Farmhauses irgendwie fehl am Platz. Er klopfte ein zweites Mal und nahm seine Melone ab. Darunter kamen leicht gewellte, schwarze Haare zum Vorschein, die nach hinten gekämmt waren.

Nachdem sie die Seiten ihres losen Haarknotens glatt gestrichen hatte, öffnete sie die Tür. „Guten Tag."

„Guten Tag, Miss, mein Name ist Lincoln Cole. Ich bin Anwalt und vertrete die ‚Iowa Bank and Trust'. Ich komme wegen der Immobilie Ihres Vaters."

Seine tiefe Stimme jagte ihr ein Schaudern über den Rücken. „Die Immobilie meines Vaters?"

„Ja. Könnte ich bitte mit Ihrer Mutter sprechen?"

„Meine Mutter und mein Vater sind gestorben. Ich bin die älteste Erbin."

Er zog ein Blatt Papier aus seinem Jackett und überflog es. „Sie sind Hannah Gregory?"

„Ja."

Er warf einen Blick über ihre Schulter. „Miss, würden Sie bitte auf die Veranda kommen? Ich müsste etwas mit Ihnen besprechen."

Sie wandte den Kopf, um zu sehen, was seine Aufmerksamkeit auf sich zog, und entdeckte ihre Schwestern, die in der offenen Wohnzimmertür standen. „Ja, das wäre vielleicht besser."

Er hielt ihr die Fliegengittertür auf und deutete zu den zwei Schaukelstühlen, die um einen kleinen Tisch auf der Veranda standen. „Bitte setzen Sie sich, Miss Gregory."

Hannah nahm Platz und faltete die Hände auf ihrem Schoß. Ihr Magen zog sich vor Grauen zusammen. Warum stattete ein Vertreter der Bank ihnen einen Besuch ab? Als Briefe von der Bank eingetroffen waren, hatte sie einen Antwortbrief verfasst, in dem sie die Situation ihrer Familie dargelegt hatte. Da sie seitdem nichts mehr von der Bank gehört hatte, war sie davon ausgegangen, dass man auf ihren Vorschlag eingegangen wäre.

Cole drehte den zweiten Stuhl in ihre Richtung, bevor er sich setzte. Er räusperte sich dreimal, ehe er zum Sprechen ansetzte. „Miss Gregory, Ihnen ist bewusst, dass Ihr Vater eine zweite Hypothek auf die Farm aufgenommen hat?"

„Eine zweite Hypothek?" Der Mut verließ sie. *Nein! Bitte, Gott, lass das nicht zu!*

„Während der Finanzkrise im vergangenen Jahr hat Ihr Vater Geld verloren, und als die Ernte geringer ausfiel als erwartet, ging es mit seinen Finanzen noch weiter bergab."

„Aber ich habe der Bank geschrieben und um Verständnis gebeten."

Cole schaute auf seine Hände hinab. „Miss Gregory, Banken können Ihnen einen Kredit nicht verlängern, nur weil Sie sie höflich darum bitten. Mir ist bewusst, dass Sie sich in geschäftlichen Dingen vielleicht nicht auskennen –"

„Sagen Sie einfach, was Sie zu sagen haben!" Zorn loderte in ihrem Inneren auf. Glaubte dieser Schnösel etwa, dass er ihnen einfach ihr Zuhause wegnehmen könnte?

„Miss Gregory, Ihr Vater hat der Bank eine beträchtliche Summe geschuldet."

„Wie viel?"

„Wenn Sie keine anderen Mittel haben, von deren Existenz die Bank nichts weiß, glaube ich –"

„Ich habe gefragt: Wie viel?"

Er zog ein Blatt Papier aus der Tasche und reichte es ihr.

Tränen schossen ihr in die Augen und die Ziffern verschwammen zu einer Mischung aus blauer und schwarzer Tinte. „So viel Geld haben wir nicht. Wir haben kaum genug zum Leben."

Er schaute sich auf dem Hof um. Hannah sah, wie sein Blick vom kaputten Gatter neben dem Stall zu der abgeblätterten Farbe auf dem Verandageländer wanderte. „Das sehe ich."

„Aber ich habe jemanden, der dieses Jahr einen Teil seiner Ernte als Pacht für unser Land zahlt. Ich habe der Bank geschrieben, dass sie sich bis zum Herbst gedulden muss."

Mit einem Seufzen faltete er das Blatt zusammen. „Sie haben seit dem Tod Ihres Vaters keine Zahlungen geleistet. Glauben Sie ehrlich, die Bank würde Sie weiterhin hier wohnen lassen, ohne dass Sie einen Cent zahlen, um diese relativ hohe Hypothek zurückzuzahlen? Die Bank hat keine Geduld mehr und sie wird Ihr Grundstück zwangsversteigern lassen. Wissen Sie, was das heißt?"

„Natürlich weiß ich, was das heißt!", schleuderte sie ihm an den Kopf. „Aber Sie können uns doch nicht einfach unser Zuhause wegnehmen!"

„Das liegt leider nicht in meiner Macht, Miss Gregory." Er stand auf und setzte seinen Hut wieder auf. „Sie haben eine Woche Zeit, um sich eine neue Bleibe zu suchen. Haben Sie Verwandte?"

„Nein. Wir haben niemanden. Meine Eltern waren Einzelkinder." Sie schlang die Arme um sich. Ihr Verstand arbeitete auf Hochtouren. Dieser Mann konnte ihnen doch nicht einfach das Letzte nehmen, was sie von ihren Eltern noch hatten!

Coles Lippen zogen sich zu einer dünnen Linie zusammen. Er schwieg.

„Sie haben keine Skrupel, der Bank zu helfen, uns das einzige Zuhause wegzunehmen, das meine Schwestern und ich je hatten?", fauchte sie ihn an. „Für Sie ist das alles kein Problem. Wahrscheinlich machen Sie so etwas jeden Tag. Können Sie sich vorstellen, wie wir uns fühlen? Wir haben schon unsere Eltern verloren und jetzt stehlen Sie uns auch noch unsere Farm! Meine Schwestern verlieren alles, was sie lieben."

Sein Adamsapfel hüpfte auf und ab und er steckte die Hände in seine Hosentaschen. „Nehmen Sie die wichtigsten Dinge, die Sie brauchen, aus dem Haus mit, um sich neu einzurichten – Geschirr, Betten, ihre persönliche Habe. Alles, was Sie nicht mitnehmen, wird versteigert."

Sie presste die Hand auf ihren rebellierenden Magen. Ihr Kopf fühlte sich wie ein Luftballon an, der jeden Augenblick platzen würde. Ausziehen? Ein neues Zuhause suchen? Völlig von vorne anfangen müssen?

Wie sollte sie das nur alles schaffen?

2

Lincoln marschierte durch die Anwaltskanzlei und riss die Bürotür so ungestüm auf, dass sie gegen die Wand knallte. Bilderrahmen klirrten, und Köpfe drehten sich in seine Richtung, ein sicheres Zeichen dafür, dass er die Aufmerksamkeit von allen Mitarbeitern der angesehenen Anwaltskanzlei *Williams & Harlington* auf sich zog. Aber das war ihm gleichgültig. Er hatte die ganze Nacht über diese Auseinandersetzung nachgedacht.

Vor Cedric Knox' Schreibtisch blieb er stehen und schleuderte einen Umschlag auf den Tisch.

Cedric hob den Blick. „Was ist das?"

„Das sind hundertfünfzig Dollar. In bar."

„Das wäre aber nicht nötig gewesen. Ich habe ja nicht einmal Geburtstag." Cedric lachte süffisant, und seine dünnen, dunklen Brauen zogen sich nach oben, als hätte er etwas sehr Lustiges gesagt.

Lincoln ballte die Fäuste an seinen Seiten. Warum reizte ihn alles an diesem Mann so sehr, angefangen bei seinem wieseländlichen Blick bis hin zu seinem Kopf, der schon sehr kahl war? „Das ist das Geld für die Haushaltsgegenstände der Gregory-Schwestern."

Cedric zog die oberste Schublade auf und legte den Umschlag hinein. „Wenn sie so viel Bargeld haben, wird damit ein kleiner Teil der Schulden ihres Vaters zurückgezahlt, aber sie können damit nicht ihre Lampen und Betten zurückkaufen."

Lincoln fühlte die Blicke des neugierigen Publikums in seinem Rücken. Wie viele Kanzleimitarbeiter drängten sich wohl an der Tür? „Das ist mein Geld. Ich kaufe ihre Sachen."

Ein bedächtiges Lächeln überzog Cedrics Gesicht. „So, so! Endlich lernst du also, einige der Vorteile zu nutzen, die wir Anwälte genießen." Er schmunzelte. „Wirklich schade, dass ich dir nicht erlauben kann, ihre Sachen zu kaufen."

Lincoln schlug mit der Hand auf den Schreibtisch und beugte sich zu seinem Gegenüber hinab.

„Lincoln!"

Der tiefe, knurrende Bass war ihm so vertraut, als wäre es die Stimme seines eigenen Vaters. Nachdem er Cedric noch einen letzten finsteren Blick zugeworfen hatte, drehte sich Lincoln um. Pete Williams, sein väterlicher Freund und der Seniorpartner der Kanzlei, schaute ihn streng an, sagte aber kein Wort.

„Die drei sind Waisen, Pete! Er hat *mich* hingeschickt, um drei hilflose Mädchen von der Zwangsversteigerung ihres Zuhauses in Kenntnis zu setzen. Die älteste Tochter hat allen Ernstes geglaubt, sie könnte die Bank dazu bewegen, ihren Kredit zu verlängern, indem sie ihnen einen Brief schreibt!"

Pete atmete tief ein. Dabei wurde sein breiter Bauchumfang so groß, dass die Knöpfe an seinem doppelreihigen Jackett zu platzen drohten. Er wandte sich an Cedric und zog die Brauen hoch. „Stimmt das, Cedric? Du hast Lincoln hingeschickt?"

Der glatzköpfige Mann zuckte die Achseln. „Laut Mr Harlington kann ich mit den Zwangsvollstreckungen der Bank beauftragen, wen ich will. Das heißt, dass ich auch Lincoln schicken kann, selbst wenn er Ihr Schoßhündchen ist."

Lincoln trat drohend einen Schritt vor, aber Pete hielt ihn mit ausgestrecktem Arm zurück. „In dieser Kanzlei ist kein Raum für kindische Eifersüchteleien. In Zukunft, Mr Knox, erwarte ich, dass Sie ein besseres Urteilsvermögen an den Tag legen, wenn Sie Partner dieser Kanzlei werden wollen."

„Dann können Sie Ihrem Mr Perfekt vielleicht erklären, warum er bis zur Versteigerung warten muss, um Haushaltsgegenstände der Familie zu kaufen."

Lincoln atmete gereizt aus. „Können wir diesen Mädchen nicht wenigstens die Peinlichkeit ersparen, dass ihre persönliche Habe unter den Hammer kommt? Ich habe ihm hundertfünfzig Dollar gegeben, Pete. Wir wissen alle, dass das mehr als doppelt so viel ist, wie die Sachen bei einer Versteigerung bringen."

„Normalerweise müssten die Sachen wirklich versteigert werden." Petes Mundwinkel zuckten unter seinem riesigen, weißen Schnurrbart. „Aber ich denke, die Bank hat kein Problem damit, dass die Sachen im Haus für diese Summe erworben werden. Wenn ich mich recht erinnere, Cedric, hast du einen ähnlichen Kauf getätigt, als du vor ein paar Jahren vor der ausgesprochen reizvollen Witwe Glidden standest. Lincolns Beweggründe sind ein wenig selbstloser, findest du nicht auch?"

Mit einer kurzen Handbewegung schickte er die neugierigen Angestellten wieder an ihre Schreibtische zurück, ohne jedoch Lincoln und Cedric aus den Augen zu lassen. „Ich erwarte, dass ihr beide ab sofort nett zueinander seid. Das mit den kindischen Eifersüchteleien habe ich ernst gemeint. Wenn ihr nicht sofort damit aufhört, wird einer von euch bald nicht mehr bei uns beschäftigt sein."

Trotz des kühlen Aprilmorgens war es in dem kleinen Raum der Iowa-Telefongesellschaft stickig und warm. Hannah lockerte den Kragen ihrer weißen Bluse und betrachtete die vielen jungen Frauen, die sich ebenfalls für eine Stelle als Telefonistin bewerben wollten. Brauchten die anderen Frauen genauso dringend eine Arbeitsstelle wie sie?

Hannah spielte nervös mit den Referenzschreiben. Vielleicht wäre es hilfreich gewesen, Dekan Ackenridge vom Drake College um eine Empfehlung zu bitten. Aber damit hätte sie so viel Zeit verloren, dass sie heute nicht zum Vorstellungstermin hätte kommen können.

Eine Frau mittleren Alters mit einem langen, kantigen Gesicht baute sich vor den jungen Frauen auf. „Meine Damen, bitte setzen Sie sich."

Hannah setzte sich in die dritte Reihe der Holzklappstühle neben eine junge Frau mit einem roten Lockenschopf. Die junge Frau starrte angestrengt auf den Saum ihres Rocks.

Als sie den Kopf hob, lächelte Hannah und flüsterte: „Hallo, ich bin Hannah."

„Rosie."

Die Frau, die vorne stand, hob die Hand, und es wurde still. „Mein Name ist Mrs Reuff, ich bin die Ausbildungsleiterin der Telefonistinnenschule." Ihre ruhige Stimme stand in einem deutlichen Gegensatz zu ihrem strengen Aussehen. „Ich möchte Sie alle begrüßen und Ihnen einige Hinweise zum Auswahlverfahren für unsere Telefonistinnen geben."

Mrs Reuff ließ ihren Blick kritisch durch den Raum wandern. „Über die Hälfte von Ihnen wird das Auswahlverfahren nicht bestehen. Von der Hälfte, die in die Schule aufgenommen wird, wird nur ein Viertel die Ausbildung abschließen und eine Stelle als Telefonistin bei der Iowa-Telefongesellschaft bekommen."

Das gedämpfte Raunen im Raum spiegelte Hannahs eigene Überraschung wider. Nur gut zehn Prozent der Bewerberinnen würden eingestellt werden?

„Unser Auswahlverfahren ist einzigartig. Natürlich nehmen wir nur Mädchen mit einwandfreier Gesundheit, gutem Gehör und gutem Sehvermögen. Außerdem suchen wir junge Frauen, die eine natürliche Intelligenz und eine tadellose Moral aufweisen. Unsere Telefonistinnen müssen strenge Richtlinien befolgen, und wir nehmen nur junge Frauen, die sich unter allen Umständen an die geltenden Regeln halten."

Hannah schluckte schwer und rieb mit feuchten Händen über ihren gestreiften Rock. Rosie rutschte unbehaglich auf ihrem Stuhl herum.

Eine andere Frau reichte Mrs Reuff ein Blatt Papier. „Der Vizepräsident ist bereit. Wir können also beginnen. Bitte warten Sie hier, bis Ihr Name aufgerufen wird."

„Das werde ich nie schaffen", keuchte Rosie, als Mrs Reuff den Raum verlassen hatte. „Aber ich würde so gern Telefonistin werden!"

„Natürlich schaffst du es. Geh einfach dort hinein und sei ganz du selbst."

„Ist das auch dein Plan?"

Hannah lächelte. „Mehr oder weniger."

„Rosie Murphy?", rief eine Frau in den Raum. „Hannah Gregory?"

Hannah drückte Rosies Hand. „Ich bete für dich."

„Ich bete auch für dich."

Als sie nach vorne traten, wurde Hannah in ein anderes Zimmer geführt. Dort stieg sie auf eine Waage und wartete, während eine rundliche Frau, die sich ihr als Mrs Nesbit vorstellte, die Gewichte an der Waage richtig einstellte. Dann wies sie Hannah an, sich an die Wand zu stellen. Mrs Nesbit legte ein Lineal auf Hannahs Kopf und las mit zusammengekniffenen Augen die Zahl an der Wand, die Hannahs Größe angab.

„Ihre Größe passt", sagte Mrs Nesbit, während sie Hannahs Maße in eine Tabelle eintrug. „Die Nächste."

Sie betrachtete Rosie von Kopf bis Fuß und runzelte die Stirn. „Miss, ich kann Ihnen auf den ersten Blick sagen, dass Sie nicht groß genug sind."

„Was hat denn die Körpergröße mit der Arbeit als Telefonistin zu tun?" Die Worte waren Hannah herausgerutscht, bevor sie es verhindern konnte.

Die etwas füllige Dame runzelte die Stirn. „Telefonistinnen müssen groß genug sein, um auch die oberen Kontakte am Klappenschrank zu erreichen. Und, Miss Gregory, Sie wären gut beraten, wenn Sie Ihre Fragen für sich behielten."

Tränen standen in Rosies Augen. Hannah hatte Mitgefühl mit der jungen Frau. „Könnten Sie sie bitte trotzdem wiegen und messen?"

Mrs Nesbit bedeutete Rosie widerwillig, auf die Waage zu steigen. Als sie sie gewogen hatte, trat Rosie an die Wand und stellte sich unter den Markierungen auf.

Hannah stieß einen Papierstapel von Mrs Nesbits Schreibtisch. „O nein! Wie ungeschickt von mir!"

Wie sie erwartet hatte, bückte sich die rundliche Frau, um die Papiere mit einem laut hörbaren Stöhnen aufzuheben. Hannah kniete neben ihr nieder, forderte Rosie aber mit einer Hand auf, sich auf Zehenspitzen zu stellen.

Sobald die Unterlagen wieder ordentlich auf dem Schreibtisch lagen, kehrte Mrs Nesbit zu Rosie zurück, um sie zu messen. Sie streckte sich und las die Markierung an der Wand ab. „Unglaublich! Sie haben es geschafft. Zwar nur knapp, aber es reicht." Sie kniff die

Augen zusammen. „Sie stehen doch hoffentlich nicht auf den Zehenspitzen?"

Als sie Rosies Rock hochzog, um nachzusehen, begann Hannah, mit einem der Telefonmodelle auf dem Schreibtisch herumzuspielen. „Sehen so die Übungstelefone aus?"

Mrs Nesbit nahm es ihr unwirsch aus der Hand. „Sie sind hier nicht im Kindergarten, Miss Gregory."

„Natürlich nicht, Ma'am."

Mrs Nesbit drehte sich um, um Rosies Größe in ihre Kartei einzutragen, und Hannah grinste.

Das würde leichter werden, als sie gedacht hatte.

Nachdem Hannah einen Hör- und einen Sehtest absolviert hatte, kam Mrs Reuff zurück und forderte sie auf, einen Abschnitt aus „Erste Lektionen für Telefonistinnen" vorzulesen. Ohne eine Miene zu verziehen, führte Mrs Reuff sie danach zu einem Büro. Goldene Lettern an der Tür verkündeten, dass es sich dabei um das Büro von Vizepräsident Victor Bradford handelte.

Mrs Reuff klopfte leise, dann öffnete sie die Tür und legte Hannahs Unterlagen auf Mr Bradfords Schreibtisch. „Miss Hannah Gregory, Sir."

Hannah atmete tief ein und wartete, bis die Tür hinter ihr ins Schloss fiel und Mrs Reuff fort war.

Bradford, der einen makellosen Maßanzug trug, deutete mit dem Kopf auf einen Stuhl, der vor seinem Schreibtisch stand. „Miss Gregory, bitte nehmen Sie Platz." Als sie seiner Aufforderung nachkam, nahm er ihre Unterlagen und einen Füller zur Hand. „Ich brauche den Namen Ihres Apothekers, Ihres Arztes und Ihres Lebensmittelhändlers."

Hannah schluckte schwer. „Meines Lebensmittelhändlers, Sir?" Vielleicht ginge doch nicht alles gut!

„Ja. Wegen Ihrer Referenzen."

„Werden Sie mit allen sprechen?"

„Das macht man bei Referenzen gewöhnlich so." Ungeduld schwang in seiner Stimme mit. Er schaute sie über den Rand seiner Brille hinweg an. „Gibt es einen Grund, warum Sie nicht wollen, dass wir mit Ihrem Lebensmittelhändler sprechen? Ausstehende Schulden vielleicht?"

„Nein, Sir.“ Sie ratterte die Namen herunter und schaute zu, wie Mr Bradford sie in ihren Bewerbungsunterlagen notierte und dann das Dokument sorgfältig durchlas. „Es scheint alles in Ordnung zu sein. Wie ich sehe, haben Sie das College besucht, und Ihre Noten waren ausgezeichnet. Was haben Sie studiert?“

„Rechtswissenschaften, Sir.“

„Ein ungewöhnlicher Studiengang für eine Frau.“ Er zog eine Augenbraue hoch und machte eine Notiz auf dem Blatt. „Erzählen Sie mir von Ihrer Familie.“

„Meine Familie besteht nur noch aus meinen Schwestern und mir, Sir. Meine Eltern sind in diesem Jahr von uns gegangen.“

„Gut, gut.“ Er notierte auch dies auf seinem Bogen.

„Wie bitte?“

Er hob den Blick. „Entschuldigen Sie. Was ich damit sagen wollte, ist, dass wir die Erfahrung gemacht haben, dass junge Damen, die eine Stelle wirklich brauchen, gewissenhafter arbeiten.“ Er räusperte sich. „Haben Sie Referenzschreiben?“

Sie reichte ihm die Unterlagen und wartete, während er sie überflog. „Ihr Pastor spricht sehr lobend von Ihnen und auch Ihr früherer Lehrer. Sie erwähnen Ihre Intelligenz und Ihren ausgezeichneten Charakter, aber mir fällt auf, dass beide Sie als sehr leutselig beschreiben.“

„Ist Freundlichkeit nicht eine wichtige Voraussetzung für eine Telefonistin?“

„Natürlich, aber Geschwätzigkeit nicht.“

„Ich kann gesprächig sein, aber ich weiß auch den Wert des Schweigens zu schätzen.“ Sie faltete die Hände auf ihrem Schoß. „Sir, ich brauche diese Stelle. Ich habe eine rasche Auffassungsgabe, und ich versichere Ihnen, dass ich dieser Aufgabe gewachsen bin.“

Er schaute sie einen Moment einschätzend an. „Miss Gregory, ich denke, wir werden Ihnen eine Chance geben. Der Unterricht beginnt am nächsten Montag.“

3

Hannah schlang die Arme um sich, während sie vor dem Eingang zur Telefongesellschaft darauf wartete, dass Rosie das Gebäude verließ. Man hatte sie angenommen! Und sie hatte erfahren, dass sie, solange sie die Telefonistinnenschule besuchte, fünf Dollar in der Woche verdiente, und acht Dollar, wenn sie als ausgebildete Telefonistin eingesetzt wurde. *Danke, Herr, dass du uns versorgst.*

Das gleichmäßige Klappern von Hufen auf dem Kopfsteinpflaster lenkte ihre Aufmerksamkeit auf die Straße. Ein Lieferwagen rollte an ihr vorüber. Kurz darauf fuhren in der Gegenrichtung zwei Kutschen vorbei. In einigen Stunden würde ein reger Verkehr auf den Straßen der Stadt herrschen.

„Rosie!", rief sie, als ihre neue Freundin aus der Tür trat.

Die junge Frau fuhr herum und presste eine Hand an ihre Brust. „Du hast mich erschreckt! Wartest du auf mich?"

„Ja. Ich wollte wissen, wie es bei dir gelaufen ist."

Rosie errötete. Sie war es offenbar nicht gewohnt, so viel Aufmerksamkeit zu bekommen. Ein Lächeln umspielte ihre Lippen. „Sie haben mich genommen. Und bei dir?"

„Ich schätze, wir stehen beide kurz davor, Telefonistinnen bei der Iowa-Telefongesellschaft zu werden."

Rosie klatschte in die Hände. „Ich bin ja so froh! Es wird viel leichter sein, am Montag zur Schule zu gehen, wenn man jemanden kennt. Natürlich kennen wir uns nicht wirklich, aber ich hoffe, das ändert sich bald und wir können Freundinnen werden."

Hannah berührte Rosies gefaltete Hände. „Das hoffe ich auch." Sie stieg die Stufen hinab und Rosie ging neben ihr her.

Als sie auf dem Bürgersteig ankamen, drehte sich Rosie zu ihr um. „Ich wohne nicht weit von hier. Hast du Lust, zu einer Tasse Tee mit zu mir kommen? Meine Mutter würde sich sehr freuen, eine Mitschülerin von mir kennenzulernen."

Rosie schaute sie so hoffnungsvoll an, dass Hannah es nicht übers Herz brachte, sie zu enttäuschen. „Ja, aber nur kurz, denn ich muss mich nach einer Mietwohnung umsehen."

„Du brauchst einen Platz zum Wohnen?"

„Meine Schwestern und ich. Unsere Eltern sind im Winter gestorben und jetzt müssen wir unseren Hof verlassen." Sie schluckte schwer, als sie an den schmerzlichen Verlust dachte. „Die Farm gehört jetzt der Bank."

„Das muss ja furchtbar für euch drei sein." Rosie tätschelte mitfühlend ihren Arm. „Aber lass mich mal mit meiner Mutter reden. Vielleicht können wir euch helfen."

„Wie meinst du das?"

„Das wirst du schon sehen."

Hannah setzte sich aufs Sofa und schaute sich im Wohnzimmer der Murphys um. Weiße Schnörkel verzierten die kornblumenblaue Tapete und erinnerten sie an ihr geliebtes Tuch, das ihre Großmutter kunstvoll bestickt hatte. Das Tuch zierte noch immer die Kommode im Schlafzimmer ihrer Eltern. Was sollten sie jetzt mit deren schönen Schlafzimmermöbeln machen? Sie würden nie in eine kleine Mietwohnung passen.

Der Duft von Ingwer stieg ihr in die Nase und ihr Magen knurrte. Sie drückte sich die Hand auf den Bauch. Vielleicht hätte sie zum Frühstück mehr als nur eine Waffel essen sollen.

Rosie kam mit einem Teller belegter Brote ins Zimmer, die in ordentliche Viertel geschnitten waren, und stellte ihn auf den Tisch. Sie nahm Hannah gegenüber Platz und senkte den Blick auf den Teller. „Eiersalat. Ich hoffe, du magst so etwas."

„Natürlich. Sehr sogar." Hannah faltete eine Serviette auseinander und legte sie über ihren Nadelstreifenrock. „Ehrlich gesagt habe ich einen Bärenhunger."

Rosies Mutter kam mit einem zusammengewürfelten Teeservice auf einem Silbertablett ins Zimmer und stellte es neben die Brote. „Oh, ich mag Mädchen, die sich nicht scheuen zuzugeben, dass sie Hunger haben." Sie nahm einen Teller mit Ingwerplätzchen vom Tablett, bevor sie eine Tasse Tee einschenkte und Hannah diese reichte. „Guten Appetit."

„Danke, Mrs Murphy."

„Ich muss mich bei Ihnen bedanken, Liebes. Meine Rosie hat mir erzählt, wie Sie ihr heute geholfen haben. Sie spricht seit einem Jahr von kaum etwas anderem als davon, dass sie unbedingt Telefonistin werden will."

Hannah nahm ein belegtes Brot vom Teller. „Ich habe doch nichts getan. Dass man eine bestimmte Körpergröße haben muss, um zu telefonieren, halte ich für eine dumme Regel."

Rosie gab Zucker in ihre Tasse und rührte um. Der Löffel stieß klirrend gegen das Porzellan. „Sie haben bestimmt ihre Gründe für alles, was sie machen, Hannah."

„Und warum, glaubst du, haben sie nur die hübschesten Mädchen eingestellt?"

Rosies Gesicht lief vom Hals bis zur Stirn rot an. „Ich … äh …"

„Ich sage dir, warum." Hannah ließ ihr Brot sinken. „Diese Männer denken, wenn sie nur die hübschesten jungen Frauen einstellen, dann hinterlässt das bei der Öffentlichkeit einen besseren Eindruck."

Rosie keuchte, aber ihre Mutter schmunzelte. „Sie nehmen wirklich kein Blatt vor den Mund, Hannah Gregory. Ich möchte wetten, dass Sie voller Überraschungen stecken." Sie hielt der jungen Frau den Teller mit den Keksen hin. „Ich habe auch eine Überraschung für Sie. Rosie hat mir erzählt, dass Sie eine Wohnung suchen."

„Ja, Ma'am. Meine Schwestern und ich brauchen ein Zimmer und eine Küche."

Mrs Murphy verschränkte ihre dicken Arme vor ihrem runden Bauch. „Ich denke, ich könnte euch helfen. Ich habe ein kleines Häuschen hinter dem Garten und die letzten Mieter sind erst vorige Woche ausgezogen."

„Aber ich habe kein –"

Die Frau hob die Hand, um Hannahs Protest abzuwehren, und sprach weiter. „Und ich nehme keinen Cent von Ihnen, solange Sie nicht als Telefonistin fest angestellt sind."

„Ich weiß nicht, was ich sagen soll."

„Sag Ja." Rosie ergriff ihre Hand. „Es wird bestimmt lustig, wenn du unsere Nachbarin bist."

„Bist du sicher?"

„Ja, Mädchen", nickte Mrs Murphy. „Gott hat Sie aus einem bestimmten Grund zu uns geführt und er meint es gut mit Ihnen."

Hannah lächelte. „Wie könnte ich Gott da widersprechen?"

Als Hannah an der nördlichsten Haltestelle aus der Straßenbahn stieg und den Weg zu ihrem Hof entlangeilte, kündigten die dunklen Aprilwolken einen Nachmittagsschauer an. Sie sandte ein Gebet zum Himmel, in dem sie Gott bat, den Regen zurückzuhalten, bis sie die drei Kilometer Fußweg nach Hause zurückgelegt hätte. Aber selbst ein Regenguss könnte ihre Stimmung nicht trüben. Sie hatte nicht nur eine Anstellung bei der Telefongesellschaft bekommen, sie hatte auch ein kleines Haus gefunden, das sie mieten konnten.

Nur eine Sorge quälte sie noch. Am Samstag müssten sie ausziehen. Und obwohl sie und ihre Schwestern die meisten Sachen im Haus selbst tragen könnten, bräuchten sie für ein paar größere Möbelstücke vielleicht die Muskelkraft eines Mannes. Am schlimmsten war, dass sie einen Wagen bräuchten, um ihre Habseligkeiten zu transportieren. Sie könnten bestimmt den Wagen ihres Vaters nehmen. Selbst wenn er jetzt der Bank gehörte, war es gewiss kein Diebstahl, wenn sie ihn sich für einen Tag ausborgten. Aber wenn der eingebildete Mr Cole damit nicht einverstanden war, wäre eine Diskussion unvermeidlich.

Herr, hilf mir, eine Lösung für das alles zu finden. Meine Schwestern brauchen mich.

Dank ihrer weit ausholenden Schritte legte sie die Entfernung schnell zurück, aber nicht schnell genug. Die ersten Regentropfen prasselten ihr ins Gesicht.

„Hannah!" Mrs Calloway winkte sie auf ihre Veranda, als sie sie vorübereilen sah. „Komm herein und warte, bis der Regen vorübergezogen ist. Du holst dir in diesem Wetter ja den Tod."

Hannah eilte den gepflasterten Weg zum Haus der Calloways hinauf und trat auf die Veranda. „Danke, dass ich mich bei Ihnen unterstellen kann. Wenn Sie nichts dagegen haben, bleibe ich hier draußen und schaue dem Regen zu. Dieser Frühlingsregen hört bestimmt bald wieder auf."

Mrs Calloway wischte sich die Hände an der Schürze ab. „Ich wollte dich schon längst fragen, wie es euch drei Mädchen geht."

„Uns geht es gut."

„Dann stimmen die Gerüchte nicht?" Sie schaute über den Vorgarten zur Straße und vermied es, Hannah in die Augen zu blicken. „Ich habe gehört, dass ihr vielleicht den Hof verliert. Meinem Mann und mir tut es so leid, dass wir euch nicht helfen können."

Hannah schluckte schwer, zwang sich aber zu einem gleichgültigen Achselzucken. „Viele Nachbarn und Freunde aus der Kirche haben uns ihre Hilfe angeboten, aber die Farm ist viel zu groß für drei Mädchen. Ich habe eine Wohnung in der Stadt gefunden und am Montag fange ich an der Telefonistinnenschule an."

„Das ist ja wunderbar, Liebes!" Sie legte den Arm um Hannahs Schultern und drückte sie herzlich. „Gratuliere. Ich habe gehört, dass sie nur die hübschesten und klügsten jungen Frauen einstellen." Sie zog ein Geschirrtuch aus ihrer Tasche und wischte in der Verandaecke ein Spinnennetz weg. „Und bei deiner samtigen Stimme kann ich mir gut vorstellen, warum sie dich genommen haben."

Ihr wurde schwer ums Herz. Diese samtige Stimme, hatte ihr Vater gesagt, würde ihr helfen, Geschworene mit ihren Argumenten zu überzeugen. Wäre er enttäuscht, wenn er wüsste, dass sie das Studium abgebrochen hatte?

Hannah streckte die Hand über das Verandageländer und stellte fest, dass nur noch wenige Regentropfen ihre Handfläche befeuchteten. „Der Regen hat fast aufgehört."

Mrs Calloway legte eine Hand auf Hannahs Arm. „Wenn ihr Mädchen irgendetwas braucht …"

Hannahs erster Impuls war es, das Angebot abzulehnen, aber etwas hinderte sie daran, und eine ungewohnte Wärme breitete sich in ihrer Brust aus. Hatte Gott ihr Gebet so schnell erhört? Sie und Walt, der Sohn der Calloways, waren seit Jahren die besten Freunde.

Sie schaute Mrs Calloway an. „Wir könnten am Samstag Hilfe beim Umzug gebrauchen."

Die Frau zog ihre Hand zurück. „So bald zieht ihr schon weg? Am kommenden Samstag? Ich würde dir wirklich gern Ethans und Walts Hilfe anbieten, aber die Felder müssen gepflügt werden. Sie werden leider hier gebraucht, Hannah. Das verstehst du bestimmt."

Die junge Frau zwang sich zu einem Lächeln. „Natürlich, Mrs Calloway. Trotzdem vielen Dank."

Während sie von der Veranda trat, ging sie im Geiste die Liste der Personen durch, die einen Wagen hatten. Aber alle wären auf den Feldern und würden pflügen. Sie seufzte. Na gut, dann würden sie und ihre Schwestern eben allein umziehen. Sie würden auch die schweren Möbel irgendwie mit dem Wagen ihres Vaters und seinen zwei Ackerpferden zu ihrem neuen Zuhause bringen. Die Einzige, auf die sie sich verlassen konnte, war sie selbst. Daran sollte sie sich am besten gewöhnen.

Cole musste einfach verstehen, dass sie sich den Wagen ausliehen. Wenn nicht, würde er bald erfahren, dass sie genauso gut argumentieren konnte wie ein männlicher Anwalt.

4

Hannah lehnte am Türrahmen zum Wohnzimmer und wartete, dass ihre streitenden Schwestern sie bemerken würden. Tagelang ihre Sachen – und damit auch all ihre Erinnerungen – einzupacken war an keiner von ihnen spurlos vorübergegangen. Und heute stand der Umzug an. Sie würden auf die andere Seite der Stadt ziehen und nichts wäre mehr so wie vorher: Ihre Schule, ihre Freunde und ihre gesamte Lebensweise würden sich ändern.

„Wir können nicht alles mitnehmen, Tessa." Charlotte wickelte eine Kuchenplatte in ein Geschirrtuch und legte sie in die Holzkiste.

„Aber wir können die Rosensträucher nicht hierlassen."

„Wo sollen wir sie denn einpflanzen? Vor dem angemieteten Haus?" Charlotte warf Tessa einen strengen Blick zu. „Sei doch nicht lächerlich. Rosen sind nicht notwendig."

Tessa deutete auf die Kisten. „Aber diese Töpfe und Pfannen schon? Mit wie vielen kannst du denn gleichzeitig kochen?" Sie stemmte die Fäuste in ihre Seiten. „Außerdem waren die Rosen Mamas Lieblingsblumen."

Hannah trat ins Zimmer. „Das stimmt, Tessa, Gelbe Teerosen."

„Wir können sie mitnehmen, nicht wahr?"

Blumen bedeuteten Tessa genauso viel, wie sie ihrer Mutter bedeutet hatten. Die beiden hatten es geliebt, im Garten zu arbeiten und zuzusehen, wie die Pflanzen zum Leben erwachten. Die Rosen waren für Tessa vermutlich genauso wichtig wie für Charlotte die Töpfe, Pfannen und Nudelbretter, die sie so liebevoll eingepackt hatte. Charlotte und ihre Mutter hatten die Liebe zum Kochen und Backen geteilt. Hannah seufzte. Sie selbst und ihre Mutter hatten die Liebe zum Wissen geteilt, aber dieses Wissen war viel schwerer in eine Kiste zu packen und mitzunehmen.

„Wie lange stehst du schon da?" Charlotte räumte das nächste Geschirr in die Kiste.

Hannah grinste. „Ich bin irgendwo zwischen ‚Rosen' und ‚lächerlich' gekommen."

„Wir können Mamas Rosen also mitnehmen?"

Hannah atmete tief ein. Die Rosen würden wahrscheinlich nicht überleben, und sie auszugraben würde Zeit kosten, die sie eigentlich bräuchten, um fertig zu packen, aber sie könnten bestimmt ein paar Sträucher zwischen die anderen Sachen quetschen.

„Grab drei Sträucher aus. Aber nicht mehr. Auf diese Weise kann eines Tages jede von uns einen Rosenstrauch in ihrem Garten haben."

„Wird gemacht!" Strahlend lief Tessa zur Tür.

Die Fliegengittertür fiel krachend hinter ihr zu und Charlotte runzelte die Stirn. „Du weißt, dass wir diese Blumen nicht brauchen."

„Wir nicht, aber Tessa."

Charlotte schob die volle Geschirrkiste in die Mitte des Tisches. „Vielleicht hast du recht. Der Umzug ist für sie sehr schwer."

„Er ist für uns alle schwer."

Hannah legte die Hand auf einen Stapel Bücher. Sie und ihre Mutter hatten fast jedes Buch gelesen und sich darüber ausgetauscht und deshalb erinnerte jedes sie an einen kostbaren Moment. Aber sie konnten nicht alle Bücher mitnehmen. Töpfe und Pfannen wurden gebraucht, und Rosensträucher konnte man zwischen die anderen Sachen auf dem Wagen quetschen, aber Bücherkisten? Wo sollte sie in dem kleinen Haus Platz für Bücher finden?

Charlotte nahm einen Band in die Hand. „Nimmst du denn deine Bücher nicht mit?"

„Nein, dafür haben wir keinen Platz."

„Das tut mir leid, Hannah. Ich weiß, wie viel sie dir bedeuten."

Hannah streichelte die raue Oberfläche eines größeren Buches, dann zog sie die Hand zurück. „Ich spanne jetzt den Wagen an." Sie nahm ihren Umhang vom Haken neben der Hintertür. „Wir sollten in einer Stunde so weit sein, dass wir den Wagen beladen können."

Draußen war die Morgendämmerung dem neuen Tag gewichen. Ihr Blick wanderte über den Hof. Heute würde sie sich von allem hier verabschieden. Wenn sie nur das Bild von der Stalltür, die schief an ihren kaputten Angeln hing, für immer in ihrem Gedächtnis bewahren könnte. Und was war mit der großen Eiche, von der Tessa gefallen war? Oder mit den Narzissen, die ihren Ostertisch verschönert hatten? Wie sollte sie das alles in Erinnerung behalten?

Sie wischte sich mit dem Handrücken die Tränen aus dem Gesicht, bevor sie die Stalltür aufzog. Jetzt war nicht der richtige Zeitpunkt, um in Erinnerungen zu schwelgen. Sie musste sich auf das konzentrieren, was getan werden musste. Ihre Schwestern verließen sich auf sie.

Nachdem sie die gutmütigen Ackerpferde vor den Wagen gespannt hatte, führte sie sie zur Vorderseite des Hauses. Ihre Schwestern kamen zu ihr heraus, und sie erklärte ihnen, dass sie die größten Möbelstücke zuerst aufladen müssten. „Wir sollten mit der Kommode in deinem Zimmer anfangen, Charlotte. Wenn wir die fünf Schubladen herausnehmen, können wir sie leichter tragen."

„Es wird trotzdem nicht leicht sein, die Kommode die Treppe hinabzutragen." Tessa hielt ihren Schwestern die Tür auf.

Hannah trat zur Treppe. „Seit wann lassen wir uns von Schwierigkeiten aufhalten?"

„Vorsicht! Noch eine Stufe." Hannah und ihre Schwestern stellten die Kommode am unteren Treppenabsatz ab. Sie presste die Hand an ihren schmerzenden Rücken und seufzte. Wenn sie in diesem Tempo weitermachten, wären sie an Weihnachten noch nicht fertig. Sie warf einen Blick auf die Kommode. Es musste eine leichtere Möglichkeit geben.

„Ich habe eine Idee." Hannah tippte mit dem Finger an ihre Lippen, dann schob sie ihren Rock ein Stück weit hoch und kletterte in die leere Kommode hinein. Dann richtete sie sich auf und hob die Kommode hoch, als trage sie eine große Kiste.

„Du siehst wie eine Schildkröte aus." Charlotte öffnete eilig die Tür, während Hannah mit ihrer Last zur Tür watschelte.

Da der Wagen rückwärts vor der Veranda stand, bräuchte sie nur direkt ins Wagenbett zu steigen. „Tessa, halt die Pferde fest. Sie dürfen sich nicht bewegen, während ich hinaufsteige."

Sobald Tessa die Pferde fest an den Zügeln hielt, bewegte Hannah sich mit der Kommode von der Veranda zum Wagen. Dieser schaukelte leicht, als sie mühsam hinaufkletterte, aber sie balancierte ihr Gewicht aus und schaffte es, das unförmige Möbelstück ganz nach vorne in den Wagen zu stellen.

Ein unerwarteter Applaus ertönte aus der Nähe der Veranda. Sie hob den Blick. Wer war dieser Mann? Ihre Wangen liefen knallrot an. Sie hob ihren Rock und stieg durch eine der breiten Schubladenöffnungen wieder aus der Kommode. Schnell schüttelte sie ihren Rock aus und strich ihn glatt. „Was kann ich für Sie tun?"

„Sie könnten so freundlich sein und vom Wagen der Bank herabsteigen." Ein hämisches Grinsen überzog langsam das Gesicht des Mannes, und seine Augen verrieten, dass er dieses Machtspiel genoss.

„Entschuldigen Sie, aber wer sind Sie?"

Er nahm den Hut ab. Darunter kam eine Glatze zum Vorschein. „Mein Name ist Cedric Knox, ich arbeite für die Kanzlei ‚Williams & Harlington'. Wir vertreten die Bank, der dieser Wagen jetzt gehört."

Hannah trat auf die Veranda. „Hat Ihre Kanzlei denn nicht schon genug Schaden angerichtet? Wir ziehen ja aus. Genau das haben Sie doch verlangt. Wie sollen wir denn Ihrer Meinung nach unsere Sachen in unsere neue Wohnung bringen?"

Knox setzte seinen Hut wieder auf und hängte die Daumen in seine Westentaschen. „Es ist mir wirklich gleichgültig, wie Sie das anstellen, solange Sie nicht das Eigentum der Bank stehlen."

„Stehlen!?" Charlotte ließ die Kiste, die sie auf den Armen trug, fast fallen. „Das war der Wagen unseres Vaters!"

Das Quietschen der Räder eines zweiten Wagens, der in diesem Moment auf den Hof gefahren kam, zog ihre Aufmerksamkeit auf sich. Der Fahrer brachte seinen Wagen vor dem von Hannah zum

Stehen. Ihre Augen wurden ganz groß, als sie den Mann erkannte. Lincoln Cole. Was wollte der denn hier? Sie atmete tief ein und warf die Schultern zurück. Falls er dachte, dass dieser Cedric Knox und er mit ihnen leichtes Spiel hatten, würde sie die beiden Herren schnell eines Besseren belehren.

Mr Cole stieg vom Wagen und trat zu Charlotte auf die Veranda. Er wandte sich an Knox. „Was willst du hier?"

Sein Kollege runzelte die Stirn. „Dasselbe könnte ich dich auch fragen."

Hannah hob die Hand. „Meine Herren, meine Schwestern und ich haben nicht den ganzen Tag Zeit. Ich möchte Ihnen beiden erklären, dass wir den Wagen nur ausleihen wollten, um unsere Sachen in unser neues Zuhause in der Stadt zu transportieren. Wir wollten den Wagen und die Pferde rechtzeitig vor der Versteigerung am Nachmittag in den Stall zurückbringen."

Knox schmunzelte. „Mir ist ganz genau bewusst, was Sie *vorhaben*, Miss Gregory, aber wie ich schon sagte: Sie werden diesen Wagen nicht benutzen. Er gehört jetzt der Bank."

„Es schadet doch niemandem, wenn wir ihn benutzen." Charlotte schaute zuerst Knox und dann Cole an. „Die Versteigerung ist doch erst für heute Nachmittag um vier angesetzt."

„Und wenn eine Achse oder ein Rad bricht? Haben Sie das Geld, um die Reparatur zu zahlen?" Knox wippte auf den Absätzen seiner polierten schwarzen Stiefel selbstgefällig vor und zurück. „Ich weiß aus sicherer Quelle, dass dem nicht so ist. Deshalb bleibt der Wagen hier."

„Aber es wird schon nichts passieren", beharrte Hannah. „Was sollen wir denn mit unseren Sachen machen?"

Mr Knox zuckte die Achseln. „Lassen Sie sie hier. Sie werden mit den anderen Sachen auf dem Hof versteigert."

„Cedric!" Cole verschränkte die Arme vor der Brust. „Wir wissen beide, dass es niemandem schadet, wenn sie diesen Wagen benutzen."

„Das Gesetz steht auf meiner Seite, Lincoln, und das weißt du ganz genau. Muss ich den Sheriff holen?" Er zog seine buschigen Brauen hoch.

„Lass den Sheriff aus dem Spiel", knurrte Cole.

Hannah schaute den Neuankömmling finster an. „Was ist das für ein Spiel? In der vergangenen Woche haben Sie uns unseren Hof weggenommen, und jetzt tun Sie so, als stünden Sie auf unserer Seite?"

„Ich stehe auf niemandes Seite. Die Bank hat Ihnen Ihr Zuhause weggenommen, nicht ich. Heute bin ich gekommen, um Ihnen beim Umzug zu helfen. Ich dachte, Sie brauchen vielleicht einen zweiten Wagen, aber es sieht so aus, als wäre es der einzige Wagen, den Sie zur Verfügung haben. Und das verdanken wir ihm hier!"

Er kam, um ihnen beim Umzug zu helfen? Hannah bemerkte erst jetzt, dass Cole Arbeitskleidung und Lederhandschuhe trug. Wenn sie ihn nicht vor einigen Tagen in einem feinen Anzug gesehen hätte, wäre sie nie auf die Idee gekommen, dass er Anwalt war. Aber warum wollte er ihnen helfen? Was sprang für ihn dabei heraus?

„Mr Cole, Sie sind der letzte Mensch auf dieser Erde, den ich um Hilfe bitten würde!" Sie warf einen Blick auf den widerlichen Knox und ihre Miene verfinsterte sich weiter. „Abgesehen von ihm."

Cole schob sich an ihr vorbei und stieg auf die Ladefläche des Wagens. „In diesem Fall ist es gut, dass ich meine Hilfe von selbst anbiete. Dadurch müssen Sie mich nicht darum bitten." Er hob die Kommode hoch und trug sie wieder auf die Veranda.

„Und wohin wollen Sie mit der Kommode?" Ihre Stimme wurde mit jedem Wort lauter.

„Ich bringe sie in meinen Wagen. Besser gesagt, in den Wagen, den ich gemietet habe." Er kippte die Kommode nach hinten und Tessa ergriff die untere Seite.

Hannah keuchte. „Tessa, stell diese Kommode ab!"

Ihre jüngste Schwester hob ihre Seite an, wobei der Zopf auf ihrem Rücken hin und her schaukelte. „Wir brauchen seine Hilfe und wir brauchen seinen Wagen. Du bist vielleicht zu dickköpfig, um das zuzugeben, aber ich nicht."

Ihre mittlere Schwester begann ebenfalls, ihre Kiste in den zweiten Wagen zu laden. Hannah betrachtete sie finster. „Schau ihn dir an, Charlotte! Erkennst du denn nicht, wer das ist?"

„Was sollen wir sonst machen? Unsere Sachen hierlassen?"

Diese Verräter! Was dachten sie sich nur dabei? Dieser Mann war der Grund, warum sie ausziehen mussten!

Sie warf einen Blick auf Knox, der sehr selbstzufrieden aussah. Nichts deutete darauf hin, dass er nachgeben würde.

Also gut. Sie würden Coles Hilfe heute annehmen. Nur weil sie keine andere Wahl hatten. Aber sie würde eine Möglichkeit finden, ihm jeden Cent zurückzuzahlen, den er für die Wagenmiete ausgegeben hatte.

Cole stieg hinten in seinen Wagen und er und Tessa hievten die Kommode auf das Wagenbett. „Cedric, da du fest entschlossen bist, dich wie ein Idiot zu benehmen, kannst du wenigstens den Wagen in den Stall zurückbringen und die Pferde ausspannen. Dann komm bitte zurück, und hilf mir, die Sachen einzuladen."

„Ich?", hustete Knox.

„Ich sehe hier weit und breit keinen anderen Mann. Du kannst diese drei schönen Frauen die schweren Sachen doch nicht allein heben lassen. Was würde Pete denn davon halten?"

„Ich bin nicht hier, um zu arbeiten." Der Anwalt ergriff dennoch das Zaumzeug der Pferde.

„Ich weiß. Du bist gekommen, um so viel Schaden wie möglich anzurichten. Also entweder packst du mit an oder du gehst uns aus dem Weg. Wir haben zu tun!"

5

Cedric kam nicht zum Haus zurück, was Lincoln aber nicht im Geringsten überraschte. Der Mann hatte in den zwei Jahren, seit er ihn kannte, keinen Strich mehr gearbeitet, als unbedingt nötig war, es sei denn, es war zu seinem eigenen Vorteil.

Er brauchte fast eine Stunde, um den Wagen zu beladen, und eine weitere Stunde, um die Sachen in die Stadt zu befördern. Zum Glück hatte die neue Vermieterin, Mrs Murphy, ein paar Nachbarn zusammengetrommelt, die beim Ausladen halfen. Sobald sie die Sachen im Wohnzimmer abgestellt hatten, fuhr Lincoln auf dem schnellsten Weg zum Hof zurück. Er betete, dass Cedric den Mädchen nicht noch mehr Knüppel zwischen die Beine warf.

Mädchen? Miss Hannah Gregory konnte er wohl kaum als Mädchen bezeichnen. Sie war wahrscheinlich um die zwanzig und somit nur fünf Jahre jünger als er. Wenn sie nur hin und wieder lächeln würde, wäre sie eine der hübschesten jungen Damen, denen er seit Langem begegnet war.

Alle drei Gregory-Schwestern hatten Haare in der Farbe von Herbstblättern. Hannahs Haare waren wie Apfelmost, Charlottes glänzten in einem kräftigen Bernstein und Tessas hatten die Farbe von Brandy. Aber alle drei Schwestern hatten die gleichen braunen Augen.

Er fuhr vor dem Haus vor und legte die Bremse ein. Er hatte schon seit einer ganzen Weile keinen Wagen mehr gefahren, aber er hatte es nicht verlernt. Er stieg die Veranda hinauf und stellte fest, dass die Haustür offen stand.

Aus dem ersten Stock hörte er die Stimmen der Mädchen und eilte hinauf, um zu sehen, ob sie mit dem Packen fertig waren.

„Ich verstoße vielleicht gegen ein paar Regeln, aber ich habe noch nie etwas Gefährliches getan."

Als er Miss Gregorys – Hannahs – Stimme erkannte, blieb Lincoln stehen. Durch den Türspalt konnte er die drei Schwestern sehen, die in dem Zimmer ihre restlichen Sachen einpackten.

„Was?" Hannah gestikulierte gerade wild herum. „Ich sage euch, dass wir Mr Cole lieber wegschicken sollten. Wir würden bestimmt eine andere Lösung finden."

Lincoln seufzte. Trotz der harten Arbeit, die er an diesem Vormittag geleistet hatte, wollte sie ihn immer noch loswerden. Hatte diese eigensinnige Frau denn den Verstand verloren? Wie sollte er sie von der Wahrheit überzeugen? Er hatte ihr diese furchtbare Nachricht nur überbracht, weil ihn sein Beruf dazu gezwungen hatte. Aber heute war er hier, weil er ihnen helfen wollte.

„Das spielt keine Rolle." Tessa hüpfte vom Bett. „Hannah, du bist überstimmt. Wir mögen Mr Cole, und wir sind klug genug einzusehen, dass er eine Gebetserhörung ist."

Er wünschte, er wäre tatsächlich eine Gebetserhörung für die Gregory-Schwestern, aber er bezweifelte, dass Hannah nach dem heutigen Tag je wieder seine Hilfe annehmen würde. Obwohl er sie kaum kannte, entdeckte er in ihr einen Eigensinn, der dem seinen sehr ähnlich war. Nach dem heutigen Tag würde er sie und ihre Schwestern nie wiedersehen.

Seltsam. Dieser Gedanke sollte ihn eigentlich nicht beunruhigen. Aber das tat er.

„Ihr Freund Mr Knox hat eilig das Weite gesucht." Hannah reichte Cole einen Schraubenschlüssel, nachdem er sich auf den Boden gelegt hatte, um das Messingbett in ihrem Zimmer zu zerlegen. Ihre Mutter wäre entsetzt, wenn sie wüsste, dass sie einen Mann in ihr Schlafzimmer ließ, aber es war unvermeidlich. Sie mussten die Betten zerlegen, und Cole hatte angeboten, das zu übernehmen. Sie wollte seine Hilfe ablehnen, aber da Charlotte und Tessa ihn beide wie einen lange verlorenen Bruder aufnahmen, blieb ihr nichts anderes übrig, als ihn zu dulden.

„Erstens ist Cedric Knox nicht mein Freund." Er schob den Schraubenschlüssel mit aller Kraft nach links, dann drehte er die gelockerte Mutter los. „Er ist ein Kollege, der in derselben Anwaltskanzlei arbeitet. Damit hören die Ähnlichkeiten zwischen uns aber auch schon auf." Er reichte Hannah die Schraube. „Zweitens ist er ein erstklassiger Unruhestifter. Besonders wenn er mir eins auswischen kann."

„Und warum ist das so?"

Cole zuckte die Achseln. „Er hält mich für eine Bedrohung."

„Aber was hat das mit meinen Schwestern und mir zu tun?"

Er trat auf die andere Seite des Bettes. „Nichts. Wie ich schon sagte, er stiftet gern Unruhe. Wenn ich nicht aufgetaucht wäre, hätte er vielleicht –"

„Was hätte er vielleicht?"

Er löste die nächste Schraube, ließ das Seitenteil auf den Boden gleiten und sprang auf die Beine. „Er hätte entweder seine Drohung wahrgemacht, oder er hätte Ihnen angeboten, als Gegenleistung für bestimmte … Dienste ein Auge zuzudrücken."

„Bestimmte Dienste?" Ihre Wangen begannen zu glühen.

„Nicht, was Sie jetzt denken, Miss Gregory. Der Kerl hätte Ihnen vielleicht nahegelegt, dass Sie mit ihm ausgehen könnten, ins Theater oder in ein Restaurant." Er trat auf die andere Seite des Bettes, um seine Arbeit zu beenden.

„Wissen die Partner der Kanzlei, dass er so etwas macht? Das ist doch unmoralisch. Warum wird es geduldet?“

„Es wird natürlich nicht geduldet. Aber er weiß, dass sein Wort gegen Ihres stünde. Er nutzt jede Gelegenheit, die sich ihm bietet.“ Er deutete auf das Seitenteil des Bettes. „Halten Sie es gut fest, bevor ich die nächste Schraube löse. Und passen Sie auf Ihre Zehen auf.“

„Aber warum interessiert er sich für unsere Familie?“

„Nicht für Ihre ganze Familie, Miss Gregory.“ Er erwiderte ihren Blick. „Ich schätze, er hätte sein Interesse allein auf Sie gerichtet.“

Hannah ließ das Seitenteil fallen. Es landete genau auf ihrem Zeh und sie stieß einen Schmerzensschrei aus.

„Ist alles in Ordnung?“ Cole war aufgesprungen, um ihr zu einem Stuhl zu helfen.

Sie humpelte allein hinüber. „Mir geht es gut, danke.“

Dank Coles Auftauchen ging es ihr heute gut, aber sie hatte nicht die Absicht, das zuzugeben. Hätte Knox tatsächlich angedeutet, dass sie ihm als Gegenleistung für die Erlaubnis, den Wagen zu benutzen, einen Abend lang Gesellschaft leisten sollte? Irgendwie löste dieser Gedanken ein starkes Unbehagen in ihr aus.

„Ruhen Sie sich doch eine Minute aus, während ich die Seitenteile nach unten trage. Dann komme ich wieder und wir kümmern uns um das Brett an der Stirnseite des Bettes.“ Er hob die langen Seitenteile auf und seine Muskeln spannten sich unter seinen hochgekrempelten Hemdsärmeln an. „Ich hätte nicht schlecht über Cedric sprechen sollen. Entschuldigen Sie bitte. Das ist kein sehr gutes christliches Verhalten.“ Er schluckte schwer. „Es tut mir leid, dass Sie Ihr Zuhause verlieren. Wenn es eine andere Möglichkeit gäbe …“

Er beendete seinen Satz nicht und verstummte, als er aus dem Zimmer ging.

Tat es ihm tatsächlich leid? Sie weigerte sich einfach, das zu glauben. Christliches Verhalten? Kein guter Christ klopfte an Haustüren und vertrieb Waisen aus ihrem Zuhause. Warum hatte er an jenem ersten Tag nicht seine Hilfe angeboten? Ein guter Anwalt hätte eine Möglichkeit finden müssen, dass sie ihren Hof behalten könnten.

Trotzdem handelte er an diesem Tag völlig uneigennützig und half ihnen. Verurteilte sie ihn zu streng?

Sie schüttelte den Kopf. Gleichgültig, wie nett Cole heute war, sie musste sich vor Augen halten, dass es seine Schuld war, dass sie sich überhaupt in dieser misslichen Lage befanden, und sie hatte nicht vor, das so bald zu vergessen.

„Hannah, das nehme ich!“ Lincoln eilte zum Treppenabsatz und hob das Kopfteil des Messingbettes von ihrer Schulter.

„Ich schaffe das schon, Mr Cole.“ Sie riss das Bett zurück und sprach seinen Namen mit einer Miene aus, als schmecke er genauso abscheulich wie Rizinusöl.

„Das sehe ich.“ Er ließ das Bett los und schaute zu, wie ihre Schultern unter dem Gewicht nach unten sackten.

„Und ich erinnere mich nicht, dass ich Ihnen erlaubt hätte, mich mit dem Vornamen anzusprechen.“

Er trat zurück und schob das Kinn eigensinnig vor. „Ich entschuldige mich, und da Sie diesen Teil des Bettes selbst tragen können, mische ich mich nicht mehr ein.“

Der junge Mann ging die Treppe hinauf und schaute zu, wie sie das riesige Teil die Treppe hinabschleppte. Das hintere Ende schlug auf jeder einzelnen Holzstufe auf und hinterließ wahrscheinlich deutliche Spuren im Holz, aber er griff nicht ein. Mit eigensinniger Miene und sichtlicher Entschlossenheit gelang es ihr, das Kopfteil zur Haustür und auf die Veranda zu tragen, ohne ihn eines Blickes zu würdigen.

Lincoln schüttelte den Kopf. Hannah Gregory war wirklich eine sehr eigensinnige Frau. Er ging in das Zimmer, das sie gerade leer räumten, und nahm Charlotte das Fußteil des Bettes ab.

„Danke, Mr Cole.“ Sie hob einen Stapel Decken hoch. „Aber ich dachte, Sie helfen Hannah.“

„Sie hat gesagt, dass sie meine Hilfe nicht braucht.“

„Und das haben Sie ihr geglaubt?“

Er schmunzelte. „Nein, aber sie hat sich wirklich sehr bemüht, überzeugend zu wirken.“

„Das ist Hannahs Problem. Sie hilft jedem, aber sie lässt sich selbst nicht helfen. Ich schätze, das liegt daran, dass sie die Älteste ist.“ Charlotte schaute sich im Zimmer um. „Es sieht so aus, als wären wir hier oben fertig. Wie viel Platz ist denn noch im Wagen?“

„Es wird eng, aber wir müssten alles unterbringen. Warum?" Er folgte Charlotte in das untere Stockwerk.

„Im Wohnzimmer stehen noch zwei Kisten. Hannah hat gesagt, dass sie bis zum Schluss stehen bleiben sollen. Sie gehören ihr."

„Und du findest, dass sie die Sachen haben sollte?" Er lächelte. In den wenigen Stunden, die er mit den drei Schwestern verbracht hatte, waren ihm zwei Dinge aufgefallen: Erstens war Dickköpfigkeit ein Charakterzug, der augenscheinlich die gesamte Familie kennzeichnete, und zweitens verband die Mädchen eine unerschütterliche Loyalität. „Keine Sorge, Charlotte. Wir schaffen dafür Platz."

Hannah und Tessa waren bereits unten beim Wagen. Irgendwie hatte es die älteste Schwester tatsächlich geschafft, das Kopfteil des Bettes ohne seine Hilfe in den Wagen zu bringen. Beeindruckend.

Sie stopfte Decken um die Bettteile und wischte sich dann die Hände an ihrer Schürze ab. „Damit haben wir alles, oder?"

„Bis auf deine Kisten im Wohnzimmer." Tessa spähte über den Wagenrand. „Aber ich fürchte, dass der Wagen schon ziemlich voll ist."

Lincoln schob einige Stühle nach rechts. „Siehst du? Es ist immer noch ein wenig Platz." Er wandte sich an Tessa. „Zeigst du mir bitte, wo diese Kisten stehen?"

„Mr Cole, diese Kisten sind nicht notwendig. Wir können sie ..."

Ohne Hannahs Widerspruch Beachtung zu schenken, folgte er Tessa ins Haus. Hinter sich vernahm er das Klappern von Charlottes und Hannahs Schuhen, die ebenfalls über die Veranda eilten.

Tessa deutete auf eine Ecke im Wohnzimmer. „Vorsicht, diese Kisten sind wirklich schwer. Sie sind mit Hannahs Büchern gefüllt."

„Was für Bücher sind das?" Er ergriff zwei Bücher, die oben auf dem Stoß lagen, und las die Titel. Er warf einen Blick zu Hannah, die in diesem Moment das Zimmer betrat. „Das ist ein Gesetzbuch und das ist ein Buch übers Ballonfahren."

Hannah zog die Brauen in die Höhe. „Ja, richtig. Wie ich sehe, sind Sie des Lesens mächtig."

„Warum besitzen Sie ein Gesetzbuch?"

„Sie hat viele juristische Bücher." Tessa deutete auf die zweite Kiste. „Das sind ihre Bücher von der Universität."

Er entdeckte einen Anhänger des Drake Colleges, der aus einer der Kisten heraushing. „Sie studieren Rechtswissenschaften?"

„Warum überrascht Sie das so sehr? Gab es in Ihren Vorlesungen keine Frauen?"

„Ein paar, aber Sie müssen zugeben, dass Rechtswissenschaften ein ungewöhnlicher Studiengang für eine Frau sind. Ich glaube, derzeit sind weniger als tausend Frauen als Anwältin tätig."

„Sie brauchen keine Angst zu haben, dass ich die Zahl dieser Frauen erhöhe." Hannah nahm ihm die Bücher aus der Hand. „Ich werde jetzt Telefonistin."

„Sie gehen nicht mehr aufs College?"

Sie schaute ihn finster an.

Er erstarrte. Wenn Blicke töten könnten, hätte man ihn jetzt im Garten hinter dem Haus beerdigen können.

„Ehrlich gesagt", erklärte sie, „haben Sie und die Bank mir geholfen, diese Entscheidung zu fällen. Und ich ziehe es vor, dafür zu sorgen, dass meine Schwestern etwas zu essen auf dem Tisch haben, anstatt mein Studium abzuschließen. Wie ich schon sagte, ich brauche diese Bücher nicht mehr."

„Und das Buch über das Ballonfahren?"

Sie legte die Bücher in die Kiste. „Das geht Sie nichts an."

Tessa fuchtelte mit den Armen. „Hannah ist von allem begeistert, das fliegen kann. Vögel, Ballons, Drachen und besonders die neue Flugmaschine, die diese beiden Brüder erfunden haben."

„Mr Cole interessiert sich nicht für meine Steckenpferde, Tessa."

„Ganz im Gegenteil." Er schwang die Kiste auf seine Arme. „Und diese Bücher kommen alle mit in den Wagen. Wer von uns weiß schon, welche Pläne Gott noch für Sie hat?"

Während Tessa bereits ins Wagenbett gepfercht war und Charlotte belegte Brote verteilte, huschte Hannah noch einmal ins Haus, um sich zu verabschieden. Ihr gesamtes Leben hatte sie in diesen vier Wänden verbracht. Sie atmete tief ein und wünschte, sie könnte die Erinnerung für immer mit sich nehmen. Wie sollte sie sich an den Geruch ihres Vaters erinnern, wenn er den ganzen Nachmittag Heu eingebracht hatte? Oder an den Duft der wunderbaren süßen Brötchen ihrer Mutter, wenn sie frisch aus dem Ofen kamen?

Sie strich mit der Hand über den Kaminsims und erinnerte sich daran, wie ihre Weihnachtsstrümpfe neben dem Kamin gehangen hatten und wie sie am Weihnachtsmorgen nach unten gestürmt waren, um zu sehen, was in den Strümpfen steckte. Irgendwie hatten ihre Eltern es immer geschafft, ihnen zusätzlich zu einem Apfel oder einer Apfelsine Süßigkeiten in den Strumpf zu stecken. Unter dem Baum hatte immer ein Geschenk gelegen. Manchmal war es etwas gewesen, das ihre Eltern gekauft hatten, manchmal auch etwas Selbstgemachtes.

Sie ging in Tessas Zimmer hinauf und dann in den Raum, den sie mit Charlotte geteilt hatte. Von ihrem Fenster aus hatte man einen Blick über die Felder, auf denen sie ihren Vater oft pflügen oder den Mais ernten gesehen hatte. Tränen brannten in ihren Augen. In wenigen Wochen würde ein Fremder auf diesem Land Mais anpflanzen.

Sie betrat das Schlafzimmer ihrer Eltern. Sie und ihre Schwestern hatten nur wenig aus diesem Zimmer mitgenommen. Eine Schatulle mit Mamas Medaillon, ihrer Brosche und ihren Ohrringen, Papas Taschenuhr, Mamas silbernes Tablett mit den Parfumfläschchen, Papas Rasierbecher, Rasiermesser und sein Taschenmesser. Die kunstvollen Eichenmöbel würden nie in ihr angemietetes Haus passen, und für die Kleidung ihres Vaters hatten sie keine Verwendung. Die Sachen ihrer Mutter hatten sie eingepackt. Einige Kleider konnten sie ändern und selbst anziehen.

Sie sank aufs Bett und vergrub das Gesicht in der dicken Matratze. Die Tränen, die sie bis zu diesem Augenblick zurückgehalten hatte, brachen sich Bahn.

Herr, warum muss das alles so schwer sein? Das ist nicht fair. Wenn ich nur nach Hause gekommen wäre, als Mama krank wurde, würde sie vielleicht …

In diesem Moment vernahm sie hinter sich ein Räuspern.

Sie wandte sich schnell um, aber Cole stand mit dem Rücken zu ihr.

„Miss Gregory, ich glaube, wir sollten fahren. Es kommen schon die ersten Leute zur Versteigerung, und ich glaube nicht, dass Sie sich das antun wollen."

Sie tupfte sich das Gesicht trocken. „Danke. Ich komme sofort."

Warum bedankte sie sich bei ihm? Diese ganze Sache hatte doch damit angefangen, dass er für die Bank arbeitete. Er war heute nur gekommen, um sein Gewissen zu beruhigen.

Er zog ein weißes Taschentuch aus seiner Tasche und wedelte damit herum. „Falls Sie das hier brauchen, ich lege es auf das Geländer oben an der Treppe."

Er war wirklich sehr freundlich. Nur zu schade, dass alles eine Lüge war.

Sie stand auf, strich sich die Haare glatt und überprüfte ihr Aussehen im Spiegel. Bevor sie aus dem Zimmer huschte, strich sie noch ein letztes Mal liebevoll über den Frisiertisch. Im Flur fand sie Coles Taschentuch mit einem eingestickten Monogramm. Sie tupfte sich mit dem feinen Leinentuch die Augen trocken und steckte es in ihre Schürzentasche.

Nach einem letzten Blick ins Haus trat sie auf die Veranda hinaus. Als sie die Tür des Hauses zum letzten Mal hinter sich schloss, war ihr Herz genauso schwer wie die Kiste mit den juristischen Büchern.

Nein, es war nicht fair, aber es geschah trotzdem.

6

„Wer sind Sie?" Der Mann baute sich mit verschränkten Armen und gerunzelter Stirn vor Lincoln auf.

Der junge Anwalt stellte die letzte Bücherkiste ins Wagenbett und reichte seinem Gegenüber die Hand. „Lincoln Cole. Ich helfe den Gregory-Schwestern beim Umzug in die Stadt. Und Sie sind?"

„Walt Calloway."

In diesem Augenblick trat Hannah aus dem Haus. Als sie Walt entdeckte, strahlten ihren Augen. „Walt!" Sie hob ihre Röcke an und eilte die Verandastufen herab. Zu Lincolns Überraschung umarmte die sonst so reservierte Hannah den schlaksigen jungen Mann. Sie wandte sich an Lincoln. „Das ist Walt Calloway. Er ist mein bester Freund, seit wir in der zweiten Klasse ein Lesebuch miteinander geteilt haben."

„Meine Mutter hat mir erzählt, dass ihr heute auszieht. Es gab leider ein Problem mit den Telegrafenleitungen. Ich musste sie erst reparieren, bevor ich herkommen konnte, um dir zu helfen." Walt ließ eine Hand auf Hannahs Rücken liegen und schaute Lincoln an. „Aber es sieht so aus, als hättest du hier alles im Griff."

„Walt arbeitet für die ‚Western Union' als Störungssucher." Hannah trat an die Rückseite des Wagens. „Mr Cole hat schon eine Wagenladung in die Stadt gebracht und wir wollen jetzt mit der zweiten Ladung losfahren. Kannst du mitkommen und uns beim Ausladen helfen?"

„Ich denke schon."

„Ausgezeichnet." Sie warf einen Blick zu seinem Wagen und lächelte. „Dann kann ich ja mit dir fahren und Charlotte kann vorne in Mr Coles Wagen mitfahren."

Lincoln kniff die Augen zusammen. Wer war dieser Walt und warum gefiel Lincoln sein plötzliches Auftauchen nicht? Er hatte sich auf die Fahrt in die Stadt gefreut, aber natürlich hatte er keine weiteren Absichten in Bezug auf Hannah Gregory. Dennoch gefiel es ihm nicht, dass sie eine so schlechte Meinung von ihm hatte und ihm lieber aus dem Weg ging. Konnte sie denn nicht sehen, dass er nicht so war, wie sie seit ihrer ersten Begegnung annahm? Obwohl er heute so viel für sie getan hatte, konnte er sie nicht dazu bewegen, ihre Meinung zu ändern. Trotzdem würde er sich dadurch nicht daran hindern lassen, das zu tun, was richtig war. Er hatte das Gefühl, dass Gott ihn zu dieser Familie geführt hatte, und er würde dafür sorgen, dass die Gregory-Schwestern gut versorgt wurden.

Jeder Muskel in ihrem Körper schmerzte, aber Hannah ignorierte die Schmerzen. Ihr Blut pulsierte genauso unbändig in ihrem Inneren wie der Strom in den Telefonleitungen, die über ihr beide Seiten der Straße verbanden. Sie war mit Rosie unterwegs zu ihrer neuen Arbeitsstelle. In wenigen Minuten würden sie die Telefonistinnenschule betreten und ihre neue Berufsausbildung beginnen.

Bitte, Herr, hilf mir, den Mund zu halten.

„Ich weiß ja nicht, wie es dir geht, aber ich bin so nervös wie ein Truthahn vor Thanksgiving." Rosie presste die Hand auf ihren Magen. „Und wenn ich mir nichts von dem merken kann, was sie uns erzählen? Womöglich fällt mir nicht mal mehr mein eigener Name ein."

„Du schaffst das schon." Hannah bemühte sich, überzeugend zu klingen. „Und man lässt uns erst dann als richtige Telefonistinnen arbeiten, wenn die Lehrer glauben, dass wir gut genug vorbereitet sind."

„Ich bin gespannt, wie es in dem Gebäude der Telefongesellschaft aussieht." Rosie blieb vor dem Haus ihres zukünftigen Arbeitgebers stehen und schaute nach oben. Die Telefonistinnenschule befand sich direkt nebenan.

Hannah verglich die beiden Gebäude miteinander. Der Schule fehlten die kunstvollen Verzierungen und die großen Fenster des Gebäudes der Telefongesellschaft. Sie war genauso gespannt darauf, wie es im Inneren der Iowa-Telefongesellschaft aussah, wie Rosie. Vielleicht bekämen sie ja heute eine Führung durch die Räumlichkeiten, in denen die Telefonzentrale untergebracht war.

Der Duft des Frühlings erfüllte die Luft. Sie atmete tief ein und lächelte Rosie an. „Bereit?"

Rosie strich ihren schwarzen Rock glatt und zupfte den Kragen ihrer weißen Bluse zurecht. „Sehe ich ordentlich aus?"

Nachdem sie ihre eigene Kleidung begutachtet hatte, die ebenfalls aus einem schwarzen Rock und einer weißen Bluse bestand, der Dienstbekleidung aller Telefonistinnen, nickte Hannah. „Aber vergiss das Atmen nicht."

An der Eingangstür wurden sie von der rundlichen Mrs Nesbit, der Frau, die sie gewogen und gemessen hatte, zu den anderen geführt. Hannah setzte sich und schaute sich im Unterrichtsraum um. Wenn sie nicht genau wüsste, dass sie sich in der Telefonistinnenschule befand, hätte sie sich fast einreden können, sie wäre wieder am College. Ordentliche Tischreihen füllten den Raum und auf einer Tafel stand in eleganter Schrift: „Willkommen". Karten und Stadtpläne säumten die Wände. Aber wo war der Klappenschrank? Wie sollten sie ohne den wesentlichen Ausrüstungsgegenstand die Aufgaben einer Telefonistin erlernen?

Um sie herum unterhielten sich die jungen Frauen, bis Mrs Reuff den Raum betrat – die Frau, die bei ihrer Vorstellung verkündet hatte, dass sie die Ausbildungsleiterin sei.

„Guten Morgen, meine Damen." Obwohl ihre Stimme freundlich klang, verliehen ihre Hakennase und ihr langes, dünnes Gesicht der Frau ein strenges Aussehen. „Heute beginnt Ihre Ausbildung zur Telefonistin. In Ihrem Unterricht werden Sie lernen, in einem tiefen, melodischen Tonfall zu sprechen. Sie werden die Mechanismen der Telefonie erlernen, und wir erklären Ihnen anhand des Anrufvolumens, was Auslastungskurven sind."

Hannah verkniff sich ein Grinsen. Gab es das Wort „Telefonie" wirklich?

Mrs Reuff schien sie mit ihren dunklen Augen zu durchbohren. „Am wichtigsten ist, dass Sie täglich die richtigen Formulierungen lernen, die Sie im Gespräch mit den Abonnenten verwenden. Andere Wendungen sind nicht erlaubt."

Eine junge Frau in der zweiten Reihe hob die Hand. „Und wenn der Abonnent etwas Grobes sagt?"

„Sie werden lernen, gegenüber jedem Anrufer höflich zu sein, gleichgültig, wie schwierig er ist." Mrs Reuff senkte das Kinn. „Vor allem werden Sie in der verkleinerten Ausgabe einer Telefonzentrale mit dem Klappenschrank vertraut gemacht, bis Sie unsere Leistungsstandards erfüllen." Sie ließ ihren Blick durch den Raum gleiten. „Dann und erst dann werden Sie als Telefonistin eingesetzt."

Rosie klappte ihren Notizblock auf und begann, alles zu notieren, was Mrs Reuff sagte. Die Lehrerin lächelte in ihre Richtung und war sichtlich erfreut. „Wie Sie wissen, wurden Sie ausgewählt, weil Sie intelligente, gesunde, wohlerzogene und ansehbare junge Damen sind. Nur die Hälfte der jungen Frauen, die sich beworben hat, hat es so weit gebracht wie Sie. Wenn wir jedoch zu irgendeinem Zeitpunkt in diesem Monat Ihrer Ausbildung feststellen, dass Sie diese Qualifikationen doch nicht erfüllen, werden wir nicht zögern, Sie zu entlassen."

Hannah kam es so vor, als hätte jemand abrupt die Bänder ihres Korsetts enger gezogen. Freundlich sein? Ihre Meinung für sich behalten? Einen ganzen Monat lang?

„Falls sich herausstellt, dass eine von Ihnen besonders großes Geschick für die Arbeit einer Telefonistin besitzt …" Mrs Reuff schaute mit gerunzelter Stirn in Hannahs Richtung. „… was zum gegenwärtigen Zeitpunkt zweifelhaft ist, können Sie vor dem Ablauf von vier Wochen die Schule verlassen und in der Zentrale eingesetzt werden."

Hannah atmete tief ein, als die Lehrerin noch einmal die Entlohnung erklärte. Aber Mrs Reuff betonte auch rasch, dass die Hälfte von ihnen sich während der Ausbildung als ungeeignet erweisen und entlassen werden würde.

Hannah rechnete im Kopf schnell nach, dass sie in einem Monat als Telefonistin zweiunddreißig Dollar verdienen würde, aber während der Ausbildung nur zwanzig. Wenn sie schneller in der Zentrale eingesetzt wurde, würde sie also mehr Geld verdienen. Sie und ihre Schwestern könnten das zusätzliche Geld gut gebrauchen. Sie würde alles dafür tun, um die Schule so schnell wie möglich zu absolvieren und eine der Ersten zu sein, die als Telefonistinnen eingesetzt wurden.

Mrs Reuff trat an ein cremefarbenes Plakat, das an der Wand hing, und nahm einen langen Zeigestab zur Hand. „Ein erstklassiger Dienst in einer Telefonzentrale ist die Frucht eiserner Disziplin. Deshalb beginnen wir mit den Regeln."

Etwas sträubte sich in Hannah. Warum mussten sie von „Regeln" sprechen? Konnte man nicht stattdessen von „Richtlinien" oder noch besser von „Vorschlägen für richtiges Verhalten" sprechen?

Sie verkniff sich ein Lächeln und erinnerte sich daran, dass ihre Mutter sie einmal damit aufgezogen hatte, dass die Rechtswissenschaften ein ungewöhnliches Studienfach für jemanden sei, der eine solche Abneigung gegen Regeln habe. Sie hatte ihrer Mutter erklärt, dass ihr die Ordnung der Gesetze gefalle. Dass vor Gericht alles schwarz oder weiß war und dass das Gesetz für jeden galt, unabhängig von seiner gesellschaftlichen Stellung und von seinem Geschlecht. Was ihr an *Regeln* nicht gefiel, war der willkürliche Umgang damit – Frauen wurden eingeschränkt und Männer konnten tun, was ihnen gefiel. Sie hasste es, wenn man ihr Grenzen setzte.

Die Lehrerin sprach fast eine halbe Stunde pausenlos weiter und betonte, wie wichtig pünktliches Erscheinen, ein wacher Geist und ein höfliches Einhalten aller Anweisungen der Lehrkraft seien.

Aller Anweisungen? Hannah schmerzte schon die Zunge, weil sie die Bemerkungen, die ihr auf der Zunge lagen, immer wieder hinunterschlucken musste. Sie würde heute Abend besonders viel beten müssen.

Mrs Reuff erklärte weiter, dass die Schülerinnen mehrere Prüfungen durchlaufen würden und sorgfältig und gewissenhaft lernen müssten. „Sie müssen lernen, alles auf eine festgelegte Weise zu machen“, sagte sie, „die gewohnten Abläufe einzuhalten, die wir Sie lehren, und dabei keinen Fehler zu machen.“

Hannah hob die Hand. „Aber ich dachte –“

„Ihr erster Fehler, Miss Gregory.“ Mrs Reuff runzelte die Stirn. „Alles, was Sie machen, geschieht automatisch. *Hier wird nicht gedacht!*“

Sie deutete mit dem langen Zeigestab auf die letzte Regel auf dem Plakat. „Da jede von Ihnen jetzt die Iowa-Telefongesellschaft repräsentiert, werden Mr Bradford und ich Ihr moralisches Verhalten einer Prüfung unterziehen.“ Mrs Reuff tippte auf Regel fünf. „Der Gottesdienstbesuch ist Pflicht und keine von Ihnen darf während der einmonatigen Ausbildungszeit Herrenbesuch empfangen. Meine Damen, habe ich mich klar und deutlich ausgedrückt?“

Einige Mädchen im Raum keuchten, aber Hannah lächelte.

Das war endlich eine Regel, die einfach zu befolgen wäre.

7

Beißender Rauch erfüllte die Luft.

Lincoln stieg in der Grand Avenue aus der Straßenbahn und schaute zum Himmel hinauf. Zwei Straßen weiter waren dicke, graue Rauchschwaden zu sehen, ganz in der Nähe von Pete Williams’ Haus. Seine Brust zog sich zusammen. Pete hatte an diesem Tag früher Feierabend gemacht. Hoffentlich kam der Rauch nicht von seinem Haus.

Er lief den Bürgersteig entlang und bahnte sich einen Weg durch die Menschenmenge, die sich auf dem Gehweg drängte und herausfinden wollte, wo es brannte. Er stolperte fast über ein kleines Mädchen, das sich ihm in den Weg stellte, fing sich aber wieder und rannte weiter. Rechts neben ihm läutete eine Glocke. Ein Spritzenwagen, der von drei kräftigen Apfelschimmeln gezogen wurde, bog eilig um die Ecke.

Lincoln kam an den ersten drei Häusern in der betroffenen Straße vorbei und ging im Geiste die Namen der Hausbesitzer durch – die Kauffmans, die Walkers, die Mennigs. Hinter Petes Haus stieg Rauch auf.

Endlich war er dicht genug, um die Flammen sehen zu können. Hier befanden sich so viele Schaulustige, dass er seine Schritte verlangsamen musste.

„Ich habe alles gehört." Eine ältere Frau deutete mit ihrem Gehstock auf den Rauch. „Es gab einen Knall und dann stieg der viele Rauch auf."

Hatte es eine Gasexplosion gegeben? Wenn das der Fall sein sollte, war hier niemand sicher.

Er kam vor Petes prunkvollem Anwesen zum Stehen und atmete erleichtert aus. Das, was hier brannte, befand sich hinter Petes Haus, womöglich sogar im Nachbarhaus oder im Garten. Er drängte sich durch die Schaulustigen hindurch, bis er ganz vorne stand, und ließ seinen Blick dann auf der Suche nach seinem Freund über Petes Garten schweifen. Pete und sein erwachsener Sohn Albert standen unter dem Säulengang an der Seite des Hauses und verfolgten das hektische Treiben bei ihren Nachbarn.

„Pete!" Lincoln lief die Stufen zum Säulengang hinauf und die beiden Männer drehten sich zu ihm um. „Was ist passiert? Geht es euch gut?"

„Uns geht es bestens. Die Fenster haben zwar gebebt, aber es ist nichts zerbrochen." Pete deutete auf die lodernden Flammen im hinteren Teil des Nachbarhauses. „Elias Fergusons Kutschhaus brennt wie Zunder."

Lincoln starrte die Flammen an, die bereits die Bäume neben dem Kutschhaus erfasst hatten, und versuchte, sich an Elias Ferguson zu erinnern. „Ist er nicht Geschäftsführer bei der ‚Western Union'?"

„Ja."

„Wie ist es zu dem Feuer gekommen?"

Pete schaute zuerst Lincoln und dann seinen Sohn an. „Es gab eine Explosion, so viel kann ich mit Sicherheit sagen."

Albert wandte den Blick nicht von den Flammen ab. „Angesichts des ganzen Geredes über einen Streik wird es sicher eine polizeiliche Untersuchung geben."

„Du glaubst, das Feuer wurde absichtlich gelegt?", gab Lincoln verwirrt zurück.

Albert, der sehr wissbegierig war und es liebte, Dinge zu erforschen, zuckte die Achseln. Er sprach selten mehr als ein paar Worte mit Lincoln. Aus irgendeinem Grund mochte der junge Mann Lincoln nicht.

Pete legte seinem Sohn eine Hand auf die Schulter. „Albert hat wahrscheinlich recht. Aufgrund der Probleme bei der ‚Western Union' steht zu befürchten, dass wir es hier mit Brandstiftung zu tun haben."

In diesem Augenblick zerbarst ein Balken in dem brennenden Gebäude mit lautem Krachen. Wenn die Gewerkschaft Veränderungen herbeiführen wollte, war Brandstiftung im Haus des Geschäftsführers wohl kaum der beste Weg, um ihn zur Kooperation zu bewegen. Andererseits konnten frustrierte Männer nicht immer klar denken.

Was machte Walt denn auf der Veranda ihres neuen Hauses?

Nachdem sie rasch einen Blick hinter sich geworfen hatte, um festzustellen, ob eine andere Telefonistin in der Nähe war, beschleunigte Hannah ihre Schritte. Zum Glück musste Rosie auf dem Heimweg noch etwas einkaufen und war deshalb nicht bei ihr.

Ihr Herz hämmerte gegen ihre Brust. Was würde passieren, wenn jemand Walt sah – vor allen Dingen angesichts der neuen Regeln, an die sie sich halten musste?

Walt stand vornübergebeugt da und hatte die Hände auf die Knie gestützt. Sein Brustkorb hob und senkte sich schnell. Offenbar war er den weiten Weg hierher gelaufen.

Bitte, Herr, lass nicht zu, dass es noch mehr Probleme gibt.

Als sie die Stufen hinaufstieg, richtete sich Walt auf und nahm seinen Hut ab. Ein Lächeln überzog sein Gesicht. „Ich bin so froh, dass du endlich zu Hause bist. Ich –"

Sie hob die Hand, um ihn zu unterbrechen. „Wir können hier nicht miteinander sprechen. Was ist, wenn uns jemand sieht?"

„Was sollte denn jemand sehen?“ Verblüfft sah er sie an.

„Du musst gehen.“ Sie drückte beide Hände an seinen Rücken und schob ihn Richtung Treppe.

„Hör auf, mich wegzuschieben! Ich bin doch gerade erst gekommen.“ Er drehte sich um und runzelte die Stirn. „Warum benimmst du dich so komisch? Hast du den Finger in eine dieser Buchsen in der Telefonzentrale gesteckt?“

Sie schaute ihn finster an. „Ich darf keinen Herrenbesuch haben, solange ich an der Schule bin. Du musst also gehen.“

„Ich gehe erst, wenn ich dir gesagt habe, warum ich hier bin. Du kennst mich schon mein ganzes Leben lang und weißt genau, dass ich nicht den weiten Weg hierher gelaufen bin, um Leibesübungen zu machen.“

Hannah biss sich auf die Lippe. Wenn ihr ältester Freund mit ihr sprechen musste, würde sie sich das von keiner Regel verbieten lassen. Noch vor wenigen Monaten wäre sie nie auf den Gedanken gekommen, ihn wegzuschicken.

Sie sperrte die Tür auf. „Komm mit hinein.“

„Ins Haus? Das geht nicht. Deine Schwestern sind noch nicht zu Hause.“

„Komm jetzt! Schnell!“ Sie packte ihn am Arm und zog ihn durch die Tür.

„Hat dir schon mal jemand gesagt, dass du ausgesprochen herrisch bist?“

„Ja. Das habe ich schon öfter gehört.“ Sie blieb im Wohnzimmer stehen, schloss die Tür hinter sich und drehte sich zu ihm herum. „Also, was gibt es so Wichtiges, dass ich dafür meine Stelle riskiere?“

„Deine Stelle ist genau der Grund, aus dem ich hier bin.“ Ohne dass sie ihn dazu eingeladen hätte, durchquerte er mit drei langen Schritten das Zimmer und setzte sich aufs Sofa.

„Mach es dir doch bequem“, kommentierte sie bissig.

„Danke. Das mache ich gern.“

„Du bist genauso lästig wie ein Bruder.“ Hannah trat ans Fenster und schloss den Spalt zwischen den Spitzenvorhängen, als könnte sie dadurch neugierige Blicke aussperren. „Rück endlich mit der Sprache heraus! Warum bist du hier?“

„Ich mache mir Sorgen um dich.“

„Um mich? Warum?“ Sie setzte sich in einen Sessel, faltete die Hände auf ihrem Schoß und schaute Walt an. Auch wenn er noch so lässig ein Bein übers andere schlug, konnte er ihr nichts vormachen. Seine grünen Augen, in denen sie schon immer hatte lesen können wie in einem Buch, verrieten, dass er gekommen war, weil er sich wirklich Sorgen machte.

Er legte die Hand auf sein Knie. „Du weißt ja sicher, dass du, wenn du als Telefonistin zu arbeiten anfängst, die Wahl hast, ob du in die Gewerkschaft eintreten willst oder nicht.“

„Daran hatte ich noch nicht gedacht, aber wahrscheinlich hast du recht. Warum ist das ein Problem? Mir ist ja bekannt, dass du dich in der Telegrafengewerkschaft engagierst. Der Streik im letzten Jahr hat mehrere Wochen gedauert.“

Er strich sich mit der Hand übers Kinn. „Es könnte wieder zu einem Streik kommen. Deshalb bin ich hier.“

„Und was hat das mit mir zu tun? Entschuldige, Walt, aber ich kann dir nicht ganz folgen.“

„Nach dem Streik im vergangenen Jahr wurden sechs Mitarbeiter der Telegrafengesellschaft – vier Männer und zwei Frauen – wegen ihrer Mitgliedschaft in der Gewerkschaft entlassen und von der Geschäftsleitung der ‚Western Union‘ auf eine schwarze Liste gesetzt“, erklärte er aufgeregt.

Hannah kannte Walt seit der zweiten Klasse, und wenn er von der Geschäftsleitung seiner Telegrafenfirma sprach, dann immer ausgesprochen kämpferisch. Das machte sie nervös, aber sie blieb still sitzen und ließ ihn ausreden.

„Diese sechs Telegrafen verdienen es, ihre Arbeit zurückzubekommen, und wir sind bereit, dafür zu streiken. Das heißt, falls unsere anderen Vorhaben scheitern.“ Er erhob sich erregt und schritt in dem kleinen Zimmer auf und ab. „Hannah, wenn wir streiken, müssen die Telefonistinnen sich uns vielleicht anschließen. Sie müssen unseren Streik unterstützen. Die Stärke der Gewerkschaft basiert darauf, dass auch diese Frauen die Arbeit einstellen, und in unserem Fall bedeutet das, dass sie die gesamte Kommunikation lahmlegen.“

„Dann werde ich nicht in die Gewerkschaft eintreten. Ich brauche diese Arbeit, um den Lebensunterhalt für meine Schwestern zu verdienen.“

„Ich weiß, aber hast du denn nicht gehört, was Streikbrechern zustoßen kann? Zu deiner eigenen Sicherheit musst du dich uns anschließen oder wenigstens alle Streikvorgaben einhalten." Er brach ab und blieb vor ihr stehen. „Bitte!"

„Ich werde tun, was ich kann."

„Das weiß ich." Walt nahm den Hut ab und fuhr sich mit den Fingern durch seine sandfarbenen Haare. „Noch etwas. Es könnte noch mehr Probleme geben. Halte dich unbedingt von der Mulberry Street fern."

Ihr Magen zog sich zusammen. Sie legte die Hand auf seinen Arm. „Bitte, tu nichts, wofür du in Schwierigkeiten geraten könntest! Und auch nichts, das dich in Gefahr bringen kann."

„Ich?" Er grinste sie schelmisch an. „Du solltest besser als jeder andere wissen, dass ich mich schon nicht erwischen lasse." Er berührte schalkhaft ihre Nase. „Und? Muss ich jetzt zur Hintertür hinausschleichen?"

Sie kicherte. „Ich könnte dich auch so anziehen, dass du aussiehst wie Charlotte. Dann kannst du kommen und gehen, wie du willst."

„Führe mich nicht in Versuchung, Hannah. Wir sind keine Schulkinder mehr."

„Wie meinst du das?"

Er gab ihr keine Antwort, aber der Blick, mit dem er sie bedachte, war alles andere als brüderlich.

8

Was hatte Walt mit seiner letzten Bemerkung gemeint?

Hannah stellte eine Kiste auf den Küchentisch, während ihr Verstand immer noch auf Hochtouren arbeitete und zu begreifen versuchte, was Walt gemeint haben könnte. Hatte er damit sagen wollen, dass er mehr als nur ihr guter Freund sein wollte? Nein, sie las bestimmt zu viel in seine Worte hinein. Sie waren Freunde. Nein, eher wie Bruder und Schwester. Sie hatte Walt kein einziges Mal mit anderen Augen gesehen. Zugegeben, vielleicht ein- oder zweimal, aber damals hatte sie noch Zöpfe getragen.

Sie zog eine Kuchenform aus ihrer Kiste, als Tessa hereingehüpft kam. Sie ließ sich auf einen Stuhl fallen, warf ihren Schreibblock auf den Tisch und schlug eine Zeitung auf.

„‚Chicago bald vom Rest der Welt abgeschnitten!'"

„Wovon sprichst du?" Hannah verbannte die Gedanken an Walt aus ihrem Kopf.

„Das sind die heutigen Schlagzeilen. Ich habe beschlossen, dass ich Reporterin werden will. Deshalb schreibe ich mir die besten Schlagzeilen auf. Diese Story berichtet davon, dass die Chicagoer Telegrafengewerkschaft über einen Streik nachdenkt, der Chicago von jeglicher Kommunikation mit der Außenwelt abschneiden würde." Tessa legte die Zeitung auf den Tisch.

Die Streikgerüchte bezogen sich also nicht nur auf Des Moines.

„Ich könnte diesen Artikel viel besser schreiben. Der hier ist langweilig."

Hannah lächelte ihre Schwester an. In letzter Zeit wollte Tessa fast jeden Tag etwas anderes werden. „Was würdest du erwähnen, das dir in dem Artikel fehlt?"

„Blut. Ein Aufstand. Straßenunruhen. So etwas fasziniert die Leser doch immer." Tessa deutete auf eine andere Schlagzeile. „Die hier ist gut: ‚Opfer von Zugunglück bei lebendigem Leib gebraten'."

„Tessa, das ist ja schrecklich!"

„Aber es erregt deine Aufmerksamkeit, nicht wahr?" Tessa trommelte mit dem Bleistift auf ihren Block. „Ich werde dir jetzt einige Fragen stellen. Bist du bereit?"

Hannah verdrehte die Augen und wickelte einen Teller aus. „Natürlich."

„War der Tag in der Telefonistinnenschule so langweilig, wie es sich anhört?"

Nachdem sie den Teller mit einem Geschirrtuch abgewischt hatte, stellte Hannah ihn in den Schrank und schaute Tessa schmunzelnd an. Natürlich dachte ihre jüngere Schwester, dass ein ganzer Tag in der Schule alles andere als aufregend war.

„Im Gegenteil, es war ziemlich spannend." Hannah holte den nächsten Teller aus seiner schützenden Umhüllung. „Professor Phillip

E. Tubman hat uns erklärt, wie ein Telefon funktioniert. Wusstest du, dass ein Telefon aus zweihunderteins Teilen besteht?"

„Muss ich das denn wissen?" Tessa notierte die Information auf ihrem Block. „Hat dieser Professor den ganzen Tag geredet?"

„Nein, sein Unterricht dauerte eine Stunde. Nach der allgemeinen Vorstellung heute Morgen folgte seine Stunde über die Mechanismen der Telefonie und von Mrs Nesbit bekamen wir unsere ersten Stimmübungen."

„Warum musst du denn Stimmübungen machen? Du willst doch nicht singen lernen."

„Wir lernen, richtig zu atmen."

Tessa zog eine Braue hoch. „Das kriegst du doch auch jetzt schon ganz gut hin."

Hannah richtete sich auf und drückte eine Hand auf ihr Zwerchfell. Sie atmete tief ein und fühlte, wie ihr Bauch sich unter ihrer Handfläche ausdehnte. „Siehst du? Es gibt eine Atemtechnik, die dir erlaubt, deine Stimme effektiver einzusetzen. Man muss sein Zwerchfell ausdehnen."

„Wenn du meinst."

Charlotte kam ins Zimmer. „Wenn sie was meint?"

Hannah hievte die nächste Kiste auf den Tisch und reichte Charlotte die schwere gusseiserne Pfanne, die darin lag. „Ich habe Tessa erzählt, was ich heute gelernt habe."

„Sie hat atmen gelernt", grinste Tessa. „Und sie sagt, dass es spannend gewesen sei. Da würde man doch am liebsten gleich loslaufen und sich zu ihr in die Schule setzen, findest du nicht auch?"

„Tessa!" Hannah runzelte die Stirn.

„Was? Das hast du doch gerade selbst gesagt." Sie hielt ihren Block hoch. „Schau! Hier steht es schwarz auf weiß. Ich habe dich zitiert."

Charlotte kicherte und stellte die Pfanne auf den Herd. „Ich fürchte, du hast unsere kleine Schwester nicht wirklich beeindruckt."

„Aber, Lottie, du könntest mich beeindrucken." Tessa öffnete die Eisschranktür. Kühle Luft strömte ins Zimmer. „Du könntest uns etwas Köstliches kochen. Ich verhungere fast."

„Es ist schwer, etwas Köstliches zu kochen, wenn unsere Küchenschränke leer sind." Charlotte schob ihre jüngere Schwester zur

Seite, öffnete eine Schranktür und hielt eine Dose Bohnen hoch. „Hat jemand Appetit auf Bohnen?"

„Schon wieder?", stöhnte Tessa.

„Tut mir leid. Etwas anderes haben wir nicht."

Schuldgefühle zehrten an Hannah und sie sank auf einen Stuhl. „Ich weiß, dass es schwer ist, aber wir haben alles aufgebraucht, was Mama eingemacht hat. Wir haben nur noch ein paar Gläser Marmelade. Und wenn ihr euch erinnert, hatten wir nicht jeden Tag Bohnen. Letzte Woche gab es einmal Fisch. Und Mrs Murphy hat uns ein warmes Abendessen gebracht, als wir eingezogen sind. Ich bekomme am Ende der Woche meinen ersten Lohn. Dann können wir Lebensmittel kaufen."

Tessa faltete die Hände. „Herr, bitte schenk uns noch etwas anderes als Bohnen zum Essen. Bitte, bitte, bitte."

Ein Klopfen an der Tür unterbrach ihr theatralisches Gebet. Alle drei drehten sich herum. Hannah erhob sich vom Tisch. „Ich gehe schon."

Die Eichentür ächzte, als sie sie öffnete. Vor ihr stand ein sommersprossiger Junge mit einer karierten Kappe, die schief auf seinen kastanienfarbenen Haaren lag. In den Armen hielt er eine Kiste, auf der in großen Lettern „Zenith-Hafer: Der beste weiße Hafer in ganz Iowa" stand.

Hannah lächelte den Jungen an. „Hallo, was kann ich für dich tun?"

„Das ist eine Lieferung von Maxwell-Lebensmittel."

„Hier muss ein Versehen vorliegen. Ich habe nichts bestellt."

Er setzte die Kiste ab und zog ein Blatt Papier aus seiner Tasche. „Sind Sie Miss Hannah Gregory?"

„Ja."

„Dann ist das für Sie. Auf meinem Zettel steht, dass die Kiste ein Geschenk zum Einzug für Sie und Ihre Schwestern von einem Mr Lincoln Cole ist."

Er schon wieder. Ihr Blut kochte. Wie konnte er es wagen, ihnen Lebensmittel zu schicken? Das tat er doch sicher nur, weil er Schuldgefühle hatte! Glaubte er etwa, sie würde Almosen von ihm annehmen? Sie sollte auf der Stelle zu ihm gehen und ihm deutlich die Meinung sagen.

Der Junge hatte die Kiste wieder aufgehoben und sah sie erwartungsvoll an. „Also, wo wollen Sie sie hinhaben? In die Küche?"

„Wir können die Sachen nicht annehmen." Sie trat einen Schritt zurück und machte Anstalten, die Tür zu schließen.

„Ma'am, warten Sie! Was soll ich jetzt damit machen?"

„Bring sie bitte in den Laden zurück, und erkläre dem Mann, dass ich die Annahme verweigert habe."

„Aber das ist meine letzte Auslieferung heute und danach kann ich nach Hause gehen."

Hannah atmete tief ein. Vielleicht sollte sie die Kiste selbst zurückgeben. Schließlich war es nicht fair, dass dieser Junge zusätzliche Arbeit hatte, nur weil Lincoln Cole dachte, er könnte sich seine Vergebung erkaufen.

Tessa trat neben sie. „Ich nehme die Kiste."

„Tessa Gregory, das tust du nicht!"

„Ich habe gebetet und Gott hat mein Gebet erhört. Willst du dich jetzt etwa auch mit Gott anlegen?"

Der Junge schob die Lebensmittel blitzschnell in Tessas wartende Arme und war die Treppe hinabgelaufen, bevor Hannah auch nur ein Wort sagen konnte. Sie schaute ihre Schwester finster an. „Was machen wir jetzt damit?"

„Ich hätte da einen Vorschlag …" Tessa griff in die Kiste und nahm einen Apfel heraus. Sie biss geräuschvoll hinein. Mit vollem Mund murmelte sie: „Wir sollten die Sachen essen."

Hannah versuchte, ihrer Schwester die Kiste abzunehmen, aber das Mädchen war zu schnell. Tessa eilte hinein und stellte die Lebensmittel auf den Küchentisch.

Charlottes Augen wurden ganz groß. „Woher kommt das alles?"

„Von Mr Cole." Tessa biss erneut in ihren Apfel und wischte sich den Saft vom Kinn.

„Bevor du jetzt anfängst, ein Menü zusammenzustellen, sage ich dir gleich, dass wir die Sachen nicht behalten können." Hannah legte die Hand auf die rauen Holzbretter der Kiste.

„Warum denn nicht?", fragte Tessa. „Ich habe gehört, wie der Junge gesagt hat, dass das ein Geschenk zum Einzug ist."

„Weil es nicht richtig ist", seufzte Hannah. „Mr Cole sollte uns keine Geschenke schicken."

„Aber Papa hat immer gesagt, dass man nie weiß, wie der Herr antwortet, wenn man betet." Tessa hielt eine Dose mit „Folgers Kaffeebohnen" hoch und schüttelte sie kräftig. Es erklang ein lebhaftes Rasseln. „Ich habe gebetet und der Herr hat mein Gebet erhört." Sie schüttelte die Dose ein weiteres Mal. „Wie lange ist es her, seit du Kaffee getrunken hast? Wir wissen doch alle, wie sehr du Kaffee liebst."

Hannah lief beim Gedanken an eine Tasse des dunklen Gebräus mit Zucker und Sahne das Wasser im Mund zusammen, aber sie konnten dieses Geschenk nicht behalten. Das war einfach nicht richtig.

Charlotte schob einige Sachen in der Kiste zur Seite. „Hier ist ein Viertelliter Milch und zwei Packungen vom Metzger sind auch dabei. Diese Sachen sollten wir lieber in den Eisschrank legen."

„Findest du etwa auch, dass wir das behalten sollen?" Hannah schaute die beiden finster an. Hatten sie den Verstand verloren? „Muss ich euch daran erinnern, dass Mr Cole derjenige war, der uns aus unserem Zuhause vertrieben hat? Er ist ein selbstgefälliger, arroganter, besserwisserischer Mann, den jetzt Schuldgefühle plagen, weil er drei Waisen aus ihrem Haus geworfen hat."

„Mr Cole ist einfach nur nett, Hannah. Ich finde es unfair, etwas anderes in seine freundliche Geste hineinzudeuten." Charlotte nahm die Milch und stellte sie in den Eisschrank. „Außerdem hat Mr Cole uns nicht unser Haus weggenommen. Das war die Bank. Er war einfach nur der Überbringer der schlechten Nachricht, und es ist nicht fair, ihm dafür den Kopf abzureißen."

„Ich würde diesen Boten jedenfalls wirklich zu gern mit Papas Schrotflinte erschießen", murmelte Hannah.

Charlotte deutete mit dem Paket des Metzgers in ihre Richtung. „Du überraschst mich. Außerdem ist es ein Geschenk, und Mama würde nicht wollen, dass wir unhöflich sind und es ablehnen."

„Also gut." Hannah verschränkte die Arme. „Es könnte eine Weile dauern, aber ich werde ihm jeden Cent zurückzahlen."

Charlotte nahm Tessa die Kaffeedose aus der Hand und öffnete den Deckel. Sie hielt Hannah die Dose unter die Nase. „Was hältst du davon, eine Tasse Kaffee von diesem selbstgefälligen, arroganten, besserwisserischen Mann anzunehmen, der so freundlich war, neben all den Lebensmitteln auch deinen heiß geliebten Kaffee zu schicken?"

Der Duft stieg Hannah in die Nase und sie benetzte ihre Lippen.

Eine einzige Tasse könnte ja nicht schaden.

Nach allem, was sie wegen Mr Cole durchmachen musste, stand er eigentlich in ihrer Schuld.

Ein Vertragspaket musste noch ausgearbeitet werden, dann konnte Lincoln für heute Feierabend machen. Es war eine lange Woche gewesen, und er konnte es nicht erwarten, ein paar angenehme Stunden auf dem Golfplatz zu verbringen. Er legte alles auf einen Stapel und klopfte die Kanten auf seine Schreibtischplatte, um die Papiere zu einem ordentlichen Stoß zu ordnen. Dann begann er, die erste Seite zu lesen. Als er bei Seite zwei ankam, verschwammen die Worte bereits vor seinen Augen.

Er lehnte sich auf seinem Stuhl zurück und legte die Füße auf die Schreibtischkante. Das Klappern der Schreibmaschine der Stenotypistin, die leisen, monotonen Stimmen im Hintergrund und das Rascheln von Papier lullten ihn ein, und er schloss die Augen. Zögernd gab er dem Wunsch nach einem kurzen Nickerchen nach. Ein paar Minuten Schlaf konnten nicht schaden.

Ein Schlag auf seine Füße weckte ihn. Er fuhr hoch und fiel fast vom Stuhl.

„Hier!"

Lincoln musste sich an seinem Schreibtisch festhalten, um das Gleichgewicht wiederzufinden, und hob den Blick. Vor ihm stand Hannah Gregory und hielt ihm zwei glänzende Vierteldollarmünzen hin.

„Nehmen Sie das!" Sie hielt ihm die Münzen unter die Nase. „Ich weiß, dass die Lebensmittel damit nicht abgezahlt sind, aber es ist ein Anfang."

Er schüttelte den Kopf und war immer noch leicht benommen. Wie lange hatte er gedöst? Er vernahm ein hämisches Lachen und schaute sich im Büro um. Cedric. Er konnte sich lebhaft vorstellen, dass dieses Wiesel eine solche Szene genoss.

Lincoln senkte die Stimme. „Hannah, wovon sprechen Sie?"

„Für Sie immer noch ‚Miss Gregory'." Sie stemmte die Fäuste in die Hüften. „Und ich spreche von dem Geschenk, das Sie meinen Schwestern und mir nach dem Einzug schicken ließen."

„Die Lebensmittel?"

„Ja." Sie hielt ihm erneut die Münzen hin. „Ich habe die Absicht, sie Ihnen zu bezahlen."

Er runzelte die Stirn und schob ihre Hand weg. „Setzen Sie sich."

Sie rührte sich keinen Millimeter.

„Bitte nehmen Sie Platz, Miss Gregory." Er seufzte.

Sie warf die Schultern zurück. „Nein danke, ich regle diese Angelegenheit lieber im Stehen."

„Was wollen Sie regeln?"

Sie hob langsam die Hand und ließ zuerst die eine und dann die andere Münze mit einem leisen Klirren auf den Schreibtisch fallen. Die Münzen drehten sich und blieben schließlich liegen.

Blitzschnell nahm er die Münzen und eilte um seinen Schreibtisch herum. „Das nehme ich nicht an." Er packte ihr Handgelenk und drückte ihr die Münzen wieder in die Hand.

„Doch!"

Das Gelächter seines Kollegen drang an seine Ohren und sein Gesicht begann zu glühen. Eine Ader an seinem Kinn begann zu pochen. Er beugte sich zu ihr und zwang sich, die Worte leise auszusprechen. „Ich würde gern unter vier Augen weiter darüber sprechen. Kommen Sie bitte mit."

„Ich gehe nirgendwohin."

„Aber ich. Und Sie können den ganzen Tag hier stehen bleiben, wenn Sie wollen." Mit diesen Worten verließ er das Büro und marschierte zum Aufzug. Er betete, dass sie ihm folgen würde. Was sollte er tun, wenn sie im Büro blieb und eine Szene machte?

Als er den Fahrstuhl erreichte, drückte er auf den Knopf und zwang sich, sich nicht umzudrehen, um zu sehen, ob Hannah hinter ihm war. Seine Geduld wurde belohnt, als er das verräterische Klappern ihrer Absätze auf dem Holzboden hörte. Aus der Geschwindigkeit des Klapperns schloss er, dass sie immer noch vor Wut kochte.

Der Aufzug blieb klappernd stehen, und Mr Welch, der weißhaarige Fahrstuhlführer, zog die Drahtkäfigtür auf. Lincoln deutete zum Aufzug und Hannah marschierte hinein. Er folgte ihr.

„Wohin darf ich Sie bringen, Mr Cole?", fragte Mr Welch.

„Ins Erdgeschoss, bitte. Wir wollen spazieren gehen."

Hannah warf ihm einen finsteren Blick zu.

Mr Welch schmunzelte und schob den Messinghebel zur Seite. „Entschuldigen Sie, wenn ich das sage: Aber die Dame scheint von Ihrer Idee nicht sehr angetan zu sein."

Hannah verschränkte die Arme, als wollte sie damit ihre Zustimmung zu Mr Welchs Beobachtung unterstreichen. Lincoln grinste und zählte die Stockwerke des Bürogebäudes, während sie nach unten fuhren.

Neun, acht, sieben. Hannah stand stocksteif da und presste den Rücken an die Wand. Was ging ihr in diesem Moment durch den Kopf? Als Anwalt hatte er gelernt, den nächsten Schritt des Gegners vorherzusehen, aber diese Frau war nicht so leicht zu durchschauen.

Fünf, vier. Er schmunzelte. Auch wenn sie sichtlich gereizt war, konnte er sie nur schwer als Gegnerin betrachten. Trotzdem würde er eine Woche Aktenwälzen darauf verwetten, dass sie sich darauf vorbereitete, ihm bei der erstbesten Gelegenheit einige Unfreundlichkeiten an den Kopf zu werfen. Nun, wenn sie einen Kampf wollte …

Zwei, eins. Der Aufzug ruckelte und blieb schließlich stehen. Hannah verlor das Gleichgewicht und fiel gegen ihn. Lincoln fing sie auf und ihre Wangen röteten sich.

„Hm." Mr Welch rieb sich den Bart. „Es sieht so aus, als habe sie ihre Meinung über Sie bereits geändert, Mr Cole."

9

Obwohl Hannah sich bemühte, sich von ihm zu befreien, ohne Aufsehen zu erregen, hielt Lincoln Cole sie am Ellbogen fest und führte sie aus dem Gebäude. Auf dem Gehweg verlangsamte er seine Schritte nicht, sondern führte sie über die gepflasterte Straße zum Rasen auf dem Court House Square.

„Lassen Sie mich los!"

Er zog die Hand zurück, als wäre ihm gar nicht aufgefallen, dass er sie immer noch festhielt. „Entschuldigen Sie."

„Wenn Sie jetzt bitte so freundlich wären und das hier nehmen würden …" Sie hielt ihm das Geld erneut hin. „Dann kann ich wieder gehen."

Er verschränkte die Arme. „Ich habe Ihnen doch gesagt, dass ich das Geld nicht nehme. Die Lebensmittel waren ein Geschenk."

„Es schickt sich nicht, dass ich ein Geschenk von Ihnen annehme." Obwohl sie diesen Moment seit Tagen geplant hatte, lief die Sache nicht so, wie sie es wollte.

Er zuckte mit den Schultern. „Die Sachen waren nicht für Sie gedacht. Sie waren für Tessa. Ist es falsch, einem Waisenkind, das Hunger leidet, etwas zu schenken?"

„Ich würde nie zulassen, dass meine Schwester Hunger leidet!"

„Aus Tessas Mund klang das aber ganz anders." Er rückte seine Krawatte zurecht.

Hatte Tessa das wirklich gesagt? Sie würde ihrer Schwester wegen ihrer überzogenen Geschichten gründlich den Kopf waschen, sobald sie diesen lästigen Mann dazu gebracht hatte, ihr Geld anzunehmen. „Tessa ist manchmal etwas melodramatisch."

„Das mag sein, aber ich habe nur meine Christenpflicht erfüllt. Die Bibel sagt, dass es Gottes Wille ist, dass wir die Witwen und Waisen versorgen. Wenn Sie also ein Problem damit haben, müssen Sie das mit Gott klären."

Oh, er wusste, dass er sie jetzt am Haken hatte! Sie war wütend. Warum konnte er nicht verstehen, dass sie keine fremde Hilfe wollte, schon gar nicht seine?

Sie atmete tief ein, um sich zu beruhigen, und schaute sich auf dem offenen Platz um. Einige Geschäfte schlossen freitags früher, deshalb herrschte auf den Straßen reger Betrieb.

Die Pferde-Straßenbahn kündete mit laut klingelnder Glocke ihr Kommen an. Mrs Reuff, die Leiterin der Telefonistinnenschule, stieg mit einem Paket in der Hand heraus. Hannah stockte der Atem. Was machte die Schulleiterin hier? Offenbar wollte sie ein Paket aufgeben, das Postamt befand sich in einem Gebäude hier auf dem Platz. Was wäre, wenn sie Hannah entdeckte?

„Hannah, stimmt etwas nicht?"

Sie wandte sich von der Straßenbahn ab. „Ich darf nicht mit Ihnen gesehen werden."

„Warum nicht?"

„Sehen Sie diese Frau mit dem großen pfirsichfarbenen Hut da drüben? Das ist Mrs Reuff, eine Lehrerin an meiner Telefonistinnenschule." Hannah warf wieder einen vorsichtigen Blick zu Mrs Reuff.

„Und?"

„Die Telefonistinnenschule hat strenge Regeln in Bezug auf Herrenbekanntschaften." Sie hielt ihm die Hand hin. „Bitte nehmen Sie das, damit ich nach Hause gehen kann. Ich kann es mir nicht leisten, meine Stelle zu verlieren."

„Mrs Reuff kann nichts dagegen einwenden, wenn Sie mit Ihrem Anwalt sprechen."

„Aber Sie sind nicht mein –"

Er deutete mit dem Kopf auf die Lehrerin, die immer näher kam. „Kommen Sie. Verschwinden wir von hier."

Einige Minuten später hatte Mr Cole einen freien Fensterplatz in einem der kleinen Restaurants in der Mulberry Street gefunden. Er winkte die Kellnerin herbei und bestellte zwei Tassen Kaffee.

„Ich sollte nicht hier sein, Mr Cole." Sie nippte an ihrem Lieblingsgetränk. Zimtgeruch lag in der Luft, und sie fragte sich, ob wohl gerade ein Kuchen aus dem Ofen geholt worden war. Bei diesem Gedanken lief ihr das Wasser im Mund zusammen.

Zwei Geschäftsleute am Fenstertisch neben ihnen hatten offenbar den gleichen Gedanken und riefen die Kellnerin, um ein Stück Kuchen zu ihrem Kaffee zu bestellen. Mr Cole folgte ihrem Beispiel.

„Ich brauche keinen Kuchen, Mr Cole."

„Bitte sagen Sie ‚Lincoln' zu mir." Er schaute sie über den Rand seiner Tasse hinweg an.

„Wenn Mrs Reuff uns sieht …"

Er stellte die Tasse ab. „Dann erklären Sie ihr, dass wir einige Dinge hinsichtlich der Immobilie Ihrer Eltern besprechen müssen."

„Aber das tun wir nicht."

„Hatten Ihre Eltern eine Lebensversicherung?"

„Sie wissen doch, dass sie keine hatten." Sie presste ihre kalten Hände an ihre warme Tasse.

„Sehen Sie? Wir haben bereits einen Aspekt angesprochen, der in gewisser Weise auch die Immobilie betrifft.“ Seine blauen Augen funkelten.

„Fällt es Ihnen immer so leicht zu lügen?“

Als er sie finster anschaute, bereute sie ihre spitzzüngige Bemerkung. „Nein. Ehrlich gesagt, bewundere ich Ehrlichkeit sehr. Und wenn wir schon beim Thema ‚Wahrheit‘ sind: Könnten Sie mir jetzt bitte verraten, warum Sie heute wirklich zu mir gekommen sind?“

„Ich bin gekommen, um Ihnen das Geld für die Lebensmittel zurückzuzahlen.“

„Aus diesem Grund hätten Sie nicht persönlich kommen müssen, denn Sie hätten das Geld problemlos mit der Post schicken und sich den weiten Weg sparen können.“

„Aber … ich … ich hielt es nicht für richtig, es mit der Post zu schicken.“

Er zog die Brauen hoch. „Wissen Sie, was ich glaube? Ich glaube, Sie wollten mich wiedersehen.“

„Das ist ja lächerlich!“ Ihr Gesicht und ihr Hals wurden warm. Sie nahm hastig ihre Handtasche und stand auf. „Der Besuch war rein geschäftlicher Natur, Mr Cole. Ich entschuldige mich, dass ich, als ich in Ihre Kanzlei kam –“

„Dass Sie ein wenig aufgebracht waren?“

„Nein, ich wollte sagen, dass ich die anderen darauf aufmerksam gemacht habe, dass Sie eingeschlafen waren.“ Sie knallte ihre Serviette neben ihren Teller. „Ich versichere Ihnen, dass ich Ihnen das Geld nächste Woche mit der Post schicken werde.“ Hannah marschierte Richtung Ausgang.

Im nächsten Moment hörte Lincoln, wie hinter ihm Glas zerbarst und die junge Frau einen Schrei ausstieß. Er hastete zu ihr, zog sie zu Boden und schirmte sie mit seinem Körper ab. Eine zweite Fensterscheibe zersplitterte. Scherben prasselten um sie herum auf den Boden.

„Hannah?“ Er rollte sich von ihr herunter und ergriff ihren Arm. „Sind Sie verletzt?“

Sie setzte sich auf und wischte die Scherben von ihrer Kleidung. „Nein. Mir geht es gut. Ist jemand verletzt?“

Er schaute sich um. Um die zwei Geschäftsleute kümmerte sich die Kellnerin, aber sie schienen mehr oder weniger unversehrt zu sein. Er half Hannah vorsichtig auf die Beine und betrachtete sie.

„Lincoln, Sie bluten ja!"

„Sie auch." Ein langer, dünner Kratzer zog sich über ihre blasse Wange. Er zog sein Taschentuch heraus und tupfte vorsichtig das Blut weg. Seine eigene Wunde konnte er später versorgen.

„Was ist passiert?" Hannah schaute sich um.

Lincoln deutete auf zwei Ziegelsteine, die auf dem Boden lagen und an denen eine Nachricht befestigt war. „Ich denke, man hat diese Steine durch die Fenster geworfen. Offenbar wollte man jemandem eine Botschaft überbringen."

„Wem?"

Er hob einen der Ziegelsteine auf und löste die Zettel, die daran hingen. Er wandte sich an die anderen Gäste. „Arbeitet jemand von Ihnen bei der Telegrafengesellschaft?"

Die beiden Männer, die am anderen Fenster gesessen hatten, nickten.

„Dann ist diese Botschaft offenbar für Sie bestimmt." Er reichte den Männern die Zettel.

„Lincoln, wovon sprechen Sie?"

Er führte sie zur Tür. Die Glasscherben knirschten unter ihren Schuhen. „Offenbar hat diese ganze Angelegenheit mit einem Gewerkschaftsproblem zu tun."

„Die Täter arbeiten für die Telegrafengesellschaft?"

„Die Nachricht auf dem Zettel lässt das vermuten."

Die Farbe wich aus ihrem Gesicht und sie wankte.

Er stützte sie. „Ist alles in Ordnung?"

„Ich muss nach Hause."

„Vorher müssen wir mit der Polizei sprechen. Dann besorge ich uns eine Droschke und bringe Sie nach Hause." Sie trat auf den Bürgersteig hinaus. Er beobachtete, wie sie ihren Blick über die Menschen auf der Straße schweifen lief.

Nach wem hielt sie Ausschau? Nach ihrer Lehrerin? Ein sonderbares Gefühl lief über seinen Rücken. Oder suchte sie jemand anderen?

Ihre Schwestern waren vor Sorge inzwischen bestimmt ganz krank. Hannah saß neben Lincoln in einer Droschke und es wurde bereits dunkel. Sie hätte schon vor über zwei Stunden zu Hause sein sollen, aber es hatte lange gedauert, bis Lincolns Arm verbunden war und sie ihre Zeugenaussagen bei der Polizei gemacht hatten.

„Sind Sie sicher, dass Sie nicht verletzt sind? Ich habe Sie recht unsanft zu Boden geworfen." Lincoln berührte ihren Arm.

„Mir geht es gut." Aber morgen würde ihr alles wehtun. „Ich nehme an, dass ich Ihnen zu Dank verpflichtet bin."

„Sie sagen das, als wäre es Ihnen unangenehm." Er schaute sie mit seinen blauen Augen neckend an.

„Jedes Mal, wenn ich sicher bin, dass ich mit Ihnen nichts zu tun haben möchte, tun Sie etwas Nettes und überzeugen mich fast vom Gegenteil."

„Fast?"

Sie blieb ihm eine Antwort schuldig. Lincoln war wirklich ausgesprochen freundlich zu ihr, aber er hatte ihnen ihren Hof weggenommen. Erwartete er, dass sie das vergaß?

„Könnten Sie den Fahrer bitten, hier anzuhalten?"

„Aber es sind noch fast drei Häuserblocks zu Ihrem Haus."

„Es ist besser, wenn ich jetzt aussteige. Ich kann es nicht riskieren, dass man sieht, wie Sie mich nach Hause begleiten."

Er gab dem Fahrer Bescheid. Als die Droschke anhielt, half Lincoln ihr beim Aussteigen.

„Ich wäre beruhigter, wenn ich Sie den ganzen Weg bis nach Hause begleiten dürfte."

Sie hob die Hand. „Danke für das Angebot, aber das ist nicht möglich." Sie nickte ihm kurz zu und marschierte dann los.

„Hannah!", rief Lincoln ihr nach. „Wenn Sie irgendetwas brauchen, egal, was …"

„Danke, aber das wird nicht nötig sein." Sie winkte ab, ohne sich umzudrehen. „Machen Sie sich um mich keine Sorgen. Ich komme schon zurecht."

10

Und wenn er sich Sorgen um sie machen *wollte*?

Lincoln stieg wieder in die Kutsche und bat den Fahrer, Hannah mit einem gewissen Abstand zu folgen, bis sie sicher zu Hause war. Sie drehte sich kein einziges Mal um, um zu sehen, ob er noch da war, aber das überraschte ihn nicht. Als sie schließlich auf die Veranda des winzigen Hauses trat, ließ der Kutscher die Zügel schnalzen. Ein seltsames Gefühl regte sich in Lincoln. Warum fühlte er sich für Hannah Gregory verantwortlich, obwohl sie so fest entschlossen war, nichts mit ihm zu tun haben zu wollen?

Er lehnte den Kopf an den gepolsterten Ledersitz und schloss die Augen. Sein Magen knurrte und erinnerte ihn daran, dass die Zeit fürs Abendessen längst vorbei war. Er hätte darauf bestehen sollen, Hannah nach der Aufregung, die sie durchgestanden hatte, in ein nettes Restaurant einzuladen, aber wahrscheinlich hätte sie seine Einladung abgelehnt. Er lachte trocken. *Wahrscheinlich?* Nein, sie hätte hundertprozentig abgelehnt. Wenn er klug war – und er war klug –, sollte er sich Hannah Gregory aus dem Kopf schlagen.

Leider wollten ihm seine Gedanken so gar nicht gehorchen.

Charlotte entfernte einen weiteren Glassplitter aus Hannahs Haaren. Obwohl sie schon seit einer halben Stunde die Haare ihrer Schwester nach Splittern absuchte, hatte sie Hannah immer noch nicht mehr entlocken können, als dass ihre Schwester in einem Restaurant gewesen war und jemand einen Ziegelstein durch die Fensterscheibe geworfen hatte.

Aufgewühlt. Mit diesem Wort würde Charlotte Hannah beschreiben, aber das war seltsam. Hannah ging gern Risiken ein. Ein wenig Gefahr brachte sie gewöhnlich nicht aus der Ruhe.

„Du hast also gehört, wie Glas zerbrach, und was hast du dann getan?“ Tessa ließ sich mit ihrem Schreibblock in der Hand auf Hannahs Bett plumpsen.

„Ich habe geschrien. Das hat mich überrascht, aber ich will jetzt nicht darüber reden.“

„Ach, komm schon! Das ist meine erste richtige Story.“

„Und diese Story wirst du nicht schreiben!“, fauchte sie Tessa an. Seltsam, dass Hannah so streng zu ihr war – und das alles nur, weil sie mit knapper Not einer Gefahr entkommen war?

„Was hat Mr Cole gemacht, als du geschrien hast?“

Charlotte sah im Spiegel, wie Hannahs Wangen sich leicht röteten. Mit der Pinzette entfernte sie den nächsten Glassplitter aus den Haaren ihrer Schwester und ließ ihn auf den Porzellanteller fallen.

Tessa setzte sich abrupt auf. „Ist er wie ein Feigling unter den Tisch gekrochen?“

„Nein!“

Hm. Sie verteidigte ihn sogar.

„Also?“ Tessa forderte Hannah mit einer Handbewegung auf weiterzusprechen.

„Er hat mich auf den Boden gezogen.“

„Und?“ Charlotte konnte sich ein leichtes Nachhaken ebenfalls nicht verkneifen. Eine Schwester hatte schließlich ein Recht darauf, bestimmte Dinge zu wissen.

„Und er hat mich mit seinem Körper vor den Splittern abgeschirmt.“

„Wie romantisch!“ Tessa tat, als falle sie in Ohnmacht, und ließ sich theatralisch aufs Bett sinken.

Hannah schaute Charlotte im Spiegel an. „Was gibt es da zu grinsen? Es war ein Reflex!“

Sie versuchte, sich ein Grinsen zu verkneifen. „Wenn du das sagst.“

Tessa fuhr vom Bett hoch. „Wurde Mr Cole verletzt? Wurde sein gut aussehendes Gesicht irgendwie entstellt?“

„Lincoln hat eine Schnittwunde am Arm, aber seinem Gesicht ist nichts passiert.“

Charlotte nahm die Bürste und begann, sie durch Hannahs lange Locken zu ziehen. „Lincoln … so, so!“ Charlotte dämmerte, was passiert war. Ihr Mund verzog sich zu einem breiten Grinsen. Hannah war nicht wegen der eingeschlagenen Fensterscheibe so gereizt.

Sondern wegen Lincolns Reaktion darauf. Oder vielleicht wegen ihrer Reaktion auf Lincolns heroische Tat.

Hannah gab ihr keine Antwort. Vielmehr hob sie die Hand, um den Kratzer auf ihrer Wange zu berühren. Aus dem verträumten Blick in den Augen ihrer Schwester schloss Charlotte, dass Lincoln Cole auf dem besten Weg war, diesen Fall zu gewinnen.

Hannah atmete tief ein. Die vertraute Mischung aus den Parfums alter Frauen und frisch geölten Kirchenbänken erfüllte die Luft. Ihr Zuhause. Nun ja, fast ihr Zuhause. Ihr Kirchenzuhause. Ihr richtiges Zuhause war versteigert worden und jetzt wohnte eine andere Familie in ihren Räumlichkeiten. Sie war froh, dass ihre Schwestern einverstanden gewesen waren, mit der Pferde-Straßenbahn an den Stadtrand zu fahren und den Gottesdienst in der Kirche zu besuchen, in die sie früher regelmäßig gegangen waren. Sie schüttelte ihre Melancholie ab und begann, ihre Freunde zu begrüßen.

Sally Gerard lächelte, als sie eintrat. Das Mädchen war ein paar Jahre jünger als Charlotte und hatte die Haare zum ersten Mal wie eine Dame hochgesteckt. Nachdem sie ihr gesagt hatte, wie hübsch sie aussehe, entdeckte Hannah den kleinen Tommy Vincent. Sie hoffte, die Vincents würden wieder vor ihr sitzen. Die Eskapaden ihres kleinen, sommersprossigen Sohnes waren immer amüsant. Sie konnte sich noch an den Sommer erinnern, als er genau in dem Moment, in dem der Pfarrer erklärt hatte, dass Satan im Garten Eden in Gestalt einer Schlange aufgetaucht war, eine Schlange aus der Tasche gezogen hatte. Ein anderes Mal hatte er bei einer besonders langen Predigt ein Glas mit Fröschen geleert und den Pastor so veranlasst, schnell zum Ende zu kommen.

Der Junge hatte wirklich ein gutes Gespür für den richtigen Zeitpunkt.

Walt strahlte, als er sie erblickte. Er ging um die rundliche Mrs Witherspoon herum und steuerte geradewegs auf sie zu. „Was ist denn mit deinem Gesicht passiert?"

Auch Tessas Augen funkelten. „Sie war in einem Restaurant, als ein Ziegelstein durchs Fenster geworfen wurde."

„Du warst *dort?*"

Hannah schaute ihre Schwestern an und schickte sie mit einer kurzen Kopfbewegung weg. Charlotte verstand die Aufforderung und zog Tessa mit sich.

Walt trat näher. „Warum hast du nicht auf mich gehört? Ich habe dir doch gesagt, dass du dich von dort fernhalten sollst."

„Mir geht es gut. Danke der Nachfrage."

„Es tut mir leid. Das klang jetzt nicht so, wie ich es gemeint habe. Aber wenn ich gewusst hätte, dass du dort bist, hätte ich –"

„Walt, bitte sage mir, dass du mit dieser Sache nichts zu tun hattest."

Noch bevor Walt antworten konnte, betrat Mrs Reuff die Kirche. Hannah zuckte entsetzt zusammen. Was tat diese Frau hier? Natürlich hatte sie die Mädchen gewarnt, dass sie persönlich bei jeder einzelnen Schülerin überprüfen würde, ob ihr moralisches Verhalten einwandfrei sei, aber Hannah hatte nicht gedacht, dass Mrs Reuff so weit gehen und auch die Kirchengemeinden ihrer Schülerinnen aufsuchen würde.

Sie warf einen Blick in Hannahs Richtung, bemerkte Walt und zog ihre dicken Augenbrauen hoch. Dann rauschte sie an Hannah vorbei und sagte im Vorübergehen leise: „Guten Morgen."

Walt beugte sich zu Hannah vor. „Wer ist das?"

„Tu das nicht!" Sie schob Walt von sich weg. „Sie ist meine Lehrerin an der Telefonistinnenschule. Sie ist wohl hier, um mich zu kontrollieren. Du musst weggehen."

„Ich soll die Kirche verlassen?"

„Ja … nein … Hauptsache, du kommst mir nicht so nahe."

„Hannah, ich glaube allmählich, dass bei dir einige Drähte durcheinandergeraten sind." Plötzlich zogen sich Walts Mundwinkel nach unten und er runzelte finster die Stirn. „Was macht *der* hier?"

Hannah drehte sich um. Lincoln Cole trat gerade in einem Sportjackett mit zitronengelbem Hemd, steifem Kragen und Manschetten durch die Kirchentür. Und steuerte geradewegs auf sie zu.

„Was wollen Sie denn hier?", zischte sie.

Er rückte seine Krawatte zurecht. „Ich besuche den Gottesdienst. Ich gehe jeden Sonntag in die Kirche."

„Aber nicht in *diese* Kirche."

Er schaute Walt an und zupfte an den Aufschlägen seines Jacketts. „Vielleicht mache ich das in Zukunft doch."

Meine Güte! Das hatte ihr gerade noch gefehlt. Sie warf einen Blick in den Gottesdienstraum und sah, dass Mrs Reuff sie beobachtete. „Ich lasse euch beide jetzt hier stehen. Wehe, einer von euch wagt es, sich neben mich zu setzen!"

Lincoln hob abwehrend die Hände. „Ich würde nicht im Traum daran denken!"

Sie schaute ihren ältesten Freund an. „Walt?"

„Aber wir sitzen jeden Sonntag nebeneinander!"

„Walt!" Ihre Stimme klang streng. „Willst du, dass ich meine Stelle verliere?"

„Nein." Er bedachte Lincoln mit einem kalten Blick. „Aber ich will meinen Platz auch nicht verlieren."

Sie verdrehte die Augen. Männer! Sie würde sie nie verstehen. Aber dank Mrs Reuff und der Telefonistinnenschule bräuchte sie das auch nicht. Wenigstens in den nächsten Wochen nicht.

Walt und Lincoln folgten ihr ein paar Minuten später in den Gottesdienstraum. Sie nahmen jeweils am Ende ihrer Kirchenbank Platz. Was sollte das jetzt wieder?

Als der Gottesdienst zu Ende war, schob sie sich an Walt vorbei, um Mrs Reuff zu begrüßen. Sie musste einige Sekunden warten, da ihre Lehrerin den Pastor abgefangen hatte und die beiden sich angeregt unterhielten.

Der kleine Billy Carstens, der erst seit wenigen Monaten laufen konnte, kam auf Hannah zugewatschelt und streckte ihr seine rundlichen Arme entgegen. „Mama! Mama!"

Hannah hob den kleinen Engel hoch und er legte die Arme um ihren Hals. Sie drückte einen Kuss auf seinen blonden Schopf und staunte selbst, wie sehr sie diesen kleinen Kerl vermisst hatte.

Billy gab ihr einen feuchten Kuss auf die Wange. „Mama."

Mrs Reuff drehte sich zu ihr um und zog die Brauen hoch.

„Ich bin nicht seine … Er ist nicht mein …"

„Mama!" Er streckte die Arme nach Mrs Reuff aus, aber Hannah zog ihn zurück. „Sag Hallo zu Mrs Reuff."

„Da bist du ja, Billy!" Claire Carstens, die sichtlich ein weiteres Mal schwanger war, kam zu ihr. „Danke, dass du ihn festgehalten hast, Hannah. Ich erwische ihn in letzter Zeit nicht mehr so leicht wie sonst."

Er streckte die Arme nach seiner Mutter aus. Sie nahm ihn und setzte ihn auf ihre Hüfte. „Ich bin Claire Carstens, die Mutter dieses kleinen Lausebengels."

„Ich bin Abigail Reuff, Miss Gregorys Lehrerin in der Telefonistinnenschule."

„Telefonistinnenschule?" Claire runzelte die Stirn. „Was ist aus deinem Studium geworden?"

„Ich habe es abgebrochen."

„Oh." Claire zwang sich zu einem schwachen Lächeln. Dann wandte sie sich an Mrs Reuff. „Es ist schön, dass Sie uns heute besuchen, Ma'am."

Nachdem Claire sich wieder verabschiedet hatte, rückte Mrs Reuff ihren Umhang zurecht. „Wie Sie wissen, bemühen wir uns, die Empfehlungsschreiben zu überprüfen, die jede junge Frau uns vorlegt. Bruder Molden hat in seinem Brief sehr lobend über Ihren Charakter gesprochen." Sie warf einen Blick auf Walt und dann auf Lincoln. „Das hat mich überrascht, da Sie anscheinend eine sehr gefragte junge Dame sind."

„Sie meinen die beiden? Walt ist ein Freund aus Kindertagen und Mr Cole ist mein Anwalt."

„Oh, natürlich. Sie sind sicher noch damit beschäftigt, die Angelegenheiten Ihrer Eltern zu regeln." Ihre Lehrerin berührte die Brosche an ihrem Hals. „Bei der Telefongesellschaft wartet eine großartige Zukunft auf Sie. Es wäre wirklich schade, wenn Ihnen irgendetwas oder irgendjemand das kaputt machen würde. Habe ich mich klar ausgedrückt?"

„So klar und deutlich wie die Verbindung einer Telefonleitung der Iowa-Telefongesellschaft."

Warum war Lincoln gestern in ihrer kleinen Dorfkirche aufgetaucht?

Hannah kritzelte die Frage auf ihren Notizblock, während Mrs Reuff pausenlos weitersprach. Hatte er möglicherweise Interesse an ihr? Nein, sie kamen aus zwei völlig verschiedenen Welten. Sie gehörte einfach nicht zu seiner gesellschaftlichen Schicht.

„Miss Gregory?"

Sie riss den Kopf hoch und ihr Brustkorb zog sich zusammen. „Könnten Sie bitte die Frage wiederholen, Ma'am?"

Mrs Reuff verzog angesäuert den Mund. „Wenn es sein muss. Auf wie viele Sekunden sollte jeder Anruf begrenzt werden?"

Hannah atmete erleichtert aus. Das wusste sie. „Sechs Sekunden vom Abheben bis zur Herstellung der Verbindung."

„Und was ist das größte Hindernis für die Erreichung dieses Ziels?"

„Unaufmerksamkeit vonseiten der Telefonistin."

Mrs Reuff tippte auf Hannahs Notizblock. „Sie täten gut daran, das nicht zu vergessen."

„Ja, Ma'am."

„Jetzt, meine Damen, habe ich die Auswertung der Prüfung, die Professor Tubman am Freitag über die Lehre des Fernsprechwesens abgehalten hat. Ich verteile die bewerteten Prüfungen, aber bitte behalten Sie Ihr Ergebnis für sich. Falls Ihr Ergebnis unter siebzig Prozent liegt, brauchen Sie morgen nicht wiederzukommen."

Obwohl man ihnen vor der Prüfung gesagt hatte, dass die Hälfte der Schülerinnen wahrscheinlich nicht bestehen würde, vernahm Hannah ein lautes Keuchen von verschiedenen jungen Frauen. Das Stühlerücken und die fast greifbare Anspannung verrieten, dass sie nicht die Einzige war, die sich Sorgen machte. Diese Prüfung, zu der auch die Mechanik des Klappenschranks gehörte, war genauso schwer wie ihre Lateinprüfungen am College gewesen, aber sie war zuversichtlich, dass sie bestanden hatte. Sie warf einen Blick auf Rosie, die mit blassem Gesicht und brav gefalteten Händen neben ihr saß, als würde sie beten. Sie hatten miteinander gelernt und ihrer Freundin war das Lernen nicht so leichtgefallen. Wenn Hannah die Prüfung schon als schwer empfunden hatte, wusste sie, dass sie für Rosie doppelt so schwer gewesen sein musste.

Mrs Reuff blätterte in dem Papierstapel, während sie durch die Reihe ging und jeder jungen Frau eine benotete Prüfung zurückgab. Rosie nahm ihr Blatt entgegen und ein leichtes Lächeln trat auf ihr Gesicht. Sie hielt das Blatt Papier unauffällig in ihre Richtung, damit Hannah sehen konnte, dass sie einundsiebzig Prozent erreicht hatte. Aber als Mrs Reuff bei Hannah ankam, gab sie ihr ihre Unterlagen nicht zurück. Stattdessen ließ sie Hannah aus und ging zur nächsten Schülerin weiter.

Hannahs Magen verknotete sich wie die Drähte auf der Rückseite des Klappenschranks. Hatte sie die Prüfung wirklich nicht bestanden? Wollte Mrs Reuff ihr die schlechte Nachricht unter vier Augen mitteilen? Oder waren ihre anfänglichen Probleme so gravierend gewesen, dass sie ihren Platz an der Schule verlor?

Mit nur noch einem Blatt in der Hand drehte sich Mrs Reuff wieder zu der Klasse herum. „Morgen fangen wir mit Übungen an den Klappenschränken an. Gehen Sie also bitte noch einmal das Bedienungshandbuch durch. Es wird ein anstrengender Tag werden. Sorgen Sie deshalb dafür, dass Sie morgen ausgeschlafen sind. Aber bevor Sie gehen, möchte ich Ihnen mitteilen, wer bei Professor Tubmans Prüfung die beste Arbeit geschrieben hat." Sie schaute Hannah an. „Mein Glückwunsch, Miss Gregory. Sie haben sechsundneunzig Prozent erreicht."

„Sechsundneunzig? Die hat bestimmt geschummelt", flüsterte eine Stimme hinter Hannah.

Ein strenger Blick von Mrs Reuff brachte die Schülerin zum Schweigen.

Hannah fuhr herum, um zu sehen, wer diese Lüge verbreitet hatte, und entdeckte die hochnäsige Ginger Smith. Die neben ihr sitzende Martha Cavanaugh bedachte Hannah ebenfalls mit einem finsteren Blick.

Sie würden wahrscheinlich keine Freundinnen werden.

Als der Unterricht zu Ende war, gratulierten ein paar Frauen Hannah, aber sie merkte, dass es ihr keinen guten Dienst erwiesen hatte, öffentlich gelobt zu werden. Als sie sah, wie einem Mädchen Tränen über die Wangen liefen, bekam sie Schuldgefühle. Einige dieser jungen Frauen würden in Zukunft nicht mehr erscheinen. Sie schluckte ihre Freude hinunter und setzte eine ernste Miene auf.

Rosie drückte ihren Arm. „Ich bin ja so stolz auf dich!"

„Danke." Hannah nahm ihre Bücher und klemmte sie sich unter den Arm. „Ich bin froh, dass wir es beide geschafft haben. Die Prüfung war nicht leicht."

„Ich hatte wirklich Angst, dass ich sie nicht bestehen würde." Rosie schlenderte neben Hannah den Flur entlang.

„Du kannst dich damit trösten, dass das die schwerste Prüfung war. Der Rest sollte leichter werden."

„Für dich vielleicht", lachte Rosie. „Aber wenigstens stehen wir das gemeinsam durch."

„Hannah." Martha Cavanaugh stellte sich ihr in den Weg und sagte mit eiskalter Stimme: „Das war das letzte Mal, dass wir anderen deinetwegen schlecht dagestanden haben? Einige von uns sind auf diese Stelle angewiesen."

„Ja, ich auch." Hannah lächelte sie freundlich an. „Wenn du Hilfe beim Lernen brauchst, Martha, dann sag es. Du kannst gern mit Rosie und mir lernen." Sie stieß Rosie in die Seite und sie ließen Martha mit offenem Mund stehen.

„Warum hast du ihr das angeboten?", wollte Rosie wissen.

„Meine Mutter hat immer gesagt, dass wir anderen Gottes Segen wünschen und sie nicht verfluchen sollen."

„Ich bin ziemlich sicher, dass hier jemand immer noch flucht."

„Rosie! Ich bin entsetzt."

„Ich kenne sie schon mein Leben lang. Seit dem Ende der ersten Klasse war sie auf dem ganzen Schulhof gefürchtet."

Hannah zuckte die Achseln. „Ich glaube nicht, dass sie mir Probleme machen wird."

„Selbst wenn du gerade ganz freundlich zu ihr warst, kannst du mir glauben, dass du es dir mit Martha Cavanaugh für immer verscherzt hast."

„Vielleicht vergisst sie die Sache bald."

Rosie schüttelte den Kopf. „So etwas vergisst sie nie."

Na toll! Bei meinem Glück wird sie sich im ungünstigsten Moment daran erinnern.

11

Charlotte traute ihren Ohren kaum. George Donnelly, der Junge mit dem verträumten Blick, hatte tatsächlich gefragt, ob er sie, das neue Mädchen in der Klasse, nach der Schule nach Hause begleiten dürfe.

Charlotte zwang sich, nicht zu verraten, dass ihr Herz aufgeregt flatterte, und nickte. „Ich denke, das geht in Ordnung."

Er nahm ihre Bücher und legte sie auf seinen eigenen Stapel. „Du wohnst in der Chestnut Street, nicht wahr?"

Sie nickte. *O du meine Güte! Er weiß, wo ich wohne.* „Ich … ich muss auf meine kleine Schwester warten."

„Wirklich? Bist du sicher?" Er runzelte die Stirn. „Ich muss zum Baseballtraining, aber wenn es sein muss, können wir warten."

George schien es überhaupt nicht zu gefallen, dass er warten sollte, auch wenn er etwas anderes sagte. Und wenn er beschloss, ohne sie zu gehen? Eine Einladung von jemandem wie George bekam man nicht alle Tage. Außerdem war sie ja nicht Tessas Kindermädchen. Ihre Schwester war alt genug, um selbst auf sich aufzupassen.

Sie neigte nachdenklich den Kopf zur Seite. „Ich schätze, Tessa kommt auch ohne mich zurecht. Sie findet allein nach Hause."

Ein breites Lächeln überzog sein Gesicht. „Gut. Dann gehen wir."

Bei dem zehnminütigen Spaziergang ging sie wie auf Wolken. Sie kamen viel zu schnell bei ihr zu Hause an. Charlotte erfuhr, dass George Einzelkind war und keine Ahnung hatte, was er einmal werden wollte. Er lachte ungezwungen und hatte keine Scheu, seine Meinung kundzutun. Und seine grasgrünen Augen? Sie waren umwerfend, und er verstand es ganz genau, sie richtig einzusetzen.

Als sie oben auf der Veranda ankam, drehte sie sich zu George um und wollte ihm ihre Bücher abnehmen. „Danke, dass du mich nach Hause begleitet hast. Das war sehr nett."

Doch George ließ die Bücher noch nicht los. „Hast du Lust, mir beim Training zuzuschauen?"

„Jetzt? Das geht nicht. Ich muss Essen kochen."

„Warum sagst du nicht einer deiner Schwestern, dass sie kochen soll?"

Sie lachte. „Tessa kann noch nicht besonders gut kochen und Hannah kann ich nichts vorschreiben. Sie würde nur sagen, dass ich tun soll, was sie mir aufträgt."

„Sie ist nicht deine Mutter."

„Nein." Charlotte atmete tief aus. „Aber sie fühlt sich für uns verantwortlich, und sie arbeitet hart, damit wir ein Dach über dem Kopf haben. Ich will tun, was ich kann, um sie zu unterstützen."

Er zuckte die Achseln und hielt ihr die Bücher hin. „So wie ich es sehe, erwartet sie, dass du in der Küche den Platz deiner Mutter einnimmst. Wie eine bezahlte Küchenhilfe. Ich schätze, ich hatte mir mehr erhofft. Man sieht sich."

„Morgen in der Schule?"

„Klar."

„Mach's gut." Sie winkte ihm nach, als er sich abwandte. Seine Schultern hingen herab, und er sah so deprimiert aus, dass ihr schwer ums Herz wurde. Vielleicht hatte er recht. Ihre Schwester erwartete viel zu viel von ihr. Hannah hatte neulich kein Problem damit gehabt, sie allein zu lassen, um Lincoln Cole aufzusuchen. Und warum sollten für Charlotte andere Regeln gelten? Sollte sie nicht auch die Gelegenheit nutzen, den Nachmittag mit einem Jungen zu verbringen?

„George, warte! Ich bringe nur kurz meine Sachen ins Haus. Ich komme mit."

Rauchschwaden drangen aus der Küche. Hannah warf ihre Bücher auf den Boden und rannte in die Küche, wo Tessa gerade eine verkohlte Pfanne aus dem Backofen holte. Die jüngste Gregory-Schwester schob die Ofentür mit der Schuhspitze zu und stellte die Pfanne in die Spüle. Sie pumpte Wasser auf den verkohlten Inhalt. Mit einem lauten Zischen stieg noch mehr Rauch auf.

„Was ist passiert? Wo ist Charlotte?"

Tessa wischte sich die Hände an einer mit Mehl bestäubten Schürze ab. „Keine Ahnung! Sie hat mir einen Zettel auf den Tisch gelegt, dass ich das Essen kochen soll."

„Du?"

Tessa schob das Kinn vor. „Ich kann kochen!"

Die Überreste von etwas, das wohl einmal Waffeln hätten werden sollen, glitten als klebriger, schwarzer Klumpen aus der Pfanne. Aber Hannah beschloss, die ernsthaften Zweifel, die sie an den Kochkünsten ihrer jüngsten Schwester hatte, im Moment nicht zu äußern. „Ich habe damit gemeint, warum Charlotte nicht das Essen kocht. Ist sie krank?"

„Keine Ahnung."

„Hast du Charlotte denn nach der Schule nicht gesehen?!"

„Nein, sie hat nicht auf mich gewartet. Hier ist der Zettel, den sie mir hingelegt hat." Tessa nahm einen Zettel vom Tisch und warf ihn

Hannah zu. „Wenn du mich jetzt bitte entschuldigst. Ich muss den Eintopf umrühren, bevor ihn das gleiche traurige Schicksal ereilt wie die Waffeln."

Hannah las den Zettel. Es sah Charlotte gar nicht ähnlich, ihren Pflichten nicht nachzukommen. Während Hannah sich mit Regeln schwertat, war Charlotte diejenige, die Regeln einhielt. Sie verschwand nicht ohne triftigen Grund. Irgendetwas musste passiert sein.

„Tessa, hör zu. Ich gehe Charlotte suchen. Falls sie in der Zwischenzeit zurückkommt –" Die Haustür wurde schwungvoll aufgerissen und Hannah fiel ein Stein vom Herz. *Danke, Herr, dass du sie nach Hause bringst.* „Charlotte?"

Ihre mittlere Schwester kam mit einem breiten Lächeln ins Haus getanzt. Sie ging geradewegs in die Küche und schenkte sich ein Glas Milch ein.

Hannah runzelte die Stirn. Charlotte machte nicht einmal eine Bemerkung zu dem beißenden Rauch, der immer noch in der Luft hing. „Wo warst du, und warum hast du Tessa gesagt, dass sie das Essen zubereiten soll?"

„Ich war mit einem Freund unterwegs." Charlotte nahm einen Keks aus der Dose, die auf der Arbeitsplatte stand. „Außerdem verstehe ich nicht, warum es meine Aufgabe sein sollte, jeden Tag zu kochen. Es ist nur fair, wenn wir die Verantwortung für das Essen unter uns aufteilen."

„Das mag schon sein, aber du kannst die Abmachungen nicht einfach aus einer Laune heraus ändern, und du kannst Tessa nicht unbeaufsichtigt kochen lassen. So weit ist sie noch nicht."

„Und wo warst du nach der Schule?" Tessa deutete mit einem Löffel, von dem Soße tropfte, auf ihre Schwester.

„Tessa! Pass auf, was du machst." Charlotte deutete auf den Fleck auf dem Fußboden.

Hannah wischte den Fleck weg. „Ich habe mir Sorgen um dich gemacht. Ich wollte dich schon suchen."

„Ach, du meine Güte, Hannah! Ich war einen einzigen Nachmittag mit einem Freund unterwegs. Ich habe nichts verbrochen und ich habe das Haus nicht abgefackelt." Sie schnupperte. „Aber hier riecht es, als hätte Tessa versucht, es niederzubrennen."

„Charlotte, was ist nur in dich gefahren? Wer ist dieser Freund?"

Wieder überzog ein strahlendes Lächeln Charlottes Gesicht und ihre Wangen röteten sich. „Der schönste Junge in meiner Klasse. Er heißt George Donnelly. Er hat mich gebeten, ihm beim Baseballtraining zuzusehen. Es tut mir leid, Hannah. Ich weiß, dass es falsch war, aber das, was er sagte, klang so logisch, und er sah so traurig aus, als ich sagte, dass ich nicht mitkommen könne ..."

„Du hast also einen Zettel auf den Tisch gelegt und bist trotzdem gegangen, obwohl du wusstest, dass wir uns Sorgen machen?"

Charlotte lächelte sie schwach an. „Wenn du seine verträumten Augen gesehen hättest, würdest du mich verstehen."

Hannah verschränkte die Arme. „Tu das nie wieder, Charlotte. Es ist nicht in Ordnung, dass du uns unnötig Sorgen bereitest. Jetzt hilf Tessa, das Essen fertig zu machen. Ich muss für eine Prüfung lernen."

Charlotte nahm ihre Schürze vom Haken hinter der Tür und band sie sich um. „Das, was du tust, ist immer wichtiger als unsere Angelegenheiten, oder?"

„Hat George das etwa auch gesagt?!" Hannah schüttelte ungläubig den Kopf. Das war nicht die Charlotte, die heute Morgen das Haus verlassen hatte. Hannah hegte den Verdacht, dass sie diesen George nicht mögen würde. „Ja, meine Arbeit ist wichtig. Wenn ich die Prüfung nicht bestehe, haben wir nichts zu essen, oder hast du das vergessen?"

Hannah bekam keine Antwort. Sie hörte ihre Schwester nur etwas murmeln. Was hätten ihre Mutter und ihr Vater wegen dieses Jungen getan? Ihre Mutter hätte Charlotte wahrscheinlich Zeit gelassen, selbst zu erkennen, welchen Charakter dieser Junge hatte, aber ihr Vater hätte ihn wahrscheinlich mit der Schrotflinte fortgejagt. Hannah schmunzelte. Zum ersten Mal in ihrem Leben gefiel ihr die Denkweise ihres Vaters.

12

„Num-mer bit-te." Hannah stand vor dem Spiegel und beobachtete ihre Lippen, während sie die Worte sagte, die sie bei der Arbeit als Telefonistin so oft wiederholen würde.

„Ich verstehe nicht, warum du dir Sorgen machst." Rosie legte die Hände auf das aufgeschlagene Buch vor sich. „Du siehst aus, als hättest du dein Leben lang nichts anderes gemacht, als Telefonate zu verbinden."

Hannah lächelte. Die erste Woche am Übungsklappenschrank hatte Spaß gemacht. Einige Mädchen waren ziemlich nervös geworden, als sie sich alle Einzelheiten merken sollten, aber Hannah fiel das Lernen viel leichter, als sie erwartet hatte. Trotzdem bot ihr der Samstag die perfekte Gelegenheit, um zu üben.

„Mrs Reuff hat gesagt, dass ich an meiner Aussprache arbeiten muss." Sie schaute wieder in den Spiegel. „Was meinst du? Sind die Vokale offen genug, wenn ich *bit-te* sage?"

Tessa drehte sich auf dem Sofa zu ihnen um. „Würdet ihr beide *bit-te* still sein? Ich arbeite."

„Sammelst du immer noch Schlagzeilen?" Hannah setzte sich zu ihr aufs Sofa.

„Tessa, ich würde sie gern hören. *Bit-te*", kicherte Rosie.

Hannah stöhnte. „Ermutige sie nicht auch noch!"

„Ich dachte, euch Gregory-Schwestern ist es sehr wichtig, dass ihr einander bei euren Träumen ermutigt." Rosie klappte das Buch zu. „Lies mir eine vor, Tessa."

„Deine Mutter hat mir ein paar alte Zeitungen gegeben. Dieser Artikel stammt aus einer Zeitung, die an dem Tag herauskam, an dem wir hier eingezogen sind. ‚Während Bräutigam wartet, begeht Braut Selbstmord.'"

„Tessa, das ist ja furchtbar!"

Hannahs jüngste Schwester biss sich auf die Lippe, sah aber alles andere als zerknirscht aus. „Aber ich wette, dass jeder, der diese Schlagzeile sieht, auch den Artikel liest. Würdest du ihn nicht auch lesen?"

Rosie zog die Brauen hoch und ihre Augen funkelten belustigt.

„Darum geht es nicht. Stand in dieser Zeitung irgendetwas, das wir wirklich wissen *müssen*?"

„Es gab noch einen Brand."

„Wirklich? Wo?"

„Hm." Tessa las den Artikel. „In einem Versorgungsgebäude der ‚Western Union'. Man vermutet, dass es Brandstiftung war. Es gab eine Explosion. Hier steht, dass es mehrere Verdächtige gibt."

Angst kroch an Hannahs Nacken hinauf. Noch ein Feuer bei der *Western Union*. Sie betete, dass Walt nichts damit zu tun hatte.

Lincoln betrat den kurz geschnittenen Rasen und wandte sich an seinen Caddie. Der junge Mann reichte Lincoln einen Schläger aus der Golftasche. Lincoln dankte ihm und ging zum Abschlag. Nachdem er sich neben dem Golfball aufgestellt hatte, atmete er die Frühlingsluft tief ein und sandte ein Dankgebet zum Himmel. Heute war erst der zweite Mai und er konnte bereits den Golfplatz im Countryclub genießen.

Lincoln spannte seine Muskeln an und holte mit dem Schläger aus. Der Ball segelte durch die Luft, bis er nur noch ein weißer Punkt am hellblauen Himmel war. Kurz vor dem Grün senkte er sich auf den Boden.

„Nicht schlecht, Lincoln. Guter Schlag." Pete Williams klopfte ihm schmunzelnd auf die Schulter. „Jetzt zeige ich dir, wie man es richtig macht."

Lincoln lachte und trat zur Seite. Pete beugte sich über den Ball und sein runder Bauch hing weit nach unten. Er holte mit dem Golfschläger aus und der Ball flog weit.

„So macht man es also richtig? Komisch, ich dachte immer, Ziel bei diesem Spiel wäre es, den Ball im Loch zu versenken."

„Du bist ja ein ganz Schlauer." Pete schlenderte neben Lincoln über den Rasen. Ihre Caddies folgten ihnen. „Ich habe gehört, dass das Gregory-Mädchen neulich in die Kanzlei gekommen ist und dich zurechtgestutzt hat."

„Wer hat das gesagt?“

„Cedric, wer sonst?“ Pete ging zu seinem Ball und chippte ihn auf das Grün.

Lincoln nahm ein Eisen aus seiner Golftasche und trat auf seinen Ball zu. „Cedric hätte Schriftsteller werden sollen. Er hat immer seine eigene Version von allem, was passiert.“ Er holte mit dem Schläger aus und schaute zu, wie der Ball auf das Grün hüpfte und dann näher an das Loch heranrollte.

„Und wie lautet deine Version? Hat sie dich zurechtgestutzt oder war es umgekehrt?“

„Ich verweigere die Aussage.“ Mit einem Grinsen wandte sich Lincoln an den Caddie und wechselte zum Einlochen sein Eisen.

„Das ist, glaube ich, auch nicht nötig. Dein Lächeln verrät dich. Müssen wir dich und Miss Gregory demnächst zum Essen einladen?“

„Nein.“ Er schüttelte den Kopf und machte einige Trockenübungen. „Hannah Gregory ist zwar eine faszinierende junge Frau, aber sie will von dem Mann, der ihr ihr Zuhause weggenommen hat, nichts wissen.“ Er tippte den Ball sanft an. Er rollte zwei Meter weit und umkreiste das Loch, ohne hineinzurollen. Mit einem leisen Stöhnen stieß er ihn noch einmal leicht an. Der Ball landete mit einem dumpfen Geräusch im Loch.

„Es sieht dir überhaupt nicht ähnlich, dich so schnell geschlagen zu geben.“ Pete lochte seinen Ball problemlos ein und grinste Lincoln dann herausfordernd an.

Lincoln reichte dem Caddie seinen Schläger. „Sprichst du von meiner Einlochtechnik oder von Miss Gregory?“

„Von beidem.“ Er legte den Arm um Lincolns Schulter. „Jetzt besorgen wir uns etwas zu essen, und weil ich dich am letzten Loch geschlagen habe, darfst du mich einladen. Aber wir müssen uns beeilen. Seit dem Brand macht sich Elise ständig Sorgen.“

Sie schlenderten zum Clubhaus zurück, und Lincoln überlegte, wie er sich unauffällig nach Elises psychischer Verfassung erkundigen könnte. Seit er sie kannte, hatte sie hin und wieder melancholische Phasen. „Ist mit Elise alles in Ordnung?“

Pete nickte. „Sie ist ein wenig nervös. Das ist alles. Seit sie einen Verdächtigen verhaftet haben, geht es ihr aber besser.“

„Die Polizei hat jemanden verhaftet?“

„Einen unzufriedenen Arbeiter der Telegrafengesellschaft." Pete zupfte an seiner Weste. „Und dass Albert wieder zu Hause ist, trägt ebenfalls sehr dazu bei, dass es Elise wieder besser geht. Eines weiß ich: Ich werde ihn nie wieder wegschicken. Das ist zu schwer für sie. Sie ist zu sensibel."

Lincoln litt mit Pete, der sich bemühte, eine Lösung für die psychischen Störungen und die Melancholie seiner Frau und seines Sohnes zu finden.

„Und wie geht es Albert?" Genauso wie Pete hatte er gehofft, Alberts Aufenthalt in einer Spezialklinik in Deutschland würde dem jungen Mann helfen, die melancholischen Neigungen zu überwinden, die er von seiner Mutter geerbt hatte.

„Die dortigen Ärzte haben ihn für geheilt erklärt." Pete stieg schnaufend und keuchend den letzten Anstieg hinauf. Sie kamen beim Clubhaus an und Pete blieb an der Tür stehen. „Er scheint wieder ganz der Alte zu sein. Er spricht sogar davon, dass er im nächsten Jahr sein Studium wieder aufnehmen will."

„Das hoffe ich. Er ist ein sehr intelligenter junger Mann."

Petes Augen strahlten bei diesem Kompliment. „Und er muss mit seinem Leben etwas anfangen, damit er mich später versorgen kann, wenn ich alt werde."

„*Wenn* du alt wirst?" Lincoln klopfte ihm auf die Schulter. „Ich werde immer für dich da sein, alter Mann."

„Das hatte ich befürchtet."

„Hey!" Lincoln hielt ihm die Tür zum Clubhaus auf. „Dafür zahlst du dein Steak selbst."

„Ich zahle, wenn du mir versprichst, dass du am Sonntag zu uns zum Essen kommst. Dann siehst du selbst, wie es Albert geht, und ihr könnt euch unterhalten."

„Er mag mich nicht besonders, Pete. Das weißt du selbst."

„Ich habe dir doch gesagt, dass er sich verändert hat. Komm und überzeuge dich selbst."

Lincoln willigte lächelnd ein. Er würde alles tun, worum Pete ihn bat, auch wenn das bedeutete, zum Essen zu kommen, obwohl er genau wusste, dass es unangenehm werden könnte. Er verdankte diesem Mann, der wie ein Vater für ihn war, viel zu viel, um ihm eine Bitte auszuschlagen.

Die letzten Töne des Abschlussliedes verklangen sanft. Hannah versuchte, sich unauffällig umzudrehen und die hinteren Bankreihen abzusuchen, auf denen normalerweise die Gottesdienstbesucher Platz nahmen, die zu spät kamen. Doch Lincoln war nicht zu sehen. Enttäuschung regte sich in ihr. Das war lächerlich. Warum sollte sie sich dafür interessieren, ob Lincoln Cole ihre Gemeinde noch einmal besuchte?

Charlotte berührte Hannahs Arm. „Wo ist Walt?"

„Ist er nicht hier?" Hannahs Blick schweifte durch den Kirchenraum und sie bekam Schuldgefühle. Ihr war aufgefallen, dass Lincoln nicht hier war, aber dass Walt, ihr ältester Freund, heute fehlte, war ihr entgangen.

Sie entdeckte schließlich Walts Eltern. Diese unterhielten sich in einer Ecke mit dem Pastor und waren sichtlich aufgewühlt. Seltsam. War Walt krank?

„Können wir gehen? Ich habe Hunger." Wie auf Kommando knurrte Tessas Magen.

Hannah winkte sie zurück. „Noch nicht. Ich will mich erst erkundigen, was mit Walt los ist."

Sie strich das Mieder ihres gelben Baumwollkleides glatt und bahnte sich einen Weg durch die Gottesdienstbesucher nach vorne zum Altar. Sie wartete an der Seite, bis Mr und Mrs Calloway ihr Gespräch beendet hatten. Aber als Mrs Calloway sie erblickte, winkte sie sie zu sich herüber.

Obwohl sie sich wie ein Eindringling fühlte, trat Hannah widerstrebend zu ihnen.

Mrs Calloway hakte sich bei ihr unter. „O Hannah! Walt braucht dringend deine Hilfe."

„Warum? Was ist passiert?"

Mrs Calloway beugte sich zu ihr hinüber und flüsterte: „Er wurde verhaftet."

Hannah schnappte nach Luft. „Was ist passiert?"

Besorgnis grub tiefe Falten in Mr Calloways Gesicht. „Er hat sich selbst in diese Situation gebracht, Grace. Jetzt muss er auch selbst dafür sorgen, wie er wieder herauskommt. Dieser ganze Unsinn mit der Gewerkschaft! Er hätte mit mir auf dem Hof arbeiten sollen, wie das immer unser Plan war."

„Aber seiner nicht, Ethan.“ Tränen standen in Mrs Calloways Augen. „Und du weißt, dass er einen Anwalt braucht.“

Mr Calloway zog seine Frau an sich heran. „Es tut mir leid, Grace, aber wir können uns keinen teuren Anwalt leisten, selbst wenn wir es wollten. Wir haben nicht das Geld dafür und müssen uns auch um die anderen Kinder kümmern.“

„Ich weiß. Deshalb brauchen wir ja Hannah. Sie hat Rechtswissenschaften studiert. Wer würde sich mehr für ihn einsetzen als Hannah?“

Die junge Frau griff sich erschrocken an den Hals. „Sie wollen, dass ich ihn vor Gericht vertrete?“

„Bitte, Hannah.“

„Aber ich bin keine Anwältin. Ich habe nicht einmal mein Studium abgeschlossen.“ Hannahs Brustkorb zog sich zusammen, als Mrs Calloway eine Träne übers Gesicht lief. „Was wirft man ihm denn vor?“

„Brandstiftung.“ Die Frau wischte sich die Träne weg. „Sie denken, dass er möglicherweise etwas mit dem Brand in einem Versorgungsgebäude zu tun haben könnte, aber sie haben ihn verhaftet, weil sie ihn in Verdacht haben, wegen dieses ganzen Gewerkschaftsunsinns ein Kutschhaus in Brand gesteckt zu haben.“

Ein Hoffnungsfunke keimte in Hannah auf. Walt konnte an keinem der Brände beteiligt gewesen sein. Er hatte ihr und ihren Schwestern beim Umzug geholfen, als der erste Brand ausgebrochen war, und an dem Nachmittag, an dem das zweite Feuer gelegt wurde, war er ebenfalls bei ihr gewesen. Als sie von der Telefonistinnenschule nach Hause gekommen war, hatte er auf ihrer Veranda auf sie gewartet. Das brauchte sie der Polizei nur zu sagen.

O nein!

Ihre Hoffnung erlosch, als hätte jemand eine Kerze ausgeblasen. Wenn sie irgendjemandem verriet, dass Walt bei ihr gewesen war, würde sie ihre Stelle bei der Telefongesellschaft verlieren. Sie und ihre Schwestern stünden dann ohne einen Cent da.

„Du hilfst uns doch, nicht wahr?“ Mrs Calloway drückte ihren Arm.

Sie warf einen Blick zu ihren Schwestern. Tessa schaute sie ungeduldig an. Sie war alles, was ihre Schwestern hatten. Aber wie konnte sie zulassen, dass Walt im Gefängnis saß, wenn sie wusste, dass er unschuldig war? *Bitte, Herr, hilf uns, und zeige mir sowohl für Walt als auch für mich einen Ausweg aus dieser Situation.*

Sie bekam keine Antwort, aber das hatte sie auch nicht wirklich erwartet. Sie griff auf das zurück, worauf sie sich immer verlassen konnte: auf ihre Fähigkeit, logisch zu denken. Konnte Walt Zeit gehabt haben, das zweite Feuer zu legen und sie dann aufzusuchen? Das war zweifelhaft, aber sie wusste, dass er wegen dieser Männer und Frauen, die von der *Western Union* auf die schwarze Liste gesetzt worden waren, außer sich war. Könnte Walt ein Feuer gelegt haben? Hatte die Polizei Beweise? Oder rechnete sie damit, dass die Gerichte grundsätzlich gegen Gewerkschaftsmitglieder entschieden?

Sie brauchte mehr Zeit, sie brauchte mehr Informationen, und vor allem musste sie sich über die Konsequenzen Gedanken machen, die ihr Schweigen hätte. Sie würde doch sicher eine Möglichkeit finden können, ihm zu helfen, ohne zu verraten, wo er gewesen war.

Sie atmete tief ein und bedachte Mrs Calloway mit einem schwachen Lächeln. „Ich kann Ihnen nichts versprechen, aber ich werde tun, was in meiner Macht steht."

Hannah konnte nicht schlafen. Sie drehte sich auf den Bauch und ihr Bett knarrte. Wenn sie nur mit Walt hätte sprechen können, hätten sie vielleicht eine Lösung gefunden, aber der Gefängniswärter hatte ihre Bitte abgelehnt, ihn besuchen zu dürfen. Sie gehörte nicht zur Familie, sie war nicht Walts Verlobte, und sie war ganz gewiss nicht seine Anwältin.

Der arme Walt. Ihm ging es im Gefängnis bestimmt nicht gut. Wie konnte sie auch nur in Erwägung ziehen, der Polizei zu verschweigen, dass er ein Alibi hatte?

Das eiserne Bettgestell quietschte erneut, als sie sich auf die Seite drehte.

Charlotte stöhnte. „Hannah, du bist ja noch schlimmer als Tessa."

Ein leises Schnarchen drang von dem Bett auf Charlottes anderer Seite zu ihr herüber. Wenigstens konnte Tessa gut schlafen. Die arme Charlotte wurde auch um den Schlaf gebracht.

Zusammen in einem Zimmer zu schlafen war nicht leicht, aber wenigstens hatten sie ein Dach über dem Kopf. Wo würden sie landen, wenn sie die Wahrheit sagte?

Hannah warf ihre Decke zurück, stand auf, nahm ihren Bademantel und schlich aus dem Schlafzimmer. Sie ging in die Küche und wärmte sich etwas Milch auf. Warme Milch mit Vanillegeschmack, ein wenig Zucker und eine Prise Muskat war das Heilmittel ihrer Mutter gegen Schlafprobleme gewesen. Sie hatte Hannah immer gesagt, die beste Waffe gegen die Ungeheuer der Nacht seien warme Milch und Gebet.

Während sie darauf wartete, dass sich am Milchrand kleine Bläschen bildeten, beschloss sie, die zweite Hälfte des Rates ihrer Mutter für den Kampf gegen die Ungeheuer der Nacht zu befolgen. Sie wollte Gott noch einmal um eine Lösung für ihr Dilemma bitten, da dieses Problem wie ein Riese über ihr stand, der sie zu verschlingen drohte.

Geistesabwesend rührte sie die weiße Flüssigkeit um, während ihre Gedanken mitten im Gebet andere Wege einschlugen. Sie brauchte jemanden, der im Kampf gegen diesen Riesen erprobt war. Sie brauchte ihren persönlichen David, der die richtigen fünf Steine finden und den Riesen damit niederstrecken würde.

Hannah öffnete den Küchenschrank und suchte das Vanilleextrakt. Ihre Augen leuchteten auf, als sie eine Dose Kakao entdeckte. Sie biss sich auf die Lippe. Eine heiße Schokolade wäre köstlich, aber woher kam das Kakaopulver? Sie konnten sich seit Monaten einen solchen Luxus nicht mehr leisten.

Sie nahm die fast noch volle Dose aus dem Regal und wusste sofort die Antwort. Lincoln. Er hatte den Kakao zusammen mit den anderen Lebensmitteln geschickt.

Ihr Magen zog sich zusammen. Wies Gott sie auf ihren David hin, der es mit dem Riesen aufnehmen könnte? Nein, das war unmöglich. Nicht ausgerechnet er. Sie hatte sich geschworen, dass sie Lincoln nie um Hilfe bitten würde. Sie hatte jedes Angebot, das er ihr gemacht hatte, schlichtweg abgelehnt. Konnte sie jetzt ihren Stolz hinunterschlucken und den Mann, der ihnen ihr Zuhause weggenommen hatte, bitten, ihren Freund zu retten?

Sie rührte Kakaopulver in ihre Milch und goss dann die heiße

Flüssigkeit in eine Porzellantasse. Ein kleiner Schluck verriet ihr, dass sie den Zucker vergessen hatte.

Mit einem Stirnrunzeln gab sie zwei Teelöffel Zucker dazu. Zucker erleichterte es, den bitteren Kakao zu schlucken, aber was machte es leichter, die bittere Pille des Stolzes zu schlucken?

„Miss Gregory?" Bevor Lincoln aufstand, räumte er noch eine Mappe in seinen Schreibtisch. „Welchem Umstand verdanke ich Ihren Besuch?"

Sie antwortete ihm nicht, sondern stand in einem hübschen dunkelroten Kleid und mit zusammengekniffenen Lippen vor ihm. Ihre blonden Haare waren hochgesteckt. Ihr weitkrempiger Hut mit lila Schleife war mit Satinrosen verziert.

„Ich ..." Sie begann zu sprechen, brach aber wieder ab und presste die Handtasche an sich.

„Sie sind nicht hier, um mir Geld zu geben, nicht wahr? Denn ich dachte, das hätten wir geklärt."

„Nein, deshalb bin ich nicht hier."

Er liebte ihre samtweiche Stimme. Wenn Gott je jemanden zur Telefonistin berufen hatte, dann Hannah Gregory. Aber wenn sie nicht gekommen war, um ihm den Kopf zu waschen, weil er ihr Lebensmittel geschickt hatte, warum war sie dann hier? Und warum zögerte sie? Steckte sie in irgendwelchen Schwierigkeiten?

Er deutete auf den Stuhl vor seinem Schreibtisch. „Setzen Sie sich doch bitte."

Sie schüttelte den Kopf und fragte leise: „Können wir irgendwo anders sprechen? Ungestört?"

Sein Herz schlug schneller, aber er bemühte sich um eine ruhige Antwort. „Natürlich." Er legte die Hand an ihren Rücken und führte sie in ein Besprechungszimmer. Ein Konferenztisch aus Walnuss stand in der Mitte des Raums und um den Tisch herum mehrere Lederstühle. Nachdem er die Tür bewusst einen Spaltbreit offen gelassen hatte, um ihre Ehre zu schützen, trat er an den Tisch und zog einen Stuhl für sie heraus. Mit der Anmut einer Debütantin bei ihrem ersten Ball setzte sie sich und legte die Hände auf ihren Schoß. Ihr ruhiges Verhalten stand immer noch in einem deutlichen Widerspruch zu den Sorgen in ihren Augen.

„Hannah, was ist los? Stecken Sie in irgendwelchen Schwierigkeiten?“

„Nein.“

Er atmete tief aus. Wenn sie nicht in Schwierigkeiten steckte, konnte die Sache nicht so ernst sein. Er lehnte sich an den Türrahmen und verschränkte die Arme vor der Brust. „Also, was ist los? Warum müssen Sie unter vier Augen mit mir sprechen? Was habe ich jetzt wieder angestellt? Womit bin ich Ihnen auf Ihre hübschen kleinen Zehen getreten?“

13

Hannah umklammerte ihr Handtäschchen, die sie Lincoln Cole am liebsten an den Kopf geworfen hätte. Binnen weniger Sekunden hatte sich seine sichtliche Besorgnis in eine selbstgefällige Befriedigung verwandelt.

„Hannah?“ Er trommelte ungeduldig mit dem Finger auf seinen Unterarm. „Ich habe nicht den ganzen Tag Zeit.“

Sie schob ihr Kinn vor und erwiderte seinen Blick. „Erinnern Sie sich an meinen Freund Walt Calloway?“

Ein Runzeln überzog das Gesicht dieses arroganten Schnösels, als er nickte. Na großartig! Er mochte Walt nicht. Das lief überhaupt nicht gut.

„Mr Calloway wurde verhaftet.“ Hannah lockerte ihren verkrampften Griff um ihre Handtasche, wickelte die zarte Kette um ihr Handgelenk und war dankbar, dass es endlich heraus war.

Lincoln richtete sich auf. „Wie lautet die Anklage?“

„Brandstiftung.“

„Die Brände bei der ‚Western Union‘?“ Er zog einen Stuhl heraus und drehte ihn so, dass er ihr genau gegenübersaß. „Ich habe davon gehört. Aber warum sind Sie hier? Wenn er einen Anwalt braucht, sollte er oder seine Familie sich jemanden suchen.“

„Sie haben nicht das nötige Geld für einen Anwalt.“ Hannah bemühte sich um einen sachlichen Tonfall. „Da ich ein wenig

Rechtswissenschaften studiert habe, haben seine Eltern mich um Hilfe gebeten, und jetzt bin ich hier, um –"

„Um was zu tun?" Seine Mundwinkel zogen sich auf eine Weise nach oben, die sie wütend machte. Genoss er es, sie zu quälen?

„Ich denke, das wissen Sie bereits."

Er lehnte sich auf seinem Stuhl zurück und faltete die Hände auf seinem Bauch. „Ich habe eine Vermutung, aber ich möchte es aus Ihrem Mund hören. Ich glaube mich zu erinnern, dass Sie meine Hilfe nicht brauchen."

Sie warf die Schultern zurück. Ihr Unbehagen schien ihn zu belustigen. Was für ein unerträglicher Mensch! Er würde sie nicht aus der Fassung bringen. Walt brauchte Hilfe, nur darum ging es.

„Ich brauche Sie nicht, aber Walt."

„Sagen Sie es."

„Mr Cole …" Die Worte blieben ihr im Hals stecken.

Er beugte sich grinsend vor. „Sagen Sie es", wiederholte er.

Sie würde Lincoln Cole die Stirn bieten. Walts Zukunft stand auf dem Spiel. Sie schluckte schwer und presste die Hände zusammen. „Mr Cole, mein Freund braucht Ihre Hilfe, und, wie ich schon gesagt habe, seine Eltern haben kein Geld für einen Anwalt." Sie atmete tief aus. Jetzt war er hoffentlich zufrieden.

„Verstehe." Lincoln ließ nicht locker. Es war, als befände er sich bei einem Kreuzverhör vor Gericht. „Ich habe gehört, dass die Polizei gute Beweise gegen Ihren Freund hat."

„Aber er hat es nicht getan! Das erste Feuer wurde an dem Tag gelegt, an dem meine Schwestern und ich umgezogen sind. Sie wissen selbst, dass er bei uns war. Dieses Feuer kann er also nicht gelegt haben. Und ich kann Ihnen versichern, dass er das zweite auch nicht gelegt haben kann." In ihrer Stimme schwang ein Hauch von Verzweiflung mit.

Er runzelte die Stirn. „Und das wissen Sie, weil …?"

Hannah strich mit ihren feuchten Handflächen über den dunklen Wollrock und schluckte erneut. „Er kam an diesem Nachmittag kurz zu mir, aber Sie und ich wissen, dass ich aus der Telefonistinnenschule geworfen werde, wenn das herauskommt. Mrs Reuff würde mir nicht glauben, dass ich keine Ahnung hatte, dass er kommen würde."

Lincoln ging auf und ab, als stünde er vor den Geschworenen im Gerichtssaal. „Ich will sehen, ob ich das richtig verstanden habe. So, wie ich es sehe, brauchen Sie meine Hilfe genauso dringend wie er. Wenn Sie ihm ein Alibi für den zweiten Brand geben, verlieren Sie Ihre Anstellung. Wenn nicht, müssen Sie mit dem Wissen leben, dass Sie Ihren *Freund* für etwas, das er nicht getan hat, ins Gefängnis gehen lassen." Er drehte sich um und schaute sie mit einem selbstgefälligen Grinsen an. „Ich würde sagen, Sie stecken in einem Dilemma, Hannah."

Sie sprang auf und marschierte zur Tür. Eine solche Demütigung musste sie sich nicht gefallen lassen. Es gab bestimmt noch eine andere Möglichkeit.

Lincoln ergriff ihren Arm. „Bitten Sie mich."

„Worum soll ich Sie bitten?" Sie trat einen Schritt zurück. „Soll ich auf die Knie fallen und den großen Anwalt anflehen, meinen armen, unglücklichen Freund zu verteidigen?"

„Nicht ganz." Er zog eine Braue hoch. „Wenn ich mich recht erinnere, haben Sie gesagt, dass Sie mich nicht um Hilfe bitten würden, selbst wenn ich der letzte Mensch auf der Welt wäre."

„Und?"

Seine Augen funkelten verschmitzt. „Ich möchte aus Ihrem Mund hören: ‚Lincoln, helfen Sie mir, *bitte.*'"

„Mr Cole." Die Wut, die in ihrer Stimme mitschwang, war nicht zu überhören. Sie weigerte sich, ihn beim Vornamen zu nennen. Hier ging es um etwas rein Geschäftliches. Alles in ihr sehnte sich danach, ihm zu erklären, dass sie Walts Verteidigung selbst übernehmen würde, aber sie hatte zu wenig Erfahrung. Lincoln Cole war Walts beste Chance. Und auch ihre.

Sie verdrehte die Kette an ihrer Tasche und zwang sich, die Worte auszusprechen. „Würden Sie mir bitte helfen?"

Ein Grinsen trat auf sein Gesicht. „Sehr gern." Er deutete zur Tür. „Dann fangen wir am besten gleich an."

Sie blinzelte. „Wir?"

„Ja, Hannah, Sie und ich bilden ein Team. Wir werden seine Verteidigung gemeinsam übernehmen."

Ein aufgeregtes Kribbeln lief über ihren Rücken. Sie würde an einem richtigen Fall arbeiten! In ihrem Kopf drehte sich alles. Vor einer Minute hatte sie diesem Mann noch den Hals umdrehen wollen und jetzt hätte sie ihn am liebsten umarmt. Wie schaffte Lincoln Cole das nur?

Walt Calloway zu verteidigen würde keine leichte Aufgabe werden.

Während Lincoln mit Hannah zum Gefängnis ging, dachte er über seine Strategie nach. Es gefiel ihm nicht, dass Hannah in die Sache hineingezogen wurde, und er nahm sich fest vor, alles dafür zu tun, dass sie vor Gericht keine Aussage machen musste. Lincoln warf der jungen Frau einen Seitenblick zu. Stocksteif marschierte sie neben ihm her. Er hatte heute vielleicht ein wenig zu sehr mit ihren Gefühlen gespielt, aber es hatte Spaß gemacht. Hannahs Streben nach Unabhängigkeit faszinierte und forderte ihn heraus, aber es wurde Zeit, dass sie eines begriff:

Er stand auf ihrer Seite.

Walt Calloways Verteidigung war kein Kinderspiel. Wenn sie den Mann mochte – was Lincoln vermutete, da sie ihm sonst wahrscheinlich nicht helfen würde –, war er es ihr schuldig, alles zu tun, um Calloways Namen reinzuwaschen. Er konnte Calloway zwar nicht leiden, aber wenn es Hannah glücklich machte, war das alles, was zählte. Sie hatte in den vergangenen Monaten schon genug durchgemacht.

Dass Walt sich in der Telegrafengewerkschaft engagierte, war allgemein bekannt. Und er hatte aus seiner Meinung über die Geschäftsführer der *Western Union*, die einige Angestellte nach dem Streik im vergangenen Jahr auf eine schwarze Liste gesetzt hatten, keinen Hehl gemacht. Lincoln zweifelte nicht daran, dass die Arbeiter ungerecht behandelt worden waren, aber wie weit würde Walt gehen, um seine Forderungen zu unterstreichen? Ginge Hannahs Freund wirklich so weit, Gebäude in Brand zu stecken?

Sie stiegen die Treppe zum Gefängnis hinauf und er hielt ihr die Tür auf. Sie hielt inne und schaute ihn an. „Sie werden mich nicht zu ihm lassen. Ich war neulich schon hier und wurde wieder weggeschickt, weil ich weder mit ihm verwandt noch mit ihm verlobt bin."

Er bedeutete ihr hineinzugehen. „Heute wird man Sie zu ihm lassen. Das verspreche ich Ihnen."

Es kostete einige Überzeugungsarbeit, aber dann führte der diensthabende Wärter sie zu einer Zelle im hinteren Teil des Gefängnisses. Lincoln legte die Hand an Hannahs Ellbogen und fühlte, wie sie erschauderte. Sie riss ihre braunen Augen weit auf, als sie diese beängstigende Umgebung in sich aufnahm. Die langen Gitterreihen, die Feuchtigkeit an den Ziegelwänden, die eisernen Pritschen und der Gestank von zu vielen ungewaschenen Körpern. Er erinnerte sich an seinen ersten Besuch im Gefängnis. Alle juristischen Bücher der Welt hätten ihn nicht auf den Moment vorbereiten können, in dem aus den Gesetzen Menschen wurden, einige schuldig, andere nicht schuldig, aber alle warteten in kalten Gefängniszellen auf ihren Gerichtstermin.

Eine vergitterte Tür links neben ihr klapperte und sie fuhr zusammen. Ein Gefangener pfiff anzüglich, als sie an seiner Zelle vorbeiging. Lincoln warf ihm einen finsteren Blick zu.

„Wenn Sie lieber umkehren wollen, kann ich Sie gern wieder hinausführen." Er hatte schon häufiger erlebt, dass die Ehefrauen von Mandanten im Gefängnis hysterisch wurden. Obwohl Hannah nicht diesen Eindruck vermittelte, wollte er ihr signalisieren, dass sie jederzeit gehen könnte.

„Nein." Sie lächelte ihn zum ersten Mal an diesem Tag an. „Ich will mit Walt sprechen."

Der Gefängniswärter blieb stehen und deutete mit der Hand den Gang hinunter. „Die letzte Zelle auf der rechten Seite."

„Können Sie die Zelle bitte aufsperren?" Lincoln trat vor. „Es ist üblich, dass ein Anwalt mit seinem Mandanten in seiner Zelle sprechen kann."

Der Gefängniswärter murrte, ging aber an den anderen Zellen vorbei und steckte den Schlüssel ins Schloss. „Glauben Sie mir: Bei dem Mann vergeuden Sie Ihre Zeit. Man sieht sofort, dass er schuldig ist. Dazu braucht man ihm nur in die Augen zu schauen." Er zog die Tür weit auf.

Hannah stürmte hinein und Walt umarmte sie. Unerwünschte Gefühle regten sich in Lincoln. Eifersucht? Er verdrängte diesen Gedanken.

„Treten Sie von dem Gefangenen zurück, Ma'am."

Hannah sprang hastig einen Schritt zurück.

Der Gefängniswärter drückte die Zellentür zu. „Tut mir leid, Ma'am. Aber ich muss die Tür zusperren, solange Sie in der Zelle sind."

Hannah runzelte die Stirn. „Ich glaube nicht, dass Sie befürchten müssen, Mr Calloway würde einen Fluchtversuch unternehmen."

Der Wärter sperrte zu und zog den Schlüssel ab. „Ich muss mich an die Regeln halten. Ich bin in zwanzig Minuten wieder da."

Lincoln sah, wie Hannah ihren ganzen Mut zusammennahm und eine freundliche Miene aufsetzte, bevor sie sich wieder zu Walt umdrehte. „Behandelt man dich gut? Brauchst du etwas?"

„Ich will hier raus." Der junge Mann sank auf die eiserne Pritsche und schlug wütend auf das Kissen ein. Schließlich hob er den Blick. Er schien Lincoln erst jetzt zu bemerken. „Was machen Sie denn hier?"

Lincoln trat neben Hannah und ärgerte sich darüber, dass er vergessen hatte, einen Stuhl für sie mitzubringen. Da es außer auf der Pritsche keine andere Sitzgelegenheit gab, wäre sie gezwungen, stehen zu bleiben, während sie mit ihrem Freund sprachen. Er hoffte, dass seine Nähe ein wenig das Unbehagen linderte, weil sie mit zwei Männern in einer Zelle eingesperrt war.

„Mr Calloway, Hannah hat mich gebeten, Ihre Verteidigung zu übernehmen. Wenn Sie einverstanden sind, können wir anfangen, unsere Vorgehensweise zu besprechen."

Walt fuhr sich mit den Fingern durch seine strähnigen Haare. „Hören Sie, Mr Cole, Sie sind sicher ein guter Anwalt, aber ich habe kein Geld, um teure Anwaltsgebühren zu bezahlen."

„Ich habe Ihren Fall pro bono übernommen – unentgeltlich, weil Hannah mich darum gebeten hat."

„Hannah hat Sie um Ihre Hilfe gebeten?" Erleichterung überzog das Gesicht des Mannes und er schaute Hannah an. „Danke."

Sie lächelte ihn schwach an. „Ich habe es für uns beide getan. Bitte lass dir von Lincoln helfen."

Walt richtete den Blick auf Lincoln und nickte.

Dieser zog ein kleines Notizbuch und einen Stift heraus. „Zuerst muss ich wissen, ob Sie es getan haben."

„Natürlich nicht!" Walt stand auf und begann, wie ein eingesperrter Löwe in der winzigen Zelle auf und ab zu gehen.

Sie berührte seinen Arm. „Als du an jenem Nachmittag zu mir gekommen bist, hast du mich gewarnt, dass es bald Schwierigkeiten geben würde. Wenn du selbst nicht daran beteiligt warst, weißt du dann, wer es getan hat?"

Walts Blick wanderte von ihr zu Lincoln. Offenbar hatte sie mehr gesagt, als Walt erwartet hatte. „Nein, ich weiß nicht, wer das Feuer gelegt hat."

Lincoln rieb sich das Kinn. „Wissen Sie es wirklich nicht oder haben Sie zumindest eine Ahnung?"

Walt fuhr herum. „Ich werde meine Gewerkschaftsbrüder nicht ans Messer liefern." Er wandte den Blick ab. „Das haben sie nicht verdient."

„Walt, bitte!" Hannah ergriff seinen Arm. „Wir können dir nur helfen, wenn wir die Wahrheit kennen."

Missmut regte sich in Lincoln. Das lief nicht gut. Die Tatsache, dass Walt den Blick abwandte, verriet dem Anwalt, dass der Mann sich irgendeiner Sache schuldig gemacht hatte, aber welche war das? Er hatte das ungute Gefühl, dass Walt möglicherweise doch an den Bränden beteiligt gewesen sein könnte. Vielleicht hatte er nicht das Streichholz angezündet, aber es war gut möglich, dass er den Mann deckte, der es getan hatte.

Lincoln klopfte mit der Bleistiftspitze auf sein Notizbuch. „Warum glauben die Behörden, dass Sie die Brände gelegt haben?"

„Woher soll ich das wissen?!" Walt lehnte sich an die vergitterte Tür. „Man macht mich zum Sündenbock. Ich habe deutlich gesagt, was ich von den Geschäftsführern des Unternehmens halte, aber ich versichere Ihnen, dass ich die Feuer nicht gelegt habe."

Lincoln trat näher an ihn heran. „Aber Sie haben andere Dinge getan."

Walts Blick glitt zu dem Kratzer, der immer noch auf Hannahs Wange zu sehen war. Sie wandte sich ab.

Lincoln wurde wütend. Er packte den Mann am Arm und zwang diesen, ihn anzuschauen. „Sie waren das? Sie haben die Ziegelsteine durch die Fenster geworfen? Wie konnten Sie nur? Hannah war in diesem Restaurant!"

Walt ballte die Fäuste und die Adern in seinem Nacken traten vor. „Ich hatte ihr doch gesagt, dass sie sich von dieser Straße fernhalten soll! Außerdem sind *Sie* mit ihr in dieses Restaurant gegangen und nicht ich."

„Jetzt reicht es aber!" Hannah baute sich zwischen den beiden Männern auf. „Ich bin im Moment stinksauer, Walt Calloway. Wenn du also weißt, was gut für dich ist, setzt du dich sofort wieder hin!" Sie fuhr zu Lincoln herum und bohrte ihren Zeigefinger in seine Brust. „Und du bist hier, um ihm zu helfen. Hast du das vergessen?" Sie war so erregt, dass ihr gar nicht auffiel, dass sie zum vertrauten Du übergegangen war.

„Hannah, er hätte dich umbringen können!"

Sie schaute Walt finster an. „Du warst es also wirklich? Du hast diese Ziegelsteine geworfen?"

Walt senkte den Blick. „Ich wusste doch nicht, dass du da drinnen warst."

„Du hättest jemanden töten können!" Tränen glänzten in ihren Augen. „Bis zu diesem Moment hätte ich dich nie für fähig gehalten, einen Menschen zu verletzen."

„Das wollte ich auch nicht tun, Hannah." Er versuchte, sie in die Arme zu nehmen. Sie riss sich von ihm los. „Du musst mir glauben. Ich wollte alles tun, damit diese Männer und Frauen ihre Arbeit zurückbekommen. Bitte glaub mir!"

Lincoln wartete mehrere Sekunden, bevor er sprach. „Hannah, ich kann gut verstehen, dass du wütend auf ihn bist. Mir geht es ähnlich, aber wir haben nicht mehr viel Zeit. Der Gefängniswärter kommt bald zurück."

„Ich weiß." Sie blinzelte und atmete tief ein. „Ich kenne dich fast mein ganzes Leben lang, Walt. Ich bin unglaublich wütend auf dich, aber ich glaube dir."

„Sie sind ein Glückspilz, Calloway." Lincoln zwang sich, seine eigene Wut zurückzudrängen. Wenn Hannah Walt vergeben konnte, konnte er es auch versuchen, aber er konnte den Anblick von Blut auf ihrem schönen Gesicht nur schwer vergessen. Er blätterte in seinem Notizbuch eine Seite um. „Erzählen Sie uns alles, was Sie an den Tagen getan haben, an denen die Brände gelegt wurden."

Walt sank auf seine Pritsche und ließ die Schultern hängen. „Als der erste Brand gelegt wurde, habe ich Hannah beim Umzug geholfen, und während des zweiten Brandes war ich bei ihr zu Hause." Er rieb mit der Hand über seinen Mund. „Hannah, wenn du der Polizei erklären würdest, dass du mit mir zusammen warst –"

„Das kann sie nicht." Lincoln rieb sich den Nacken.

„Und warum nicht?"

In diesem Augenblick kam der Gefängniswärter zurück und sperrte die Tür auf.

Lincoln klappte sein Notizbuch zu. „Weil Sie nicht die Wahrheit sagen."

14

„Lincoln, was hast du da gerade gemeint?" Sobald sie das Gefängnis verlassen hatte, bombardierte Hannah ihn mit Fragen. „Walt lügt doch nicht. Warum hast du es ihm dann vorgeworfen? Ist das eine bestimmte Taktik, um ihn dazu zu bewegen, uns zu erzählen, was er wirklich weiß?"

„Mach mit mir einen Spaziergang um den Court House Square. Dann können wir uns unterhalten."

Sie warf einen Blick auf die Uhr im Turm des Gerichtsgebäudes und stellte fest, dass es schon spät war. Ihre Unruhe wuchs. Sie sollte eigentlich bei ihren Schwestern sein. Und was war, wenn Charlotte wieder nicht nach Hause gekommen war?

„Ich sollte lieber nach Hause gehen und nach meinen Schwestern sehen." Sie biss sich auf die Lippe.

„Dann müssen die Antworten auf deine Fragen bis morgen warten, fürchte ich." Seine Mundwinkel zogen sich nach oben und in seinen Augenwinkeln bildeten sich kleine Fältchen.

„Du bist wirklich unverbesserlich."

„Ich?" Er legte mit einer Unschuldsmiene eine Hand auf seine Brust. „Ich bin zutiefst verletzt."

Sie senkte den Blick und seufzte. Was machten ein paar Minuten jetzt schon noch aus?

Sie gingen den Gehweg entlang, bis sie die Rasenfläche des Platzes erreichten. Fliedersträucher begrüßten sie dort mit ihrem betörenden Duft. Hannah hätte am liebsten einen duftenden Blütenstand abgebrochen und mit nach Hause genommen. „Ich liebe Flieder." Sie blieb stehen und schnupperte an einem Strauch. „Meine Mutter hat Flieder geliebt! Ihre Lieblingsblumen waren Rosen, aber gleich danach kam Flieder. Und deine Mutter?"

Lincoln steckte die Hände in seine Hosentaschen. „Ich weiß nicht, was ihre Lieblingsblumen waren."

Das sah ihm ganz ähnlich. Ein Mann wie Lincoln achtete gewiss mehr auf seine eigenen Wünsche und Bedürfnisse als auf die von anderen Menschen.

„Wie kannst du ihre Lieblingsblumen nicht kennen?" Wie unsensibel konnte man denn sein? Plötzlich klappte sie den Mund zu und drehte sich zu ihm herum. „Du hast ‚waren' gesagt, nicht wahr?"

Er nickte.

„Wie lang ist deine Mutter schon tot?"

„Seit fünfundzwanzig Jahren." Sein Blick wanderte in die Ferne. „Sie starb bei meiner Geburt. Ich habe sie nie kennengelernt."

„Lincoln, das tut mir so leid. Und dein Vater? Hat er wieder geheiratet?"

Er berührte sie am Ellbogen. „Gehen wir weiter."

Sie folgten dem gepflasterten Weg zum Springbrunnen. Nicht einmal der Flieder konnte den Fischgestank des Flusses überdecken, der von Osten herüberwehte, aber mit den zwei hohen Gerichtsgebäuden auf der einen Seite und dem Gras, das jetzt aus dem Winterschlaf erwacht war, in der Mitte strahlte der Platz eine ganz eigene Schönheit aus.

Vor ihnen schob eine Mutter einen Kinderwagen und ein Kleinkind tapste neben ihr her. Ein Eichhörnchen sprintete auf den Weg, hob etwas auf und stürmte weiter. Lincoln schwieg weiterhin. Warum sagte er nichts? Vielleicht war seine Familie ein zu persönliches Thema. Wahrscheinlich sollte sie lieber über etwas anderes sprechen. Als sie gerade dazu ansetzte, wieder auf Walts Fall zurückzukommen, deutete Lincoln auf eine Parkbank, und sie setzten sich.

„Mein Vater hat nie wieder geheiratet."

„Wo ist er jetzt?"

Lincoln stieß ein tiefes Seufzen aus. „Neben meiner Mutter." In

Lincolns Stimme, die normalerweise kräftig war, schwang jetzt ein trauriger Unterton mit.

„Wie alt warst du, als er starb?"

„Vierzehn."

So alt wie Tessa. Nein, so jung.

„Ich weiß, wie es ist, allein zu sein. Deshalb tut es mir leid, dass ich irgendwie daran beteiligt war, dass euch euer Hof weggenommen wurde. Ich hatte keine Ahnung, dass ihr gerade erst eure Eltern verloren hattet. Wenn ich das gewusst hätte …"

„Das wusstest du nicht?" Die Worte kamen leise über ihre Lippen. Hatte sie ihn die ganze Zeit falsch eingeschätzt?

Lincoln zuckte zusammen, als ein Zug am Hauptbahnhof ganz in ihrer Nähe einen schrillen Pfiff ausstieß. „Mein Vater war ein guter Mann. Er war Anwalt und gleichzeitig Senator von Des Moines, aber es gelang ihm, beides miteinander zu vereinbaren. Er tat alles, um mir sowohl Mutter als auch Vater zu sein. Alles, was ich tue, tue ich, um mich als würdig zu erweisen, seinen Namen zu tragen."

„Was wurde aus dir, nachdem du deinen Vater verloren hattest?"

Er erhob sich und hielt ihr die Hand hin. „Ich habe eine Tante in St. Paul. Sie hat mich bei sich aufgenommen, und bei ihr habe ich gewohnt, bis ich hierherzog, um Rechtswissenschaften zu studieren. Sie hat mich auf die besten Schulen geschickt, und als sie erfuhr, dass ich Anwalt werden wollte, hat sie mich an die ‚Drake' geschickt. Dass ich an dieser Universität studiere, war nur Teil ihres Plans. Der andere Teil des Plans sah vor, dass ich für ihren alten Freund Pete Williams arbeite. Er ist schon sehr lange mit meinem Onkel befreundet." Der Wind erfasste eine ihrer Haarsträhnen und wirbelte sie durch die Luft. Lincoln schob sie zärtlich hinter ihr Ohr. „Mach nicht so ein langes Gesicht! Ich brauche kein Mitleid. Ist aus mir nicht ein netter Kerl geworden?"

Seine Berührung jagte einen Stromstoß durch ihren Körper, aber sie wagte es nicht, sich etwas anmerken zu lassen. Sie schlug scherzhaft nach seinem Arm. „Sollten wir nicht über Walt sprechen?"

Mit einem Stirnrunzeln ließ er die Hand sinken. Sie folgte ihm zum Springbrunnen. Wasser ergoss sich über die schmiedeeisernen Schwäne und floss in das große Steinbecken darunter. Lincoln zog zwei Centmünzen aus der Tasche und warf eine davon in den Springbrunnen. „Du denkst oft an Walt, nicht wahr?“

„Eingesperrt zu sein muss schrecklich sein.“ Es kam ihr so vor, als hinge der beißende Geruch des Gefängnisses immer noch an ihrer Kleidung, und auch Walts deprimierte Miene ging ihr nicht aus dem Kopf. Sie nahm den zweiten Cent, den Lincoln ihr hinhielt, und warf ihn in den Brunnen. Als die Münze neben der von Lincoln landete, lächelte sie. Vielleicht wären sie ein gutes Paar, zumindest, wenn es darum ging, Walt zu helfen. „Warum hast du gesagt, Walt würde nicht die Wahrheit sagen?“

„Das ist etwas, das ich in meinem Beruf gelernt habe. Es ist keine Wissenschaft, aber ich glaube, dass es zwei Arten zu sprechen gibt. Man kann mit seinen Worten kommunizieren, aber man kommuniziert auch mit dem Körper, mit den Händen und den Augen.“ Er sah sie lange wortlos an.

Was seine Augen ihr verrieten, jagte Hannah große Angst ein. Sie schluckte schwer. „Sprich weiter.“

Er geleitete sie zum Gehweg zurück. „Hat deine Schwester Tessa schon irgendwann einmal etwas gesagt, und du wusstest genau, dass sie lügt?“

„Ja, Tessa schaut dir nicht in die Augen, wenn sie etwas Unwahres sagt.“

„Genau.“

„Aber das hat Walt nicht getan.“

„Nein, das hat er nicht getan, aber er hat etwas getan, das ich immer wieder sehe, wenn Menschen lügen. Er hat sein Gesicht berührt, als er uns von den Bränden erzählte. Er hat sich fast den Mund zugehalten, als er sprach. Es war, als versuchte seine Hand, die Wahrheit zurückzuhalten.“

„Aber er …“ Hannah hielt abrupt inne und schaute Lincoln an. Die neckische Arroganz in seinem Blick war verschwunden. Jetzt sprach ein tiefes Mitgefühl aus seiner Miene. Sie schloss die Augen und versuchte, sich Walt im Gefängnis vorzustellen. Immer wieder sah sie diese Szene vor sich.

Sie keuchte. Lincoln hatte recht. Walt hatte sich wirklich so verhalten. Tränen brannten in ihren Augen. „Aber das heißt nicht unbedingt, dass er gelogen hat.“

„Das Ganze ist natürlich nicht wissenschaftlich belegt. Es ist nur meine Erfahrung.“ Er zog sie zur Seite, um einen Radfahrer vorbeizulassen. „Hannah, es ist durchaus möglich, dass das Feuer an dem Tag, an dem er euch beim Umzug geholfen hat, schon gelegt worden war, als er bei euch ankam.“

„Daran hatte ich auch schon gedacht.“

„Weißt du noch, wie spät es war, als er an jenem Nachmittag zu euch kam? Welchen Eindruck hat er auf dich gemacht?“

Worauf wollte Lincoln hinaus? Sie starrte auf die Pflastersteine des Gehwegs und bei jedem Schritt grub sich die Angst tiefer in ihr Herz.

„Hannah, du kennst ihn besser als ich: War er nervös oder unruhig?“

Alles in ihr wollte ihre Röcke in die Hand nehmen und weglaufen. Würde Lincoln sich weigern, Walt zu helfen, wenn er wüsste, wie sonderbar er sich an jenem Nachmittag benommen hatte?

„Nein, er war wie immer.“ Sie trat an den Straßenrand und drückte eine Fliederblüte an ihre Nase. „Was müssen wir tun, um ihn aus dem Gefängnis zu holen?“

Lincoln brach einen kleinen Zweig ab und reichte ihr den Blütenstand. „Wusstest du, dass es noch etwas anderes gibt, woran man erkennt, ob jemand lügt?“

Sie schüttelte den Kopf und betrachtete die winzigen lila Blüten.

„Wenn jemand das Thema wechselt.“ Er hob mit dem Fingerknöchel ihr Kinn an und presste die Lippen zusammen. „Hannah Gregory, wenn du mir nicht die Wahrheit sagst, kann ich dem Mann, den du liebst, nicht helfen.“

Sie stammelte verwirrt: „Dem … dem Mann … den ich was?“

Was sollte Charlotte nur tun? Sie hatte alle ihre Aufgaben erledigt. Sie war direkt nach der Schule nach Hause gegangen und hatte das Essen zubereitet. Sie hatte dafür gesorgt, dass Tessa ihre Hausaufgaben machte. Sie hatte sogar bereits die Wäsche von der Leine genommen. Aber jetzt stand George auf ihrer Veranda und wollte sich mit ihr auf die Schaukel setzen und ein wenig plaudern.

„Ach, Charlotte, ich habe getan, was du von mir wolltest“, sagte er durch die Fliegengittertür. „Ich habe mit meinem Besuch bis nach dem Essen gewartet. Deine Schwester hat doch bestimmt nichts dagegen, wenn wir eine Weile hier draußen sitzen."

Charlotte biss sich auf die Lippe. Hannah wäre davon wahrscheinlich nicht begeistert, aber es war ja nicht so, dass sie mit ihm allein wäre. Schließlich war Tessa zu Hause. Die Veranda war gut zu sehen, und wenn Hannah einen Verehrer hätte, der so attraktiv war wie George Donnelly, hätte sie ihn auch nicht weggeschickt. Außerdem war sie diejenige gewesen, die Charlotte geraten hatte, mehr zu riskieren.

Sie strich mit der Hand an ihrem Zopf hinab und schob die Tür auf. „Danke für deine Geduld, George."

Er zog leicht an ihrem Zopf. „Ich dachte schon, du lässt mich die ganze Nacht hier draußen stehen. Ich warte nicht gern, Charlotte."

„Dann werde ich versuchen, dich nicht wieder warten zu lassen." Sie deutete zur Schaukel. „Willst du dich setzen?"

Er wartete, bis sie saß, und rutschte dann neben sie. „Wo steckt denn deine herrische Schwester?"

Sie runzelte die Stirn, beschloss aber, nicht auf seine abfällige Bemerkung einzugehen. „Ich bin nicht sicher, wo Hannah ist. Sie ist noch nicht nach Hause gekommen."

„Womit haben wir denn dieses Glück verdient?" Seine Augen leuchteten und er griff nach ihrer Hand.

Die Fliegengittertür ging mit einem lauten Schlag auf und Tessa kam heraus. Sie drehte schwungvoll einen Korbstuhl zur Schaukel herum und ließ sich darauf nieder.

„Tessa Gregory! Was machst du hier draußen?", fauchte Charlotte sie an.

Ihre Schwester stützte ihr Kinn auf die Hand und schaute George an. „Anstandsdame spielen."

Charlotte sprang so schwungvoll auf die Beine, dass die Ketten der Schaukel klirrten. Sie ergriff die Hand ihrer Schwester und riss sie von ihrem Stuhl hoch. „Du gehst sofort wieder rein. Wir wollen ungestört sein."

„Damit ihr …" Tessa schürzte die Lippen und machte übertriebene Schmatzer in Georges Richtung.

Mit einem festen Griff um Tessas Arm öffnete Charlotte die Fliegengittertür, schob ihre Schwester ins Haus und knallte die Tür dann wieder zu. Doch Tessa gab nicht nach, sondern schob noch einige laute schmatzende Geräusche nach.

„Kinder ..." Charlotte setzte sich wieder neben George und bemühte sich, erwachsener zu klingen, als sie war. „Bitte hör nicht auf sie."

„Ach, ich weiß nicht. Irgendwie gefällt mir ihr Vorschlag." Sein Blick wanderte zu Charlottes Lippen.

Hitze strömte von Charlottes Kopfhaut bis zu ihren Zehenspitzen hinab. Sosehr der Gedanke, George zu küssen, sie auch reizte, etwas in ihr zögerte. Da sie seine Gefühle nicht verletzen wollte, legte sie ihre Hand auf die seine. „Du bist wirklich ein Witzbold. Wie lief dein Training heute? Hast einen Home-Dings geschafft?"

„Es heißt Home Run, Charlotte. Das habe ich dir doch neulich schon erklärt."

Sie kicherte. „Ach, ja. Das hatte ich vergessen."

Er zog ihre Hand an seine Lippen. „Macht nichts – solange du nicht vergisst, wegen der Picknickkorb-Versteigerung am Freitag zu fragen. Es wäre wirklich schade, wenn ich den Korb eines anderen Mädchens ersteigern müsste."

„Hannah ist bestimmt einverstanden."

Sie zuckte zusammen, als vom Gehweg eine Stimme erklang. Als Charlotte den Blick hob, stand Hannah vor ihr und hatte die Hände in die Hüften gestemmt. „Womit bin ich bestimmt einverstanden?"

Lincoln öffnete die Tür zu seinem Haus und seufzte erleichtert auf. Er wollte heute nur noch eines: ein gutes Abendessen und die letzten Kapitel von Jack Londons „Wolfsblut" lesen. Verglichen mit vielen anderen Häusern in dieser Gegend war sein viktorianisches Haus klein, aber es war sein Zuhause, und es hatte immer noch mehr Zimmer, als er benötigte.

Er hatte immer gehofft, er würde jemanden finden, mit dem er in dem Haus alt werden würde. Obwohl er schon viele junge Damen kennengelernt hatte, konnte er sich bei keiner von ihnen vorstellen, sein Leben mit ihr zu teilen. Zumindest war das der Fall gewesen, bis Hannah Gregory in sein Leben getreten war. Alles an ihr strahlte Leidenschaft aus. Sie war leidenschaftlich in Bezug auf ihre

Schwestern, leidenschaftlich in Bezug auf ihre Freunde und leidenschaftlich in Bezug auf Gott. Wagte er zu hoffen, dass sie auch ihm ihr Herz eines Tages schenken würde?

Er hängte seinen Hut an den Haken und musste an ihren Gesichtsausdruck denken, als er ihre Beziehung zu Walt angesprochen hatte. Meine Güte, war sie süß, wenn sie nervös wurde. Er wollte ihren Protesten, dass Walt nur ein guter Kamerad aus Kindertagen sei, ja so gerne Glauben schenken, aber der Blick, mit dem Walt sie angesehen hatte, war alles andere als kameradschaftlich gewesen. Theoretisch hatte Walt ältere Anrechte auf sie, da sie schon seit Jahren befreundet waren. Vielleicht sollte Lincoln sich wirklich zurückziehen. Andererseits war er nie die Art von Mann gewesen, der so einfach aufgab. Außerdem hatte sich Walt irgendeiner Sache schuldig gemacht.

Seine Haushälterin begrüßte ihn im Flur.

„Guten Tag, Mrs Reynolds."

„Pah!" Sie nahm ihm den Mantel ab. „Ich bezweifle, dass Sie den Tag noch so gut finden werden, wenn Sie Ihren trockenen Braten essen."

„Das sagen Sie jedes Mal, wenn ich zu spät komme, aber das Essen schmeckt immer köstlich." Er grinste die ältere Frau an. Irgendwann war sie mehr wie eine zweite Mutter als wie eine Angestellte geworden, und er vermutete, dass sie sich insgeheim über sein Lob freute. „Warum haben Sie denn auf mich gewartet? Ich habe Ihnen doch gesagt, dass Sie nicht bleiben müssen, bis ich nach Hause komme. Ihr Mann macht sich bestimmt schon Sorgen um Sie."

„Zerbrechen Sie sich wegen meines Mannes mal nicht den Kopf. Er ist vorbeigekommen und hat mit mir in der Küche gegessen. Solange er einen vollen Bauch hat, ist er glücklich und zufrieden. Geben Sie mir jetzt eine Minute, dann serviere ich Ihnen Ihr Essen."

Er grinste und griff nach seinem Mantel. „Ich bin alt genug, um meine Jacke selbst aufzuhängen und mir auch mein Essen selbst zu holen."

Sie stemmte die Hände in ihre üppigen Hüften. „Das ist *meine* Aufgabe, Mr Cole! Ihre Tante wäre nicht erfreut, wenn ihr etwas anderes zu Ohren käme. Sie hat mich eingestellt, um sicherzustellen, dass Sie gut versorgt werden."

„Und diese Aufgabe erfüllen Sie wunderbar." Er zwinkerte ihr zu. „Ich verspreche Ihnen auch, dass ich nach dem Essen nicht das Geschirr spüle."

Zwei rote Flecken bildeten sich auf ihren faltigen Wangen. „Sie sind wirklich ein sehr vorlauter junger Mann", brummte sie, während sie in die Küche ging. Er hörte, wie die Ofentür geräuschvoll aufgestoßen wurde. Die arme Frau! Sie konnte einfach nicht zulassen, dass er sich sein Essen selbst holte. Hannah würde sie mögen.

Lincoln nahm die Post vom Tisch neben der Haustür und ging damit ins Esszimmer. Der Duft von heißem Rindfleisch stieg ihm in die Nase und sein Magen knurrte. Noch bevor er sich an den Tisch gesetzt hatte, hörte er, wie die Hintertür zugeschlagen wurde. Wenigstens blieb Mrs Reynolds nicht auch noch, um das Geschirr zu spülen. Er grinste. Gut. Er würde sie überraschen und es selbst spülen. Keine Frau sollte den Tag mit schmutzigen Tellern beginnen.

Ein Klopfen an der Haustür unterbrach seinen Gedankengang. Vielleicht hatte Mrs Reynolds etwas vergessen, aber es war fast undenkbar, dass sie durch die Haustür käme.

Nachdem er die Briefe neben seinen Teller gelegt hatte, ging er zur Tür und öffnete sie. Vor ihm stand sein Kollege aus der Anwaltskanzlei. „Cedric?"

„Wir müssen reden." Der Mann trat ein, ohne auf eine Aufforderung zu warten. Er reichte Lincoln Hut und Gehstock. „Ich komme gleich zur Sache: Du musst den Calloway-Fall abgeben."

15

Lincoln beäugte seinen Kollegen kritisch. Cedric hatte sich ins Haus gedrängt und ignorierte großzügig, dass ein noch nicht angerührtes Abendessen auf dem Tisch im Esszimmer stand und kalt wurde. Glaubte er allen Ernstes, dass Lincoln seinen Fall abgeben würde, nur weil Cedric hoffte, er könnte dann einen reichen Kunden an Land ziehen?

„Wir sind uns also einig?“ Cedric setzte sich in den Ledersessel in Lincolns Wohnzimmer.

„Das habe ich nicht gesagt.“

Cedric zog eine Zigarre aus der Tasche seines Jacketts und biss ein Ende ab. „Angesichts deiner Ambitionen käme es einem politischen Selbstmord gleich, wenn du dich für einen Gewerkschafter einsetzt.“

„Vielleicht.“ Vielleicht würde es seines Karriere aber auch helfen. Lincoln hatte bereits beide Möglichkeiten in Betracht gezogen. Da die Zahl der Gewerkschaften in Iowa ständig anstieg, könnte die Verteidigung von Walt ihm vielleicht sogar die nötigen Wählerstimmen bringen, die er für einen Sitz im Parlament benötigte. Andererseits würde es seine Chancen bei den Einflussreichen zunichtemachen.

„Ich kann mir nicht vorstellen, dass du viel Unterstützung bekommen wirst, wenn du mit dieser Sache weitermachst.“ Cedric zündete die Zigarre an und paffte Rauch in die Luft.

Süßlicher, schwerer Tabakgeruch breitete sich im Raum aus. Lincoln runzelte die Stirn. Selbst wenn es seiner politischen Karriere schadete, musste er das tun, was richtig war.

„Cedric, ich behalte den Calloway-Fall. Ich bin mir durchaus bewusst, dass du gerne die ‚Farmers-Versicherungsgesellschaft‘ als Mandanten gewinnen würdest, aber sie ist noch kein Mandant, und deshalb sehe ich keinen Interessenskonflikt, der mich zwingen würde, Walt nicht zu vertreten.“

„Warum setzt du dich so für diesen Mann ein? Er ist immerhin ein Brandstifter.“ Cedric zischte das letzte Wort beinahe.

„Er wird der Brandstiftung *angeklagt*. Herr Anwalt, Sie sollten den feinen Unterschied kennen.“ Lincoln trat zum Kamin und legte ein weiteres Holzscheit ins Feuer. Es knisterte und knackte und Funken flogen.

„Dir ist schon bewusst, dass die Kanzlei eine große Summe verlieren könnte, nur weil die hübsche Miss Gregory dir den Kopf verdreht hat?“

„Lass Miss Gregory aus dem Spiel.“ Er schaute Cedric eindringlich an. „Walt Calloway braucht einen Anwalt, und ich habe eingewilligt, ihn zu vertreten. Im Gegensatz zu einigen anderen Leuten halte ich mein Wort." Er schwieg einen Moment, um seinen Worten den nötigen Nachdruck zu verleihen. „Wenn das alles war, würde ich jetzt gern essen."

„Wir sind erst fertig, wenn du dich bereit erklärst, diesen Fall aufzugeben." Cedric warf seine Zigarre in den Kamin. „Wenn es sein muss, gehe ich damit zu Charles."

Als er Charles Harlington erwähnte, den zweiten Seniorpartner der Kanzlei Williams & Harlington, versteifte sich Lincoln. Während Pete Lincolns Mentor war, war Cedric von Charles in die Kanzlei gebracht worden, und der Seniorpartner war Cedric schon bei verschiedenen Gelegenheiten zu Hilfe gekommen.

Lincoln erwiderte Cedrics Blick unerbittlich, bis sein Kollege wegschaute. Gut. Diesen Kampf hatte er gewonnen. Cedric durfte nicht wissen, dass ihn die Drohung beunruhigte. Sein Gegenüber hatte ein unvergleichliches Gespür dafür, die Schwäche anderer Menschen auszunutzen. Wie eine Schlange, deren Giftzähne sich in eine frische Beute gruben, nutzte er eine Schwachstelle aus, bis sich das Opfer ergab. Würde Charles sich bei so etwas einmischen? Falls ja, würde Pete sich dann hinter Lincolns Entscheidung stellen? Was würde Hannah sagen, wenn er gezwungen wäre, Walts Fall abzugeben?

Lincoln folgte seinem Kollegen zur Tür. „Ich würde ja sagen, dass wir das wiederholen sollten, aber wir wissen beide, dass das nicht gut gehen würde. Wir sollten uns aber bemühen, zum Wohl der Kanzlei zusammenzuarbeiten."

„Jetzt interessierst du dich auf einmal für das Wohl der Kanzlei?", fauchte Cedric. „Wenn du das wirklich so siehst, übergibst du den Calloway-Fall jemand anderem. Mit einem Mandanten wie der ‚Farmers-Versicherung' können wir alle viel Geld verdienen."

„Es gibt Dinge, die wichtiger sind als Geld."

Cedric öffnete die Haustür. „Aber nicht viele. Und ganz bestimmt keine Frau wie Miss Gregory. Sie hat keine Beziehungen und kein Geld. Ich kann wirklich nicht begreifen, warum du überhaupt daran denkst, dich wegen eines so unbedeutenden Falles mit mir anzulegen."

„Ich habe gesagt, dass du sie aus dem Spiel lassen sollst!" Glühende Wut flackerte in Lincoln auf und er ballte unbewusst die Fäuste.

„Ich vertrete Walt. Ende der Diskussion." Er knallte die Tür hinter seinem Kollegen zu. Es war lange her, dass jemand ihn so wütend gemacht hatte.

Hannah nippte an dem himmlischen Gebräu in ihrer Lieblingstasse. Sie hatte nur noch eine Woche und vier Tage an der Telefonistinnenschule vor sich und konnte es kaum erwarten, dass diese Zeit endete. Sie hatte alle Regeln befolgt, machte sich aber dennoch große Sorgen, weil sie sich immer wieder mit Lincoln treffen musste, um an Walts Verteidigung zu arbeiten. Hinzu kam, dass die kindische Eifersucht von zwei Mitschülerinnen sie ärgerte und ihr die Freude raubte.

Sie gähnte. Aber es gab auch noch andere Dinge, die ihr den Schlaf raubten – Walt und seine Lügen, Charlotte und George, die gemeinsam auf der Veranda gesessen hatten, als sie nach Hause gekommen war. Obwohl ihr irgendetwas an George missfiel, hatte sie Charlotte erlaubt, mit ihm zum Picknick zu gehen. Hannah konnte ihre Sorgen genauso wenig benennen, wie sie den Dampf festhalten konnte, der aus ihrer Kaffeetasse stieg, aber trotzdem war beides da.

Der nächste Schluck erfüllte sie mit neuer Freude. Kaffee war ihrer Meinung nach eines der größten Geschenke Gottes an die Menschheit. Sie hatte gehört, dass die Iowa-Telefongesellschaft ihren Telefonistinnen sowohl Kaffee als auch Tee sowie Brötchen unentgeltlich zur Verfügung stellte. Butter kostete natürlich etwas. Das wäre ein großer Luxus, wenn sie als Telefonistin arbeiten würde!

„Hannah, Rosie ist da!", schrie Tessa aus dem Wohnzimmer.

Nachdem sie die letzten Bissen Toast mit dem Kaffee aus ihrer Tasse hinuntergespült hatte, eilte Hannah zur Tür und begrüßte ihre Freundin. Charlotte und Tessa standen ebenfalls schon dort und schlüpften in ihre Mäntel.

„Mädchen", sagte Hannah, „es kann heute wieder später werden. Ich muss noch mal in die Stadt gehen und mit Mr Cole sprechen."

„Kannst du ihn nicht anrufen?", jammerte Tessa, während sie ihre Bücher vom Tisch neben der Tür nahm. „Du weißt doch, wie man ein Telefon bedient."

Hannah schaute sie finster an. „Wir müssen an Walts Verteidigung arbeiten."

„Und Mr Cole braucht dafür *deine* Hilfe? Was ist das denn für ein Anwalt?"

„Tessa, wir sollten lieber verschwinden, bevor Hannah dir Strafarbeiten für eine ganze Woche aufbrummt." Charlotte schob ihre kleine Schwester zur Tür hinaus.

Hannah konnte Tessa auf der Veranda weiterhin klagen hören. „Ich weiß, was für ein Anwalt er ist", sagte sie, „ein sehr attraktiver Anwalt. Er sieht viel besser aus als dein George. So viel steht fest."

Rosie lachte. „Bei euch ist es keinen Moment langweilig, oder? Ich hätte auch gern zwei Schwestern."

Hannah hakte sich bei Rosie unter, als sie auf die Veranda traten. Dort sagte sie absichtlich mit lauter Stimme: „Da könnte ich dir vielleicht ein Angebot machen. Ich hätte zwei Schwestern abzugeben. Ganz billig."

„Das habe ich gehört!", rief Tessa von der Straße zurück.

Als sie die Telefonistinnenschule erreichten, hatte Hannah Rosie alles über Walts Situation erzählt. Rosie fand besonders interessant, dass Lincoln glaubte, sie und Walt wären ein Paar.

„Du hast ihm schon erklärt, dass das ein Irrtum ist, oder?" Rosie hielt ihr die Tür auf.

„Ja, aber ich bin nicht sicher, ob er mir glaubt. Ich verstehe sowieso nicht, warum ihn das interessiert."

Rosie zog die Brauen hoch und ihre Augen funkelten. „Soll ich dir wirklich abnehmen, dass du keine Ahnung hast, warum ihn das interessiert?"

Hannahs Wangen erröteten und sie lächelte. Sie konnte nicht leugnen, dass sie etwas empfand, wenn sie mit Lincoln zusammen war, aber er war ein ehrgeiziger Anwalt. Er würde sich nie für eine arme Telefonistin interessieren, wo er doch bestimmt jede unverheiratete junge Dame der besseren Gesellschaft haben konnte.

Als Hannah und Rosie den Schulungsraum betraten, kamen sogleich die herrische Martha Cavanaugh und ihre unsympathische Begleiterin Ginger Smith auf sie zu. Alles in Hannah sträubte sich. Bis vor Kurzem hatten die beiden Unruhestifterinnen sie in Ruhe gelassen. Aber in letzter Zeit waren sie offenbar fest entschlossen, sie in ein schlechtes Licht zu rücken. Sie zogen unbemerkt ihre Kabel heraus, brachten ihre Leitungen durcheinander und sprachen bei jeder

Gelegenheit schlecht über sie. Nur weil sie – Hannah – im Gegensatz zu ihnen den Umgang mit dem Klappenschrank schnell lernte.

„Guten Morgen, Hannah." Martha baute sich vor der jungen Frau auf und ließ Rosie bewusst links liegen.

„Hallo, Martha. Ginger." Sie deutete auf ihre Freundin. „Rosie und ich wollten gerade auf unsere Plätze gehen."

„Rosie, geh schon mal vor." Martha machte eine Handbewegung, als verscheuche sie eine Fliege. „Du auch, Ginger. Ich möchte mit Hannah sprechen. Allein."

Ginger schob die Unterlippe vor, weil sie weggeschickt wurde. Rosie warf Hannah einen fragenden Blick zu und wartete auf ein Zeichen ihrer Freundin, ob sie Hannah mit Martha allein lassen könne. Hannah nickte.

Als die beiden Frauen gegangen waren, lehnte sich Martha an die Wand. „Wusstest du, dass meine Schwester in die gleiche Klasse geht wie deine jüngste Schwester?"

„Nein. Aber es gehen ja auch viele andere Schüler auf diese Schule."

„Laut meiner Schwester hat Tessa gesagt, dass du einen Freund hast, einen *guten* Freund, der verhaftet wurde." Martha verzog die Lippen zu einem selbstgefälligen Grinsen.

Hannahs Mund wurde trocken und ihr Puls beschleunigte sich. Warum musste ausgerechnet Martha die Sache mit Walt erfahren?

„Jetzt bist du wohl sprachlos, Miss Neunmalklug, was?", entgegnete Martha leise und drohend. „Aber keine Sorge, du brauchst dir nicht den Kopf zu zerbrechen, wie du das Mrs Reuff beibringen könntest. Ich wusste, dass es dir viel zu schwer fallen würde, ihr diese unappetitliche Freundschaft zu beichten. Deshalb habe ich ihr diese Nachricht in deinem Namen bereits übermittelt." Sie lachte selbstgefällig. „Ich hatte dir ja gesagt, dass du uns nicht wieder in einem schlechten Licht dastehen lassen sollst. Aber du musstest dich ja weiter in den Vordergrund drängen."

Mrs Reuff schritt zum Lehrerpult und Hannah ging mit weichen Knien an ihren Platz. Die Lehrerin begrüßte die Klasse mit knappen Worten. „Heute wird eine von Ihnen uns verlassen."

Hannahs Magen zog sich zusammen. So schnell wurde sie

entlassen? Ohne dass man ihr die Gelegenheit gab, zu den Anschuldigungen Stellung zu nehmen?

„Wie ich Ihnen allen schon gesagt hatte, haben wir in der Telefongesellschaft klare Regeln. Diese Regeln sorgen dafür, dass die Kunden auf höchstem Niveau von Damen mit tadellosem Ruf bedient werden.“ Ihr Blick wanderte durch den Raum und blieb an Hannah hängen.

Tränen brannten in den Augen der jungen Frau. Sie hatte sich so sehr bemüht und sie brauchte diese Stelle so dringend. Wie sollte sie jetzt ihre Schwestern versorgen?

„Miss Gregory, bitte kommen Sie nach vorne.“

Das Blut wich aus Hannahs Gesicht und ihr Herz hämmerte wie ein Fernschreiber. Hannah wischte ihre feuchten Handflächen an ihrem Rock ab. Sie wurde nicht nur entlassen, sondern auch noch vor allen bloßgestellt. Konnte es denn noch schlimmer kommen? Langsam erhob sie sich und ging nach vorne.

„Miss Gregory, diese Regeln helfen uns oft dabei herauszufinden, welche jungen Frauen für den Beruf der Telefonistin ungeeignet sind, aber sie helfen uns auch, diejenigen zu belohnen, die offenbar ein Talent für diese Aufgabe mitbringen.“

Hannah blinzelte. Das klang nicht nach einer Entlassung.

Mrs Reuff reichte ihr ein zusammengerolltes Blatt Papier und lächelte. „Meinen Glückwunsch. Sie sind die erste Schülerin in Ihrer Klasse, die bestanden hat und als neue Telefonistin in die Telefonzentrale aufgenommen wird. Sie werden morgen in der Iowa-Telefongesellschaft erwartet. Melden Sie sich im zweiten Stock. Bitte tun Sie alles, damit ich stolz auf Sie sein kann. Und bemühen Sie sich, die Regeln einzuhalten.“

Nachdem er sich auf dem Flur einen harten Holzstuhl geschnappt hatte, wartete Lincoln, dass der Gefängniswärter ihm Walts Zellentür aufsperrte. Dort stellte er den Stuhl ab und setzte sich rittlings darauf. Sein Mandant saß ihm gegenüber auf der eisernen Pritsche. Walt wich Lincolns forschendem Blick aus und ließ seine Fingerknöchel knacken. Wenn Walt ahnen würde, wie sehr Lincoln hatte kämpfen müssen, um Pete und Charles zu überreden, ihn nicht von dem Fall abzuziehen, wäre er vielleicht kooperativer.

Cedric war gleich am Morgen zu Charles gegangen und hatte ein ausgiebiges Plädoyer dafür gehalten, dass Lincoln Walts Fall abgeben sollte, um besseren Beziehungen zu möglichen gut zahlenden Mandanten nicht im Wege zu stehen. Die ganze Sache machte Lincoln wütend.

Pete war eingeschritten und hatte erklärt, wie wichtig es sei, an diesem Fall dranzubleiben, da der Name der Kanzlei bereits in Zusammenhang mit diesem Fall in den Zeitungen genannt worden war. Unter vier Augen hatte er danach von Lincoln wissen wollen, warum er so fest entschlossen war, diesen Fall nicht abzugeben.

Genauso wie Cedric hatte Pete ihn darauf hingewiesen, dass es verheerende Folgen für Lincolns künftige politische Karriere haben könnte, wenn er ein Gewerkschaftsmitglied vertrat. Er hatte hinzugefügt, dass die einflussreichen Männer der Stadt die Gewerkschaften oft als Feinde betrachteten, und wenn Lincoln in der nächsten Legislaturperiode ins Parlament gewählt werden wollte, müsste er anfangen, Walt genauso zu sehen.

Vertrat er einen *Feind?* Sein Herz sagte ihm, dass das nicht zutraf. Er betrachtete Hannahs Freund. Er konnte dringend eine Rasur benötigen. Dunkle Ringe lagen um seine Augen und er wirkte blasser als noch vor wenigen Wochen beim Umzug der Gregory-Schwestern. Lincoln brach das Schweigen nicht, eine Technik, die er von seiner Tante gelernt hatte, wenn sie die Wahrheit hatte herausfinden wollen.

Walt rieb mit der Hand über sein stoppeliges Kinn. „Und?“

„Sind Sie jetzt bereit, mir die Wahrheit zu sagen?“

Sein Mandant schaute ihn an. „Ich habe Ihnen die Wahrheit gesagt. Ich habe keinen Brand gelegt.“

Sachlich. Direkt. Nicht defensiv. Ja, der Mann sagte die Wahrheit.

„Aber Sie wissen, wer die Brände gelegt hat.“

Walt wandte den Blick ab und seufzte schließlich. „Es gibt ein paar Leute, die vielleicht zu solchen Mitteln greifen könnten. Sie sind hitzköpfig, aber ich weiß nichts mit Bestimmtheit.“

„Ich brauche die Namen dieser Leute.“

„Die kann ich Ihnen nicht verraten.“

„Sie sind bereit, für diese Männer ins Gefängnis zu gehen?“

„Ich glaube nicht, dass es dazu kommen wird. Ich bin unschuldig.“

Walt fuhr sich mit der Hand durch seine strähnigen Haare. „Hannah müsste doch nur –“

Lincoln stand auf. „Nein! Das werde ich nicht zulassen.“

„Ich bezweifle, dass sie sich von Ihnen aufhalten lässt, und ich denke, ich kenne sie ein bisschen besser als Sie.“

„Sie kennen sie länger, aber das heißt nicht, dass Sie sie wirklich besser kennen.“

Wut flackerte in Walts Augen auf. „Wenn das hier vorbei ist …“

Lincoln schaute den Mann finster an. *Es war mehr als nur Freundschaft!* Freunde benahmen sich nicht so besitzergreifend. Hatte Hannah wirklich keine Ahnung, was Walt für sie empfand? Hegte sie trotz ihrer gegenteiligen Behauptungen auch Gefühle für Walt? Sie hatte wirklich einiges auf sich genommen, um ihrem „Freund“ einen Anwalt zu besorgen. Vielleicht war ihr einfach noch nicht bewusst geworden, wie tief ihre eigenen Gefühle für Walt reichten.

Dieser Gedanke behagte ihm überhaupt nicht. Er traute Walt nicht, aber wenn er ehrlich war, steckte mehr dahinter. Er hegte selbst Gefühle für Hannah.

Lincoln schüttelte den Kopf. Im Moment musste er sich auf Walt als seinen Mandanten konzentrieren und nicht als Konkurrenten um Hannahs Zuneigung.

„Hören Sie, wir wollen beide, was für Hannah das Beste ist“, sagte Lincoln. Walt musste begreifen, dass sie auf derselben Seite standen. „Wenn sich herumspricht, dass Hannah Ihr Alibi ist, verliert sie ihre Stelle, und wir wissen beide, dass sie diese Arbeit dringend braucht und deshalb nur dann eine Aussage machen sollte, wenn es absolut unumgänglich ist.“

Walt atmete tief ein und nickte. „Sie haben recht. Es tut mir leid.“

„Ich brauche einen einzigen Namen, Walt. Eine Person, über die ich ein paar Nachforschungen anstellen kann. Wenn dieser Fall vor Gericht kommt, was hoffentlich nicht geschieht, genügt es, wenn wir glaubhafte Zweifel an Ihrer Schuld wecken können. Und das muss nicht unbedingt bedeuten, dass auch wirklich jemand anderer vor Gericht gestellt wird.“

„Aber Sie würden die Aufmerksamkeit der Polizei auf ihn lenken.“ Walt erhob sich und ging zur Zellentür. Er legte die Hände um die Gitterstäbe. „Nein.“

Lincoln ballte die Fäuste. Warum kämpfte Walt gegen ihn? Sah er denn nicht, dass Lincoln seine einzige Hoffnung war? Er atmete tief ein und bemühte sich, ruhig weiterzusprechen. „Also gut, warum, glauben Sie, hat man gerade Sie verhaftet?"

Walt drehte sich zu ihm um und zuckte die Achseln. „Woher soll ich das wissen?"

„Welche Fragen hat man Ihnen gestellt?"

„In vielen Fragen ging es um die Aufgaben, die ich für das Unternehmen erledige."

„Und was haben Sie geantwortet?"

„Ich habe gesagt, dass ich hauptsächlich Leitungen repariere."

„Was noch?"

In der darauffolgenden halben Stunde bekam Lincoln eine Ahnung davon, wie die Staatsanwaltschaft den Fall aufziehen würde. Walt, ein unzufriedener Arbeiter, hatte ein starkes Motiv und er hatte die Gelegenheit zur Tat gehabt. Es gab Zeugen dafür, dass er einer der Männer war, die die Ziegelsteine durch die Scheibe ins Restaurant geworfen hatten, und er hatte sich lautstark für seine Freunde eingesetzt, die auf die schwarze Liste gesetzt worden waren. Was die Durchführung der Tat betraf, nahm Lincoln an, dass die Polizei davon ausging, dass Walt aufgrund seines Berufes sehr wohl in der Lage war, Brandsätze zu bauen.

Lincoln erhob sich schließlich. „Das reicht für heute."

„Und wie geht es jetzt weiter?"

„Am nächsten Montag gibt es eine Anhörung, bei der entschieden wird, ob genügend Beweise vorliegen, um Sie vor Gericht zu stellen." Lincoln rief nach dem Gefängniswärter. „Ich will Sie nicht anlügen, Walt: Solange wir keinen anderen Verdächtigen haben, wird es sehr schwer werden. Hannah und ich werden mit der Feuerwehr sprechen und versuchen, Genaueres über die Brände zu erfahren."

„Hannah?"

„Sie hilft mir bei Ihrer Verteidigung."

„*Sie* hilft Ihnen?" Walt kniff die Augen zusammen.

In diesem Moment sperrte der Gefängniswärter die Tür auf, und Lincoln nahm den Stuhl, den er mitgebracht hatte. „Sie hilft mir, *Ihnen* zu helfen."

„Aber bringen Sie sie nicht in Gefahr!"

„Nein, das haben *Sie* ja schon zur Genüge getan", knurrte Lincoln.

16

Sieben Kirchtürme erhoben sich auf dem Piety Hill und stachen eindrucksvoll vom immer dunkler werdenden Himmel ab. Hannahs Wangen glühten vom vielen Lächeln, als die Straßenbahn durch die Mulberry Street fuhr. Sie war zu Hause gewesen, um ihren Schwestern zu erzählen, dass sie ihre Ausbildung bestanden hatte, und sie hatten sich beide mit ihr gefreut.

Die Pferde-Straßenbahn war ein Luxus, den sie sich normalerweise nicht leistete, und in Zukunft würde sie die kurze Entfernung von der Iowa-Telefongesellschaft zu Lincolns Kanzlei zu Fuß zurücklegen.

Wie komme ich denn auf solche Gedanken? Natürlich nur, *falls* sie sich noch einmal nach der Arbeit mit Lincoln träfe. Wenn es ihnen gelänge, Walt aus dem Gefängnis zu holen – was sie hoffte –, hätte sie keinen Grund mehr, Lincoln an seinem Arbeitsplatz aufzusuchen.

Bei diesem Gedanken erfasste sie eine sonderbare Melancholie, aber sie war von einer leisen Hoffnung tief in ihrem Herzen begleitet. Spürte Lincoln diese unerklärliche Anziehungskraft auch? Nein. So etwas durfte sie nicht einmal denken. Sie und Lincoln hatten nur flüchtig miteinander zu tun. Selbst wenn er ein vages Interesse an ihr hätte, wäre sie für einen Mann mit seinen politischen Ambitionen keine gute Partie. Sie wäre niemals willens und in der Lage, die gesellschaftlichen Regeln in dem Maß zu befolgen, wie es nötig wäre. Genauso wenig wie die Regeln der Telefongesellschaft, die ihr schon genug zu schaffen machten.

Die Straßenbahn hielt vor dem eindrucksvollen Gerichtsgebäude von Polk County, um Fahrgäste aussteigen zu lassen. Als sie auf dem Bürgersteig stand, strich sie die Falten in ihrem Frühlingsmantel glatt. Ein Mann stieß von hinten gegen sie und sie verlor fast das Gleichgewicht. Er entschuldigte sich und ging weiter. Nachdem sie ihren weitkrempigen Hut wieder zurechtgerückt hatte, steuerte sie auf das Gebäude zu, in dem sich Lincolns Anwaltskanzlei befand.

„Hannah?“

Sie fuhr herum. „Lincoln! Du hast mich erschreckt!“

„Entschuldigung, das tut mir leid.“ In seinen blauen Augen lag ein verschmitztes Funkeln, das ihr verriet, dass es ihm nicht im Geringsten leidtat. „Ich wollte es dir ersparen, in unsere Kanzlei gehen zu müssen. Deshalb habe ich mit dem Feuerwehrhauptmann telefonisch vereinbart, dass wir uns bei ihm zu Hause treffen. Er erwartet uns bereits.“ Er deutete auf die Straße, wo ein glänzendes knallrotes Automobil stand. Die Sonne spiegelte sich auf dem Metall und die zwei Gasscheinwerfer auf beiden Seiten des Automobils schienen ihr zuzuzwinkern.

Sie schnappte nach Luft. „Das gehört dir?“

„Ja. Es ist ein Geburtstagsgeschenk von meiner Tante. Ich habe es erst heute Nachmittag vom Autohändler abgeholt.“ Sein Grinsen wurde noch breiter. „Ich wollte, dass du die Erste bist, die darin mitfährt.“ Plötzlich runzelte er die Stirn. „Moment! Was ist, wenn man dich mit mir sieht? Bekommst du dadurch vielleicht Probleme mit deinen Ausbildern?“

Sie senkte den Blick. „Jetzt nicht mehr.“

Seine Freude war wie weggeblasen. „Nein, das kann doch nicht sein! Hannah, was ist passiert?“

Sie bemühte sich, weiterhin sehr ernst zu schauen, aber sie konnte sich ein Lächeln nicht verkneifen. „Ich habe die Ausbildung heute bestanden. Als Erste in meiner Klasse werde ich morgen in der Telefonzentrale arbeiten.“

Lincoln packte sie an der Taille und hob sie hoch. Sie kreischte und er stellte sie wieder ab. Eine Frau schaute die beiden missbilligend an, aber ein älteres Paar, das gerade auf sie zukam, schmunzelte. Hannahs Wangen glühten, sowohl wegen des öffentlichen Aufsehens, das sie erregten, als auch wegen des Stromstoßes, der bei Lincolns Berührung durch ihren Körper fuhr. Er hingegen schien weder ihre Reaktion noch die der Passanten zu bemerken.

„Das ist ein Grund zum Feiern!“ Er führte sie zum Auto. „Nach dem Gespräch mit dem Feuerwehrhauptmann lade ich dich zu einem Eis ein und ich werde ein Nein als Antwort nicht akzeptieren.“

Sie errötete. Würde sie sich mit dieser Einladung auf etwas einlassen, das ihr nur Kummer bringen würde? Davon hatte sie in letzter Zeit genug gehabt. Aber wenn sie mit Lincoln zusammen war, vergaß sie, dass sie ihre Eltern verloren hatte. Manchmal verspürte sie zwar das Bedürfnis, ihm den Hals umzudrehen, aber wenigstens musste sie in seiner Gesellschaft nicht an all das denken, was sie verloren hatte.

Hannah warf einen Blick auf das Automobil. Lincoln, der von seinem neuen Spielzeug sichtlich begeistert war, platzte fast vor Aufregung. Ihre Finger kribbelten bei dem Gedanken, das rote Automobil zu berühren. Seit sie diese Fahrzeuge das erste Mal gesehen hatte, sehnte sie sich danach, in einem zu fahren.

„Lincoln, was ist mit meinen Schwestern?“

„Wir rufen sie an.“ Er bedachte sie mit einem Grinsen. Der junge Anwalt wusste, dass er diese Schlacht gewonnen hatte. „Du hast die Schule doch bestanden. Du weißt jetzt ganz offiziell, wie man ein Telefon bedient.“

Sie schlug ihn auf den Arm. „Du bist genauso schlimm wie Tessa.“

„Nein, ich tue dir gut.“ Er half ihr, ins Automobil zu steigen.

„Ist das wahr, Herr Anwalt?“

„Ja, Miss, ich glaube schon.“ Ernst blickte er sie an. „Aber du musst mir eine Chance geben, es dir zu beweisen.“

Sie schluckte. *Meine Güte!* Was machte sie nur hier? Sie war mit einem Mann zusammen, der erst vor wenigen Wochen der Bank geholfen hatte, ihnen die Farm ihrer Familie wegzunehmen. Und jetzt lud er sie ein, in einem Automobil spazieren zu fahren. Sie war immer stolz darauf gewesen, dass sie keine Angst vor Gefahren hatte, aber vielleicht ging das doch zu weit.

Lincoln ging auf die Rückseite des Automobils und öffnete den Kofferraum. Er setzte eine Lederkappe auf, zog ein Paar lange Lederhandschuhe an und beugte sich in das Fahrzeug, um einen Schalter zu betätigen. Dann trat er an die Seite des Wagens, bückte sich tief hinab und bewegte eine Kurbel. In Sekundenschnelle erwachte der Motor zum Leben. Lincoln setzte sich hinter das Lenkrad und zog schwungvoll einen breiten Seidenschal aus seiner Manteltasche. „Der Händler hat mir empfohlen, unbedingt diesen Schal zu kaufen, damit die Frau meines Lebens ihren Hut festbinden kann, wenn sie mit mir fährt."

Ihr Magen purzelte hin und her wie ein Einspänner auf einer mit Schlaglöchern übersäten Straße. Noch ein Geschenk? Erinnerte er sich denn nicht daran, wie schwer es ihr gefallen war, die Lebensmittel anzunehmen, die er ihnen geschickt hatte?

Das Automobil vibrierte und konnte es nicht erwarten, dass die Fahrt endlich losginge. Wenn sie nicht wollte, dass ihr Hut durch die Court Street flog, brauchte sie den Schal. Außerdem sprudelte er vor Begeisterung fast über und sie wollte ihm die Freude nicht verderben. Sie nahm den elfenbeinfarbenen Schal und strich mit der Hand über den weichen Stoff. Es war wirklich ein feines Stück Stoff. Vielleicht könnte sie ihn sich einfach für diesen Nachmittag ausleihen.

Er setzte seine Fahrerbrille auf. „Sobald du den Schal festgebunden hast, können wir losfahren."

Sie wickelte den Schal schwungvoll um ihren Hut und band ihn unter ihrem Kinn fest. „Bitte sag mir, dass du weißt, wie man ein Automobil fährt."

Er schmunzelte. „Ich schätze, das werden wir gleich herausfinden."

Das Automobil fuhr ruckelnd an, aber bald glitten sie gemütlich dahin und wichen Kutschen, Straßenbahnen, Lieferwagen und Fußgängern aus. Sie entspannte sich auf den schwarzen, gepolsterten Ledersitzen.

„Was für ein Automobil ist das?", fragte Hannah, als der Wagen langsamer wurde.

„Das ist ein sogenannter ‚Reo Gentleman's Roadster'." Er stellte etwas an der Lenksäule ein. „Er hat einen Zweizylindermotor und kann bis zu siebzig Stundenkilometer fahren."

„Siebzig Stundenkilometer? Bekommt man überhaupt noch Luft, wenn man so schnell fährt?"

Er lachte. „Vanderbilt hat vor ein paar Jahren auf der Rennstrecke in Daytona Beach in einem Mercedes-Rennwagen den Weltrekord von einhundertachtundvierzig Stundenkilometern aufgestellt. Was sagst du dazu?“

„Dass ich froh bin, dass du einen Reo und keinen Mercedes fährst.“

Sie unterhielten sich gemütlich, bis sie ihr Ziel erreicht hatten. Hannah erfuhr, dass Lincoln am liebsten Kekse, Kartoffelbrei und Beefsteak aß, und zwar in dieser Reihenfolge. Er zwang sie, ihre Vorliebe für Kaffee zu gestehen, und sie erwähnte nebenbei, dass sie auch Schokolade liebte.

Da das Haus des Feuerwehrkommandanten nicht weit entfernt war, hatte sie keine Zeit, Lincoln die Fragen über seine Tante zu stellen, die ihr unter den Nägeln brannten. Wie erkundigte man sich, wie reich seine Tante war, ohne unhöflich zu klingen? Für das Geld, das dieser Reo kostete, konnte man wahrscheinlich zwanzig erstklassige Kutschen kaufen.

Eifersucht regte sich in ihr. Das Leben war irgendwie nicht fair. Sie und ihre Schwestern mussten jeden Cent dreimal umdrehen, während Lincoln extravagante Geschenke bekam.

Herr, vergib mir. Was für ein hässlicher Gedanke! Du und nur du allein entscheidest, wen du segnest und wie du die Menschen segnest, und ich danke dir, dass du meine Schwestern und mich immer mit allem Nötigen versorgst.

Als sie die Haustür erreichten, war ihre Eifersucht verflogen. An ihrer Stelle war Hannahs Herz von Dankbarkeit für diese Gelegenheit erfüllt und für diesen Mann, der so viel tat, um ihrem Freund zu helfen.

Der Feuerwehrkommandant stellte sich ihnen als Samuel Stock vor und führte sie in sein Wohnzimmer. Seine Frau kam mit einer Kanne Tee herein und stellte sie auf den Tisch, bevor sie sich wieder zurückzog. Hannahs Blick fiel auf einen Teller mit Keksen, den die Frau ebenfalls gebracht hatte. Sie warf einen kurzen Blick auf Lincoln, der neben ihr auf dem Sofa saß, und musste lächeln, als er seine Lippen benetzte.

Hannah schaute sich in dem bescheidenen Haus um. Die Wohnzimmermöbel und der Teppich waren abgenutzt, aber die Sauberkeit auch in den staubfreien Ecken verriet, dass die Stocks sehr stolz auf ihr Zuhause waren.

Mr Stock nahm sich einen Keks und lehnte sich dann in seinem Sessel zurück. „Was kann ich Ihnen sagen, Herr Anwalt, das ich nicht schon der Polizei gesagt habe?“

Lincoln beugte sich vor und faltete die Hände vor sich. „Sir, ich habe Ihren exzellenten Bericht gelesen, aber könnten Sie mit uns bitte noch einmal Ihre Ergebnisse durchgehen?“

„Im Beisein der Dame?“ Die Stimme des Feuerwehrkommandanten klang ungläubig.

„Ich finde die Ermittlungen nach einem Brand sehr interessant.“ Hannah schenkte Tee ein und reichte dem Feuerwehrmann eine Tasse.

„Wenn das so ist, hole ich lieber ein Blatt Papier und zeichne Ihnen auf, wie die Ermittlungen ablaufen.“ Er schaute Hannah an. „Mit Bildern können Frauen das Ganze leichter verstehen.“

Als der Feuerwehrhauptmann zu seinem Schreibtisch ging, um Papier und Stift zu holen, flüsterte Lincoln grinsend: „Offenbar hat er keine Ahnung, wie intelligent du bist.“

„Das ist so frustrierend! Er geht davon aus, dass ich ihm nicht folgen kann, weil ich eine Frau bin.“ Sie schaute den Mann, der noch mit dem Rücken zu ihnen stand, finster an. „Woher willst du eigentlich wissen, ob ich intelligent bin? Du kennst mich kaum.“

„Das wusste ich schon am ersten Tag, an dem wir uns begegnet sind. Du gibst dich mit nichts zufrieden und hinterfragst alles.“ Er brach sich ein Stück von einem Keks ab. „Nur fürs Protokoll: Ich bin auch nicht dumm.“

Mr Stock kam mit einem Papierblock zurück und legte ihn vor sich auf den Tisch. „Wenn man gute Ohren hat, spricht ein Feuer zu einem.“

„Wie bitte?“ Hannah stellte ihre Tasse ab.

Er wiederholte seine Worte langsamer, als könnte dadurch ihr „minderbemittelter“ weiblicher Verstand besser begreifen, was er sagte. Hannah war kurz davor, ihre Teetasse nach diesem eingebildeten Mann zu werfen.

Lincoln legte eine Hand auf ihren Arm, als könne er ihre Gedanken lesen. „Sie wollen damit sagen, dass der Zustand eines Gebäudes und der Einrichtung Ihnen nach einem Feuer verraten kann, wie es angefangen hat?“

Mr Stock strahlte ihn an. „Genau, mein Junge, Sie haben es verstanden. Wenn ich zu einer Brandstelle komme, grabe ich als Erstes in der Asche." Er zeichnete einen Kasten auf das Blatt Papier. „Sagen wir, das sei eine Mauer und das Feuer begann auf dem Boden vor der Mauer."

Hannah schaute zu, wie er ein Feuer am Fuße einer Mauer zeichnete. „Sie erkennen also anhand der Stelle, die am stärksten verkohlt ist, wo der Brandherd war?"

Mr Stocks Kopf fuhr hoch. „Ja, das stimmt, junge Frau! Ich suche die Stelle, an der der größte Schaden angerichtet wurde. War Ihr Vater etwa Feuerwehrmann?"

„Nein, Sir. Aber das klang logisch. Doch woran können Sie erkennen, ob ein Feuer absichtlich gelegt wurde?"

„Passen Sie jetzt gut auf!" Der Feuerwehrhauptmann zeichnete ein *V* auf die Wand auf seinem Blatt Papier. „Normalerweise hinterlässt ein Feuer ein V-Muster an der Wand. Wenn jedoch eine brennbare Flüssigkeit eingesetzt wird, ist das nicht mehr der Fall. Dann findet man andere Muster, je nachdem, womit das Feuer ausgelöst wurde."

„Können Sie uns ein Beispiel dafür nennen, was Sie suchen würden?", bat Lincoln.

„Muster auf Holzböden oder Linoleumböden, Lappen oder Petroleumgeruch, das alles sind Hinweise auf Brandstiftung." Er zeichnete auf ein zweites Blatt Papier drei verschiedene Kästchen und eine Flasche daneben. „Vor ungefähr anderthalb Monaten – vor den zwei letzten Bränden – wurde in einem Reparaturwagen der ‚Western Union' ein Feuer gelegt. Wir werden wahrscheinlich nie herausfinden, wer dieses Feuer gelegt hat, aber wir glauben, dass es mit einer Whiskeyflasche, in die ein Tuch gestopft war, entzündet wurde, weil wir Glasscherben gefunden haben." Er schaute Hannah an. „Der Brandstifter musste das Tuch dann bloß noch anzünden, verstehen Sie?"

Sie hielt krampfhaft ihre Teetasse fest. „Ja."

„Warum hat man von diesem Feuer nichts gehört?", erkundigte sich Lincoln.

„Ein Wagen ist für die Presse nicht so interessant wie ein Gebäude." Mr Stock kratzte sich mit seinem Bleistift an der Schläfe. „Es könnte das erste Feuer gewesen sein, das dieser Brandstifter gelegt hat. Oder es könnte auch jemand anders gewesen sein. Möglicherweise sogar Kinder, die einen Streich gespielt haben. Wie ich schon sagte, wahrscheinlich werden wir das nie in Erfahrung bringen."

„Wie wurden die zwei letzten Feuer gelegt?"

Mr Stock zeichnete einen Dynamitstab in das mittlere Kästchen. „Das Feuer am 18. April im Materialschuppen der ‚Western Union' wurde durch eine Explosion entzündet. Höchstwahrscheinlich Dynamit."

Hannah keuchte. „Sind Sie sicher? Vielleicht hatten Sie es ja auch nur mit einer Gasexplosion zu tun, zu der es ohne fremdes Zutun kam."

Er schüttelte den Kopf. „Der Unterschied zwischen einem normalen Feuer und einer Explosion ist leicht zu erkennen, da die Gegenstände in unterschiedlichem Maß zerstört und verbrannt sind. Und da auch ein Krater vorliegt, kommt Gas nicht infrage." Er tippte auf das Kästchen. „Wir haben Beweise dafür, dass derjenige, der dieses Feuer gelegt hat, wusste, wie Kabel und Schalter funktionieren."

Das musste sie auf Walt gebracht haben. Hannah warf einen Blick zu Lincoln und erschauderte. Das klang nicht gut für ihren Freund.

„Bei dem Feuer am 20. April im Kutschhaus des Geschäftsführers der ‚Western Union' wählte der Brandstifter eine ungewöhnliche Vorgehensweise." Mr Stock zeichnete eine dicke Linie über das dritte Kästchen, an der mehrere ballonförmige Gegenstände hingen. „Er hat mehrere Gummiwärmflaschen mit Öl gefüllt und dann an die Dachbalken gehängt. Als die Wärmflaschen sich erhitzten, explodierten sie und breiteten dadurch das Feuer zusätzlich aus."

Lincoln runzelte die Stirn. „Wenn alle explodiert sind, woher wissen Sie dann, dass Wärmflaschen die Brandursache waren?"

Mr Stock schaute ihn an, als wäre Hannahs weibliche Dummheit ansteckend. „Weil immer noch einige an der Decke hingen. Es gelang uns, das Feuer zu löschen, bevor alle Wärmflaschen Feuer fingen."

Lincoln holte tief Luft. „Haben Sie schon viele Brandstifter gehabt, die mehr als ein Feuer gelegt haben?"

„Ein paar."

„Verändern sie normalerweise ihre Vorgehensweise?" Er deutete auf die drei Kästchen. „Von einer Whiskeyflasche zu Dynamit und dann zu mit Öl gefüllten Wärmflaschen? Ich halte es für weit hergeholt, dass es sich in allen drei Fällen um denselben Täter handeln soll."

Der Feuerwehrkommandant runzelte die Stirn. „Ich habe der Polizei meine Ergebnisse gegeben. Bei allen Fällen gibt es eine Verbindung zur ‚Western Union'. Deshalb klingt es logisch, dass derjenige, der die Brände gelegt hat, nicht gut auf das Unternehmen zu sprechen ist." Er stand auf. „Ich bin sicher, dass die Leute von der ‚Western Union' jetzt ruhiger schlafen können, weil wir den Mann hinter Gitter gebracht haben."

„Warum sagen Sie das?" Lincoln und auch Hannah erhoben sich ebenfalls.

„Das liegt doch auf der Hand: Seit er im Gefängnis sitzt, hat es nicht mehr gebrannt."

Hannah hielt die Luft an. Daran hatte sie bis jetzt nicht gedacht, aber es stimmte. Angst erfasste sie. Wenn Walt nicht der Brandstifter war, lief der Täter immer noch frei herum. Und wenn er das nächste Mal nicht nur einen Schuppen oder ein leeres Gebäude in Brand steckte?

17

Das Automobil mit den vielen Pferdestärken zu steuern, gab Lincoln ein ungewohntes Gefühl von Macht. Kein Wunder, dass Vanderbilt so gerne Autorennen fuhr. Auch ihm würde es gefallen, mit diesen technischen Wunderwerken die Straßen entlangzurasen.

Er warf Hannah einen Seitenblick zu. Sie hatte sich beklagt, dass sich die Nadeln aus ihren Haaren gelöst hatten und weggeflogen waren. Insgeheim war Lincoln froh, dass die Nadeln fort waren. Ihre Haare wehten trotz des Hutes und des Schals frei im Wind, und das gefiel ihm. Das gefiel ihm sogar sehr.

Er umklammerte das Lenkrad fester, um seine Hände davon

abzuhalten, ihre Haare zu berühren. „Hannah, du bist plötzlich so ruhig. Was ist los?“

„Ich habe nachgedacht.“

„Worüber?“

„Wir wissen, dass Walt es nicht war, aber wer hat es dann getan? Da draußen läuft ein Brandstifter frei herum. Was ist, wenn jemand bei einem weiteren Brand verletzt wird oder ums Leben kommt, weil die Polizei die Suche nach dem Brandstifter eingestellt hat?“

Lincoln schob den Gashebel an der Lenksäule nach oben und der Reo fuhr schneller. Bei Hannahs Worten zog sich sein Magen zusammen. Er hatte ähnliche Gedanken gehabt, und deshalb ließ ihn die Bemerkung des Feuerwehrhauptmanns nicht los, dass es keine weiteren Brände mehr gegeben habe, seit Walt hinter Gittern war. Das würde sich bei der Anhörung am nächsten Montag nicht gut für sie auswirken. Er wollte Hannah nicht beunruhigen, aber so wie die Dinge im Moment standen, fürchtete er, dass Walt angeklagt werden würde.

„Wir sollten den Fall eine Weile vergessen.“ Lincoln bog in die Locust Street ein. „Wenn ich mich recht erinnere, müssen wir noch einen bestandenen Schulabschluss feiern, und ich weiß genau, wo ich mit dir hingehe.“

„Du hast gesagt, dass wir ein Eis essen. Für etwas anderes bin ich nicht richtig angezogen.“

Er schaute sie von der Seite an. Sie sah in ihrer weißen Bluse mit dem Matrosenkragen und ihrem schwarzen Rock sehr gut aus. Er konnte sich problemlos vorstellen, mit ihr überallhin zu gehen. Trotzdem verstand er ihre Bedenken. „Was du anhast, ist dort, wo wir hingehen, perfekt. Das verspreche ich dir.“

Obwohl er nicht einmal die halbe Geschwindigkeit erreichte, die der Reo fahren konnte, erreichten sie ihr Ziel nach der Hälfte der Zeit, die sie mit einer Kutsche bräuchten. Lincoln lenkte das Automobil vor „Rogg’s Drug“ an den Straßenrand. Nachdem er seine Brille und seinen Hut abgenommen hatte, strich er seine Haare glatt und wandte sich dann an Hannah. „Bist du mit dieser Lokalität einverstanden?“

„Ja, aber fürs Protokoll: Normalerweise esse ich vor dem Abendessen nichts Süßes.“

Er schmunzelte. „Hannah, du überraschst mich. Ich habe dich für eine Frau gehalten, die gern die Nachspeise zuerst isst."

„Na ja. Das stimmt." Ihre Wangen röteten sich. „Du hast mich einfach überrumpelt. Das ist alles."

Er stieg aus dem Reo und kam auf die andere Seite herum, um auch ihr beim Aussteigen zu helfen. „Warst du schon einmal hier?"

Sie schüttelte den Kopf und betrachtete den Laden. „Nein, bei uns gab es höchstens mal ein Eis in einem kleinen Laden in der Nähe unseres Hauses. Aber einige meiner Kommilitonen am College haben von ‚Rogg's' geschwärmt."

Als sie eintraten, klingelte eine Glocke über der Ladentür. Hannah keuchte. Er konnte ihr keinen Vorwurf daraus machen. Lichter beleuchteten die lange mit Marmor überzogene Schanktheke und spiegelten sich in den polierten Nickelhähnen. Limonadengläser und Bleiglas funkelten im Spiegel hinter dem kunstvollen Tresen.

Lincoln führte Hannah zur Theke. „Darf ich dich mit der längsten Sodatheke der Welt bekannt machen?"

„Wirklich?"

„Laut dem Ladenbesitzer, Mr Namur, ist sie das. Aber ich bezweifle, dass er mit einem Maßstab um die ganze Welt gefahren ist und nachgemessen hat." Da es keine anderen Sitzmöglichkeiten gab, zog er zwei leere Metallhocker mit Holzsitzen an der überfüllten Theke heraus. Er setzte sich neben sie und deutete auf eine Tafel mit der Tageskarte. „Du hast die Wahl zwischen einer Kartoffelsuppe und einem Wurstbrötchen. Magst du etwas davon? Du kannst auch beides essen, wenn du willst."

„Und danach noch ein Eis?" Sie kicherte. „Wenn ich das alles essen würde, könnte mich dein neues Auto nicht mehr nach Hause bringen." Sie legte den Finger nachdenklich an ihr Kinn. „Ich denke, ich möchte die Suppe."

Als ein junger Mann kam, um ihre Bestellung entgegenzunehmen, teilte Lincoln ihm mit, dass sie zweimal eine Schüssel Suppe wollten. Der Mann kam ein paar Minuten später mit der Suppe wieder und erklärte, dass er ihre nächste Bestellung aufnähme, wenn sie die Suppe gegessen hätten.

Lincoln benetzte seine Lippen. Schinkenwürfel schwammen auf der dicken, weißen Oberfläche, und die frischen Brötchen auf den

Tellern sahen verführerisch aus. Dampf stieg von den Schüsseln auf. Er beugte sich über seine Suppe und atmete tief ein. „Wenn es so gut schmeckt, wie es riecht, haben wir Glück."

Er warf einen Blick auf Hannah, die ihren Löffel noch nicht zur Hand genommen hatte. Ob sie wohl etwas dagegen hatte, wenn er in einem so vollen Raum ein Tischgebet sprach?

Als habe sie seine Gedanken gelesen, schaute sie ihn stumm an.

Dieses Zeichen genügte ihm. Er wollte Gott nicht nur für das Essen danken, sondern auch dafür, dass er endlich für einen Moment die Gesellschaft von Miss Hannah Gregory genießen durfte.

Hannah löffelte das cremige Vanilleeis aus ihrem großen Glas und schob es sich genießerisch in den Mund. Sie konnte sich gar nicht mehr daran erinnern, wann sie das letzte Mal ein Eis gegessen hatte.

Lincoln hielt sein Glas hoch. „Auf Hannah, Telefonistin und Klassenbeste."

„Und auf dein neues Automobil." Sie stieß mit ihm an und besiegelte den Trinkspruch mit einem Schluck von ihrem Root-Bier.

„Bist du wegen morgen aufgeregt?"

„Ja, ich bin ziemlich nervös." Sie atmete tief ein. „Es gibt so vieles, das man beachten muss, und ich will mich nicht blamieren. Mrs Reuff sagt, die Telefonistinnen in der Telefonzentrale hätten noch mehr Regeln als die Schülerinnen, und Regeln sind nicht gerade meine Stärke."

Er schmunzelte. „Du wirst das ausgezeichnet machen. Und wenn du morgen mit der Arbeit fertig bist, kann ich dir auch sagen, ob es in Walts Fall etwas Neues gibt."

Die Vorstellung, morgen nach ihrem ersten Arbeitstag mit Lincoln zu sprechen, gefiel ihr. „Kann ich dir eine Frage stellen?"

„Natürlich."

Sie überlegte, ob sie Lincolns Antwort auf die Frage, die sie quälte, wirklich hören wollte. Aber sie musste wissen, was er dachte. Wie sollte sie sich sonst darauf vorbereiten?

„Lincoln, muss Walt vor Gericht?"

Er antwortete nicht sofort, sondern schaute sie nur einen langen

Moment nachdenklich an. „Wenn wir keine neuen Beweise finden, wahrscheinlich schon."

Tränen brannten in ihren Augen und sie blinzelte sie zurück. Lincoln hatte etwas bestätigt, das sie bereits geahnt hatte, aber ihr wurde trotzdem schwer ums Herz.

Lincoln grinste und schob sich dann einen Löffel voll Eis in den Mund. „Jetzt würde ich dich gerne etwas fragen."

Sie neigte den Kopf zur Seite. Sein Grinsen war ansteckend. „Gut."

„Willst du noch immer Anwältin werden?"

Sie atmete hörbar ein. Wollte sie das? Sie hatte sich in letzter Zeit nicht erlaubt, sich diese Frage zu stellen. Nein, das stimmte nicht ganz. Der Wunsch hatte sich häufiger in ihr geregt, aber sie hatte ihn jedes Mal schnell wieder verdrängt.

Sie hob ihr Glas an ihren Mund und trank es leer. „Ich kann diesen Traum im Moment nicht weiterverfolgen."

Er legte die Hand auf ihren Arm. „Das war nicht meine Frage."

Sie stieß ein trockenes Lachen aus. „Wenn die Entscheidung bei mir gelegen hätte, sähe meine Situation jetzt anders aus. Meine Eltern wären noch am Leben, meine Schwestern würden immer noch auf dem Hof leben, ich ginge aufs College und hätte dich nie kennengelernt. Aber Gott hat es in seiner großen Weisheit anders gefügt. Anscheinend glaubt er, dass er die Welt besser regieren kann als ich. Stell dir das nur mal vor!"

„Ja, das ist wirklich kaum zu glauben." Lincolns Augen funkelten. „Es tut mir leid, dass du deine Eltern und dein Zuhause verloren hast, aber ich bin sehr froh, dass wir uns kennengelernt haben."

Hannah lächelte.

Nachdem er einige Münzen auf die Theke gelegt hatte, hielt Lincoln ihr die Tür auf.

„Es besteht kein Grund, warum du nicht eines Tages wieder hingehen solltest", sagte er.

„Wohin? Hierher?"

„Nein, aufs College, um dein Jurastudium zu beenden."

Sie schaute ihn finster an und er hob die Hände. „In Ordnung, ich verstehe. Das Thema ist tabu. Ich wollte dir nur sagen, ich finde, dass du das Zeug hast, um eine ausgezeichnete Anwältin zu werden."

Ein leichtes Lächeln ließ ihre Gesichtszüge sanfter aussehen. „Es wird spät."

Bevor er Hannah nach Hause brachte, fuhr Lincoln auf eine weniger befahrene Straße außerhalb der Stadt.

Lincoln rückte seine Brille zurecht. „Bist du bereit für eine schnellere Strecke?"

„Jetzt?" Hannah schaute in die dämmrigen Schatten vor ihnen. „Wäre es bei Tageslicht nicht sicherer?"

„Und ich habe gedacht, du wärst jemand, der kein Risiko scheut!", zog er sie auf.

„Das bin ich auch." Sie hob das Kinn und ihre Stimme klang fast mutig. Sie wollte auf keinen Fall, dass er sie für ängstlich hielt. „Also gut. Zeig mir, wie schnell dieses Automobil fahren kann."

Lincoln stellte den Fuß auf das Gaspedal und legte die Hand auf den Hebel an der Lenksäule. „Das ist die Drossel, die die Geschwindigkeit regelt." Er schob die Drossel nach oben und der Reo reagierte sofort. Bald peitschte der Wind Hannahs Haare in alle Richtungen und große Freude durchströmte sie. Hannah presste die Hand an ihren Hut und lachte laut, während ihr Magen Purzelbäume schlug, als sie über einen Anstieg rasten.

Lincoln stieß einen Freudenschrei aus und schaute sie an.

„Pass auf!" Hannah entdeckte plötzlich eine Kuh, die vor ihnen auf der Straße stand.

Lincoln reduzierte die Geschwindigkeit und drehte schnell am Lenkrad. Der Reo steuerte auf den Straßengraben zu. Lincoln kämpfte mit dem unbefestigten Boden unter den Reifen, um das Automobil auf der Straße zu halten. Er gewann den Kampf.

Er streckte die Hand über den Sitz und berührte mit dem Handschuh ihren Arm. „Geht es dir gut?"

„Bestens." Ihr Herz hämmerte, aber sie fühlte sich so lebendig wie schon lange nicht mehr. „Können wir das noch mal machen?"

In seiner Stimme schwang ein Lächeln mit. „Vielleicht, aber nicht heute Abend."

Als sie wieder in der Stadt waren, stellte Hannah fest, dass man hier eine viel bessere Sicht hatte. Runde elektrische Lichter stachen vom dunklen Himmel ab und beleuchteten die Straßen. Das Automobil fuhr holpernd über die Locust Street Bridge. Als Lincoln nicht in ihre Straße abbog, setzte sie sich auf. „Weißt du noch, wo ich wohne?"

„Ja."

„Und warum fährst du dann woandershin?" Sie blickte aus dem Seitenfenster, um den Straßennamen auf einem Schild zu entziffern.

Er blieb vor einem hübschen Haus im viktorianischen Stil mit Verzierungen und einem schönen Buntglasfenster stehen. Es war wirklich schade, dass sie dieses Haus nicht bei Tageslicht gesehen hatte. „Wohnt hier der Besitzer der Kanzlei? Mr Williams?"

„Nein." Lincoln schmunzelte. „Petes Haus ist dreimal so groß. Dieses kleine Häuschen gehört mir."

„Klein?!" Sie betrachtete das Haus mit ganz neuen Augen. Zwei Stockwerke, beziehungsweise drei, wenn man den Dachboden mitzählte. Das Haus, in dem sie wohnte, war noch nicht einmal halb so groß wie dieses Haus. Wie konnte denn ein alleinstehender Mann ein so riesiges Haus in Ordnung halten? Und woher hatte er das Geld, um es sich leisten zu können?

„War das auch ein Geburtstagsgeschenk von deiner Tante oder hat es dir der Nikolaus unter den Weihnachtsbaum gelegt?"

Er lächelte sie stolz an. „Dieses Haus habe ich selbst gekauft. Ich habe jeden Cent selbst verdient. Ich denke, mein Vater hätte das so gewollt, und ich wollte es dir zeigen."

Hannah bereute ihre bissige Bemerkung. Natürlich war er stolz auf sein Haus. „Es ist schön und dein Vater wäre bestimmt sehr stolz auf dich. Aber du hast deine Tante schon so oft erwähnt – willst du mir nicht mal etwas von ihr erzählen?"

Während der restlichen Fahrt erzählte Lincoln ihr von seiner Tante und ihrem Mann. Er erklärte, dass sein Onkel mit der Eisenbahn ein Vermögen verdient hatte und dass die beiden keine eigenen Kinder hatten. Obwohl sein Onkel vor ein paar Jahren verstorben war, schien seine Tante mit jedem Jahr jünger zu werden.

„Meine Tante ist ein echtes Original. Sie sagt immer, dass jeder Mensch zwei Lebensalter hat: Er ist so alt, wie es in seiner Geburtsurkunde steht, und er ist so alt, wie er sich fühlt." Er lachte. „Meine Tante ist sechzig und fühlt sich wie sechzehn."

„Hat dir in deinem Leben je etwas gefehlt?"

Er bog in Hannahs Straße ein. „Wenn du damit meinst, ob mir materiell etwas gefehlt hat, lautet die Antwort Nein. Aber ich habe mich nach anderen Dingen gesehnt. Ich wäre gern bei meiner Familie gewesen, als ich ins Internat geschickt wurde. Ich wollte Medizin studieren, um Menschen zu helfen, aber mein Onkel bestimmte, dass ich Rechtswissenschaften studieren sollte."

„Als Anwalt hilfst du auch Menschen."

„Das weiß ich inzwischen. Doch eine Sache, die ich mir immer sehr gewünscht habe, waren Geschwister." Er schmunzelte. „So etwas kann man aber nicht mit Geld kaufen."

„Da kann ich dir gerne helfen. Ich habe nämlich zwei Schwestern, die ich manchmal gern verkaufen würde." Sie entspannte sich auf ihrem Sitz. „Warum hast du nicht Medizin studiert, wenn du das wolltest?"

„Mein Onkel hatte recht. Er sagte, ich sei mit dem Mund viel begabter als mit den Händen. Nach viel Gebet wurde sein Traum irgendwann auch zu meinem."

Konnte sich Hannahs Traum auch ändern? Würde sie, wenn sie nur lange genug betete, damit zufrieden sein, als Telefonistin zu arbeiten? Würde sie ihren Wunsch, Anwältin zu werden, loslassen können?

Lincoln lenkte den Reo vor ihrem Haus an den Straßenrand, stellte den Motor ab und kam um das Auto herum, um ihr beim Aussteigen zu helfen. Als sie auf die Veranda trat, sah sie, dass Tessa durchs Wohnzimmerfenster lugte und mit großen Augen das Automobil bewunderte. Hannah blickte sie finster an und sah dann, wie Charlotte Tessa vom Fenster wegzog.

„Wenn ich nicht schnell hineingehe, kommt Tessa heraus und bettelt, dass sie in deinem Automobil mitfahren darf."

Lincoln lachte. Es war ein fröhliches, herzliches Lachen, bei dem ihr Magen kribbelte. „Sag ihr, dass sie morgen eine Runde mitfahren darf, wenn ich dich nach Hause bringe."

Was war das nur? Er machte sich einfach so in ihrem Leben breit, als hätte sie dabei kein Wort mitzureden. Obwohl sie sich gefreut hatte, ihn nach der Arbeit zu sehen und mit ihm über den Fall zu sprechen, war es etwas ganz anderes, dass er sie selbstverständlich nach Hause bringen wollte. Dieser Gedanke behagte ihr nicht. Sie wollte sich von niemandem vorschreiben lassen, was sie tun sollte, auch wenn er noch so schöne blaue Augen hatte. Sie hatte sich von diesem Abend verzaubern lassen und offenbar ihren gesunden Menschenverstand ausgeschaltet. Sie durfte sich nicht von einem Eis mit Schokosirup und einem schönen Automobil verführen lassen.

Die Nachbarn kamen schon aus den Häusern, um den Reo Roadster zu bewundern, obwohl man in der Dunkelheit nicht viel sehen konnte. Sie gafften zuerst das Automobil und dann Hannah an.

Die Wangen der jungen Frau begannen zu glühen. Sie warf einen Blick auf das Automobil. Zu Lincolns vornehmem Haus passte der Reo, aber hier vor den kleinen Häusern wirkte er irgendwie fehl am Platz. Er gehörte einfach nicht hierher.

Genauso wenig, wie sie in seine Welt gehörte.

Sie löste den Seidenschal von ihrem Hut und hielt ihn Lincoln hin.

„Der gehört dir, schon vergessen?“ Er wehrte ab.

Sie konnte ihm nicht in die Augen schauen. „Nein, Lincoln, der Mann sagte, der Schal sei für die Frau deines Lebens bestimmt, und das kann ich leider nicht sein.“

18

Der Fahrstuhl fuhr klappernd und ruckelnd nach oben und Hannah musste sich zwingen zu atmen. Es wäre nicht gut, wenn sie gleich an ihrem ersten Arbeitstag auf dem Weg in die Telefonzentrale in Ohnmacht fiele. Es war sehr wichtig, einen guten ersten Eindruck zu machen.

Sie stieg aus dem Aufzug und schaute sich auf dem Flur um. Es war zwar nicht das Drake College, aber das Gebäude war hell und sauber. Einige junge Frauen standen in Grüppchen zusammen und unterhielten sich. Wahrscheinlich warteten sie auf den Beginn ihrer Schicht. Sie warf einen Blick auf die große Uhr an der Wand und atmete tief durch. Eine halbe Stunde zu früh. Gut. Mrs Reuff hatte ihr gesagt, dass sie sich rechtzeitig vor dem Beginn ihrer Schicht um acht Uhr bei Mr Cayhill, dem Leiter der Telefonzentrale, melden sollte.

Hannah folgte dem Gang, der in die riesige Zentrale führte. Ihr stockte der Atem, als sie ihren Blick durch den Raum schweifen ließ. Zu beiden Seiten des Raumes ragten Klappenschränke bis fast zur Zimmerdecke hinauf. Wenigstens fünfzig Telefonistinnen arbeiteten an den Schränken und verbanden mit flinken Fingern die Anrufe. Oberhalb der Schränke strömte das Sonnenlicht durch Fenster in den Raum.

Telefonistinnen saßen auf hohen Stühlen dicht nebeneinander vor den Klappenschränken. Um die blonden, braunen, schwarzen oder roten Haarschöpfe befand sich jeweils ein Metallband, mit dem die Kopfhörer über dem Ohr der jeweiligen Telefonistin befestigt waren. Wann und wo würde sie wohl ihren Kopfhörer bekommen?

Zu ihrer Überraschung war das einzige Geräusch, das man außer dem Rascheln von Frauenröcken und den Schritten der Aufsichtspersonen vernahm, das leise Murmeln der Telefonistinnen, die „Nummer, bitte" und „Danke" sagten. Die Lichtchen an den Klappenschränken funkelten wie die Sterne am Himmel, als die Kunden ihre ersten Anrufe an diesem Tag tätigten.

Hannah war von dem großen Raum und den vielen Menschen so überwältigt, dass ihr einen Moment ganz schwindelig wurde. Sie presste die Hand auf ihren rumorenden Magen. Wäre sie auch in der Lage, das zu schaffen?

Sie schaute sich suchend nach dem Leiter der Zentrale um und entdeckte ihn an den Klappenschränken an der dritten Wand. Das Schild über diesen Schränken verriet, dass es sich hierbei um die Klappenschränke für Ferngespräche handelte. An der hintersten, kurzen Wand bemerkte Hannah drei kleine Auskunftstische mit Büchern und Zeitungen sowie einen Klappenschrank.

Einige Tische befanden sich auf erhöhten Podien in der Mitte des Raums. An diesen Schreibtischen saß die Aufsicht, wie Hannah mehrfach vorgewarnt worden war – Personen, die bei den Anrufen mithörten und aufpassten, dass die Telefonistinnen gegen keine Regeln verstießen. Mrs Reuff hatte erklärt, dass die Vorarbeiter für jede Telefonistin eine Karteikarte führten. Diese Karten wurden regelmäßig kontrolliert.

Hannah trat einen Schritt vor und blieb dann stehen. Sonderbar, dass keine der Telefonistinnen den Kopf von ihrem Klappenschrank abwandte, um die Fremde im Raum zu begutachten.

Mr Cayhill, der einzige Mann im Raum, ging von einem Arbeitsplatz zum nächsten. Als er sie erblickte, kam er lächelnd auf sie zu. „Miss Gregory, schön, dass Sie hier sind."

Sie lächelte und neigte den Kopf. „Guten Tag, Sir."

„Es freut mich, dass Sie rechtzeitig vor Ihrem Arbeitsbeginn gekommen sind." Er warf einen Blick zur Wanduhr. „Wie man Ihnen zweifellos gesagt hat, ist jetzt nicht die hektischste Zeit hier bei uns in der Telefonzentrale, aber der Tag läuft langsam an. Wir werden Sie nicht sofort an einen Klappenschrank setzen. Ich möchte Ihnen Miss Frogge vorstellen. Sie ist Ihre Vorarbeiterin und dafür verantwortlich, dass Sie in unserer Zentrale zurechtkommen."

Sie folgte Mr Cayhill an der Reihe der Klappenschränke entlang. Vor einer groß gewachsenen Frau mit Brille und vorstehenden Augen blieb er stehen. Hannah konnte sich nur mühsam ein Grinsen verkneifen. Wenn das Miss Frogge war, passte der Name perfekt. Sie sah wirklich aus wie ein Frosch.

Nachdem er Hannah vorgestellt hatte, ließ Mr Cayhill sie allein. Miss Frogge betrachtete die junge Frau kritisch. „Ich habe im Moment keine Zeit für Sie. Setzen Sie sich bitte an Platz dreizehn und rühren Sie nichts an. Verstanden?"

Hannah blinzelte. „Ja, Ma'am."

Sie glitt auf den Stuhl an Platz dreizehn und schaute sich nach anderen leeren Stühlen um. Da sie keine weiteren unbesetzten Plätze entdeckte, vermutete sie, dass dies ihr Arbeitsplatz sein würde. Obwohl sie nicht abergläubisch war, machte es sie leicht nervös, dass ihr die Nummer dreizehn zugeteilt wurde. Sie brauchte so viel Glück, wie sie bekommen konnte.

Nein, Hannah, nicht Glück. Gottes Segen. Sie sandte ein weiteres Gebet zum Himmel und bat Gott, sie mit Sanftmut und Geduld zu segnen, die er ihr nicht gerade im Übermaß zugeteilt hatte.

Sie wandte sich zu den Telefonistinnen auf beiden Seiten ihrer Station. Keine schaute in ihre Richtung oder begrüßte sie. Ihre Hände steckten in einer unglaublichen Geschwindigkeit die weißen

Stecker in die Buchsen. Hannahs Magen zog sich zusammen. Wie sollte sie das je schaffen?

Um fünf vor acht ging die Tür zur Telefonzentrale auf und eine Reihe Telefonistinnen kam im Gänsemarsch herein. Jede junge Frau stellte sich hinter den Platz einer bereits dort sitzenden Telefonistin. Als die Glocke läutete, tauschten die zwei Frauen mit sekundengenauer Präzision die Plätze. Alle sitzenden Telefonistinnen traten nach links und alle neuen Telefonistinnen setzten sich von der anderen Seite auf den Stuhl. Hannah bezweifelte, dass während des reibungslosen Wechsels auch nur ein einziger Anruf weniger bearbeitet wurde.

In der nächsten halben Stunde schaute sie den Frauen bei der Arbeit zu. Schließlich bedeutete Miss Frogge Hannah, ihr zu folgen. Auf dem Flur schaute die Vorarbeiterin Hannah über den Rand ihrer Brille hinweg an. „Sie waren Klassenbeste?"

„Ja, Ma'am."

„Nur, damit Sie Bescheid wissen: Das hat hier überhaupt nichts zu bedeuten. Sie müssen sich hier neu beweisen und Sie werden von mir keine Sonderbehandlung bekommen."

Hannah nickte. „Selbstverständlich. Ich werde mein Bestes geben."

„Natürlich werden Sie das." Miss Frogge drehte sich um und marschierte mit klappernden Absätzen den Flur entlang. Hannah folgte ihr.

Die Vorarbeiterin blieb vor einem großen Garderobenschrank mit jeder Menge Kleiderbügeln und Haken stehen. „Sie können Ihren Mantel hier aufhängen, aber lassen Sie keine Wertsachen in den Taschen. Trotz unseres unvergleichlichen Auswahlverfahrens haben wir gelegentlich eine junge Frau mit langen Fingern."

Miss Frogge setzte den Rundgang fort und zeigte Hannah, wo sie ihren Kopfhörer bekam, wo die Krankenstation war und wo sie ihren Dienstplan erhielt. Sie deutete auf eine Eichentür mit einem Fenster in der oberen Hälfte. „Das ist der Aufenthaltsraum."

Sie forderte Hannah mit einer Handbewegung auf einzutreten. In dem Raum befanden sich ein Klavier, bequeme Sitzplätze und sogar Nähsachen.

„Er ist hübsch."

„Der Telefongesellschaft ist die Belastung, unter der ihre Telefonistinnen stehen, und die zarte Konstitution der meisten jungen Frauen bewusst." Miss Frogge strich mit dem Finger über ein Regalfach und blies den Staub weg, der sich auf der Fingerspitze befand. „Sie sollen sich in den Ruhepausen erholen können." Sie deutete auf einen Tisch mit Scheren, buntem Papier und Schleifen. „Zurzeit läuft ein Poesiealbum-Wettbewerb für die Telefonistinnen. Viele junge Frauen sind dichterisch begabt. Die Telefongesellschaft stiftet den Preis für das beste Album: einen neuen Hut."

Dass das Unternehmen sich um seine Angestellten kümmerte, gefiel Hannah, aber sie konnte sich kaum vorstellen, dass sie in ihrer Freizeit Gedichte schreiben würde. Neben dem großen Raum entdeckte sie ein kleines Zimmer mit Bücherregalen. „Wozu dient dieser Raum?"

„Das ist das Lesezimmer. Die Regale sind gut bestückt und jeden Donnerstag um fünf trifft sich ein Lesekreis. Die Telefongesellschaft hat auch Raum für einen kleinen Garten auf dem Dach geschaffen, falls Ihnen so etwas Spaß macht." Sie ging zur Tür. „Bitte fühlen Sie sich frei, jede dieser Annehmlichkeiten zu nutzen, solange Sie nicht an Ihrem Arbeitsplatz sind."

Ein Lesezimmer? Hannah unterdrückte nur mühsam den Drang, in den Raum zu stürmen und die Buchtitel in Augenschein zu nehmen. Gäbe es hier einige der neuesten Bücher, von denen sie schon so viel gehört hatte? Vielleicht gab es hier sogar ein neues Vogellexikon. Das wäre herrlich.

„Miss Gregory, kommen Sie?" Ungeduld schwang in Miss Frogges Stimme mit und Hannah folgte der Frau rasch.

Die Vorarbeiterin führte sie in ein anderes Zimmer, ging durch eine breite Doppeltür und breitete die Arme aus. „Das ist die Cafeteria. Kaffee, Tee und Brot werden unentgeltlich zur Verfügung gestellt. Alles andere auf der Speisekarte kostet weniger als fünf Cent. Lassen Sie also bitte keine Mahlzeiten aus. Die Telefongesellschaft vertritt die Auffassung, dass gesunde Telefonistinnen weniger häufig an der Arbeit fehlen."

„Das ist bestimmt wahr." Hannah lächelte in der Hoffnung, die Sympathie ihrer neuen Vorgesetzten zu gewinnen.

„Natürlich stimmt das. Wenn die Iowa-Telefongesellschaft das sagt, ist es so.“ Mit schnellen Schritten marschierte Miss Frogge aus der Cafeteria und ging in die Vermittlungszentrale zurück.

Hannah beeilte sich, mit ihr Schritt zu halten. „Wann fange ich an zu arbeiten, Miss Frogge?“

„Die arbeitsreichste Zeit ist zwischen zehn und zwölf Uhr. In dieser Zeit brauchen wir Sie an Ihrem Platz, aber machen Sie sich keine Sorgen. Ich werde bei Ihnen sein und Sie anleiten.“ Sie blieb vor der Tür zur Telefonzentrale stehen und deutete auf ein Plakat an der Wand, auf dem die Regeln für Telefonistinnen aufgeführt waren. „Sie bekommen auch eine eigene Ausgabe dieser Regeln, aber auf ein paar davon möchte ich Sie von Anfang an hinweisen.“

Hannah warf einen Blick auf die lange Liste mit über hundert Regeln und schluckte. Mrs Reuff hatte gesagt, dass es viele Regeln gäbe, aber sie hatte offenbar stark untertrieben.

„Schlagen Sie Beine und Knöchel nicht übereinander. Beide Füße bleiben die ganze Zeit fest auf dem Boden.“ Miss Frogge berührte die jeweilige Regel mit einem ihrer langen Finger. „Kaugummikauen, Trödeln und Fragen, ob man früher Feierabend machen kann, werden nicht geduldet.“

„Ja, Ma'am.“

„Unterbrechen Sie mich nicht.“ Miss Frogge schaute sie strafend an. „Keine Gespräche mit den Anrufern. Sie verwenden nur die Standardformulierungen. Ortsgespräche sollten in weniger als sechs Sekunden verbunden sein.“

Dieses Mal nickte Hannah nur, aber ihr Brustkorb zog sich mit jeder neuen Regel enger zusammen.

„Die Augen sind die ganze Zeit nach vorne zu richten. Es besteht kein Anlass, einen Blick zu den anderen Telefonistinnen zu werfen. Ihre Arbeit befindet sich vor Ihnen.“

Das erklärte, warum sich niemand umschaute. In der Schule hatten sie eine ähnliche Regel gehabt, aber sie hatte keine Ahnung gehabt, dass man sich so streng daran hielt.

„Falls Sie sich die Nase putzen oder sich die Stirn abwischen müssen, haben Sie vorher die Hand zu heben, um die Erlaubnis dafür einzuholen.“

Hannah schluckte schwer und hatte Mühe, die Augen nicht zu

verdrehen. Das war ja lächerlich. Glaubte man denn, diese intelligenten jungen Frauen wären kleine Kinder?

„Die Mitgliedschaft in einer Gewerkschaft ist untersagt. Die Telefongesellschaft behandelt Sie gut. Sie brauchen keine Gewerkschaft. Und vor allem“, Miss Frogge bedachte Hannah mit einem durchdringenden Blick, „gibt es keine Gespräche mit den anderen Telefonistinnen, solange Sie in der Zentrale sind. Das schließt auch den Austausch von Notizen oder Bildern aus. Ich werde niemanden dulden, der diese Regeln nicht einhält. Habe ich mich klar ausgedrückt, Miss Gregory?“

In was für eine Situation hatte sie sich da hineinmanövriert?, fragte sich Hannah bedrückt. Vielleicht hatte ihre Schwester recht. Vielleicht war es Hannah unmöglich, diese strikten Regeln zu befolgen. Im Gegensatz zu der lieben Rosie lag es einfach nicht in Hannahs Natur, so gehorsam zu sein. Sie hätte am liebsten auf die Absurdität des Ganzen hingewiesen. Man musste die Hand heben, um sich die Nase zu putzen oder die Stirn abzuwischen? Was dachten diese Leute sich nur?

Und es war auch nicht natürlich, die Person, neben der man saß, nicht anzuschauen. Am liebsten hätte sie Miss Frogge gesagt, dass es auf der Welt Wichtigeres gäbe als die Frage, ob ein Anruf länger als die vorgeschriebenen sechs Sekunden dauere. Sie sollte am besten auf dem Absatz kehrtmachen und gehen. Durch diese Tür hinausmarschieren und wieder aufs College gehen, wo sie hingehörte.

Aber das konnte sie nicht.

Ihre Schwestern brauchten sie.

Sie atmete tief ein und nickte kurz. „Ja, Ma'am. Sie haben sich sehr klar ausgedrückt.“

Lincoln hatte die Sache überstürzt und sie unter Druck gesetzt. Sein Bürostuhl knarrte, als er unruhig hin und her rutschte. Er rieb sich den Nasenrücken und versuchte, sich auf Roderick McGowans Testament zu konzentrieren, aber Hannahs Worte vom Vorabend gingen ihm immer wieder durch den Kopf. *Nein, Lincoln, der Mann sagte, der Schal sei für die Frau deines Lebens bestimmt, und das kann ich leider nicht sein.*

Was ging nur in ihrem schönen Kopf vor? Mit einem Eis hatte er sich zweifelsohne nicht das Recht erworben, sie als die Frau fürs Leben zu betrachten. Dieser Gedanke war ihm natürlich schon gekommen, und Hannah war so klug, dass ihr sein Interesse sicher nicht entging. Aber alles war so gut gelaufen. Wann hatte der Abend eine falsche Wendung genommen?

„Hast du es schon gehört? Wir haben einen Grund zu feiern!" Pete Williams stand vor Lincolns Schreibtisch und hatte die Daumen in seine Hosenträger gehängt. „Es kommt nicht alle Tage vor, dass ich Samuel Appleton vor Gericht schlage. Deshalb darfst du mich zum Mittagessen einladen."

Lincoln schmunzelte. „Ich fühle mich geehrt."

Pete beugte sich über seinen Schreibtisch und versuchte, das Dokument auf dem Tisch zu lesen. „Woran arbeitest du gerade?"

„Am McGowan-Testament." Lincoln steckte seinen Füller wieder in die Halterung und seufzte. „Aber ich brauche viel zu lange."

„Wirklich? Normalerweise hast du doch kein Problem damit, ein Testament abzufassen."

„Ich fürchte, ich war in Gedanken nicht ganz bei der Sache. Mich beschäftigt zurzeit etwas anderes."

Pete zog seine buschigen, grauen Brauen in die Höhe. „Oder vielleicht *jemand* anderes?"

„Vielleicht."

„Miss Gregory, nehme ich an." Pete strich über seinen runden Bauch. „Komm mit. Essen wir etwas, sonst verhungere ich hier noch."

Strahlendes Sonnenlicht begrüßte sie vor dem Gebäude, als sie zu ihrem Lieblingscafé schlenderten und sich an einen Tisch setzten. Nachdem er sich Hackbraten und Kartoffelbrei bestellt hatte, breitete Pete seine Serviette auf seinem Schoß aus. „Wie kommst du mit dem Brandstiftungsfall voran? Triffst du dich später mit der hübschen Miss Gregory, um an der Verteidigung ihres Freundes zu arbeiten?"

„Das bezweifle ich. Heute ist ihr erster Arbeitstag als Telefonistin." Lincoln zog seine Uhr aus der Tasche und rechnete nach. Sie war schon seit ungefähr fünf Stunden an der Arbeit. Nach der achteinhalbstündigen Schicht war sie bestimmt erschöpft. Außerdem musste sie sich um ihre Schwestern kümmern. Wem machte er hier eigentlich etwas vor? Sie hatte ihm deutlich gesagt, dass sie nicht seine Freundin sein wollte.

Er steckte die Uhr wieder ein. „Außerdem bin ich nicht sicher, ob sie mich sehen will."

„Habt ihr zwei euch gestritten?"

„Nein. Sie ist … gerade etwas distanziert."

„Kannst du ihr daraus einen Vorwurf machen?" Pete trank einen Schluck Kaffee. „Sie hat Mühe, ihre Familie zu versorgen, und da kommst du in deinem nagelneuen Automobil angefahren."

„Das war wahrscheinlich sehr unsensibel von mir."

„Nein, das war es nicht. Aber aus dem, was du erzählt hast, schließe ich, dass sie eine kluge, junge Frau ist. Sie hat wahrscheinlich erkannt, dass sie nicht aus deiner gesellschaftlichen Schicht stammt."

Diese Worte trafen ihn. „Aus welcher gesellschaftlichen Schicht jemand stammt, interessiert mich nicht im Geringsten."

„Wenn du eine Politikerkarriere anstrebst, sollte es dich aber interessieren."

Lincoln schaute ihn finster an und Pete hob beschwichtigend die Hand. „Reg dich nicht auf! Ich will dir nur dabei helfen, dir darüber klar zu werden, was du wirklich willst."

„Was würdest du tun? Würdest du die Liebe oder auch nur die Aussicht auf Liebe über deine Kanzlei stellen?"

„Mein Junge, du weißt genau, dass ich das tun würde. Ich bin seit über zwanzig Jahren verheiratet. Ich weiß, wie es ist, jeden Abend zu der Frau nach Hause zu kommen, die ich liebe, und ich weiß, wie es ist, den Beruf auszuüben, den ich liebe. Aber eines kann ich dir sagen: Für meine Elise würde ich meine Anwaltskanzlei jederzeit aufgeben. Selbst in ihren dunkelsten Stunden macht Elise mich glücklich und ich würde alles für sie tun. Alles."

„Sei vorsichtig, dass Samuel Appleton nicht herausfindet, was für ein Weichling du bist." Lincoln brach ab, als die Kellnerin ihren Hackbraten brachte. „Ich weiß gar nicht, warum ich mir darüber den Kopf zerbreche. Hannah will mich nicht einmal sehen."

„Du gehst die Sache falsch an." Pete schob ein wenig Kartoffelbrei auf seine Gabel. „Liebe ist wie Krieg, Lincoln."

„Ich habe nicht gesagt, dass ich verliebt bin."

Pete tat diese Bemerkung mit einer Handbewegung ab und sprach weiter. „Du musst dein Arsenal einfach mit besseren Waffen bestücken, einen Schlachtplan aufstellen und dir Verbündete suchen."

Lincoln schlug mit der Faust auf den Tisch. „Pete Williams, du bist ein Genie!"

19

Man musste kein Genie sein, um zu merken, dass Miss Frogge nicht vorhatte, Hannah von der Seite zu weichen. Die Vorarbeiterin ließ Hannah nicht aus den Augen. Miss Frogge hatte ihren Kopfhörer in die Überwachungsbuchse oben am Klappenschrank gesteckt und konnte jeden Anruf mitverfolgen, der bei Hannah einging.

„Telefonvermittlung." Hannah versuchte, ein Lächeln in ihre Stimme zu legen. „Nummer, bitte."

Der Mann am anderen Ende der Leitung sprach undeutlich und die Nummer war schwer zu verstehen.

„Drei-drei-fünf. Danke." Hannah zog den Stecker aus ihrer Buchse und wollte ihn in die entsprechende Buchse stecken.

Miss Frogge schob ihre Hand zur Seite. „Er hat drei-drei-vier gesagt und nicht drei-drei-fünf."

„Nein. Er hat –" Hannah wünschte sofort, sie könnte ihre Worte zurücknehmen.

Miss Frogge riss Hannah den Stecker aus der Hand und steckte ihn in die Buchse 334. „Stellen Sie den Anruf durch, Miss Gregory."

Als sich eine freundliche Frauenstimme meldete, legte Hannah den Schalter um.

Wenige Sekunden später ging das Licht aus, was verriet, dass das Gespräch schon beendet war.

Der Kunde rief noch einmal an. „Haben Sie Tomaten auf den Ohren, Mädchen? Ich hatte drei-drei-fünf gesagt."

„Entschuldigen Sie." Sie zog den Stecker heraus. „Ich verbinde Sie mit drei-drei-fünf. Danke."

Sie warf einen Blick zu Miss Frogge und erwartete, dass die Frau sich für ihren Fehler entschuldigen würde. Stattdessen erntete sie nur ein strafendes Stirnrunzeln. „Augen auf Ihren Klappenschrank, Miss Gregory." Sie rückte ihren Kopfhörer zurecht. „Und es ist nicht nötig, ‚Ich verbinde Sie mit' zu sagen. Unnötige Worte verlangsamen den Dienst am Kunden."

War eine Entschuldigung unnötig? Und wie unnötig war die Einmischung durch die Vorarbeiterin? Hannah wurde durch den nächsten Anruf davor bewahrt, ihr eine bissige Antwort zu geben. „Telefonvermittlung. Nummer, bitte."

Eine knappe Stunde später ließ Miss Frogge sie endlich allein. Hannah hob die Schultern und versuchte, die Spannung daraus zu vertreiben. Ihre Nase juckte, aber sie wagte es nicht, sie zu reiben. Mit großer Selbstbeherrschung nahm sie den nächsten Anruf entgegen. Als sie die panische Stimme am anderen Ende hörte, schlug ihr Herz schneller.

Eine ältere Frau mit Schmerzen in der Brust brauchte einen Arzt.

Ein Notfall. Das konnte sie. Wie sie es geübt hatte, hob sie die Hand und stellte dann den Anruf zu einem Arzt durch. Die Arzthelferin meldete sich. Der Arzt machte gerade einen Hausbesuch und sie kannte die Nummer des Betreffenden nicht. Hannah verband sich mit der Auskunft. Man würde sie anrufen, sobald man die Nummer in Erfahrung gebracht hatte.

„Ma'am?" Hannah sprach wieder mit der Anruferin. „Ma'am, sind Sie noch da?"

Die ältere Frau hustete. „Kommt der Arzt?"

„Wir versuchen, ihn zu erreichen, Ma'am." Sie warf einen Blick auf die Kundenliste in ihrer Kartei und die Nummern, die den Kunden zugewiesen waren. „Können Sie mir bestätigen, dass Sie Mrs Ellerbeck sind?"

„Ja, ich bin Katherine Ellerbeck." Sie sprach schwach und unter Mühen.

Die Lampe, die sie darüber informierte, dass die Telefonistin von der Auskunft sie zurückrief, leuchtete auf, und Hannah reagierte sofort. „Mrs Ellerbeck, bitte bleiben Sie dran. Ich melde mich gleich wieder."

Wenige Sekunden später erreichte sie den Arzt, der versprach, direkt zu Mrs Ellerbeck zu fahren.

„Mrs Ellerbeck, sind Sie noch da?"

Ein Stöhnen, aber keine Antwort. Hannahs Magen zog sich nervös zusammen.

Hannah riskierte einen Blick auf ihre Vorarbeiterin, die bereitstand, notfalls einzugreifen. Unter diesen Umständen war ein kurzer Augenkontakt hoffentlich kein Abmahnungsgrund. Miss Frogge bedeutete ihr weiterzumachen.

„Mrs Ellerbeck, der Arzt ist schon auf dem Weg. Können Sie mich hören? Der Arzt kommt bald."

Das Stöhnen wurde immer schwächer, und Hannah betete, dass der Arzt rechtzeitig einträfe. Sie wollte die Verbindung schon trennen, aber Miss Frogge hielt sie zurück.

„Bleiben Sie in der Leitung, bis Sie hören, dass er eingetroffen ist. Die Telefonistinnen neben Ihnen werden Ihre Anrufe übernehmen."

Es kam ihr wie eine Ewigkeit vor, bis sie endlich die Stimme des Arztes im Haus hörte. Mit zitternden Fingern trennte sie die Verbindung. Ging es der alten Frau gut? Wie hätte sie schneller helfen können? Hatte sie das Richtige gesagt und getan?

Offenbar nicht. Miss Frogge deutete zur Tür. Eine Ersatztelefonistin legte eine Hand auf Hannahs Schulter und sie tauschten die Plätze. Tränen standen in Hannahs Augen. Sie hatte versucht, die Frau zu trösten, und sie hatte alles getan, um so schnell wie möglich Hilfe zu schicken. Was hätte sie noch tun können?

Miss Frogge folgte ihr auf den Flur und schloss die Tür hinter sich. „Das haben Sie sehr gut gemacht, Miss Gregory. Nach einem solchen Anruf haben Sie sich eine Viertelstunde Ruhe verdient. Sie haben dieser Frau heute möglicherweise das Leben gerettet."

Möglicherweise? Die Frau hatte überlebt, nicht wahr? Hannah atmete bebend ein. Das würde sie nie mit Bestimmtheit erfahren.

„Ehrlich gesagt, brauche ich eure Hilfe." Lincoln legte eine Hand auf die Haube seines Reo Roadster und lächelte Tessa an, die hinter dem Lenkrad saß. Wenn er Tessa und Charlotte überreden könnte, ihm zu helfen, hatte er vielleicht eine Chance, mehr Zeit mit Hannah zu verbringen.

Tessa neigte fragend den Kopf zur Seite. „Warum sollte ich Ihnen helfen? Schaffen Sie es denn nicht ohne fremde Hilfe, dass Hannah Sie mag?"

Seine geniale Idee, Hannahs Schwestern als Verbündete zu gewinnen, ließ sich augenscheinlich nicht so einfach verwirklichen. Tessa hatte offenbar nicht vor, ihm die Sache leicht zu machen. Waren denn alle Frauen in dieser Familie eigensinnig? Verhandlungen mit einer ganzen Armee von Anwälten waren leichter als die mit dieser jungen Frau.

„Ich habe bloß gedacht, dass wir uns gegenseitig helfen könnten." Er zupfte ein Blatt von der Windschutzscheibe seines Automobils. „Hannah gefällt es nicht, dich und deine Schwester allein zu lassen, und ich würde gern ein wenig Zeit mit ihr verbringen. Wenn wir also gemeinsam zu einem Picknick fahren, haben wir alle etwas davon."

Tessa strich über das Lenkrad. „Außer Hannah, wenn sie nicht mit Ihnen zusammen sein will."

Er steckte die Hände in seine Hosentaschen. „Hat sie das gesagt?"

„Nein, wenn man Ihren Namen erwähnt, guckt sie genauso verträumt wie Charlotte, wenn es um George geht. Aber sie würde mir bei lebendigem Leib die Haut abziehen, wenn sie wüsste, dass ich Ihnen das verraten habe." Tessa tat, als lenke sie um eine Kurve. „Aber etwas muss schiefgelaufen sein. Sonst wären Sie nicht hier und würden versuchen, Charlotte und mich auf Ihre Seite zu ziehen."

„Du bist ein sehr kluges Mädchen." Lincoln warf einen Blick zum Gehweg. „Apropos Charlotte, wo ist sie? Sollte sie nicht inzwischen zu Hause sein?"

„Sie ist mit dem schönen George zusammen."

Lincoln runzelte die Stirn und zog seine Taschenuhr heraus. Man brauchte keine Dreiviertelstunde, um von der Schule nach Hause zu gehen. Vielleicht sollte er einmal nach Hannahs Schwester sehen.

„Wenn wir Ihnen helfen, Hannah dazu zu bringen, mit uns zu einem Picknick zu fahren, darf ich dann fahren?"

Er schluckte schwer. „Mein Automobil?"

„Nein." Ihre Stimme triefte vor Sarkasmus. „Ihre Kutsche mit den sechs weißen Pferden.“ Sie verdrehte die Augen. „Natürlich Ihr Automobil.“

„Glaubst du wirklich, dass ich dir das erlauben würde?“

Sie zuckte die Achseln und grinste. Ihr Lächeln erinnerte ihn an das von Hannah. „Ich wäre schon mit ‚vielleicht‘ oder ‚irgendwann‘ zufrieden.“

Er lachte herzhaft. „Dann vielleicht irgendwann.“

Sie hielt ihm die Hand hin. „Dann ist die Sache abgemacht. Ich gebe mein Bestes, um Ihnen zu helfen, Hannah für sich zu gewinnen. Aber nur damit Sie es wissen: So begehrenswert ist sie nun auch wieder nicht.“

Ein Picknick?

Hannah konnte immer noch nicht ganz glauben, dass Lincoln mit einem Picknickkorb in der Hand und ihren Schwestern auf dem Reservesitz seines Reo vor der Telefongesellschaft aufgetaucht war. Wenn ihre beiden Schwestern von dem geplanten Abenteuer nicht so begeistert gewesen wären, hätte sie ihm eine Absage erteilt.

Als sie am Park angekommen waren, stieg sie aus dem Automobil und nahm die Decke, die Lincoln ihr reichte. Eine Haarsträhne wehte im Wind und kitzelte ihre Wange. Sie schob sie sich hinters Ohr und ließ ihren Blick über den Park schweifen. Am Ufer des Des Moines Rivers gelegen, lockte der Park mit reizvollen Hügellandschaften und vielen Eichen, Pappeln, Ulmen und Ahornbäumen.

Sie riskierte einen Blick zu Lincoln. Er war mit einem leichten Anzug und Strohhut bekleidet und sah sehr unternehmungslustig aus, während sie innerlich völlig aufgewühlt war. Er schwang beim Gehen den Korb und ermutigte Charlotte und Tessa, vorzulaufen und einen Platz für ihr Picknick zu suchen.

„Lincoln, ich habe das, was ich gestern gesagt habe, ernst gemeint.“ Es wäre nicht fair, ihm falsche Hoffnungen zu machen.

„Ich weiß.“ Er bedachte sie mit einem gefährlich attraktiven Lächeln. „Aber deine Schwestern und ich wollen deinen ersten Arbeitstag feiern. Verdirb ihnen nicht die Freude. Ein kleines Picknick schadet doch keinem, oder?“

Wirklich nicht? Aus der Tatsache, dass ihr Puls unter seinem Blick schneller schlug, schloss sie, dass es doch sehr viel anrichten konnte, aber das würde sie ihm niemals sagen. In seiner Nähe begannen ihre Handflächen zu schwitzen und ihr wurde schwindlig. Sie sehnte sich danach, ihm von ihrem Tag zu erzählen, von den Regeln und von Miss Frogge und dem Notfall, aber sie durfte nicht zulassen, dass er sie noch weiter für sich einnahm. Sie stammten aus verschiedenen Gesellschaftsschichten, aber das war noch nicht alles. Sie hatte in der Nacht sehr viel nachgedacht. Es wäre ein Leichtes, bei Lincoln Unterstützung und Trost zu suchen. Er war in jeder Hinsicht stark, und sie war es so müde, die Last der Verantwortung allein zu tragen. Wenn sie sich noch einmal an ihn wandte, könnte sie vielleicht nicht mehr damit aufhören. Nie wieder.

Außerdem trug Hannah die Verantwortung für ihre Familie. Sie allein. Darum hatte ihr Vater sie gebeten, und es war das Mindeste, was sie für ihre Eltern tun konnte. Wenn Lincoln es ihr nur nicht so schwer machen würde, ihn wegzuschicken!

„Hier ist der perfekte Platz!“ Unter einer großen Eiche drehte sich Charlotte mit ausgestreckten Armen im Kreis. „Ist es hier nicht wunderschön?“

Ein Stück entfernt beugte sich Tessa über den Uferrand. „Aber dort hat man keine schöne Aussicht. Mein Platz ist hundertmal besser.“

Hannah blickte Lincoln herausfordernd an. „Ihr Fall, Herr Anwalt!“

Der junge Mann schaute von einer Schwester zur anderen und kratzte sich am Kinn. „Was soll ich machen?“

Hannah legte die Hände an den Mund und rief: „Wir picknicken genau in der Mitte!“ Sie blieb stehen und schüttelte die Decke aus.

Lincoln schmunzelte. „Einfach so?“

„Das ist die einzige Möglichkeit, Frieden zu schaffen. Außerdem ist Diktatur das Vorrecht der ältesten Schwester.“

„Wirklich?“ Er grinste und stellte den Korb auf den Rand der Decke. „In diesem Fall muss ich darauf achten, deine Regeln zu befolgen.“

„Du lernst schnell.“

Sobald sie mit dem Essen fertig waren und die leeren Teller weggeräumt waren, stand Lincoln auf und hielt Hannah die Hand hin.

„Jetzt wird es Zeit für ein wenig Unterhaltung. Hast du die Voliere hier im Park schon gesehen?"

„Den riesigen Vogelkäfig?" Hannah kicherte. „Woher weißt du, dass ich Vögel mag?"

„Die Bücher, weißt du noch? Alles, was fliegt." Er grinste. „Und ich hatte ein wenig Hilfe." Hannah warf einen Blick auf Charlotte. Der schuldbewusste Blick ihrer Schwester verriet ihr, wem er diese Information zu verdanken hatte.

„Sie können nicht nur Hannah mitnehmen." Tessa schob schmollend die Unterlippe vor.

Lincoln schmunzelte. „Nein, wir gehen alle. Nicht wahr, Hannah?"

„Unbedingt." Sie schüttelte ihren Rock aus. „Anders würde ich es nicht wollen."

Die Voliere befand sich gut geschützt unter großen Bäumen auf einem Hügel und war ungefähr viermal so lang wie ein Güterwagen.

„Hier sind so viele Vögel!" Hannah berührte das Drahtgeflecht, hinter dem ein wilder Truthahn über den Boden watschelte. Kleine Bäume boten den Vögeln einen Platz zum Nestbau. Einige andere Holzkonstruktionen boten ausgezeichnete Gelegenheiten, die Vögel zu beobachten. Ein Miniaturteich bot den Enten Platz zum Schwimmen und aus Kisten hatte man einen sicheren Unterschlupf für die Wasservögel gebaut. Noch nie zuvor hatte Hannah so viele verschiedene Vögel an einem Ort gesehen. Sie hatte schon unzählige Stunden damit zugebracht, Vögel zu beobachten, aber diese Voliere bot ihr die Möglichkeit, viele Vögel gleichzeitig zu sehen.

Charlotte deutete auf eine schlafende Schleiereule, die auf einem Ast weiter oben hockte. „Diese Voliere ist hübsch, aber es ist auch irgendwie traurig. Die Vögel können nur so weit fliegen, wie das Netz es ihnen erlaubt."

„Aber das ist doch ein wunderbarer Lebensraum."

Charlotte zuckte die Achseln. „Ich weiß nicht, ob ich in einem Käfig leben möchte, egal, wie schön der Käfig ist."

Hannah ließ ihre Schwestern stehen und schlenderte an der Voliere entlang, um sie nach besonders seltenen Tieren abzusuchen. „Schau, Lincoln, da ist ein Kragenhuhn und hier ein Spitzschwanzhuhn."

Lincoln folgte ihr. „Was ist der Unterschied zwischen den beiden?"

„Das Kragenhuhn wird gewöhnlich als Rebhuhn bezeichnet. Das Spitzschwanzhuhn hat einen längeren, spitzer zulaufenden Schwanz. Sie gehören beide zur Familie der Raufußhühner und haben ein ausgeklügeltes Paarungsverhalten und sind Nestflüchter."

„Sie sind was?"

Hannah drehte sich zu ihm herum und lächelte. „Sie schlüpfen mit offenen Augen. Sie sind von Geburt an selbstständig. Sie brauchen nicht einmal ihre Mutter, um Futter zu bekommen."

„Selbstständig, hm? Da nehme ich an, dass du sie besonders gern magst."

„Ehrlich gesagt schon." Sie ging ein Stück weiter und kletterte auf einen Holzblock, um in ein Nest hineinzuschauen. Der Holzblock begann zu wackeln.

Lincoln hielt sie an der Taille fest. „Erzähle mir mehr über dieses ausgeklügelte Paarungsverhalten."

Erwartete er allen Ernstes, dass sie ihm davon erzählte? Während seine Hände auf ihrer Taille lagen und sie ein leichtes Schwindelgefühl empfand?

Er half ihr nach unten, trat einen Schritt zurück und bedeutete ihr weiterzusprechen. Konnte er die Röte auf ihren Wangen sehen? Ihr Unbehagen bei dem Thema? Er schaute sie mit hochgezogener Braue an und stellte damit klar, dass er nicht vorhatte, das Thema fallen zu lassen, und dass es ihm Spaß bereitete, sie nervös zu machen.

Also gut. Hier ging es um reines Fachwissen. Sie räusperte sich. „Die Vögel balzen in der Morgen- und in der Abenddämmerung. Das Männchen dreht sich mit fächerartig aufgestelltem Schwanz und abgespreizten Flügeln im Kreise und manchmal kommt es auch zu Kämpfen mit den anderen Männchen."

Lincoln schaute sie unverwandt an. „Wenn er bereit ist, für sie zu kämpfen, muss das Weibchen, an dem er interessiert ist, wirklich etwas Besonderes sein."

Hannahs Herz flatterte wie die Flügel eines Vogels. Sie wandte den Blick ab. Sie musste etwas finden, um ihn von diesem Thema abzulenken. „Schau, da ist noch ein Präriehuhn."

„Ich nehme an, du kennst sogar seinen lateinischen Namen."
„Tympanuchus cupido."
„Hast du gerade ‚Cupido' gesagt? Das ist der Gott der Liebe, oder?"
Sie öffnete den Mund, brachte aber keinen Ton heraus.
Du meine Güte! Sie geriet vom Regen in die Traufe.

20

Hatte Lincoln gerade alles nur noch schlimmer gemacht?
Hannahs Miene verriet ihm, dass er ihr eine Heidenangst eingejagt hatte. Sie war nicht irgendeine junge Frau, die ein wenig Spaß suchte. Sie spürte wahrscheinlich genauso wie er, dass er es dieses Mal ernst meinte. Er durfte sie nicht drängen. Sie musste sich selbst entscheiden. Und wenn er diese Chance gerade für immer zunichtegemacht hatte?
Tessa ergriff Hannahs Hand und zog sie zum Weg. „Genug von den Vögeln! Komm, fliegen wir lieber selber wie ein Vogel auf dem Kettenkarussell!"
Hannah warf Lincoln einen fragenden Blick zu und ergab sich achselzuckend.
„Komm, Charlotte." Lincoln deutete auf den Weg. „Es sieht so aus, als dürften wir auch mitkommen."
Im Gegensatz zu den großen, frei fliegenden Karussells auf der Weltausstellung waren an diesem acht Schaukeln für zwei Personen an horizontalen Stangen befestigt, die von einer Säule in der Mitte ausgingen. Um die Schaukel anzutreiben, schob jemand einen Balken an, der ebenfalls am Mittelpfosten befestigt war. Und die Schaukeln bewegten sich umso schneller, je schneller derjenige lief oder ging, der den Balken anschob. An besonderen Tagen wurde manchmal ein Pferd an den Balken gespannt, aber meistens stand ein Jugendlicher da, der für ein paar Münzen den Balken anschob. Lincoln lächelte, als er einen kräftigen jungen Mann entdeckte, der die Schaukeln bediente. Perfekt.

Charlotte berührte ihn am Arm. „Ich sage Tessa, dass sie mit mir schaukeln soll, damit Sie mit Hannah schaukeln können."

„Danke für deine Hilfe, aber ich bin mir nicht sicher, ob sie neben mir sitzen will."

„Vertrauen Sie mir. Sie will. Sie gibt es nur nicht zu." Charlotte eilte zu ihren Schwestern.

Lincoln beschleunigte seine Schritte und drückte dem jungen Mann ein paar Münzen in die Hand. „Schieb uns gut an, ja?"

Der Jugendliche betrachtete das Geld und nickte begeistert. „Ja, Sir. Sehr gern."

„Komm, Tessa." Charlotte hakte sich bei ihrer jüngeren Schwester unter. „Du darfst innen sitzen."

Sie liefen los. Lincoln lächelte Hannah an und hoffte, damit ihre Bedenken zu vertreiben. Ihre blonden Haare hatten sich aus ihrem Knoten gelöst und wehten um den hohen Kragen ihrer Rüschenbluse, aber ihn fesselten vor allem ihre braunen Augen. Er konnte darin feurige, goldene Punkte entdeckten, die perfekt zu ihrer Persönlichkeit passten.

Hm. Feuer war schön anzusehen, aber es konnte auch zerstörerisch sein. Ließ er sich von einer Frau in Brand setzen, die sich bereits gegen ihn entschieden hatte? Vielleicht sollte er lieber vorsichtig sein. Er seufzte. Wem wollte er hier eigentlich etwas vormachen? Der Funke, den sie entzündet hatte, griff bereits um sich, und es lag in Hannahs Hand, die Flamme weiter anzufachen oder sie zu ersticken. Er würde sie nicht drängen, aber er wollte alles tun, um das beste Feuerholz aufzulegen.

Er deutete auf die Schaukel ihrer Schwestern. „So wie es aussieht, bleiben wir übrig. Du kannst gern innen sitzen."

„Lincoln …" In ihrer Stimme lagen ein Anflug von Sehnsucht und gleichzeitig ein Tadel.

„Hannah, es ist nur eine Karussellfahrt. Ich bin sicher, dass du den Wind auf deinem Gesicht genießen wirst." Er schluckte. „Aber die Entscheidung liegt ganz bei dir."

Ihre Schwestern riefen, dass sie sich beeilen sollten, und ihr Blick wanderte von ihm zur Schaukel. Sie biss sich auf die Unterlippe. „Eine Karussellfahrt ist bestimmt harmlos."

Hannah grub ihre Finger in die Armlehne des Sitzes, bis sie schmerzten. Je schneller der junge Mann rannte, umso schwerer fiel es Hannah, auf ihrer Seite zu bleiben. Sie rutschte ständig auf Lincoln zu und musste sich wieder zurückziehen. Da Lincoln den Arm lässig auf der Rückenlehne liegen hatte, blieb ihr vermutlich irgendwann keine andere Wahl, als sich an seine Brust zu lehnen. Ihre Wangen glühten.

Tessa stieß Freudenrufe aus, und Charlotte kreischte, als das Karussell sich immer schneller drehte. Die Fliehkraft zwang Hannah irgendwann, ihren eisernen Griff zu lockern. Ihre Finger rutschten weg und sie glitt über den Sitz. Geradewegs in Lincolns ausgebreitete Arme.

Er zog sie eng an sich heran, als hätte er nur auf diesen Moment gewartet.

Das sah ihm ganz ähnlich.

Sie spürte seinen muskulösen Brustkorb an ihrem Rücken und wollte wegrutschen. Seine Hand legte sich schützend über ihren Bauch und brachte die Haut unter ihrer Bluse zum Glühen.

Er drückte die Lippen an ihr Ohr. „Ich kann nicht zulassen, dass du wie einer dieser Vögel davonfliegst."

Sie schluckte schwer, während ihr Herz kräftig gegen ihre Rippen hämmerte. Konnte er das Pochen unter seiner Hand fühlen? Es war falsch. Sie konnte sich nicht erlauben, sich hier im Karussell oder bei den Problemen in ihrem Leben an ihn zu lehnen. Sie musste sich behaupten. Der einzige Mensch, auf den sie sich verlassen konnte, war sie selbst. Sie sollte mehr Entschlossenheit an den Tag legen und wieder auf Distanz gehen.

Doch auch als das Karussell langsamer wurde, wollte ihr kein einziger Muskel gehorchen. Was hatte die Berührung dieses Mannes an sich, das sie lähmte und ihr Herz fast tanzen ließ?

„Eine Karussellfahrt ist bestimmt harmlos." Ihre eigenen Worte verspotteten sie. Wie sehr hatte sie sich geirrt!

Sie nahm ihren letzten Rest Entschlossenheit zusammen, rutschte von ihm weg und klammerte sich an die Armlehne. In Sicherheit. Endlich.

Wenn es ihr gelänge, seine Berührung zu vermeiden, bis sie nach Hause kamen, wäre alles wieder in Ordnung. Zumindest redete sie sich das ein.

Hannah brachte nach der Karussellfahrt die Nadeln in ihrem Hut wieder in Ordnung. „Charlotte, würdest du bitte den Picknickkorb holen? Wir haben genug von Mr Coles Zeit in Anspruch genommen."

„Wir können noch nicht gehen! Mr Cole hat mir versprochen, dass ich angeln kann." Tessa drehte sich zu Lincoln herum. „Nicht wahr?"

„Das stimmt und ich stehe zu meinem Wort."

„Es wird zu spät, Tessa. Ich kann ein anderes Mal mit dir angeln gehen. Außerdem hast du keine Angelrute und keinen Köder dabei."

„Doch, Hannah. Die Sachen sind im Auto." Lincoln nahm Charlotte den Korb ab.

Charlotte trat auf Lincolns andere Seite und blickte ihre älteste Schwester betont unschuldig an.

Verräter! Hannah schnaubte laut. „Also gut! Aber nicht lange. Die Sonne geht bald unter."

Sie fuhren an den See im Park, wo Lincoln zwei Ruderboote mietete. Charlotte und Tessa stürmten mit ihrer Angelausrüstung in der Hand in das erste Ruderboot und überließen Hannah und Lincoln das andere.

Lincoln deutete zum Steg. „Nach dir."

Der Steg schaukelte unter ihren Schritten und ein kühler Wind erfüllte die Luft mit dem typischen Seegeruch. Am Ende des Stegs war ein Ruderboot angebunden. Sie erreichte den Rand und legte eine Hand an die Halterung am Steg.

„Hannah, warte! Ich helfe dir."

„Das schaffe ich allein." Sie zog ihren Rock hoch und streckte den Fuß nach unten. Der Abstand zum Boot war größer, als sie gedacht hatte, aber schließlich berührte ihr Schuh das Holz.

Sie ließ den Steg los, um auch ihren anderen Fuß ins Boot zu setzen, aber stattdessen verlor sie das Gleichgewicht. Das Boot schaukelte und warf sie in den eiskalten See. Pudelnass richtete sie sich in dem seichten Wasser auf und hörte Lincolns schallendes Gelächter, das auf der glatten Wasseroberfläche widerhallte.

Sie blickte ihn finster an. Wie konnte er es wagen, sie auch noch auszulachen? „Willst du dort stehen bleiben und lachen oder mir lieber aus dem Wasser helfen?"

„Wieso? Du hast doch gesagt, dass du das selbst schaffst." Mit vier langen Schritten verließ er den Steg und setzte sich am Ufer ins Gras.

Sie schaute ihn mit offenem Mund an. Obwohl sie am ganzen Körper zitterte, machte sich glühender Zorn in ihr breit. Wollte er sie wirklich allein aus diesem See herausklettern lassen, ohne ihr zu helfen?

Das selbstgefällige Grinsen in seinem Gesicht verriet, dass er offensichtlich genau das vorhatte.

Sie watete durch die Wasserpflanzen zum Uferrand. Ihre schwere, mit Wasser vollgesaugte Kleidung erschwerte ihr jeden Schritt. Ihr Fuß versank im Schlamm auf dem Seegrund, woraufhin sie einen Schuh verlor. Sie bückte sich, grub suchend in der glitschigen Masse und fischte schließlich den Schuh heraus. Sie schleuderte ihn ans Ufer, wo er Lincoln nur um Haaresbreite verfehlte. Schade. Vielleicht zielte sie ja mit dem anderen Schuh besser. Sie zog ihn aus und warf ihn nach dem jungen Mann.

Er fing ihn mit der rechten Hand auf. „Brauchst du jetzt Hilfe?"

„Nein!"

„Gut." Er lehnte sich zurück und stützte sich auf seine Ellbogen. „Ein schöner Sonnenuntergang, nicht wahr?"

O dieser Mann! Wenn sie es geschafft hatte, sich aus dem Wasser zu hieven, würde sie ihm so gründlich den Kopf waschen, dass er das bestimmt nicht so schnell vergäße!

Sie stemmte die Hände in die Hüften und suchte nach dem besten Weg, um auf das steile Ufer hinaufzuklettern. Sie umklammerte einen Klumpen trockener Pflanzen und zog sich halb aus dem Wasser. Doch die Pflanzen rissen ab und sie purzelte rückwärts in das eisige Wasser und kam in einer wenig damenhaften Stellung zu liegen. Nachdem sie das Gestrüpp von ihrem Gesicht gewischt hatte, rappelte sie sich wieder auf die Beine. Als sie Richtung Ufer schaute, stand Lincoln bereits in Hemdsärmeln und barfüßig da. Er hielt ihr die Hand hin.

Sie verschränkte die Arme und schüttelte den Kopf.

„Ich weiß, dass du es ohne fremde Hilfe schaffst." Seine Stimme war freundlich, doch die Belustigung war daraus verschwunden. „Aber das musst du nicht."

Ihr Ärger war wie weggeblasen und ihr wurde warm. Er hatte recht. Doch war ihm klar, was er von ihr verlangte?

Sie war die älteste von drei Schwestern. Sie trug die Verantwortung. Sie bewältigte alle Herausforderungen, die sich ihr in den Weg stellten, und sie konnte nicht damit rechnen, dass ihr jemand dabei half. *„Nicht einmal Gott?"*, flüsterte eine leise Stimme in ihr.

Sie rieb sich ihre eiskalten Arme, trat einen Schritt näher und blieb stehen.

„Hannah, ich lasse dir die Freiheit, dich zu entscheiden." Seine blauen Augen schauten sie hoffnungsvoll an. „Ich werde dich nicht drängen, aber ich dachte, du bist ein risikofreudiger Mensch."

„Das bin ich auch."

„Dann riskiere es, dich auf mich einzulassen."

Hannah betrachtete Lincolns ausgestreckte Hand und lächelte.

Sobald sie seine Hand ergriffen hatte, zog sie ihn mit ganzer Kraft ins Wasser.

21

Lincoln wedelte mit den Armen, um den Sturz ins Wasser zu verhindern. Doch der Schlamm unter seinen Füßen gab nach und er landete mit einem lauten Platschen im See des Parks.

Entsetzt schaute er in Hannahs lachendes Gesicht. „Warum hast du das gemacht?"

„Ich habe beschlossen, ein Risiko einzugehen." Sie wich kichernd zurück, als wollte sie ihn herausfordern, sich zu rächen. „Und falls du wirklich mehr Zeit mit mir verbringen willst, solltest du lernen, dass du mit mir deine Überraschungen erleben wirst."

„Wirklich?" Ein Lächeln umspielte seine Lippen und sein Herz schlug höher. Sie nahm sein Angebot also an. „Nun, Miss Gregory, dann sollten Sie sich am besten selbst auf ein paar Überraschungen gefasst machen." Er stürmte auf sie zu und das Wasser spritzte auf.

Sie wich ihm kreischend aus. Er umschlang ihre Taille und zog die lachende Frau in seine Arme.

Sie raubte ihm den Atem. Ihre Haare hingen ihr in feuchten Strähnen ins Gesicht, und ihre Augen strahlten vor Vorfreude, während sie sich zitternd an seine Brust drückte.

„Lincoln Cole, wenn du mich noch einmal untertauchst …" Sie wand sich in seinen Armen, dann schaute sie ihm in die Augen und erstarrte. Sie benetzte ihre Lippen. „Was hast du vor?"

Er zupfte nassen Seetang aus ihren Haaren und berührte sanft ihre Wange. „Ich gebe dir die Überraschung, die du verdienst."

Sie erschauderte wieder, und er sah, dass ihre Lippen bläulich verfärbt waren.

Meine Güte! Sie fror, und auch wenn er sie nur allzu gern aufwärmen wollte, war ein eiskalter See wohl kaum der günstigste Ort, um sie zum ersten Mal zu küssen. Bevor sein Verlangen seinen gesunden Menschenverstand überwältigen konnte, beugte er sich vor und warf sie sich über die Schulter.

„Stell mich sofort wieder auf den Boden!" Sie wand sich und hämmerte mit den Fäusten auf seinen Rücken.

„Es würde dir wirklich recht geschehen, wenn ich dich zurück in den See werfe." Er watete zum Steg und hievte sie auf die trockenen Holzbohlen. Danach zog er sich selbst hinauf. Hannahs Zähne klapperten hörbar, als sie sich auf die Beine rappelte und die Arme um sich schlang.

„Warte hier." Er hob sein Jackett vom Rasen auf und wollte dieses um ihre Schultern legen.

Sie hinderte ihn daran. „Ich will es nicht ruinieren. Ich hole mir lieber die Decke aus dem Automobil."

„Zieh es an." Er hielt ihr das Jackett hin. „*Ich* hole mir die Decke. Du brauchst so viel Wärme wie möglich."

„Und was ist mit dir?"

„Du möchtest, dass ich dich aufwärme?"

Ihr Gesicht lief knallrot an.

Er grinste. „Das würde ich nur zu gern machen, aber deine Schwestern schauen uns zu."

„Das … das habe ich nicht gemeint. Ich habe mir Sorgen gemacht, dass dir kalt ist."

„Es ist nett, dass du dir Sorgen um mich machst." Er legte das Jackett um ihre Schultern.

„Das habe ich nicht gesagt." Sie schlang das Jackett eng um sich und hob den Blick. „Ich will doch nur, dass dir warm genug ist, damit du uns nach Hause fahren kannst."

„Du hättest sie sehen sollen, Rosie." Charlotte stützte sich auf den Rechen. Nach nur einer Stunde Arbeit sah der Vorgarten ihres neuen Zuhauses schon viel besser aus.

Hannah, die nach Feierabend ihre Berufskleidung ausgezogen hatte und in einen Hosenrock geschlüpft war, stieß einen Spaten in die Erde. Charlotte atmete tief ein. Der Geruch von frisch umgegrabener Erde stieg auf und ein Regenwurm schlängelte sich in der satten, dunklen Erde.

„So schlimm sah ich auch nicht aus!", beharrte Hannah.

Tessa zupfte an der Schleife von Hannahs Sonnenhut und kicherte: „Du warst pudelnass."

Charlotte lächelte und seufzte. Tessa hatte recht. Hannah war triefend nass gewesen, aber Mr Cole hatte sie trotzdem angesehen, als wäre sie die schönste Frau der Welt.

Würde George Charlotte jemals so bewundern? Vielleicht würde er ihr ja morgen Abend bei der Picknickversteigerung sagen, dass es ihm bei ihrem Anblick den Atem verschlage.

„Und dann", Tessa kniete nieder und setzte den Rosenstrauch vorsichtig in das Loch, das Hannah gegraben hatte, „wollte Mr Cole ihr aus dem Wasser helfen und sie hat ihn zu sich in den See gezogen."

Rosie keuchte. „Hannah, das hast du nicht getan?!"

„Ich konnte ihn doch nicht einfach ungestraft davonkommen lassen! Schließlich hat er mich ausgelacht!" Hannah grub ein zweites Loch. „Er hatte doch tatsächlich den Nerv, sich hinzustellen und mich auszulachen."

Die leichte Röte auf Hannahs Wangen verriet, dass das noch nicht die ganze Geschichte war. Sie und Mr Cole hatten sich nach diesem Vorfall irgendwie anders verhalten als vorher. Daraus schloss sie, dass irgendetwas passiert war. Wenigstens bei Mr Cole. Hannah wies seine Aufmerksamkeiten zwar nicht ab, aber sie ermutigte ihn auch nicht. Und bei dem Tempo, das Hannah an den Tag legte, wäre Mr Cole alt und grau, bis er auch nur einen einzigen Kuss bekäme.

Aber Charlotte hegte den Verdacht, dass er warten würde, egal, wie lange es dauerte.

Sie schob die trockenen Blätter und Zweige zusammen und lud sie in die Schubkarre, die sie sich von Rosie geborgt hatten. Wie lange würde George wohl auf einen Kuss warten? Er war ein ungeduldiger Mensch. Es störte ihn schon, wenn er nach der Schule auf sie warten musste; deshalb beeilte sie sich immer. Es gefiel ihm auch nicht, wenn er abends warten musste, bis sie auf die Veranda herauskam; deshalb bemühte sie sich, ihre Aufgaben schnell zu erledigen. Auch wenn er seine Absicht, ihr einen Kuss zu entlocken, deutlich gemacht hatte, war er bis jetzt bereit, darauf zu warten. Charlotte wusste nicht, wann der richtige Zeitpunkt war, sich von einem Jungen küssen zu lassen. Sie könnte Hannah fragen, aber wahrscheinlich würde ihr ihre Antwort nicht gefallen. Sie könnte Rosie fragen, aber die würde es höchstwahrscheinlich Hannah erzählen. Wenn nur ihre Mutter noch leben würde! Dann könnte sie ihr alle ihre Fragen beantworten.

Tessa richtete sich auf und wischte sich die Hände ab. Erde rieselte auf den Boden. „Du bist ja noch schlimmer als ich. Wenigstens schaffe ich es länger als einen Tag, mich nicht in die Bredouille zu bringen."

Rosie lächelte. „Hannah, wie viele Einträge hast du schon auf deiner Karte?"

„Nur die zwei von heute. Ich sage dir, Rosie, es ist viel schwerer als in der Telefonistinnenschule. Ich habe ja versucht, mich nicht umzusehen, aber alles ist so neu und so faszinierend."

„Ich wette, Miss Frogge hat fast gequakt vor Empörung", kicherte Tessa und klopfte die Erde um den zweiten Rosenstrauch herum fest.

„Du bist unverbesserlich, Tessa." Hannah grub das letzte Loch für die gelben Teerosen ihrer Mutter.

Tessa trat neben Hannah und lockerte die Erde. Charlotte reichte ihr die Pflanze, die in einen Jutesack gewickelt war. Nachdem sie die Schnur gelöst hatten, die den Sack festhielt, untersuchte Tessa die Pflanze.

Rosie bückte sich, um sie genauer zu betrachten. „Der Strauch sieht abgestorben aus."

„Er ist nicht abgestorben. Er schläft. Und der Frühling ist die beste Zeit, um ihn zu verpflanzen." Tessa steckte die Pflanze in die Öffnung und füllte das Loch mit Wasser. „Wenn dieses Wasser versickert ist, füllen wir das Loch noch einmal, bevor wir die Erde dazugeben. Die zusätzliche Feuchtigkeit sorgt dafür, dass die Pflanze gute Voraussetzungen hat, Wurzeln zu schlagen."

Nachdem Tessa schließlich wieder Erde in das Loch gegeben hatte, nahm sie eine Schere zur Hand.

„Warum schneidest du die Zweige ab?", erkundigte sich Rosie, nachdem Tessa den ersten Schnitt gesetzt hatte.

„Das sind keine Zweige, sondern Triebe, und die Pflanze überlebt leichter, wenn sie nur ungefähr zwanzig Zentimeter lang sind."

„Tessa ist unsere Pflanzenexpertin." Hannah klopfte die Erde von der Schaufel.

„Und Charlotte ist eine hervorragende Köchin." Rosie hob die Schaufel und den Rechen ihrer Mutter auf. „Und was ist deine Spezialität, Hannah?"

Charlotte kicherte. „Uns herumzukommandieren."

„Apropos herumkommandieren, schaut mal, wer da kommt!" Tessa deutete mit dem Kopf zum Gehweg. „Der schöne George."

„Nenn ihn nicht so!" Charlotte drehte sich um und sah, dass George sich ihrem Gartentürchen näherte. Er trug noch sein Baseballtrikot. Charlottes Herz schlug höher. Er sah so attraktiv aus! Der Junge blickte Charlotte an und berührte grüßend seine Kappe. Schlug sein Herz bei ihrem Anblick auch höher?

„Hey, Lottie, komm mit zu meinem Spiel!" Er beugte sich über den Gartenzaun. „Ich will, dass du dabei bist und mich anfeuerst."

Charlotte drehte sich zu Hannah herum, sah aber ein Runzeln auf der Stirn ihrer Schwester.

Bitte, bitte, bitte, Herr, lass sie Ja sagen.

„Also gut, du kannst gehen. Viel Spaß." Hannah bedeutet ihr, dass sie gehen konnte. „Wir machen das hier ohne dich fertig." Sie beugte sich zu ihr und flüsterte Charlotte ins Ohr: „Aber vergiss nicht, dass du ein ganz besonderes Mädchen bist, und schau erst, ob er dich wirklich verdient."

Charlottes Gesicht glühte. Ärger, Freude und Verwirrung überkamen sie. Dass Hannah sie daran erinnerte, dass sie ein ganz besonderes Mädchen war, war nett, aber warum hatte sie das andere gesagt? George war unglaublich attraktiv und sportlich. Warum deutete Hannah an, er wäre nicht gut genug für sie?

Sie winkte den anderen kurz zu und lief dann zu George.

Sie wusste, dass er nicht gern wartete.

An ihrem dritten Tag in der Iowa-Telefongesellschaft stieg Hannah zuversichtlich aus dem Fahrstuhl. Doch ihre ruhigen Schritte standen in einem deutlichen Gegensatz zu ihrem inneren Aufruhr.

Charlotte war nach dem Baseballspiel nach Hause gekommen und hatte ständig nur „George hat dies getan" und „George hat das getan" geschwärmt. Nach dem Spiel hatte er sie offiziell gefragt, ob sie seine Freundin sein wolle, aber er hatte sich nicht die Zeit genommen, sie nach Hause zu begleiten. Wie lange würde es dauern, bis Charlotte George endlich so sah, wie er wirklich war?

Wenn Hannah ehrlich war, musste sie zugeben, dass Charlotte nicht der einzige Mensch war, der in ihrem Leben für Turbulenzen sorgte. Seit dem Erlebnis am See konnte sie Lincolns Worte nicht vergessen. Er hatte sie aufgefordert, ein Risiko einzugehen und ihm zu vertrauen. Hatte sie eingewilligt? Vielleicht. In gewisser Weise.

Aber es gab keine klare Übereinkunft. Sie könnte ihm erklären, dass er sie falsch verstanden hatte, aber wollte sie das? Wenn sie nicht ständig an ihn denken müsste, könnte sie sich die Sache in aller Ruhe durch den Kopf gehen lassen. Aber er ließ sie einfach nicht los. Und was die Sache noch schlimmer machte: Ihre Schwestern waren völlig begeistert von ihm. War sie denn der einzige Mensch, der genug gesunden Menschenverstand besaß, um zu erkennen, dass sie und Lincoln aus zwei völlig verschiedenen Welten stammten?

Hannah warf einen Blick auf die Uhr. Gut. Sie war früh genug gekommen, um vor ihrem Dienstantritt kurz in den Leseraum zu gehen. Vielleicht würde ihr das helfen, ihre Gedanken auf etwas anderes zu richten als auf einen gewissen Anwalt. Einen kräftigen, gut aussehenden, einfühlsamen Anwalt.

Hör auf! Denk an etwas anderes! Flugzeuge, Gesetze, Walt ... Egal, an was, Hauptsache, nicht an Lincoln Cole.

Im Aufenthaltsraum ging sie an den Poesiealbum-Schreiberinnen vorbei in den Leseraum. Nachdem sie den Buchrücken jedes einzelnen Buches im Regal studiert hatte, blieb ihr Blick an einer dreibändigen Serie hängen. Ihr Puls schlug schneller.

Sie nahm die Bücher aus dem Regal und legte sie auf den Tisch. „Geschichte der nordamerikanischen Vögel". Sie schlug den ersten Band auf und stellte fest, dass er 1874 zum ersten Mal herausgegeben worden war. Was für eine Kostbarkeit!

Sie blätterte in dem Buch und war von den kunstvollen Zeichnungen fasziniert. Auf der Seite mit den Spatzen hielt sie inne. Als sie an diesem Morgen in der Bibel gelesen hatte, war sie daran erinnert worden, dass kein einziger Spatz auf die Erde fiel, ohne dass Gott davon wusste. Wie viel mehr kümmerte sich Gott um sie! Eine neue Ehrfurcht erfasste sie, als sie sich das bewusst machte. Angesichts der Größe der Erde und der riesigen Zahl von Spatzen war es schwer vorstellbar, dass Gott wusste, wenn einer von ihnen auf die Erde fiel, geschweige denn, dass er sich darum kümmerte.

Aber um Hannah kümmerte Gott sich noch viel mehr. Auch wenn sie Mühe hatte, das zu glauben, besonders jetzt, da ihr ihre Eltern genommen worden waren, wusste sie, dass es der Wahrheit entsprach. Gott wusste, dass sie über die Sache mit Lincoln sehr verwirrt war, und es war ihm nicht gleichgültig. Wenn er ihr nur einen Fingerzeig geben würde!

Hannah blätterte die Seite um und schnappte nach Luft. Das konnte nicht sein! Eine Lincoln-Ammer? Sie hatte noch nie von dieser Vogelart gehört. Es passte gut, dass er zur Familie der Spatzen gehörte. Lästige Vögel, die ihre Nester an Stellen bauten, an denen niemand sie haben wollte.

Aber sie hatte diese kleinen Vögel immer gemocht. Sie hatte ihren Vater einmal begleitet, als er seine Stallarbeiten verrichtet hatte. Als sie sich dem Stall genähert hatten, war ein Spatz auf sie zugeflogen und hatte sie und ihren Vater angegriffen. Ihr Vater hatte ihr erklärt, dass der Spatz sich in ein paar Tagen wieder beruhigen würde. Vermutlich lagen einige Junge in seinem Nest. Er hatte ihr auch erklärt, dass er die Bereitschaft des kleinen Vogels bewundere, einen erwachsenen Mann anzugreifen, um sein Weibchen und seine Jungen zu beschützen.

Sie klappte seufzend das Buch zu. Versuchte Gott, ihr etwas zu sagen, indem er sie auf die Lincoln-Ammer hinwies?

Die Wanduhr im Aufenthaltsraum läutete. Hannah stellte die Bücher ins Regal zurück und gesellte sich eilig zu den anderen Frauen. Nachdem sie ihren Kopfhörer vom Haken genommen hatte, schnallte sie sich das Mikrofon um. In den vergangenen Wochen hatte sie sich sowohl in der Telefonzentrale als auch in der Telefonistinnenschule an das schwere Gewicht auf ihrer Brust gewöhnt.

Sie schob den Kopfhörer über ihre hochgesteckten Haare und stellte den Hörer über ihrem Ohr ein. Jetzt müsste sich nur noch ihr aufgeregter Magen beruhigen.

Einige Minuten später marschierten die Frauen in die Telefonzentrale und nahmen ihre Plätze ein.

Miss Frogge erwartete sie mit missmutigem Gesichtsausdruck. „Merken Sie sich, Miss Gregory, dass die Telefonistin jeden Morgen alle ihre Abonnenten anrufen muss, um sicherzustellen, dass alle Verbindungen in Ordnung sind." Miss Frogge wedelte mit der Hand. „Gehen Sie schon! Wenn Sie nur hier herumstehen, geschieht nichts."

Hannah setzte sich aufrecht an ihren Platz und steckte den Stecker in die erste Buchse auf der Liste ihrer Abonnenten. Sie vernahm ein lautes Klicken, das ihr verriet, dass die Leitung belegt war. Sie ging zur nächsten Buchse über. „Guten Morgen, Mrs Wallace. Entschuldigen Sie bitte die Störung, ich wollte nur wissen, ob mit Ihrem Telefon heute Morgen alles in Ordnung ist."

Miss Frogge nickte zustimmend und ging weiter. Hannah entspannte sich und bedankte sich bei Mrs Wallace. Innerhalb kürzester Zeit hatte sie all ihre Abonnenten angerufen. Gott sei Dank hatte keiner Probleme mit seiner Leitung.

Die Telefongespräche nahmen bis zehn Uhr stetig zu, als die Hausfrauen begannen, ihre Bestellungen in der Metzgerei, der Drogerie oder beim Lebensmittelhändler abzugeben, aber sie wurden deutlich weniger, als es auf Mittag zuging.

„Telefonzentrale. Nummer, bitte." Sie betete, dass die Anrufer das Lächeln in ihrer Stimme hören konnten.

„Kann ich bitte den Metzger sprechen?"

Hannah erkannte Mrs Connors freundliche Stimme und lächelte. „Eins-neun-acht. Danke."

Nachdem sie mehrere andere Anrufe verbunden hatte, bemerkte Hannah, dass Mrs Connors Lampe erneut aufblinkte.

„Telefonzentrale?", fragte Mrs Connor. „Ist Ihnen bewusst, dass Sie mich mit dem Bestattungsunternehmer und nicht mit dem Metzger verbunden haben?"

Hannah senkte die Stimme, damit Miss Frogge sie nicht hören konnte, und sagte: „Entschuldigen Sie bitte vielmals, Ma'am. Ich verbinde Sie sofort richtig."

„Warten Sie!" Die Frau lachte. „Sie sollten darüber genauso lachen wie ich. Bevor ich die Verwechslung bemerkt hatte, hatte ich ihn schon gefragt, ob er ein paar schöne Suppenknochen hat. Er sagte, er hätte mehrere Knochen, aber er könne die Knochen, die er habe, nicht für die Suppe empfehlen. Liebes Mädchen, ich möchte Ihnen danken. So herzlich habe ich seit Ewigkeiten nicht mehr gelacht."

Hannah schluckte ein Kichern hinunter. „Gern geschehen, Ma'am."

„Miss Gregory, warum dauert Ihr Telefonat so lange?" Miss Frogge stand schon wieder hinter ihr.

„Ich verbinde Sie mit eins-neun-sieben. Danke." Hannah steckte den Stecker in die Buchse und seufzte.

„Wie oft muss ich Ihnen noch sagen, dass die Worte ‚Ich verbinde Sie' unnötig sind? ‚Danke' genügt. Durch alles andere vergeuden Sie nur wertvolle Zeit."

„Ja, Miss Frogge."

Die Mittagspause war viel zu schnell vorüber und Hannah eilte zu ihrem Klappenschrank zurück. Im Gegensatz zum hektischen Vormittag schien der Nachmittag gemütlich dahinzuplätschern. Hannah widerstand dem Drang, sich umzuschauen, um sich keinen Tadel einzufangen, und nahm stattdessen ihren Stift und begann, auf ihrem Block zu notieren, was sie vor Charlottes Picknickversteigerung an diesem Abend noch alles erledigen musste.

Sie stellte eine Telefonverbindung her, dann lehnte sie sich auf ihrem Stuhl zurück und lächelte. Charlotte hatte bis spätabends gearbeitet, um ihren Picknickkorb mit Spitzen und Schleifen zu verzieren. Sie hatte ihr Menü zusammengestellt und genau geplant, was sie noch alles erledigen musste, sobald sie von der Schule nach

Hause kam. Wenn George von Charlottes Kochkünsten nicht begeistert war, würde ihre Schwester sich das sehr zu Herzen nehmen.

Sobald sie an George dachte, zog sich ihr Magen schmerzlich zusammen. Vielleicht versuchte sie nur, ihre Schwester zu sehr zu beschützen. Es war wirklich schade, dass Lincoln nicht zu der Picknickversteigerung kam. Sonst hätte sie ihn nach seiner Meinung zu Charlottes Verehrer fragen können. Vielleicht hatte er als Mann eine andere Sicht.

„Miss Gregory!"

Hannah zuckte zusammen und setzte sich stocksteif hin.

„Was hat das zu bedeuten?" Miss Frogge deutete strafend auf den Block.

Hannah warf einen Blick darauf und ihre Wangen begannen zu glühen. Wann hatte sie den Spatzen gezeichnet? Und noch schlimmer, wie kam das Herz um den Spatzen?

„Wir trödeln nicht am Arbeitsplatz."

„Natürlich nicht, Ma'am. Entschuldigung."

„Entschuldigungen machen die verlorene Zeit nicht wett. Sie werden heute länger bleiben."

„Aber …" Sie konnte nicht länger bleiben. Sie hatte vor, Walt zu besuchen und dann nach Hause zu gehen, um Charlotte zu helfen.

Miss Frogge warnte Hannah mit hochgezogener Braue, es ja nicht zu wagen weiterzusprechen. Hannah ballte die Fäuste. Das war nicht fair. Mit eng zusammengekniffenen Lippen senkte sie den Blick. „Natürlich."

Wie hatte sie nur zulassen können, dass ihre Gedanken so sehr abgeschweift waren? Die Arbeit verlangte ihre ungeteilte Aufmerksamkeit. Warum hatte sie sich nicht einfach an die Regeln halten können? Jetzt müsste sie den Besuch bei Walt verschieben und sie hatte ihn seit Tagen nicht mehr besucht. Wahrscheinlich glaubte er nun, sie hätte ihn vergessen.

Sie warf einen Blick auf den Block und biss sich auf die Lippe. Vielleicht hatte sie ihn ja wirklich schon vergessen.

22

Wo steckte Hannah nur? Charlotte hielt das mintgrüne Kleid an sich und betrachtete sich im Spiegel. Gestern hatte sie beschlossen, dieses Kleid anzuziehen, aber vielleicht wäre ihr anderes Sonntagskleid doch eine bessere Wahl. Das Orange betonte ihre Haare, obwohl das mintgrüne Kleid neuer war. Wenn Hannah hier wäre, könnte sie ihr bei der Auswahl helfen. Hannah hatte nie Probleme, sich zu entscheiden.

Charlotte warf einen Blick auf die Wanduhr. Seltsam. Hannah hätte schon vor einer halben Stunde zu Hause sein sollen. Charlotte ließ ihren Blick nachdenklich zwischen den beiden Kleidern hin- und herwandern. Sie konnte nicht länger warten. Sie musste sich jetzt entscheiden. Bevor sie es sich anders überlegen konnte, schlüpfte sie in das orangefarbene Kleid. Sie nahm ihren Hut mit nach unten und legte ihn auf einen Tisch im Wohnzimmer. Dann eilte sie in die Küche und packte das Essen ein.

Sie hatte das gebratene Hähnchen in braunes Papier gewickelt und hoffte, es bliebe warm und knusprig. Sie stellte in jede Schachtel noch ein Glas mit Pfirsichen, dann fügte sie ihre frischen Waffeln und etwas von dem Apfelgelee dazu, das sie und ihre Mutter im letzten Jahr gemacht hatten. Den krönenden Abschluss bildete das Dessert. Ihre warme Apfel-Charlotte mit samtweicher Vanillecreme war einfach unwiderstehlich. Allein schon beim Gedanken daran lief ihr das Wasser im Mund zusammen. George wäre davon sicher genauso begeistert wie sie.

Charlotte legte den Deckel auf die mit Spitzen verzierte Schachtel und band sie mit einer braunen Samtschleife zu, die dieselbe Farbe wie ihr Hut hatte. George wusste, dass er nach dieser Schleife Ausschau halten musste. Sie steckte Messer, Gabeln und Löffel unter die Schleife der Schachtel und machte dann das Gleiche bei der anderen Schachtel auf dem Tisch.

„Tessa, hast du Hannah schon gesehen?", rief sie. Wo steckte ihre jüngste Schwester denn?

Die Fliegengittertür ging krachend auf, als Tessa ins Haus gestürmt kam. „Noch nicht. Ich gehe schon mal zu Betty!"

„Vielleicht solltest du lieber warten, bis Hannah hier ist. Sie will dir vielleicht noch etwas sagen, bevor du gehst."

Tessa verdrehte die Augen. „Sie wird mir sagen, dass ich Bettys Eltern gehorchen und mich anständig benehmen soll. Ich verspreche dir, dass ich ganz brav und kultiviert sein werde." Das Mädchen machte einen artigen Knicks. „Viel Spaß mit dem schönen George … soweit das überhaupt möglich ist!" Sie kicherte und stürmte wieder zur Tür hinaus.

„Wenn du Hannah siehst –"

„Sie ist da!", rief Tessa. „Endlich! Tschüs, bis morgen!"

Zuerst war aus dem Wohnzimmer das Poltern von Schuhen zu vernehmen, dann trat Hannah eilig in die Küche. „Bitte entschuldige! Ich habe gegen die Regeln verstoßen und musste länger bleiben."

„Was ist passiert? Hast du wieder deine Sitznachbarin angesehen?"

„Ich habe etwas auf meinen Block gezeichnet."

„Was denn? Ein Herz?" Sie kicherte. Als ob Hannah so etwas je machen würde!

Hannahs Wangen röteten sich und Charlottes Kinnlade fiel nach unten. „Du hast tatsächlich ein Herz gemalt? Hast du etwa an Lincoln gedacht?"

„Das habe ich nicht gesagt."

„Das war auch nicht nötig. Dein Gesicht verrät alles." Charlotte deutete auf den Tisch. „Die Schachteln sind gepackt und alles ist fertig. Jetzt musst nur noch du dich umziehen."

„Warum hast du denn zwei Schachteln gepackt?"

„Ach, hatte ich vergessen, dir das zu sagen?" Charlotte nahm ihre Schürze ab und hängte sie an den Haken. „Lincoln hat angeboten, dir zu helfen, auf mich aufzupassen. Deshalb habe ich dir auch eine Schachtel gemacht. Da die Picknickkörbe für die Schulbibliothek versteigert werden, dachte ich, dass du auch etwas zu dem guten Zweck beisteuern willst. Ich habe ihm schon verraten, dass deine Schachtel mit einer gelb gepunkteten Schleife versehen ist."

„Lincoln kommt? Wann?“

„Er müsste jeden Augenblick hier sein, um dich abzuholen.“

Hannah deutete auf ihren schlichten Rock. „Schau mich doch an, Charlotte! Wie soll ich nur rechtzeitig fertig werden?“

Charlotte schüttelte den Kopf. „Du siehst wirklich schrecklich aus.“ Sie nahm die Schachtel mit der gelb gepunkteten Schleife. „Ich könnte diese Schachtel ja auch Louisa Jane geben. Sie verbringt bestimmt gern einen Abend mit Lincoln.“

„Wage es ja nicht! Ich bin in zwanzig Minuten fertig.“

„Lieber in einer Viertelstunde.“ Sie kicherte. „Sonst muss ich Lincoln verraten, warum du so spät nach Hause gekommen bist.“

George kam zu spät.

Hannah warf einen Blick auf Charlotte. Diese spielte mit den Knöpfen an ihrem Kleid und schaute nervös die Straße vor der Schule hinab. Auf einem Tisch, den die Lehrer im Schulhof aufgestellt hatten, standen verzierte Schachteln, junge Männer standen davor und überlegten, welche sie ersteigern sollten. Lincoln ging ebenfalls hinüber, um die Schachteln zu begutachten. Wenn George sich nicht beeilte, verpasste er vielleicht die Gelegenheit, Charlottes Beitrag zu ersteigern.

Lincoln schlenderte zu Hannah zurück. „Irgendeine Spur von ihm?“

„Noch nicht. Wenn er nicht auftaucht …“

„Er kommt bestimmt.“ Er warf einen Blick zur Straße. „Schau, da kommt Charlotte, und ich schätze, dass dieser Junge dann wohl George sein muss.“ Er ergriff Hannahs Hand. „Bevor sie hier sind, möchte ich dich bitten, morgen mit mir ins Theater zu gehen.“

Ein Kribbeln lief über ihren Rücken. „Ich sollte wirklich mal wieder Walt besuchen. Ich habe ihn seit Tagen nicht gesehen.“

„Dann gehen wir vorher zusammen zu Walt. Wenn du nicht Ja sagst, lasse ich zu, dass einer dieser jungen Burschen deine Schachtel ersteigert.“ Lincoln musste an sich halten, um nicht laut loszulachen. „Ich glaube, ich habe gesehen, wie dieser Junge mit den Pickeln und dem karierten Hemd sie begutachtet hat.“

„Das würdest du nicht wagen!“

„Sag Ja, sonst überlege ich es mir.“

„Benimmst du dich vor Gericht auch so gemein?“

„Ich?“ Er drückte sich die Hand aufs Herz und setzte eine Unschuldsmiene auf.

Sie verdrehte die Augen. „Also gut. Ja.“

Hannah sah, wie Charlotte George in ihre Richtung führte. Als sie näher kamen, hörte Hannah, wie der Junge Charlotte erklärte, dass sie froh sein könne, dass er überhaupt aufgetaucht sei, und dass sie ihn nicht nerven solle, weil er zu spät komme.

Ihre Schwester zwang sich zu einem Lächeln, als die beiden zu Hannah und Lincoln traten. „George, du erinnerst dich an meine Schwester Hannah?“

„Ma'am.“ Er neigte leicht den Kopf.

„Und das ist Lincoln Cole. Mr Cole, darf ich Ihnen George Donnelly vorstellen?“

„Sir.“ Er nickte.

Hannah musste sich beherrschen, um nicht die Stirn zu runzeln. Warum gab er Lincoln nicht die Hand?

Der Auktionator trat an den Tisch und forderte alle jungen Männer auf, näher zu kommen.

Lincoln legte dem jungen Mann die Hand auf die Schulter. „Komm, George. Wir müssen uns jetzt ein köstliches Picknick ersteigern.“

Sobald Lincoln und George gegangen waren, wandte sich Hannah zu ihrer Schwester um. Charlottes Gesicht, das vor einer Stunde noch so fröhlich gewesen war, war jetzt von Sorgenfalten durchzogen.

„Ist mit dir alles in Ordnung, Charlotte?“

Ihre Schwester lächelte schwach. „Ja. Ich bin einfach nur froh, dass George hier ist.“

„Und bald wirst du mit ihm dein leckeres Essen genießen. Hast du deine berühmte Apfel-Charlotte gemacht?“

„Natürlich.“ Ihr Lächeln kehrte zurück. „Ich hoffe nur, dass sie George schmeckt.“

„Wenn nicht, wäre er sehr dumm.“ Sie hakte sich bei Charlotte unter. „Komm mit. Schauen wir, wer den Fehler macht, Louisa Janes steinharte Kekse zu ersteigern.“

Die ersten Schachteln wurden für je einen Vierteldollar versteigert. Kein schlechter Anfang, aber Lincoln hatte die Absicht, für Hannahs Korb von Anfang an mehr zu bieten. Er wollte nicht das Risiko eingehen, dass ihm jemand die Schachtel mit der gelben Schleife und dem köstlichen Inhalt, den Charlotte zubereitet hatte, vor der Nase wegschnappen würde. Wenn Charlotte auch nur halb so gut kochen konnte, wie Hannah behauptete, erwartete ihn ein Festschmaus.

Ein junger Mann stieß einen Triumphschrei aus, nachdem er für sein Picknick vierzig Cent bezahlt hatte. Er marschierte los, um die Schachtel und das dazugehörige Mädchen abzuholen. Sie sah nicht halb so erfreut aus, aber vielleicht hatte Gott andere Pläne für die beiden. Lincoln schätzte Gottes Pläne jetzt viel mehr als früher.

Er warf einen Blick auf George. Der junge Mann hielt mehrere Münzen in der Hand. Insgesamt zweiundfünfzig Cent. Was, wenn Charlottes Schachtel teurer war? Sie war so hübsch verziert, dass bestimmt noch andere Interesse daran hatten.

Lincoln war großzügig und beugte sich zu dem Jungen hinüber. „Wenn du mehr Geld brauchst, kann ich dir gerne etwas geben."

Der junge Mann schaute ihn finster an. „Ich nehme keine Almosen."

„Ich leihe es dir. Natürlich nur, wenn der Preis für Charlottes Schachtel höher ist als die Summe, die du dabeihast. Sie freut sich wirklich sehr auf ein Picknick mit dir. Ich möchte nicht, dass sie enttäuscht wird." Er warf einen Blick zu den zwei Schwestern und lächelte Hannah an. Charlotte war nicht die Einzige, die sich auf das Picknick freute. Er konnte es nicht erwarten, mit Hannah ein paar Minuten allein zu sein.

„Wenn ihre Schachtel teurer ist, muss sie eben mit jemand anderem essen." George steckte die Hand wieder in die Tasche.

Dieser Junge musste noch viel lernen, aber Lincoln bemühte sich, großzügig zu sein. Viele Jungen wurden dazu erzogen, keine Almosen anzunehmen. Er könnte George anbieten, gegen Bezahlung eine Arbeit für ihn zu erledigen, falls sein Geld nicht reichte.

„Jungs, schaut, was ich hier als Nächstes habe!", donnerte die Stimme des Auktionators, als er Charlottes Schachtel hochhielt. „Ist das nicht die schönste Schachtel hier auf meinem Tisch? Wir fangen bei fünfzehn Cent an."

George überließ es einem anderen, das erste Gebot abzugeben. Lincoln drehte sich um und sah, dass Charlotte sich die Fingerknöchel auf die Lippen drückte. Schließlich griff George ins Geschehen ein und steigerte mit, obwohl er es mit einer starken Konkurrenz zu tun hatte. Schließlich sah es so aus, als hätte er die Schachtel für fünfzig Cent ersteigert.

„Fünfzig zum Ersten … fünfzig zum Zweiten …"

Ein anderer Junge hob die Hand.

George warf einen Blick auf Charlotte und zuckte die Achseln. Lincoln entging nicht, dass das Mädchen am Boden zerstört war.

„Sei kein Idiot, George! Gib ein höheres Gebot ab."

„Ich habe doch gesagt –"

„Fünfundfünfzig zum Ersten …"

Lincoln stellte sich so hin, dass Charlotte ihren Freund nicht sehen konnte, packte Georges Arm und riss ihn nach oben.

„Sechzig Cent." Der Auktionator grinste. „Sechzig zum Ersten … sechzig zum Zweiten … Die Schachtel geht für sechzig Cent an den jungen Mann hier in der Mitte."

„Du kannst das Geld bei mir abarbeiten." Lincoln reichte ihm unauffällig ein Zehn-Cent-Stück und schob ihn zum Picknicktisch. „Bedanken kannst du dich später."

George stapfte missmutig nach vorne und nahm die Schachtel. Charlotte schlang die Arme um ihn und küsste ihn auf die Wange.

Ja, der Junge konnte sich wirklich später bei ihm bedanken.

Hannahs Schachtel, die viel Ähnlichkeit mit der von Charlotte hatte, aber eine gelb gepunktete Schleife trug, kam fünf Körbe später an die Reihe. Der Auktionator begann wieder bei fünfzehn Cent. Lincoln riss die Hand in die Höhe und bot drei Dollar. Mehrere Mädchen keuchten laut, und einige Männer schmunzelten, aber niemand gab ein höheres Gebot ab.

Als er sein Picknickessen und seine Begleiterin abholte, musste er grinsen. Hannahs Wangen leuchteten wie die Frühlingsblüten an den Bäumen. Er nahm seine Schachtel und reichte ihr seinen Arm.

Sie hakte sich bei ihm unter und sprach erst, als er sie an einen Platz geführt hatte, an dem sie allein waren. „Wir sind eigentlich hier, um auf Charlotte und George aufzupassen."

„Hast du noch nicht gesehen, wer da drüben sitzt?" Er deutete mit dem Kopf zu Charlotte und George hinüber. „Außerdem halte ich es für unsere Pflicht, dafür zu sorgen, dass kein anderes junges Paar diesen Platz findet. Oder siehst du das anders?"

Ein Lächeln trat in ihre braunen Augen. „Hm. Vielleicht ist das tatsächlich eine gute Idee."

Mit jedem Moment, den Hannah mit Lincoln verbrachte, wurden ihre Zweifel und Bedenken geringer.

Lincoln zog seinen Mantel aus, breitete ihn auf dem Boden aus und hielt ihr die Hand hin. „Für Sie, meine hübsche Dame."

Hannah ergriff seine Hand und ließ sich nieder. Seine Berührung jagte erneut Stromstöße durch ihren Körper. Könnte sie je in der Nähe dieses Mannes sein, ohne dass er eine so starke Wirkung auf sie hätte?

Er stellte die Schachtel vor ihr ab. „Willst du das Überraschungspaket öffnen?"

Sie löste die Schleife und hob den Deckel von der Schachtel. Der Duft von gebratenem Hähnchen und Zimt stieg auf. Charlotte hatte sich selbst übertroffen. Hannah holte die Leinenservietten heraus und reichte Lincoln eine davon. Innerhalb weniger Minuten hatte Lincoln ein Dankgebet gesprochen und sie genossen das knusprige Hähnchen und Charlottes Waffeln. Lincoln war sofort vom Apfelgelee ihrer Mutter begeistert und sagte, er hoffe, Hannah habe das Rezept auch gelernt. Sie nickte.

Hannah staunte, wie selbstverständlich sie und Lincoln sich unterhalten konnten. Sie hörte einige Geschichten über seine unabhängige Tante, die immer zu Späßen aufgelegt war, und hatte das Gefühl, diese Frau bereits zu kennen. Er entlockte ihr Informationen über ihr Studium. Bald tauschten sie sich über Ereignisse aus Universitätszeiten aus, angefangen bei schwierigen Kursen über gute Professoren bis hin zu ihren Lieblingsplätzen auf dem Campus. Sie erfuhr, dass sie beide Tennis liebten, am Jahrbuch mitgearbeitet hatten und im Latein-Club gewesen waren. Sie waren auch beide in einigen Vorlesungen fast eingeschlafen.

„Schade, dass wir nicht gleichzeitig dort studiert haben." Lincoln nahm einen Teller mit einem Stück Apfel-Charlotte, das in Vanillecreme getaucht war, entgegen. „Andererseits hätten meine Noten wahrscheinlich furchtbar gelitten, wenn du dort gewesen wärst und mich abgelenkt hättest."

„Und die Dekanin für Frauen hätte mich zu sich gerufen." Hannah setzte sich steif auf und faltete die Hände vor ihrem Bauch, um die Frau nachzuahmen, an die sie sich noch gut erinnern konnte. „Dr. Craig hätte gesagt: ‚Miss Gregory, Sie müssen sich mehr anstrengen. Als Frauen haben wir der Welt viel zu bieten, aber das wird niemand sehen, wenn wir uns ablenken lassen.'"

Er schob sich eine Gabel voll von der Nachspeise in den Mund und seufzte entzückt. „Das schmeckt ja unbeschreiblich gut. Was ist das?"

„Apfel-Charlotte."

„Sie hat den Kuchen nach sich benannt?"

„Natürlich nicht." Hannah nahm ebenfalls einen Bissen. „So heißt das Rezept offiziell und Charlottes Apfel-Charlotte ist mit Abstand die beste auf der Welt."

Lincoln warf einen Blick auf das andere Paar. „Es sieht so aus, als dürfte George es auch gleich kosten."

George sagte etwas, als Charlotte ihm ein Stück von der Nachspeise reichte, und die junge Frau sah nicht sehr glücklich aus. Womit hatte er ihre Schwester jetzt schon wieder traurig gemacht?

Lincoln runzelte die Stirn. „Hannah, was ist?"

„Charlotte ist den Tränen nah."

Lincoln betrachtete die beiden Jugendlichen. „Woran siehst du das?"

„Wir sind Schwestern. Ich sehe es." Wahrscheinlich würde er das nicht verstehen, aber es war so. „Es ist einfach unglaublich, dass er sie traurig macht. Ich sollte zu ihm hinübermarschieren und –"

„Und was?" Lincoln nahm ihre Hand und streichelte sie.

„Willst du mich trösten oder willst du mich daran hindern, George zu sagen, was ich von ihm halte?"

Er grinste. „Beides."

23

„Was hat Charlotte so aufgewühlt?“ Lincoln bot Hannah seine Hand an und half ihr aus dem Reo. „Als wir das Picknick verließen, schien bei den beiden alles in Ordnung zu sein.“

Er hatte George und Charlotte angeboten, sie nach Hause mitzunehmen, aber der junge Mann hatte darauf bestanden, Charlotte zu Fuß nach Hause zu begleiten. Je mehr Lincoln darüber nachdachte, umso mehr störte ihn das.

Hannah stemmte die Hände in die Hüften. „George hat gesagt, wenn er schon so viel für ihre Schachtel bezahlen musste, hätte er erwartet, dass er wenigstens einen Kuchen dafür bekommt.“

„Willst du damit sagen, er hatte wirklich den Nerv, ihr ins Gesicht zu sagen, dass er etwas anderes erwartet hatte, als sie ihm diese wunderbare Apfel-Charlotte geben wollte?“

„Offenbar.“ Sie lehnte sich an die Stoßstange des Automobils und löste den Seidenschal, den er wieder für sie bereitgehalten hatte.

„So ein ungehobelter Kerl! Kein Wunder, dass sie den Tränen nahe war!“ Er lächelte, als Hannah den Schal zusammenfaltete und ihn in ihre Tasche steckte. Vielleicht war sie in Gedanken nur woanders, aber er würde jeden kleinen Schritt als Erfolg feiern.

„Charlotte hat gesagt, es sei ihre Schuld und sie hätte daran denken sollen, dass er Apfelkuchen liebt.“ Hannah zuckte die Achseln. „Das verstehe ich nicht. Die Charlotte, die ich kenne, hätte ihm den Nachtisch über den Kopf gekippt und sich ganz bestimmt nicht noch dafür entschuldigt. Warum benimmt sie sich ihm gegenüber so anders?“

„Ich kann gern in deinem Namen mit ihm sprechen. Ich kann ihm sagen, dass du nicht willst, dass er sich weiterhin mit ihr trifft.“

„Wenn jemand das zu mir sagen würde, hätte ich erst recht den Wunsch, den anderen zu treffen.“ Hannah lächelte. „Danke, aber das schaffe ich selbst. Ich werde mit Charlotte sprechen und ihr meine Bedenken erklären.“

„Dann bete ich dafür, dass du die richtigen Worte findest."
„Machst du das auch im Gericht? Beten?"
Er nickte. „Ja. Manchmal fallen mir Worte und Gedanken ein, auf die ich nie allein gekommen wäre. In diesen Momenten weiß ich, dass ich den Beruf ausübe, zu dem Gott mich berufen hat. Ich liebe es, Menschen in Not zu helfen. Fälle wie der von Walt – scheinbar hoffnungslose Fälle – liebe ich am meisten."
Hannah neigte den Kopf zur Seite. „Warum willst du dann in die Politik gehen?"
Er zuckte die Achseln. „Weil das mein Weg ist."
„Wer sagt das?"
„Sie sind ein Meister des Kreuzverhörs, Frau Anwältin." Er drückte ihre Hände. „Ich wurde dazu erzogen, in die Fußstapfen meines Vaters zu treten."
„Aber willst du das wirklich?"
„Wenn ich ehrlich bin, habe ich mir darüber bis jetzt nie Gedanken gemacht." Er pfiff leise. „Ist dir bewusst, für welchen Wirbel ich sorgen würde, wenn ich meine Pläne ändere?"
Ihre Augen funkelten belustigt. „Lass dir von jemandem, der Erfahrung damit hat, hin und wieder für Wirbel zu sorgen, eines sagen: So schlimm ist das gar nicht!" Sie entzog ihm ihre Hände. „Tut mir leid, aber die Kinder kommen nach Hause, und ich will ihnen kein schlechtes Beispiel geben."
Lincoln seufzte. So viel zu seinem Plan, ihr einen Gutenachtkuss zu geben!

„Du brauchst nicht nervös zu sein! Du schaffst das schon! Immerhin bist du die Zweite in unserer Klasse, die bestanden hat. Ginger hat wahrscheinlich Gift und Galle gespuckt." Hannah hatte sich bei Rosie untergehakt und trat aus dem Fahrstuhl der Telefonzentrale. „Wir sind sehr früh hier und haben noch genug Zeit, dass ich dich herumführen kann. Deine Vorarbeiterin wird später eine längere Besichtigungstour mit dir machen und dir alles ausführlicher erklären."
„Vergiss den Rundgang, und erzähl mir lieber, was zwischen dir und Lincoln Cole läuft. Ich habe ihn am Freitag, am Samstag und am Sonntag vor deinem Haus gesehen. Können wir uns irgendwo ungestört unterhalten? Ich will alles wissen."

„Willst du dich nicht lieber hier umsehen?"

„Nein, meine Liebe. Ich will alle Details hören."

Hannah kicherte und zog Rosie in den Aufenthaltsraum. Sie führte sie in die Bibliothek, wo sie allein waren, und erzählte ihrer Freundin von der Picknickkorbversteigerung.

„Am Samstag sind wir dann ins Theater gegangen und danach haben wir Walt besucht." Hannahs Brustkorb zog sich zusammen. „O Rosie! Walt ist so niedergeschlagen."

„Wie stehen denn seine Chancen bei der heutigen Anhörung?"

Hannah schüttelte den Kopf und ihr Magen zog sich zusammen. Lincoln hatte ihr am Vortag die Wahrheit gesagt. Er hatte sie darauf vorbereiten wollen, dass Walt wahrscheinlich vor Gericht gestellt werden würde. „Ich bete dafür, dass es besser ausgeht, als Lincoln erwartet."

„Das tut mir so leid." Rosie tätschelte ihren Arm. „Aber jetzt zu angenehmeren Themen: Was habt ihr euch im Theater angesehen? Hat Lincoln deine Hand gehalten?"

„Rosie!" Hannah verbarg ihr breites Lächeln hinter ihrer Hand. „Wir haben uns eine romantische Komödie über Napoleons Bruder Jérôme und eine Frau aus Amerika angeschaut, in die er sich verliebt. Das Stück basiert vage auf einer wahren Geschichte."

„Gibt es ein Happy End?"

„Im Theater schon. Napoleon redet Betsy ein, dass es im Interesse seines Bruders sei, nach Frankreich zurückzukehren. Er geht auch zurück, aber dann kommt er doch wieder nach Amerika und entscheidet sich, bei Betsy zu bleiben."

„Und im echten Leben?"

„Elizabeth Patterson heiratete Jérôme Bonaparte zwar, aber Napoleon weigerte sich, die Ehe anzuerkennen. Sie bekam sechzigtausend Francs im Jahr, während ihr Mann nach Frankreich zurückging und die Frau heiratete, die Napoleon für geeigneter hielt. Eine mit Macht, die aus der richtigen Gesellschaftsschicht stammt."

„Hannah, du denkst doch nicht das, was ich befürchte, oder?"

„Aber Lincoln will in die Politik gehen. Wie sollte ich ihn da bei seinen Ambitionen unterstützen können? Ich bin eine Telefonistin. Ich habe nicht mal mein Studium abgeschlossen. Er braucht eine Frau, die gesellschaftliche Anlässe organisieren und männliche

Wähler beeindrucken kann. Keine Frau, die mit den Männern lieber darüber diskutieren würde, dass eine Frau auch das Recht zu wählen haben sollte."

Ein breites Grinsen überzog Rosies Gesicht.

„Was ist?"

„Du denkst schon darüber nach, ihn zu heiraten."

Hannah wandte sich zum Gehen. „Natürlich nicht, aber es ist sinnvoll, alle Möglichkeiten durchzuspielen."

„Sinnvoll, so, so?" Rosie folgte Hannah in den Aufenthaltsraum. „Aber vergiss nicht, dass Lincoln sehr wohl in der Lage ist, selbst zu entscheiden, was er will, und im Moment will er augenscheinlich dich."

In der Telefonzentrale warf Hannah einen kurzen Blick in Rosies Richtung. Ihrer Freundin wurde Platz zehn zugewiesen. Ihre Vorarbeiterin wäre also Miss Hathaway. Miss Frogge war für die Telefonistinnen von Platz elf bis zwanzig zuständig. Rosie bliebe wenigstens der psychische Druck durch die Vorarbeiterin erspart, den Hannah am ersten Tag hatte aushalten müssen.

Im Laufe des Morgens steckte Miss Frogge mehrmals den Stecker ihres Kopfhörers in die Spezialbuchse oben an Hannahs Klappenschrank. Das ermöglichte es ihr, alle ihre Anrufe mitzuhören. Aber warum nahm Miss Frogge sie heute noch strenger ins Visier als sonst?

Die Nähe der Vorarbeiterin erzeugte eine so große Anspannung bei ihr, dass Hannah einen steifen Nacken bekam. Schließlich zog Miss Frogge ihren Stecker heraus und trat zurück. Ihre Schritte verrieten, dass sie zu den Plätzen links neben Hannah weitergegangen war. Hannah riskierte einen Blick nach rechts, um zu sehen, wie es Rosie ging. Der Knoten in ihrem Nacken schmerzte und sie strich sich über die verspannte Stelle.

„Miss Gregory!" Miss Frogge stand sogleich wieder neben ihr. „Die Augen auf Ihren Klappenschrank! Die Hände auf den Tisch! Kann ich Sie denn keine Sekunde unbeaufsichtigt lassen?"

Hannah kochte innerlich, und sie musste die Zähne zusammenbeißen, um ihr keine bissige Antwort zu geben. Wenn Miss Frogge sie nicht ständig kontrollieren würde, hätte sie sich den Nacken nicht reiben müssen.

Bitte, Herr, kannst du mir helfen, ein paar Frogge-freie Momente zu haben? Ich fürchte, ich sage sonst noch etwas, das ich lieber nicht sagen sollte.

Aus dem Augenwinkel sah Hannah, wie am Ende der Reihe eine Hand in die Luft gehoben wurde. Miss Frogge eilte davon und Hannah stieß ein langes Seufzen aus. Endlich war sie von der herrischen Vorarbeiterin befreit!

Die hektischste Zeit des Tages stand ihr noch bevor und ihre Vorarbeiterin war anderweitig beschäftigt. Sie dankte Gott für die kurze Ruhepause, als eine Lampe an ihrem Klappenschrank aufleuchtete. Die Nummer gehörte dem schwerhörigen Mr Green. Soweit Hannah sich erinnerte, hatte er noch kein einziges Mal telefoniert, seit Hannah ihre Arbeit aufgenommen hatte.

Hannah steckte den Stecker ein und sprach lauter als gewöhnlich. „Telefonzentrale. Nummer, bitte."

„Hallo, Telefonzentrale. Sie haben eine hübsche Stimme. Hat Ihnen das schon einmal jemand gesagt?"

„Ja, Sir. Nummer, bitte."

„Und dazu eine sehr klare und deutliche Stimme, die meine alten Ohren gut verstehen können. Ich weiß nicht, ob Sie das wissen, aber ich bin schwerhörig." Mr Green räusperte sich. „Ich habe seit über einer Woche mit keinem Menschen mehr gesprochen, und ich dachte, dass Sie vielleicht ein paar Minuten mit mir plaudern könnten."

Hannah hatte Mitleid mit dem Mann. Wie konnte sie einem einsamen, schwerhörigen Mann sagen, dass sie keine Zeit hatte, mit ihm zu sprechen? Sie hatte minutenlang keinen Anruf mehr gehabt. Was konnte es also schon schaden?

Sie legte die Hand schützend um ihr Mikrofon und beugte sich näher vor. „Worüber möchten Sie sprechen, Mr Green?"

„Wie ist das Wetter heute?"

„Es ist ein herrlicher Tag. Wolkenlos und sonnig. Die Apfelbäume blühen und alles leuchtet in einem frischen Grün."

„Danke, meine Liebe."

„Gern geschehen. Auf Wiederhören."

Sie trennte die Verbindung und lehnte sich auf ihrem Stuhl zurück. Eine spürbare Freude erfüllte sie. Es war nur eine Kleinigkeit gewesen, aber sie hatte Mr Greens Tag verschönert.

„Miss Gregory!“

Ihr Herz stockte. Die Stimme hinter ihr war tief und gehörte zu einem Mann. O nein! Es war der Leiter der Telefonzentrale, Mr Cayhill.

Sie drehte sich um. „Ja, Sir.“

„Kann ich Sie einen Moment sprechen? Die anderen Frauen können in dieser Zeit Ihre Anrufe übernehmen.“

24

Hannah hatte die Hände gefaltet und stand Cayhill gegenüber. Sie beschloss, sich nicht auf den ernsten Gesichtsausdruck ihres Vorgesetzten zu konzentrieren, sondern auf eine Stelle an der Wand, an der die rotbraune Farbe abgeblättert war. Cayhill forderte sie nicht auf, sich zu setzen; deshalb blieb sie stehen. Würde man sie wegen ihres Gesprächs mit Mr Green entlassen?

Er legte ihre Karteikarte auf den Tisch. „Haben Sie diese Karte schon einmal gesehen?“

Sie warf einen Blick darauf. „Nein, Sir.“

„Dann schauen Sie sie bitte an.“ Er lehnte sich auf seinem Stuhl zurück und legte die Fingerspitzen aneinander.

Hannah nahm die Karte und überflog die darauf stehenden Bemerkungen. Oben auf der Karte stand in einer fließenden Handschrift ihr Name. Darunter waren jeder kurze Blick auf ihre Sitznachbarin, jeder Anruf, der zu lange gedauert hatte, und jeder Tadel vermerkt.

„Von Zeit zu Zeit haben wir hier junge Damen, denen es schwerfällt, sich an unsere Regeln zu halten. Miss Frogge hat das Gefühl, dass Sie eine von ihnen sind.“

„Sir, ich werde mich bessern. Das verspreche ich Ihnen.“

„Ja, das glaube ich Ihnen gern.“ Er beugte sich vor. „Sie haben eine sehr schnelle Auffassungsgabe. Deshalb habe ich beschlossen, dass Sie die perfekte Wahl für die Abendschicht sind. Dort wird für ungefähr eine Woche eine Aushilfstelefonistin gesucht. In dieser

Schicht ist weniger Betrieb und der Vorarbeiter ist ein bisschen großzügiger. Vielleicht stellen Sie sogar fest, dass es Ihnen Spaß macht, in der Abendschicht zu arbeiten."

„Abendschicht, Sir?" Ihre Stimme zitterte und sie schluckte schwer.

„Ja, Sie arbeiten von fünfzehn Uhr dreißig bis Mitternacht."

Hannahs Herz stockte. Wie sollte sie sich bei dieser Arbeitszeit um ihre Schwestern kümmern? Wenn sie um drei Uhr zur Arbeit ging, würde sie sie nach der Schule nicht einmal sehen. Und was war mit Lincoln?

Mr Cayhill nahm einen Papierstapel und durchforstete diesen. „Gehen Sie jetzt nach Hause. Kommen Sie heute Nachmittag um fünfzehn Uhr dreißig wieder und melden Sie sich bei Mr Grabowski. Er ist Ihr neuer Vorarbeiter."

„Mein *vorübergehender* Vorarbeiter, Sir?"

„Ja. Ja, natürlich." Er bedeutete ihr zu gehen. „Fünfzehn Uhr dreißig, Miss Gregory. Kommen Sie nicht zu spät."

Und wenn sie zu spät käme? Würde man sie dann in die Nachtschicht versetzen? Vielleicht hatte Charlotte recht. Diese Arbeit war nichts für sie. Aber jetzt war es zu spät.

Nachdem sie ihren Umhang aus der Garderobe geholt hatte, eilte Hannah zum Fahrstuhl, bevor irgendjemand sie fragen konnte, wohin sie ging. Auch wenn Mr Cayhill nicht explizit gesagt hatte, dass die Versetzung in die Abendschicht eine Strafe war, konnte sich Hannah keinen anderen Grund dafür denken. Besonders wenn er ihr gleichzeitig ihre vollgeschriebene Karteikarte gezeigt hatte.

Ein Gutes hatte diese Versetzung jedoch. Sie konnte zu Walts Anhörung gehen. Aber wie sollte sie Lincoln ihre Anwesenheit erklären? Ihr Stolz ließ nicht zu, ihm den wahren Grund zu verraten. Da sie aber nicht lügen wollte, würde sie einfach unauffällig das Thema wechseln, wenn er es ansprach.

Bei einigen Gelegenheiten hatte Hannah das örtliche Gerichtsgebäude besucht, einfach, um durch die Gänge zu schlendern und sich vorzustellen, sie würde einen Fall bearbeiten. Aber heute raste ihr Puls wie wild. Damals war ihr das Gericht eher wie ein Spiel erschienen, aber Walts Zukunft war kein Spiel.

Bevor sie eintrat, warf sie einen Blick auf den Uhrenturm des Gerichtsgebäudes. Walts Anhörung war für elf Uhr angesetzt und es war erst halb elf. Sie atmete tief ein. Sie musste sich nicht beeilen, aber sie konnte die Zeit für ein Gebet nutzen. Ihre Schuhe klapperten auf dem polierten Marmor, als sie die Treppe in den ersten Stock hinaufstieg und über den sauberen Glanz der Messinghandläufe staunte. Unter der Kuppel blieb sie stehen und schaute nach oben. Es war der perfekte Platz, um Gott um seinen Beistand für Walt zu bitten. Sie stellte sich vor, wie ihr Gebet durch das kunstvolle Buntglasfenster zu Gott aufstieg.

Anschließend schaute sie sich um. In einem hohen Alkoven standen vergoldete Statuen griechischer Göttinnen über Abraham Lincolns Worten Wache: „Lasst uns glauben, dass Recht Macht verleiht, und in diesem Glauben lasst uns es bis zum Ende wagen, unsere Pflicht zu tun, so wie wir sie verstehen."

Recht verleiht Macht? Dieser Gedanke gefiel ihr, und sie betete, dass er der Wahrheit entsprach. Aber sie hatte schon so oft das Gegenteil erlebt, dass es ihr schwerfiel, diesem Satz Glauben zu schenken.

„Hannah?"

Als sie Lincolns Stimme hinter sich hörte, drehte sie sich um.

„Was machst du hier?"

Sie benetzte ihre Lippen. „Ich konnte doch freibekommen." Sie schaute den Flur entlang. „Wo ist Walt? Kann ich ihn vor der Anhörung sprechen?"

„Leider nicht." Er brachte sie zu der Tür, die in den Gerichtssaal führte. „Sie bringen ihn aus dem Gefängnis direkt in den Gerichtssaal. Lass uns jetzt hineingehen. Ich glaube, seine Eltern sind schon da." Er nahm sanft ihren Ellbogen. „Sie werden sich freuen, dich zu sehen."

Lincoln sprach mit Walts Eltern und Hannah und erinnerte alle drei daran, dass es sich um eine Anhörung handelte. Man wollte lediglich herausfinden, ob genug Beweise vorlägen, um Walt vor Gericht zu stellen. Er erklärte jedoch, dass die Indizienbeweise der Staatsanwaltschaft wahrscheinlich genügten.

„Vergessen Sie nicht: Das bedeutet nicht, dass der Richter ihn für schuldig hält. Das bedeutet nur, dass ich beweisen muss, dass er unschuldig ist."

„Wir danken Ihnen für alles, was Sie für unseren Sohn tun.“ Mr Calloways Stimme verriet, wie aufgewühlt er war.

Lincolns Hand streifte Hannahs Arm, als er zu seinem Platz im vorderen Bereich des Saals ging. Diese zärtliche Geste entlockte ihr ein Lächeln.

Einige Minuten später wurde Walt mit Ketten an den Handgelenken und um die Fußknöchel hereingebracht. Mrs Calloway klammerte sich Halt suchend an Hannah. Tränen brannten in den Augen der jungen Frau. Wenn es sie schon so belastete, dass ihr Freund wie ein gewöhnlicher Verbrecher behandelt wurde, musste dieser Anblick für seine Mutter fast unerträglich sein.

Walt warf den dreien einen Blick zu und lächelte. Dann sagte er stumm „Ich liebe dich“ zu seiner Mutter. Die Frau schluchzte und Hannah streichelte ihre Hand.

Walt sah blass und ausgemergelt aus. Sie mussten ihn unbedingt aus dem Gefängnis holen, bevor er ernsthaft krank wurde.

Der Richter trat ein und nahm hinter der riesigen Mahagonibank Platz. Die Anhörung begann, und Hannahs Wunsch, dass Walt entlassen würde, wurde mit jedem Indizienbeweis, den der Staatsanwalt vorlegte, stärker. Ja, Walt hatte sich öffentlich gegen das Unternehmen gestellt. Ja, er ärgerte sich darüber, dass das Unternehmen ehemalige Angestellte auf die schwarze Liste gesetzt hatte, und ja, er hatte kein Alibi für die Tatzeiten.

Hannah quälten starke Schuldgefühle. Er hatte doch ein Alibi. Sie sollte aufstehen und etwas sagen. Als ahne er, was in ihr vorging, wandte Lincoln den Kopf und bedachte sie mit einem durchdringenden Blick, der ihr unmissverständlich zu verstehen gab: „Wage es ja nicht!“ Sein Blick forderte sie auf, ihm zu vertrauen. Aber sah er denn nicht, wie schlimm das alles für Walt war?

In weniger als zwanzig Minuten war die Anhörung vorbei, und alles war so gekommen, wie Lincoln es vorhergesagt hatte: Walt würde vor Gericht gestellt werden. Als der Richter den Prozesstermin verkündete, schnappte Hannah nach Luft. So bald schon? Konnten sie in so kurzer Zeit Beweise für Walts Unschuld zusammentragen?

Lincoln sprach ein paar Minuten unter vier Augen mit Walt, bevor dieser wieder abgeführt wurde. Dann trat er zu Hannah und Mr und Mrs Calloway.

„Es ist so gekommen, wie wir erwartet hatten." Lincoln legte Mr Calloway die Hand auf die Schulter. „Verlieren Sie nicht den Mut."

„Wie geht es Walt?" Hannah warf einen Blick zu der Tür, hinter der Walt verschwunden war.

„Es geht ihm den Umständen entsprechend gut." Er schaute Mrs Calloway an. „Er würde sich freuen, wenn Sie und Ihr Mann ihn besuchen würden. Er vermisst seine Familie."

„Wir gehen jetzt sofort zu ihm." Sie hakte sich bei ihrem Mann unter.

Mr Calloway drückte ihre Hand. „Alles, was du willst." Er wandte sich an Lincoln. „Es tut mir so leid, dass ich keine Kaution für ihn hinterlegen konnte, um ihn herauszuholen. Ich möchte mich noch einmal bei Ihnen bedanken, Mr Cole, dass Sie unserem Jungen helfen."

Als sie zur Tür gingen, wandte Mrs Calloway sich noch einmal um. „Hannah, kommst du nicht mit?"

Sie warf einen Blick auf Lincoln, der gerade auf der anderen Seite des Saales einem Gerichtsdiener einige Unterlagen gab. Es wäre schön, Zeit mit ihm zu verbringen, aber wenn sie mit den Calloways ginge, würde sie nicht nur Walt sehen, sondern könnte es auch vermeiden, Lincoln erklären zu müssen, warum sie in eine andere Schicht versetzt worden war.

„Äh, ja." Sie schwieg einen Moment. „Das heißt, es sei denn, Mr Cole hat noch etwas mit mir zu besprechen." Hannah wandte sich fragend an den jungen Mann.

Doch er schaute sie nicht an. „Nein, geh nur. Ich melde mich später bei dir."

Sie war verletzt. Wollte er denn keine Zeit mit ihr verbringen? Vielleicht hätte sie lieber doch nicht einwilligen sollen, mit den Calloways zu gehen.

Sie warf Lincoln noch einmal einen kurzen Blick über die Schulter zu und hätte es sich beinahe anders überlegt. Warum sah er so enttäuscht aus, wenn es ihn nicht störte, dass sie die Calloways begleitete?

Manchmal war er einfach ein Idiot!

Lincoln marschierte in sein Büro und knallte die Akten auf den

Schreibtisch. Warum hatte er Hannah nicht zum Mittagessen eingeladen?

Weil er sie enttäuscht hatte. Obwohl der Fall so verlaufen war, wie er es erwartet hatte, hätte er alles getan, um dafür zu sorgen, dass Hannahs Freund auf freien Fuß kam. Er wollte ihr beweisen, dass sie sich auf ihn verlassen und mit ihm rechnen konnte, und er wollte nicht, dass sie ihren Arbeitsplatz riskierte, nur weil die kleine Chance bestand, dass sie Walt damit helfen könnte.

Wem machte er hier eigentlich etwas vor? Das war nicht der einzige Grund, warum er sie nicht eingeladen hatte. Er hatte den Blick bemerkt, mit dem Hannah Walt Calloway angesehen hatte, als dieser den Gerichtssaal betreten hatte. Er hatte ihre Sorge um Walts Eltern miterlebt, und er hatte ihre Besorgnis gespürt, als der Richter den Prozesstermin verkündet hatte.

Er war auf einen Mann eifersüchtig, der im Gefängnis saß.

„So, so.“ Cedric Knox schlenderte auf Lincolns Schreibtisch zu. „Ich habe gehört, dass deinem Brandstifter der Prozess gemacht wird.“

„Ich bin nicht in der Stimmung für deine dummen Sprüche, Cedric.“ Lincoln schlug die Akte auf. Er wollte die Zeit nutzen und sofort mit Walts Verteidigung beginnen. Er würde Walt Hannah zuliebe aus dem Gefängnis holen.

„Wirklich schade, dass dein Brandstifter sich jemand anderen suchen muss, der ihn verteidigt.“

Lincoln blickte auf. „Wovon redest du da?“

„Pete und Charles haben dir erlaubt, ihn weiterhin zu vertreten, weil du im Zusammenhang mit dem Fall schon in der Presse gestanden hast.“ Cedric verschränkte die Arme. „Aber glaubst du wirklich, dass sie weiterhin damit einverstanden sein werden, wenn ich nicht eine, sondern gleich zwei Versicherungsgesellschaften habe, die bereit wären, morgen einen Vertrag mit unserer Kanzlei zu unterschreiben – sofern wir uns weigern, einen Mann zu verteidigen, der der Brandstiftung angeklagt wird?“

Lincolns Schläfen hämmerten, aber er weigerte sich anzubeißen. Zwei große Mandanten? Würde Pete sich in diesem Fall weiterhin hinter Lincoln stellen?

Aber er konnte Walt jetzt nicht im Stich lassen. Und Hannah

schon gar nicht. Wenn er diesen Fall abgab, würde Walt nie jemanden finden, der bereit wäre, sich so sehr für ihn einzusetzen, wie Lincoln.

Der junge Mann lehnte sich auf seinem Stuhl zurück und legte die Fingerspitzen aneinander. „Cedric, bist du jetzt fertig?"

„Hast du mich denn nicht gehört? Pete und Charles werden dir auf keinen Fall erlauben, weiter an dem Fall zu arbeiten."

„Ich habe dich gehört. Ich glaube dir nur nicht." Er nahm seinen Füllfederhalter zur Hand. „Wenn du jetzt so freundlich wärst, mich arbeiten zu lassen. Ich muss eine Verteidigung vorbereiten."

Cedric schlenderte siegessicher davon und Lincoln rieb sich die linke Schläfe. Wie könnte er Pete und Charles überreden, dass sie ihn Walts Fall zu Ende führen ließen?

25

„Wenn ich erst einmal hier raus bin …"

Walts Atem kitzelte Hannahs Ohr. Sie trat einen Schritt zurück, nachdem er sie in der Gefängniszelle zum Abschied umarmt hatte. Er beendete den Satz nicht und dafür war sie dankbar. Sie sollte ihm wahrscheinlich die Wahrheit sagen, aber im Moment durfte er die Hoffnung nicht verlieren, selbst wenn es eine falsche Hoffnung war.

Sie legte die Hand an Walts Wange. Mit dem ungepflegten Bart sah er viel weniger wie ihr ältester und liebster Freund aus und viel mehr wie ein Mann, der zu einem furchtbaren Verbrechen fähig sein könnte. Er müsste sich vor seiner Gerichtsverhandlung unbedingt rasieren. Sie musste mit Lincoln darüber sprechen.

„Pass gut auf dich auf, Walt. Lincoln und ich werden nicht lockerlassen, bis wir beweisen können, dass du unschuldig bist."

„Und dein Vater und ich beten ununterbrochen für dich", fügte Mrs Calloway hinzu.

Walt wandte sich von Hannah ab und nahm seine Mutter in die Arme. „Mach dir um mich keine Sorgen. Ich komme schon klar. Das alles wird bald vorbei sein."

Sein Vater klopfte ihm auf die Schulter. „Wir glauben an dich, mein Junge. Vergiss das nicht.“

Die Zellentür fiel krachend hinter ihnen ins Schloss und besiegelte erneut Walts Schicksal. Schuldgefühle quälten Hannah. Sie hatte viel zu viel Zeit mit Picknicks und Theaterbesuchen verbracht, statt sich um Walts Fall zu kümmern.

Ab sofort wollte sie sich intensiver damit beschäftigen. Da sie tagsüber freihatte, könnte sie mehr Nachforschungen anstellen, und wenn sie zu Lincoln etwas mehr auf Distanz ging, würde sie auch nicht so viel abgelenkt werden. Anders ging es nicht. Ihr Freund brauchte sie. Lincoln müsste einfach verstehen, dass Walts Verteidigung im Moment Vorrang vor einer Beziehung haben musste.

Jetzt müsste sie nur Lincoln dazu bringen, das genauso zu sehen.

Nachdem sie sich von den Calloways verabschiedet hatte, eilte Hannah nach Hause. Sie klopfte bei Rosies Mutter, erklärte ihr ihre geänderte Arbeitszeit und bat sie, ihre Schwestern im Auge zu behalten, besonders George und Charlotte, falls das nötig sein sollte.

„Das mache ich sehr gerne“, sagte Mrs Murphy in dem für sie typischen Singsang. Sie wischte sich die Hände an der Schürze ab. „Wir werden gut zurechtkommen, Schätzchen. Und du schreibst deinen Schwestern eine Nachricht, dass sie nach dem Abendessen zu mir kommen sollen. Falls dieser Junge auftaucht, mache ich deiner Schwester klar, dass zwischen ihr und diesem Kleinen in nächster Zeit keine Funken fliegen werden.“

Hannah schmunzelte, bedankte sich bei der netten Frau und ging nach Hause, um ihren Schwestern eine Nachricht zu schreiben, in der sie ihnen die Situation erklärte. Sie fügte hinzu, dass sie erst nach Mitternacht nach Hause käme und dass sie nicht auf sie warten sollten. Nachdem sie den Zettel auf den Küchentisch gelegt hatte, machte sie sich ein belegtes Brot und setzte einen kleinen Topf Kaffee auf. Nach allem, was an diesem Vormittag passiert war, hatte sie sich diese zweite Kanne einfach verdient. Nichts konnte ihre Verspannungen so gut vertreiben wie ihr Lieblingsgetränk.

Während das Wasser kochte, suchte sie einen ihrer Gesetzestexte heraus und ging damit in die Küche. Drei Tassen Kaffee und ein Brot mit Eiersalat später hatte sie eine bessere Vorstellung davon, wie die meisten Verteidiger Indizienbeweise widerlegten. Und dafür war es sehr wichtig, dass Walt Lincoln endlich den Namen des Mannes verriet, den er verdächtigte, das Feuer gelegt zu haben.

Wenn Lincoln den Namen nicht aus Walt herausbekam, müsste sie diese Aufgabe übernehmen. Eines wusste sie mit Gewissheit: Walt Calloway fiel es sehr schwer, ihr etwas auszuschlagen.

Die Uhr im Wohnzimmer schlug dreimal und erinnerte sie daran, dass es Zeit war, zur Arbeit aufzubrechen. Dort holte sie sich ihren Kopfhörer und wurde ihrem neuen Vorarbeiter vorgestellt. Struppige, weiße Haare umgaben wie ein Lorbeerkranz Mr Grabowskis kahlen Schädel. Die Tränensäcke unter seinen Augen verrieten, dass er zu viele unglückliche Jahre hinter sich hatte.

„Sie schaffen das schon." Er seufzte, als koste ihn die Anstrengung zu sprechen seine ganze Energie. „Eine unserer Telefonistinnen fällt für eine Weile aus. Ihre Mutter ist gestorben." Er sagte das ohne jede Gefühlsregung. „Sie arbeitet auf Platz dreizehn. Kennen Sie die Abonnenten?"

Hannah konnte kaum glauben, dass sie so viel Glück hatte. „Ja, Sir, das ist der Platz, an dem ich auch tagsüber arbeite."

Er setzte sich hinter einen der Schreibtische. „Gut. Halten Sie sich an die Regeln, und zwingen Sie mich nicht, zu Ihnen hinüberzukommen."

Hannah stellte fest, dass es nicht schwer war, von Mr Grabowski nicht ermahnt zu werden. Einmal in der Stunde drehte er eine Runde und blieb kurz hinter jeder Telefonistin stehen. Aber er griff kein einziges Mal ein, um Hannah in irgendeiner Weise zu korrigieren.

Nach ihrer Pause vernahm sie ein leises Schnarchen. Sie wagte einen Blick hinter sich und lächelte. Mr Grabowski hatte den Kopf auf seine Hand gelegt und schlief.

Eine Lampe leuchtete auf ihrem Klappenschrank auf. Sie steckte den Stecker in die Buchse. „Telefonzentrale. Nummer, bitte."

„Sing mir ein Lied vor!", antwortete eine Kinderstimme.

„Schatz, du musst das Telefon auflegen. Telefone sind für Erwachsene."

„Sing mir etwas vor!"

Hannah lächelte. Das Kind war noch sehr jung. Sie schätzte es auf ungefähr zwei. Wo war seine Mutter?

Sie erinnerte sich, dass Mrs Reuff ihnen in der Telefonistinnenschule erzählt hatte, dass einige Eltern ihren Kindern das Telefon als Spielzeug gaben, um sie zu beschäftigen. Vielleicht war das eine solche Situation. Mrs Reuff hatte ihnen deutlich erklärt, dass es in einer solchen Situation am besten war, nicht auf das Kind einzugehen, um es nicht zu ermutigen. Sollte sie einfach auflegen?

„Sing mir was vor! Bitte!"

Was für eine süße Stimme! Jesus hatte Kinder nie weggeschickt. Warum sollte sie das tun? Ein Lied würde schon niemandem schaden.

Das einzige Lied, das ihr im Moment einfiel, war ein Lied, das sie in der Sonntagsschule gelernt hatte. Sie legte die Hand um das kalte Metall des Mikrofons und hielt es dicht an ihre Lippen. „Weißt du, wie viel Sternlein stehen an dem weiten Himmelszelt? Weißt du, wie viel Wolken gehen weithin über alle Welt?"

„Mehr!", quietschte das Kind begeistert.

Sie lächelte und stellte sich ein engelgleiches Gesicht mit blauen Augen vor.

„Miss Gregory!"

„Sir?" Sie fuhr zusammen, wagte es aber nicht, den Kopf zu drehen und den Mann anzuschauen, der jetzt drohend über ihr stand.

„Bitte sagen Sie mir, dass ich Sie nicht gerade singen gehört habe!"

Was sollte sie ihm darauf antworten?

„Falls ich aus Ihrer Ecke je wieder Melodien höre, muss ich davon ausgehen, dass Sie herausfinden wollen, ob der Vorarbeiter der *Nachtschicht* gerne Lieder hört, denn ich, Miss Gregory, will keinen Gesang mehr hören!"

„Ja, Sir."

Nachtschicht? Gütiger Himmel! Was hatte sie nur getan? Sie würde Lincoln nie helfen können, einen Freispruch für Walt zu erwirken, wenn sie in die Nachtschicht versetzt würde. Dann müsste sie tagsüber schlafen und könnte keine Nachforschungen anstellen.

Bis die Uhr Mitternacht schlug, gab Hannah alles, um die perfekte Telefonistin zu sein. Jeder Anruf wurde in Sekundenschnelle durchgestellt, und sie sprach kein einziges Wort, das die Iowa-Telefongesellschaft nicht erlaubte. Selbst als es draußen donnerte, richtete sie den Blick starr auf ihren Klappenschrank und spähte kein einziges Mal zu den Fenstern hinauf.

Als die Nachtschicht ihren Dienst antrat, tauchte die neue Telefonistin hinter ihr auf und legte ihr eine Hand auf die Schulter. Der Wechsel wurde fließend vollzogen und Mr Grabowski nickte ihr ermutigend zu. Vielleicht hatte sie ihren Fehler ja wiedergutgemacht.

Sie trat aus dem Gebäude in die dunkle Nacht hinaus und erschauerte in der kalten Luft. Nach dem kurzen Gewitter roch es noch nach Regen und Mond und Sterne waren von Wolken verhüllt. Obwohl sie wusste, dass um diese Uhrzeit keine Straßenbahnen fuhren, warf sie einen Blick auf die Straßenbahnschienen. Einspänner säumten den Straßenrand vor der Zentrale. Ehemänner, Väter und Brüder holten die anderen Telefonistinnen ab. Nur sie hatte niemanden, der sie nach Hause brachte.

Mr Grabowski drehte sich unten auf dem Treppenabsatz um und schaute zu ihr hinauf. „Miss Gregory, Sie haben jemanden, der Sie nach Hause bringt, nicht wahr?“

Was würde er von ihr halten, wenn er die Wahrheit wüsste? Nach dem Fauxpas dieses Abends wagte sie es nicht, den Mann noch weiter zu enttäuschen.

„Ich komme gut nach Hause, Sir“, erwiderte sie. „Danke für die Nachfrage.“

Er nickte und marschierte in die entgegengesetzte Richtung davon.

Sie schob die Hände in ihren Frühlingsmantel und stieg die Stufen hinab. Einsamkeit legte sich wie ein dichter Nebel über sie. Die Schatten bauten sich riesengroß vor ihr auf und schienen über ihre Feigheit zu grinsen.

Eine Katze miaute und rannte vor ihr über den Weg. Sie keuchte und drückte sich die Hand an den Hals. Sie fühlte, wie ihr Puls unter ihren Fingern wie wild raste. Warum benahm sie sich wie ein albernes Schulmädchen? Es würde weniger als eine halbe Stunde dauern, den kurzen Weg nach Hause zu gehen. Was machte es schon, wenn es nach Mitternacht war? Schließlich war sie in keiner gefährlichen Gegend unterwegs.

Sie warf die Schultern zurück, atmete tief ein und marschierte die dunkle, leere Straße entlang.

Lincoln rollte sein Kissen zusammen und steckte es sich unter den Kopf. Als er weiterhin nicht einschlafen konnte, drehte er sich auf den Rücken und starrte an die Decke seines Schlafzimmers hinauf. Was war sein Problem?

Er wusste die Antwort.

Hannah Gregory.

Vielleicht würde ihm ein wenig frische Luft helfen, Ruhe zu finden. Er schlüpfte aus dem Bett, trat ans Fenster und schob den Rahmen hoch. Ein kühler Wind drang in den stickigen Raum. Er atmete den sauberen Duft tief ein. Ob Hannah wohl besser schlief als er?

Offenbar war sie verärgert, weil er sich heute im Gericht falsch verhalten hatte. Als er an diesem Abend mit ihr hatte sprechen wollen, hatte Charlotte ihm erklärt, dass sie nicht zu Hause sei. Er war nicht dumm. Er hatte die Antwort ihrer Schwester sofort durchschaut. Es war eine Ausrede, weil Hannah nicht mit ihm sprechen wollte. Andererseits sah es Hannah überhaupt nicht ähnlich, ihn anzulügen, und schon gar nicht, ihre Schwestern aufzufordern, für sie zu lügen.

Er setzte sich in den Sessel und strich sich mit der Hand durch die Haare. Irgendetwas stimmte nicht. Gott erinnerte ihn immer wieder an Hannah. Warum?

Als sie zur Anhörung gekommen war …

Moment! Um diese Zeit arbeitete sie gewöhnlich. Was hatte sie ihm erzählt? Dass sie sich hatte freinehmen können? Er rief sich ihr Gesicht ins Gedächtnis und erinnerte sich daran, dass sie kurz gestockt und ihre Lippen benetzt hatte. Dann hatte sie schnell das Thema gewechselt. Normalerweise verriet ihm ein solches Verhalten, dass ein Mandant ihm etwas verheimlichte. Aber was sollte Hannah ihm in Bezug auf ihre Anwesenheit im Gericht verheimlichen? Hatte sie ihre Anstellung verloren?

Nein. Sie war nicht deprimiert gewesen und er hatte auch keine Sorgenfalten gesehen.

Aber die Telefongesellschaft würde ihr nicht freigeben, damit sie mitten am Tag zu einer Anhörung gehen konnte …

Es sei denn, sie war wirklich nicht zu Hause gewesen, als er angerufen hatte.

Arbeitete Hannah jetzt in der Abend- oder in der Nachtschicht?

Die Uhr im Wohnzimmer schlug zwölfmal. Mitternacht. Viel zu spät, um sie zu Hause anzurufen, aber er würde keinen Schlaf finden, solange er nicht wusste, wo sie war. Sein Magen zog sich zusammen. In keinem der vielen Gerichtsprozesse, die er erlebt hatte, hatte er so dringend eine Antwort gebraucht wie jetzt.

Er hatte das Gefühl, dass es nicht anständig war, sie im Schlafanzug anzurufen. Deshalb schlüpfte er in eine Hose und ein Hemd, bevor er nach unten eilte. Er warf einen Blick auf ihre Nummer, die er auf einem Zettel neben seinem Telefon notiert hatte, und nahm den Hörer ab. Wenige Sekunden später stellte ihn die Telefonistin zu den Gregorys durch. Es klingelte mehrere Male, bis jemand abhob.

Eine schläfrige Stimme meldete sich.

„Tessa?"

„Mr Cole?"

„Kann ich mit Hannah sprechen?"

„Äh, sie ist noch nicht von der Arbeit zu Hause."

Er hatte also richtig vermutet. Sie arbeitete jetzt in der Nachtschicht. Die Arme käme wahrscheinlich erst morgen früh nach Hause. Vielleicht könnte er sie zum Frühstück einladen. „Wann kommt sie nach Hause?"

„Gegen halb eins."

„Mitten in der Nacht?" Sein Brustkorb zog sich zusammen. „Wer bringt sie denn nach Hause?"

„Keine Ahnung." Tessa gähnte. „Niemand, schätze ich, wenn Sie sie nicht abholen. Kann ich jetzt wieder ins Bett gehen?"

„Natürlich, Tessa. Gute Nacht."

Er knallte den Hörer wieder auf die Gabel. Hannah wäre doch sicher nicht so leichtsinnig, mitten in der Nacht allein nach Hause zu gehen.

Oder doch?

Ein Hund knurrte.

Hannah blieb stehen und suchte die Straße nach dem Tier ab. Ihr Blick fiel auf einen riesigen Hund, der ungefähr zwanzig Meter vor ihr stand.

Lähmende Angst erfasste sie.

Sei nicht albern. Du bist früher auch mit Hunden fertiggeworden. Zeig ihm, wer das Sagen hat.

Sie ging einen Schritt weiter.

Wieder ein tiefes, drohendes Knurren.

Offenbar wusste der Hund bereits, wer das Sagen hatte. Er.

Vielleicht sollte sie lieber umkehren und auf einem anderen Weg nach Hause gehen. Dadurch würde sie länger brauchen, aber sie käme unversehrt nach Hause.

Während sie vor dem Hund zurückwich, schickte sie ein Gebet zum Himmel und bat Gott, die Schnauze dieses Hundes zu verschließen wie das Maul der Löwen, zu denen Daniel in die Löwengrube geworfen worden war.

Der Hund knurrte erneut drohend und kam näher. Sie erstarrte. Was sollte sie jetzt tun? Sie konnte nicht die ganze Nacht hier stehen bleiben.

Als sie hinter sich das Motorengeräusch eines Automobils vernahm, raste ihr Puls noch schneller. Sie schluckte. Wer war so spät noch unterwegs? Sie hatte von jungen Männern gehört, die nachts durch die Straßen fuhren und nichts Gutes im Schilde führten. Was sollte sie tun, wenn sie es mit einem solchen Mann zu tun bekam? Was war gefährlicher? Der Hund oder der Automobilfahrer?

Der Hund stürmte auf sie zu. Das Blut in ihren Adern erstarrte. Sie hob eilig ihren Rock und begann zu laufen. Ihre Stiefel polterten laut über das Pflaster, während sie auf die Gasscheinwerfer des näher kommenden Automobils zulief. Ihr Fuß glitt auf den nassen Pflastersteinen aus und sie stolperte. Das Automobil blieb ruckend stehen.

„Hannah!"

Lincoln? Sie fuhr herum und rannte auf den Reo zu. Sie sprang auf das Trittbrett, aber sie hatte so viel Schwung, dass sie über die Tür geschleudert wurde und mit dem Oberkörper im Automobil landete, während ihr Hinterteil in die Luft ragte und sie mit den Füßen strampelte. Der Hund zerrte an ihrem Rock, und sie wand sich, als sie hörte, wie der Stoff zerrissen wurde. Lincoln warf etwas nach dem Hund, der jaulend weglief.

Sie war endlich in Sicherheit und atmete keuchend aus, aber ihr Herz hämmerte weiterhin wie wild gegen ihr Korsett. Hilfe suchend blickte sie zu Lincoln auf.

„Ehrlich gesagt hätte ich gute Lust, dich zu versohlen!"

Sie zappelte und versuchte, sich selbst aus ihrer misslichen Lage zu befreien und endlich aufzusetzen. „Das würdest du niemals wagen!"

Er stieg aus dem Reo, ging um das Auto herum und legte die Hände um ihre Taille. „Bist du dir da wirklich so sicher, Miss Ich-liebe-die-Gefahr?"

26

Hannah hielt die Luft an, aber Lincoln legte sie nicht übers Knie. Stattdessen zog er sie von hinten an sich heran. Sobald sie aufrecht stand, trat er zurück und ließ sie vom Trittbrett herabsteigen.

Wut stieg wie Dampf aus einem Wasserkessel von ihm auf. Warum war er denn so wütend? Machte er sich Sorgen, dass sie mit ihrer wenig anmutigen Akrobatikeinlage sein kostbares Automobil zerkratzt haben könnte?

Sie brachte ihre Bluse und ihren Rock in Ordnung. „Bist du sauer auf mich?"

„Steig ein!"

Als sie züchtig in seinem Reo saß, steckte sie den Finger durch das Loch in ihrem Rock, an dem noch der Speichel des Hundes klebte. Würde man es sehen, wenn sie einen Flicken daraufnähte?

„Du bist genau im richtigen Moment aufgetaucht. Aus irgendeinem Grund hat dieser Hund mich mit seinem Mitternachtssnack verwechselt." Sie lachte, aber es klang gezwungen und nervös.

„Das ist nicht lustig, Hannah." Lincoln drückte den Fuß aufs Pedal und schob dann den Gashebel nach oben. Das Auto erwachte lautstark zum Leben und raste los.

Als er in ihre Straße einbiegen wollte, keuchte sie. „Wohin fährst du denn?"

„Ich bringe dich nach Hause."

„Das kannst du nicht!"

„Willst du lieber von Bello begleitet werden?"

„Aber, Lincoln, das tut man nicht! Unsere Nachbarn werden dein Automobil hören, und sie werden nicht verstehen, warum ich mitten in der Nacht mit dir unterwegs bin."

Er lenkte das Auto neben einem unbebauten Grundstück an den Straßenrand und stellte den Motor ab. Mit beiden Händen umklammerte er das Lenkrad. „Warum?"

„Das habe ich doch gerade gesagt: weil man so etwas nicht tut. Was sollen denn die Leute denken?"

„Nein." Er drehte sich zu ihr herum. „Ich meine, warum hast du mir nicht gesagt, dass du jetzt in einer anderen Schicht arbeitest? Warum hast du mir nicht gesagt, dass du jemanden brauchst, der dich nach Hause bringt? Warum hast du mich nicht um Hilfe gebeten?"

„Das konnte ich nicht."

„Nein, Hannah. Du *wolltest* nur nicht." Sein Brustkorb hob sich. „Steig aus."

Ihr Herz drohte stehen zu bleiben. War es zwischen ihnen aus? „Es tut mir leid. Ich habe einfach keine Möglichkeit gesehen, wie du mir helfen könntest."

Er begab sich auf ihre Seite des Automobils. „Ich habe gesagt, dass du aussteigen sollst!"

Sie kletterte über die niedrige Tür und trat auf das Trittbrett. Er legte die Hände um ihre Taille und hob sie auf die Erde, ließ sie aber nicht los, als sie auf dem Gehweg stand.

„Du hast mir nicht zugetraut, dass mir etwas einfallen würde, damit die Frau, an der mir viel liegt, nicht mitten in der Nacht allein nach Hause gehen muss und von wilden Hunden gejagt wird? Du hast mir nicht zugetraut, dass ich das bewerkstelligen könnte, ohne deinen Ruf zu gefährden?"

Er roch nach Seife und nach Holz. Seine Nähe hatte eine berauschende Wirkung auf sie. Sie legte die Hände auf seinen Brustkorb und konnte fühlen, wie dieser sich unter ihren Handflächen hob und senkte. „Es tut mir leid. Ich wollte dich nicht beleidigen."

„Hannah, ich bin nicht beleidigt." Er legte eine Hand an ihre Wange. „Ich habe aus Angst um dich fast den Verstand verloren."

„Du hast Angst um mich gehabt?"

„Ja, und wenn ich nicht wüsste, dass das vergebliche Liebesmüh wäre, würde ich dich auffordern, so etwas nie wieder zu tun." Er strich mit dem Daumen über ihre Lippen. „Und im Moment würde ich mich viel lieber auf etwas anderes konzentrieren."

Seine Hand glitt sanft in ihren Nacken und jagte ein Schaudern durch ihren ganzen Körper. Sie hielt den Atem an, als er den Kopf senkte, bis seine Lippen in einem unvorstellbar zärtlichen Kuss ihren Mund berührten.

Wärme breitete sich wie ein Buschfeuer in ihrem Körper aus. Noch nie zuvor hatte sie solche Gefühle erlebt. Sie wehrte sich nicht gegen seine Berührung und genoss den Augenblick. Der Kuss war viel zu schnell vorbei und Enttäuschung machte sich in ihr breit.

„Jetzt werde ich dich nach Hause begleiten und du wirst dich nicht dagegen sträuben. Morgen werde ich dafür sorgen, dass du nicht mitten in der Nacht allein nach Hause gehen musst, und du wirst darauf vertrauen, dass ich mich darum kümmere. Verstanden?"

Sie nickte nur, denn zum ersten Mal in ihrem Leben war sie sprachlos.

Im schneeweißen Musselinkleid ihrer Mutter, das sie etwas enger genäht hatte, schritt Charlotte den Mittelgang entlang zur Bühne. Hannahs Herz platzte fast vor Stolz. Charlotte war eine von fast zweihundertfünfzig Schulabgängern in Des Moines, die in dem großen Saal ihr Zeugnis überreicht bekamen. In der großen Menge war sie leicht zu übersehen, aber Hannah erkannte sie an ihren honigfarbenen Haaren, die mit einer weißen Seidenschleife verziert waren.

„Charlotte Gregory", verkündete die Stimme des Rektors.

Mit großer Anmut trat sie auf die Bühne und der Vorsitzende des Schulausschusses überreichte ihr ihr Zeugnis. Hannah wischte sich eine Träne aus dem Augenwinkel. Lincoln drückte ihre Hand. Gott sei Dank hatte sie mit einer anderen Telefonistin den Dienst tauschen können. Sie hatte diese Feier auf keinen Fall verpassen wollen.

Nach der Zeremonie eilte Charlotte auf sie zu, und nachdem jeder ihr gratuliert und sie umarmt hatte, verkündete Lincoln, dass sie jetzt zu ihm fahren und dort feiern würden.

„Wir fahren in Ihr Haus?" Charlotte schaute ihn mit großen Augen an.

„Ich habe meine Haushälterin gebeten, ein Festessen zu kochen. Und sie ist eine ausgezeichnete Köchin." Er stupste Charlotte sanft auf die Nase. „Nicht so gut wie du, aber ich denke, dir wird ihr Essen schmecken."

Charlotte schaute Hannah fragend an. Diese lachte. „Schau mich nicht so entsetzt an! Er hat gefragt, ob er das für dich tun darf, und ich habe eingewilligt."

„Darf ich auch mit?", fragte Tessa.

Lincoln kniff die Augen zusammen. „Keine Ahnung. Hannah, was meinst du?"

„Hm. Vielleicht könnten wir sie mit ins Auto quetschen, wenn sie verspricht, ihre Schlagzeilen für sich zu behalten."

„Versprochen!" Die jüngste Gregory-Schwester schlüpfte in ihre Handschuhe und ging neben ihnen her zum Automobil. „Aber ich muss euch unbedingt erzählen, was ich gerade über Regenwürmer gelesen habe. Sie sind unheimlich interessante Tiere. Wusstet ihr –"

Hannah stöhnte.

„Sie ist deine Schwester", lachte Charlotte. „Du bist die Älteste, und es ist deine Aufgabe, sie zu erziehen."

„Moment mal!" Hannah hob den Zeigefinger. „Jetzt, da du die Schule abgeschlossen hast, sollten wir uns diese Aufgabe teilen. Wir müssen uns beide anstrengen, um aus Tessa eine Dame zu machen."

„Eine Dame?" Tessa lief voraus, dann drehte sie sich aber um. „Ich will Reporterin werden oder Gärtnerin oder vielleicht Autorennen fahren wie Mr Vanderbilt."

Hannah warf Lincoln einen gespielt finsteren Blick zu, als trüge er die Schuld an der letztgenannten Idee, dann hakte sie sich bei Charlotte unter. „Wenn ich es mir recht überlege, Charlotte, kannst du dich auch gerne ganz allein um ihre Erziehung kümmern."

27

Lincoln starrte Pete an. Wie konnte sein Freund zulassen, dass seine Frau dieses Gerät benutzte, um mit Elektroschocks ihre Melancholie zu behandeln? Die Hersteller behaupteten zwar, es wäre ein sicheres Heilmittel, aber Lincoln konnte sich das nur schwer vorstellen.

Pete beugte sich vor und faltete die Hände auf dem Schreibtisch. „Elise benutzt das Gerät seit drei Tagen und sagt, es helfe ihr."

„Ich bin geschockt!"

Pete schmunzelte. „Sie auch. Im wahrsten Sinne des Wortes. Zweimal am Tag bekommt sie einen Elektroschock."

„Darf ich fragen, wie viel dich dieser kleine Apparat gekostet hat?"

„Ganze fünf Dollar. Ich weiß, dass es wahrscheinlich Quacksalberei ist, aber wenn es ihr guttut, ist es jeden Cent wert." Er lehnte sich auf seinem Stuhl zurück, der unter seinem Gewicht ächzte. „Am schlimmsten ist, dass sie will, dass ich den elektrischen Kamm benutze, der als Zubehör mitgeliefert wurde. Angeblich sollen dadurch die Haarfollikel angeregt werden."

Lincoln schmunzelte. „Und wie sieht dieses Gerät aus?"

„Du kannst es am Freitag mit eigenen Augen sehen. Sie fühlt sich so gut, dass sie eine Dinnerparty gibt, und sie will, dass du und Miss Gregory unbedingt kommt."

Lincoln rieb sich den Nacken. „Ich bin nicht sicher, ob Hannah kommen kann. Sie arbeitet jetzt in einer anderen Schicht."

Zwei Wochen waren vergangen, seit sie in die Abendschicht versetzt worden war, und ihr Vorarbeiter hatte ihr noch nicht mitgeteilt, dass sie wieder in die Tagschicht zurückkehren könne. Obwohl Lincoln dafür sorgte, dass sie jede Nacht von einem Hansom-Taxi abgeholt wurde, machte er sich trotzdem Sorgen, weil sie spätabends unterwegs war. Diese Arbeitszeit war nicht nur für Hannah körperlich und psychisch anstrengend, sie war auch für ihre Schwestern hart. Tessa und Charlotte brauchten sie und sie fehlte ihnen schon jetzt sehr.

Vor allem wirkte sich die Abendschicht sehr negativ auf die Zeit aus, die er und Hannah zusammen verbringen konnten. Um sie treffen zu können, müsste er sich tagsüber freinehmen, aber seine Tage waren mit der Arbeit in der Anwaltskanzlei gefüllt. Eine mühsam eingeschobene Recherche oder ein schnelles Mittagessen waren nicht das, was er sich mit Hannah wünschte. Obwohl er für eine Lösung des Problems betete, sah er bis jetzt keine, und er war nicht sicher, ob Hannah sich von ihm helfen ließe, selbst wenn er die perfekte Lösung fände.

„Ich hoffe, du kannst sie überreden, am Freitag mitzukommen", sagte Pete. „Ich dachte, wenn Charles sie kennenlernt, lässt er sich leichter dazu bewegen, dir zu erlauben, diesen Calloway weiterhin pro bono zu vertreten."

Lincoln erstarrte. „Hat er schon wieder damit angefangen?"

„Seine Argumente sind nicht von der Hand zu weisen, Lincoln. Zwei Brandversicherungen sind an einer Zusammenarbeit mit uns interessiert, aber wenn wir einen Brandstifter vertreten, werden sie zur Konkurrenz wechseln. Ich verstehe deine Haltung und konnte Charles daran hindern, eine übereilte Entscheidung zu fällen." Pete klopfte auf seinen Schreibtisch. „Aber du kannst mir glauben, dass Cedric ihm keine Ruhe lässt. Ich denke, dass es Charles schwerer fällt, dir den Fall wegzunehmen, wenn er Miss Gregory persönlich kennenlernt. Deshalb hoffe ich sehr, dass du sie überreden kannst, zu unserer Dinnerparty zu kommen."

„Ich tue, was ich kann." Er erhob sich. „Ich treffe mich jetzt gleich mit ihr. Wir gehen in die Juristische Bibliothek."

„Aha, Bücherwälzen mit einer hübschen, jungen Dame."

„Wir werden arbeiten", versicherte Lincoln ihm.

„Ich hoffe wirklich, dass ihr nicht nur arbeitet. Sonst habe ich als dein väterlicher Ratgeber versagt."

Lincoln verabschiedete sich von Pete und eilte zum Gericht. Nachdem er eine eidesstattliche Erklärung abgegeben hatte, eilte er die Marmorstufen hinab zum Ausgang. Er warf einen Blick nach rechts und blieb abrupt stehen. Die Tür zur Telefonvermittlung des Gerichtsgebäudes stand offen. Josephina Beecher, die Telefonistin, saß in dem kleinen Raum. Er hatte sich nie Gedanken über ihre Person gemacht, aber könnte sie die Erhörung seiner Gebete sein?

Charlotte schleuderte einen Pfannkuchen auf Hannahs Teller. „Das ist nicht fair! Du lässt dich mitten in der Nacht von Lincoln nach Hause bringen, aber wenn ich mich mit George treffe, lässt uns Rosies Mutter keine Sekunde aus den Augen!"

Mit ihrer Gabel brach Hannah sich ein Stück von dem Pfannkuchen ab. Wie sollte sie das Charlotte begreiflich machen? „Ich habe dir doch erklärt, wie das mit Lincoln war. Er hat mich nur in meiner ersten Nacht nach Hause gebracht. Seitdem schickt er bloß eine Droschke, die mich abholt. Außerdem sind Lincoln und ich viel älter als du und George."

Tessa kam ins Zimmer gehüpft. „Guten Morgen."

„Guten Morgen, Tessa." Hannah deutete auf den Stuhl neben sich. „Was hast du heute vor?"

Tessa setzte sich auf ihren Platz und tränkte ihre Pfannkuchen mit Sirup.

„Wage es ja nicht, das Thema zu wechseln!" Charlotte setzte sich auf ihren Stuhl und schaute Hannah finster an. „Was müssen George und ich machen, damit du uns vertraust?"

„Dir vertraue ich. Aber George nicht."

„Du kennst ihn nicht mal!"

Hannah schluckte die Worte, die ihr auf der Zunge lagen, hinunter und betete um Weisheit. Sie trank einen Schluck von ihrem heißen Kaffee und genoss seine beruhigende Wirkung. „Du hast recht, Charlotte. Wir kennen ihn nicht. Was hältst du davon, wenn du ihn am Sonntag zum Essen einlädst? Ich lade Lincoln auch ein, damit George nicht das Gefühl hat, allein unter so vielen Frauen zu sein."

Charlotte grinste. „Wirklich? Du gibst ihm eine Chance?"

Hannah nickte.

„Das beweist alles." Tessa fuchtelte mit dem Stück Pfannkuchen auf ihrer Gabel herum.

„Was beweist das?" Hannah trank einen Schluck Kaffee.

„Dass Liebe dumm macht." Tessa schüttelte den Kopf. „Zuerst Charlotte und jetzt auch noch dich."

Hannah bekam einen Hustenanfall und prustete den Kaffee über die Tischdecke. „Ich bin nicht … wir sind nicht …"

Tessa verdrehte die Augen und stand auf. „Was habe ich gesagt? Liebe macht dumm!"

Nachdem Tessa und Charlotte kichernd in den Mädchenclub aufgebrochen waren, brauchte Hannah einen weiteren Kaffee. Sie trank ihn eilig und spülte dann ihre Tasse aus.

Lincoln kam pünktlich und begrüßte sie an der Tür mit einem Lächeln. „Bereit?"

„Ja." Sie zog die Tür hinter sich zu. „Ich bete nur, dass wir etwas finden, das wir für Walts Verteidigung verwenden können."

„Wenn wir in der Juristischen Bibliothek nichts finden, finden wir nirgends etwas."

Die Fahrt zum Parlamentsgebäude von Iowa war viel kürzer, als Hannah erwartet hatte. Als sie um die letzte Kurve bogen, sah sie, wie die Morgensonne auf der vergoldeten Kuppel glänzte, und ihr Puls schlug schneller. Natürlich hatte sie das prunkvolle Kapitolgebäude schon oft von außen gesehen, aber sie hatte sich noch nie hineingewagt.

„Ich kann es nicht erwarten, dir die Bibliothek zu zeigen." Lincoln fuhr an den Straßenrand und stellte den Motor ab. „Obwohl wir hier sind, um zu arbeiten, können wir bestimmt auch einen kurzen Blick in die anderen Flügel werfen. Ich würde dir gerne zeigen, wo mein Vater früher gearbeitet hat."

Nachdem Lincoln ihr aus dem Reo geholfen hatte, stiegen sie die Stufen zur Eingangstür hinauf. Als Hannah die große, runde Halle betrat, schnappte sie vor Staunen nach Luft. Eine Fülle an Marmor, Holz, Fliesen und griechischen Verzierungen und Mustern begrüßte sie. „Das ist ja atemberaubend!"

„Der größte Teil der Kunstwerke hier drinnen ist neu und die Sammlung ist noch nicht abgeschlossen." Er ergriff ihre Hand. „Komm mit. Ich zeige dir mein Lieblingsbild."

Sie stiegen die eindrucksvolle Treppe hinauf, und er deutete auf ein riesiges Gemälde im zweiten Stock, das Siedler auf dem Weg in den Westen darstellte. „Es trägt den Titel ‚Westward'. Das Mosaik darüber stammt aus Italien und besteht aus Glasfliesen."

Dann führte er sie zum Geländer der weiten, geschwungenen Treppe und legte die Hände auf ihre Schultern. „Schau nach oben."

Vergoldete Flächen umgaben flauschige Wolken, die an einen blauen Himmel gemalt waren. „Ist das hier das Innere der Kuppel?"

„In gewisser Weise. Es ist die Kuppel im Inneren der Kuppel."

Sie drehte sich zu ihm herum. „Wo hat dein Vater gearbeitet?"

„Im Senat. Er befindet sich im Südflügel."

Mehrere Minuten später schob Lincoln die schweren Türen auf. Hannah legte die Hand auf seinen Arm, um ihn daran zu hindern. „Und wenn wir stören?"

„Die Sitzungsperiode war schon im April zu Ende."

Sie betraten den riesigen Plenarsaal und Hannah fühlte sich mit einem Mal ganz klein. Ein paar Arbeiter blickten auf, lächelten und fuhren dann mit dem Polieren der Marmorvertäfelung fort.

Messingkronleuchter funkelten über ihnen, und Lincoln erklärte ihr, dass jeder über fünfhundert Pfund wiege. Sie berührte eine rosafarbene Marmorsäule. „Einen solchen Marmor habe ich noch nie gesehen."

„Mein Vater hat mir erklärt, dass es sich dabei um Stuckmarmor handelt, ein Marmorimitat aus Anhydrit und Leim."

Sie trat an die Mahagonitische und berührte die ledernen Schreibtischunterlagen. „Man kann die Geschichte, die in den vergangenen zwanzig Jahren hier geschrieben wurde, fast mit Händen greifen. Ich kann verstehen, warum du in die Politik gehen willst."

„Ich spiele schon seit Jahren mit diesem Gedanken, aber es wird noch eine Weile dauern, bis ich mich um einen Sitz im Senat bewerben kann."

„Aber du bist doch fünfundzwanzig. Ist das nicht alt genug?"

„Vor dem Gesetz schon." Er grinste. „Aber die meisten Senatoren sind ein wenig reifer. Komm, lass mich dir zeigen, wo mein Vater gesessen hat."

Als Lincoln sie zu dem Platz führte, entging ihr nicht, wie er die Hand über die Stuhllehnen gleiten ließ, als könne er die Nähe seines Vaters spüren.

„Wenn ich hier bin", sagte Lincoln, „kommt es mir gar nicht so vor, als wäre er schon so lange nicht mehr da."

„Wie oft hat er dich ins Kapitol mitgenommen?"

„Mindestens einmal in der Woche, seit ich ungefähr zehn war." Er ging in den vorderen Teil des Raums und drehte sich zu ihr herum. „Ich saß immer auf der Galerie und schaute zu, wie er vor den anderen Senatoren sprach. Wenn er redete, haben ihm alle zugehört. Er hatte eine große Ausstrahlung."

„Die hast du auch." Ihr wurde warm ums Herz, als sie ihn so würdevoll und selbstsicher in diesem strengen Raum stehen sah. Lincoln könnte problemlos in diese Welt eintauchen. Sie war für ihn wie ein zweites Zuhause, und wenn sie zuließ, dass ihre Beziehung sich vertiefte, erwartete sie möglicherweise ein Leben als Politikergattin.

Er drehte sich zu ihr um und bot ihr seinen Arm an. „Willst du jetzt die Bibliothek sehen?"

Sie hakte sich bei ihm unter. „Wenn sie so schön ist wie dieser Raum, falle ich womöglich in Ohnmacht."

„Dann werde ich dich mit dem größten Vergnügen auffangen."

28

Auf dem Weg zur Bibliothek drückte Lincoln sanft Hannahs Hand. Die Juristische Bibliothek erstreckte sich über das gesamte erste und zweite Stockwerk des Westflügels, und obwohl er schon unzählige Male hier gewesen war, fand er die Bibliothek jedes Mal aufs Neue atemberaubend.

Sie hielt sich die Hand an den Mund und Tränen traten in ihre Augen. „Ich fühle mich wie im Märchen."

„Dann bin ich bestimmt der gut aussehende Märchenprinz?"

Doch die junge Frau stand ganz im Bann der Bibliothek und gab ihm keine Antwort.

Lincoln versuchte, sich vorzustellen, was sie von ihr hielt. Die meisten Bibliotheken waren dunkle, geschlossene Orte, aber die Juristische Bibliothek von Iowa war hell und offen. Vom Fliesenboden bis zu den Oberlichtern war der gesamte Raum einladend und freundlich. Bücher füllten auf fünf Ebenen, von weißen Eisengeländern geschützt, den Raum, und die gleichen Scagliola-Säulen, die den Senat schmückten, standen auch hier Wache.

„Schau dir nur die Treppe an!" Hannah zog ihn zu den ersten beiden Wendeltreppen. Sie beugte sich zu ihm hinüber und flüsterte: „Glaubst du, es hat schon einmal jemand versucht, an diesem Geländer hinunterzurutschen?"

„Nur du kannst in einer Bibliothek auf so gefährliche Ideen kommen." Er schmunzelte. „Schau dich in Ruhe um, während ich schon mal anfange."

„Nein, ich will helfen. Zeig mir, was ich tun soll."

Während sie die Gesetzesbücher zusammentrugen, die er durchsehen wollte, erklärte er ihr den Fall. „Die Staatsanwaltschaft muss drei Dinge beweisen: Erstens muss sie beweisen, dass das Feuer nicht ohne fremdes Dazutun ausgebrochen ist. Zweitens muss sie beweisen, dass Walt der Mann ist, der für das Feuer verantwortlich war. Und drittens muss sie beweisen, dass es ein mutwilliger Akt war. Bis jetzt hat jeder ähnliche Fall, den ich gefunden habe und der mit einer Verurteilung endete, auf Indizienbeweisen basiert. Genauso wie Walts Fall."

„Aber sie können nicht beweisen, dass er der Täter war."

„Das ist bis jetzt ihre größte Schwachstelle, aber wir brauchen einen Präzedenzfall, auf dem wir unsere Verteidigung aufbauen können." Er reichte ihr ein großes Buch. „Und den müssen wir finden."

Kurze Zeit später saß Lincoln neben ihr an einem Tisch in der Bibliothek und vor ihnen waren Bücher hoch aufgetürmt. Aufgrund ihres Jurastudiums überraschte es ihn nicht, dass ihr diese Arbeit so leichtfiel, aber es erstaunte ihn, dass sie sich so sehr in die Fälle vertiefen konnte, die sie untersuchte.

„Es gibt viele Fälle von Brandstiftung", seufzte er. „Für unsere Verteidigung müssen wir uns also auf Fälle konzentrieren, in denen die Indizienbeweise unzulässig oder unzureichend waren und deshalb nicht verwendet werden konnten."

„Lincoln, glaubst du, ich sollte eine Aussage machen?"

„Das würde nicht genügen, um einen Freispruch zu erwirken. Er war zwar an dem Nachmittag des zweiten Feuers bei dir, aber er hätte trotzdem genügend Zeit gehabt, um vorher das Feuer zu legen." Er drückte ihre Hand. „Wir werden etwas finden. Vertrau mir."

Während sie Seite an Seite arbeiteten, erfüllte ihn eine unerklärliche Zufriedenheit. Würden zu einem Leben mit Hannah solche Tage gehören, Tage, an denen sie sich beide auf einen Fall konzentrierten und zusammen an einem Strang zogen?

Über eine Stunde lang vernahm er nur das gelegentliche Flüstern anderer Bibliotheksbesucher und das leise Rascheln von Buchseiten. Dann legte Hannah eine Hand auf seinen Arm. „Lincoln, ich glaube, ich habe etwas gefunden."

Lincoln las die Stelle, auf die Hannahs schlanker Finger deutete. Im Brandstiftungsfall „Decatur gegen Long" erklärte das Gericht, dass es ausreichende Fakten und nicht Verdächtigungen oder Spekulationen geben müsse, um einen Angeklagten zu verurteilen.

„Das ist perfekt!“ Er küsste sie auf die Wange. „Wir schaffen es, Hannah. Zusammen holen wir Walt aus dem Gefängnis.“

Hannah notierte die Stelle auf dem Block, den Lincoln mitgebracht hatte. „Wie viele solcher Fälle brauchen wir noch?“

„So viele, wie wir finden können. Für die Begründungsschrift sind alle Fälle hilfreich.“

Eine Stunde später nahm er Hannahs Buch und klappte es zu. „Für heute reicht es.“

Sie runzelte die Stirn. „Aber es ist noch nicht einmal Mittag.“

„Ich weiß, aber ich möchte dir noch etwas zeigen.“ Er stand auf und hielt ihr die Hand hin. „Vertrau mir. Ich glaube, es wird dir gefallen.“

„Aber …“

„Das Buch ist morgen auch noch da.“ Er führte sie in die Rundhalle hinaus.

„Kann ich ohne dich wiederkommen oder haben hier nur Anwälte Zutritt?“

Er blickte sie schelmisch an. „Ohne mich? Ich dachte, wir wären Partner.“

„Partner schon“, sie strahlte ihn neckend an, „aber keine siamesischen Zwillinge.“

Er schmunzelte. „Um deine Frage zu beantworten: Ja, du kannst auch ohne mich hierherkommen. Es ist eine öffentliche Bibliothek. Sie steht allen offen.“

„Dann komme ich morgen früh wieder und gehe erst, wenn ich zur Arbeit muss.“

„Vergiss nicht, dass du auch etwas essen musst.“ Sie schlenderten durch die Gänge. Vor einer Tür blieb er stehen. „Vielleicht muss ich ja mal vorbeikommen und dich zum Essen entführen.“

Sie hob den Kopf und schaute ihn an. „Wenn du Glück hast, lasse ich mich vielleicht sogar von dir entführen.“

Als Lincoln die Tür im zweiten Stockwerk öffnete, erwartete Hannah, ein Büro oder ein anderes Zimmer vorzufinden. Stattdessen deutete er auf eine steile Wendeltreppe.

„Wo gehen wir denn hin?“, fragte sie.

„Nach oben.“

Ihre Neugier war geweckt. Sie ergriff das Holzgeländer und begann, die Treppe hinaufzusteigen. Lincoln folgte ihr. Ihr Atem ging schwerer, je höher sie kamen.

„Wir sind gleich an der ersten Stelle. Dort können wir verschnaufen." Lincoln war ebenfalls ein wenig außer Atem.

Sie traten auf einen hellen Fliesenboden und Hannah sah sich um. Als sie aufblickte, konnte sie wieder die vergoldeten Holzarbeiten, die kleinen Fenster und die gemalten Wolken sehen, aber sie waren viel näher als vorher. „Wir befinden uns direkt unterhalb der Kuppel." Sie beugte sich über das Geländer und betrachtete die runden Geländer, die bis zum Erdgeschoß hinabreichten. „Und wir sind sehr weit oben."

„Wir sind unterhalb der inneren Kuppel und haben ungefähr ein Drittel des Weges nach oben geschafft."

Sie wurde ganz aufgeregt. „Gehen wir bis ganz nach oben?"

„Ich dachte, das könnte dir vielleicht gefallen." Er grinste sie vielsagend an. „Warte hier!"

Lincoln folgte dem schmalen Gang, der am Rand der Kuppel entlangführte, und blieb in ungefähr zwanzig Metern Entfernung auf der anderen Seite der Kuppel stehen.

„Kannst du mich hören?", fragte er flüsternd.

Sie blinzelte. Warum konnte sie ihn so deutlich hören, als stünde er direkt neben ihr?

„Ja, ich kann dich hören."

„Ich muss dir etwas Wichtiges sagen." Er lehnte sich an eine der rosafarbenen Scagliola-Säulen. „Hannah Gregory, ich glaube, ich habe mich in dich verliebt."

Ihr Herz hämmerte wie wild in ihrer Brust, als sie seine Worte hörte. Eine schmerzliche Verwundbarkeit vermischte sich mit der Freude in ihrem Herzen. Dieser Mann liebte sie, aber konnte sie vertrauen und ihn auch lieben?

Plötzlich wurden ihr die Augen geöffnet. Sie liebte ihn bereits.

Sie atmete tief ein und flüsterte: „Ich glaube, ich habe mich auch in dich verliebt."

Hatte Lincoln Hannah richtig verstanden, oder hatte er sich nur eingebildet, dass sie seine Liebe erwiderte?

Eine angenehme Wärme breitete sich in ihm aus. Er hatte nie geplant, sich in jemanden wie Hannah zu verlieben – in eine Frau, die lebhaft, gottesfürchtig und eigensinnig war –, aber es war bereits geschehen.

Aufgrund der ausgefeilten Akustik in der Kuppel war es, als hätte sie die Worte in sein Ohr geflüstert. Vielleicht hatte er diese Worte auch einfach nur hören wollen.

Er schaute sie aus der Ferne an. Sie lächelte und senkte den Blick. Seine Hannah war plötzlich scheu? Wenn er ihre zurückhaltende Miene nur einfangen und für die Momente bewahren könnte, in denen sie Treppengeländer hinunterrutschte oder mitten in der Nacht allein nach Hause ging.

Er beeilte sich, wieder zu ihr zu kommen. Er reichte ihr die Hand und wartete, bis sie sie ergriff, bevor er sie zur nächsten Treppe führte.

„Vorsicht!" Er schaute ihr zu, wie sie vor ihm hinaufstieg, und genoss den Anblick mehr, als er es sollte.

„Lincoln, diese Wendeltreppe ist so eng, dass ich mich wie in einer Muschelschale fühle. Wie viele Stufen sind es noch?"

Er schmunzelte. „Ungefähr zweihundert."

„Ehrlich?" Sie schaute ihn fragend an. „Ausnahmsweise bin ich froh, dass ich den ganzen Abend über an einem Klappenschrank sitzen werde."

Sie ruhten nicht, bis sie das Innere der Kuppel mit den Fenstern erreicht hatten. Er betrat die Kuppel zuerst und hielt ihr die Hand hin. Falls einer von ihnen ausrutschte, wäre es ein langer Weg nach unten.

Hannah atmete die stickige, staubige Luft ein. „Wir befinden uns über der goldenen Kuppel."

Er schmunzelte. Als er ungefähr zwölf gewesen war, hatte ihm ein Hausmeister die Treppe gezeigt, die hierherführte. Er erinnerte sich immer noch an das erste Mal, als er die Kuppel betreten und den Blick über die Stadt genossen hatte. Vor Staunen hatte es ihm die Sprache verschlagen.

Sie drückte die Hände an die Fensterscheiben. „Wir sind auf dem Dach der Welt."

„Nun ja, zumindest auf dem Dach von Iowa."

„Man kann meilenweit sehen." Sie bewegte sich um den Rundbereich herum. „Da unten ist die Innenstadt und das dort müsste das Jahrmarktsgelände sein. Wie hoch sind wir?"

„Ein Hausmeister hat mir mal gesagt, dass wir uns in ungefähr neunzig Metern Höhe befinden."

„Lincoln, schau! Da ist eine Tür, durch die man hinausgehen kann. Kommst du mit?"

„Ich weiß nicht recht, Hannah …"

„Warum nicht? Da draußen ist doch ein Geländer. Wir fallen schon nicht runter." Sie drückte den Türgriff und die Tür war auch tatsächlich nicht verschlossen. „Siehst du? Sie ist nicht zugesperrt."

„Aber, Hannah, wir wissen nicht, ob das Geländer stabil genug ist."

Doch bevor er sie daran hindern konnte, trat sie schon auf die Plattform hinaus.

29

Lincoln blieb keine andere Wahl, als Hannah auf die Kuppel hinaus zu folgen. Der Wind peitschte ihm ins Gesicht. Er konnte seinen Hut gerade noch festhalten, bevor dieser wie ein verunglückter Drachen in die Tiefe taumelte. Der junge Mann warf ihn in die Kuppel zurück und sah, dass Hannah ebenfalls Probleme hatte. Er half ihr, die Hutnadeln zu entfernen, und legte ihn neben seinen in das Gebäude.

Als er sich wieder umwandte, zog sich sein Magen zusammen. Er hatte noch nie unter Höhenangst gelitten, aber er hatte auch nie außerhalb des Schutzes der Kuppel gestanden. Obwohl er im Laufe der Jahre sehr oft hier oben gewesen war, war er nie auf den Gedanken gekommen, sich vor die schützenden Fenster zu begeben. Natürlich hatte Hannah keine fünf Minuten gebraucht, um diesen Schutz zu durchbrechen.

„Da ist dein Reo! Schau nur, wie klein er von hier oben aussieht!" Hannah beugte sich über das Geländer und deutete nach unten.

„Halt!" Sein Brustkorb zog sich zusammen, als sie so nah am

Rand stand. Er legte die Hände um ihre Taille und zog sie zurück. „Du willst doch nicht, dass ich einen Herzinfarkt bekomme."

Sie lehnte sich an seine Brust. „Entschuldige. Ich bin einfach überwältigt. So etwas habe ich noch nie gesehen."

Ihre Haare lösten sich und flatterten ihr um den Kopf. Er strich sie nach unten und seufzte. Ihre Haare waren noch seidiger, als er es sich vorgestellt hatte.

„Ach, Lincoln." Sie drehte sich um und schaute ihn an. Begeistert breitete sie die Arme aus. „Von hier oben kann ich mir fast vorstellen, wie es ist zu fliegen."

„Ich hoffe, die Vögel frieren nicht so wie wir."

Sie rieb ihre Arme. „Es ist wirklich ein wenig kühl."

Als er vorschlug hineinzugehen, bat sie ihn, noch ein paar Minuten bleiben zu dürfen. Sie hob das Gesicht zum Himmel und die Sonne schien ihre Wangen zu küssen.

Konnte es einen schöneren Anblick geben?

Die Uhr auf „Old Fed", dem Gerichtsgebäude, schlug leise ein Mal, und sie drehte sich zu Lincoln um. „Du musst bestimmt in deine Kanzlei zurück."

Er nahm ihre Hand. „Vorher lade ich dich zum Mittagessen ein."

Sie schlüpften hinein, und sie machte Anstalten, ihre Haare in Ordnung zu bringen. Er hielt ihre Hände fest. „Noch nicht. Bitte."

Sie blickte ihn liebevoll an. „Danke für den heutigen Tag. Ich komme mir so vor, als stünde ich auf dem Dach der Welt. Besser gesagt, auf dem Dach *deiner* Welt."

Er wickelte eine ihrer Locken um seinen Finger. „Was meinst du damit?"

„Das Kapitol ist wie ein zweites Zuhause für dich. Du gehörst hierher."

„Und du nicht?" Er lachte. „Iowas Kapitol gehört allen Bürgern dieses Bundesstaates und jetzt hast du eindeutig diesen kleinen Fleck Erde für dich in Besitz genommen."

Sie senkte den Blick. „Lincoln, ich habe Angst."

Er nahm ihre Hand und küsste sanft ihre Finger. „Wovor?"

„Vor dir. Vor deiner Welt." Sie hob den Kopf, schaute ihm in die Augen und sog die Luft ein. „Vor den Gefühlen, die das alles in mir auslöst."

„Es gibt nichts, wovor du Angst haben müsstest."

„Wirklich nicht? Vielleicht nicht morgen oder nächste Woche, aber irgendwann wirst du mich zu einer vornehmen Veranstaltung mitnehmen, und ich werde einen schrecklichen Fauxpas begehen. Du kennst mich doch: Ich sage, was ich denke, oder ich tue etwas, das keine Dame tun sollte. Du wirst schon sehen, dass ich recht habe. Genau das wird passieren. Ich kann mich einfach nicht an gesellschaftliche Konventionen halten. Ich verstoße immer wieder gegen Regeln."

„Und ich liebe dich, weil du genau so bist." Er schmunzelte. „Die Gesellschaft braucht mehr junge Frauen, die sagen, was sie denken. Gott hat dir einen Verstand gegeben, und du hast jedes Recht, ihn auch zu gebrauchen."

Sie wollte ihm widersprechen, aber er legte einen Finger auf ihre Lippen. „Und ich denke, dass du dich bei vornehmen Veranstaltungen viel besser machen wirst, als du glaubst. Wenn du Ja sagst, bekommst du am Freitag schon eine Gelegenheit, das unter Beweis zu stellen."

Sie verzog die Lippen. „Wozu soll ich Ja sagen?"

„Petes Frau gibt eine Dinnerparty für die Mitarbeiter der Kanzlei, und sie hat ausdrücklich darum gebeten, dass ich dich mitbringe."

„Mich?"

Er nickte. „Wenn du es nicht für mich machst, dann tu es Walt zuliebe."

„Was hat Walt mit Mrs Williams' Dinnerparty zu tun?"

Lincoln bemühte sich um eine ruhige Stimme, aber er konnte eine gewisse Nervosität nicht unterdrücken. „Erinnerst du dich an Cedric Knox? Er macht mir Probleme und schwärzt mich ständig bei Charles an, dem zweiten Seniorpartner der Kanzlei. Pete glaubt, wenn Charles dich kennenlernt, begreift er, warum es so wichtig ist, an Walts Fall dranzubleiben."

Ihr Gesicht wurde blass. „Er will dich zwingen, Walts Fall abzugeben?"

„Charles könnte mich dazu überreden wollen, aber ich werde mich weigern."

„Was passiert dann?"

Lincoln zuckte die Achseln. „Es wird nicht dazu kommen. Sobald Charles dich kennenlernt, wird er von dir genauso begeistert sein wie ich."

„Das bezweifle ich sehr." Sie verdrehte die Augen. „Du wirst schon sehen."

„Du wirst umwerfend sein. Hast du vergessen, was ich dir unter der Kuppel gesagt habe?"

Eine Röte überzog ihre Wangen, gefolgt von einem Lächeln, das die karamellbraune Farbe in ihren Augen betonte.

„Ich habe jedes Wort ernst gemeint." Er legte die Hand an ihre Wange. „Weißt du was? Ich habe noch nie jemanden auf dem Dach der Welt geküsst."

„Es gibt hier bestimmt Regeln, die so etwas verbieten."

„Willst du jetzt etwa anfangen, dich an Regeln zu halten?"

„Ich versuche, mich wie eine anständige Dame zu benehmen." Sie benetzte ihre Lippen. „Aber ich fürchte, ich bin ein hoffnungsloser Fall."

Er brauchte keine weitere Einladung. Er neigte den Kopf und küsste sie zärtlich. Alle seine Sinne erwachten und er zog sie näher an sich heran. Wenn jemand ein hoffnungsloser Fall war, dann war das er. Er war hoffnungslos in Hannah Gregory verliebt.

Der Brief, den Charlotte in der Hand hielt, entschied über ihre Zukunft. Wenn „Fannie Farmers Kochschule" sie annahm, würden ihre Träume wahr werden. Wenn nicht, müsste sie sich im nächsten Jahr neu bewerben oder eine andere Schule besuchen. Aber sie ginge so gern an diese Schule! Wenn nur Hannah hier wäre, um gemeinsam mit ihr den Brief zu lesen.

„Wenn du diesen Brief jetzt nicht gleich aufmachst, reiße ich ihn dir aus der Hand und lese ihn selbst." Tessa griff danach.

Charlotte zog die Hand zurück. „Ich mache ihn auf, wenn ich dazu bereit bin."

„Bist du jetzt dazu bereit?"

„Nein, noch nicht." Sie presste den Brief an ihre Brust.

„Jetzt?"

„Noch nicht."

Tessa tippte mit dem Fuß auf den Holzboden. „Und jetzt?"

Charlotte kicherte. „Ja!“ Sie riss den Umschlag auf und zog den Brief heraus.

„Was steht in dem Brief?“

„‚Liebe Miss Gregory, wir freuen uns, Ihnen mitteilen zu können –‘“

Tessa umarmte ihre Schwester und stieß einen Freudenschrei aus. „Du hast es geschafft! Sie nehmen dich! Du wirst dein eigenes Restaurant eröffnen.“

„Bis dahin ist es noch ein weiter Weg.“ Charlotte grinste so breit, dass sie das Gefühl hatte, ihr Gesicht würde gleich platzen. „Ich kann es noch gar nicht ganz glauben.“

„Lies weiter! Was steht sonst noch in dem Brief?“

„‚Wir freuen uns, Ihnen mitteilen zu können, dass Sie zu dem Kurs im Frühling 1909 zugelassen wurden.‘“ Charlotte brach ab. Das war erst in einem Jahr. Was sollte sie ein ganzes Jahr lang machen?

Tessa runzelte die Stirn. „Nicht in diesem Sommer?“

Charlotte schluckte und las weiter: „‚Wie Sie wissen, haben wir viele Bewerber und wählen nur die besten und klügsten für unsere Schule aus. Wir freuen uns, Sie ab dem nächsten Frühjahr bei uns begrüßen zu dürfen.‘“

„Na ja.“ Tessa ließ sich in einen Sessel im Wohnzimmer sinken. „Ich schätze, ich halte es noch eine Weile mit dir aus.“

„Wenigstens wird sich George freuen.“ Sie faltete den Brief zusammen und steckte ihn in den Umschlag zurück. „Er wollte nicht, dass ich in diesem Sommer weggehe.“

„Wen interessiert schon, was der schöne George will?“

Charlotte steckte den Brief in ihre Schürzentasche. „*Mich* interessiert es, Tessa. Aber du bist noch zu jung, um das zu verstehen.“

„Wirklich?“ Tessa nahm eine Zeitung vom Ecktisch. „Ich finde, wenn einem Jungen wirklich etwas an dir liegt, will er, dass du glücklich bist und das tust, wozu Gott dich geschaffen hat.“

„So einfach ist das nicht, Tessa.“

„Es ist aber auch nicht schwer.“

Tessa hatte ja keine Ahnung. Sie hatte nicht in Georges grüne Augen geblickt, wenn er ihr sagte, wie gern er mit ihr zusammen sei. Sie hatte nicht auf dem Nachhauseweg seine Hand gehalten und sie lag nicht nachts wach und träumte von einer Zukunft mit einem kleinen Haus und einem Baby auf dem Arm.

Nein, Tessa war viel zu jung, um das zu verstehen.

Ein Blick auf den Uhrturm verriet Lincoln, dass er früh genug gekommen war, um seiner verrückten Idee nachzugehen. Bis zu seinem Termin mit dem gegnerischen Anwalt hatte er noch fünfundvierzig Minuten Zeit.

Lincoln begab sich zur Telefonzentrale des Gerichtes und klopfte an den Rahmen der quer geteilten Tür. Mrs Beecher, eine mütterliche Frau mit freundlichen blauen Augen, hob den Blick. „Mr Cole, was für eine nette Überraschung! Was kann ich für Sie tun?"

Er stützte sich auf die untere Hälfte der Tür. „Ich wollte fragen, ob Sie zufällig noch eine Telefonistin brauchen können."

Sie schaute ihn mit hochgezogener Braue an. „Wollen Sie sich dafür bewerben?"

„Nein, Ma'am." Er schmunzelte. „Aber ich weiß von einer jungen Dame, die bestens geeignet wäre, wenn Sie noch eine Telefonistin bräuchten."

„Seltsam, dass Sie mich darauf ansprechen." Sie rückte ihren Kopfhörer zurecht. „Meine Kollegin hat vor drei Tagen gekündigt, aber die Telefongesellschaft hat die Stelle noch nicht neu besetzt. Ich fürchte, sie haben es damit auch nicht eilig. Sie verstehen einfach nicht, dass ich die Telefonvermittlung nicht allein bewältigen kann. Wann soll ich denn eine Pause machen oder etwas essen, wenn mich niemand ablösen kann?"

Seine Hoffnungen zerplatzten. „Die Telefongesellschaft entscheidet, wer hier arbeitet?"

„Natürlich. Diese Telefonvermittlung ist gewissermaßen ein Zweig der Iowa-Telefongesellschaft." Sie warf einen Blick auf den Klappenschrank und sah, dass eine Lampe aufleuchtete. „Wenn Sie mich bitte kurz entschuldigen." Nachdem sie das Gespräch verbunden hatte, schaute sie ihn wieder an. „Es ist für eine Person allein sehr viel Arbeit. Ich hoffe wirklich, dass man schnell eine neue Telefonistin findet, aber es ist schwer, die richtige Person zu finden. Sie muss eine schnelle Auffassungsgabe haben und die Fähigkeit besitzen, mit Richtern, Anwälten und Gerichtsdienern richtig umzugehen, aber auch den Publikumsverkehr zu bewältigen. Ihr Juristen macht schüchterne Mädchen leicht nervös und manchmal können die Männer ausgesprochen fordernd sein."

„Ich entschuldige mich im Namen der männlichen Hälfte der Bevölkerung." Er lächelte, dann wartete er wieder, während sie den nächsten Anruf vermittelte. Wenn er mit der Telefongesellschaft spräche, könnte er sie vielleicht darauf aufmerksam machen, wie perfekt Hannah für diese Stelle war. Aber er brauchte einen überzeugenden Grund, um sie vorzuschlagen.

Nachdem sie sich um den Anruf gekümmert hatte, wandte Mrs Beecher ihm ihre Aufmerksamkeit zu. „Kann ich sonst noch etwas für Sie tun?"

„Noch eine Frage: Wäre es hilfreich, wenn die junge Dame etwas von Rechtswissenschaften verstünde?"

„O ja! Sehr sogar."

„Danke für Ihre Auskunft." Er berührte grüßend seinen Hut. „Ich hoffe, Sie bekommen bald die nötige Unterstützung."

Wenn es nach ihm ginge, bekäme sie diese Unterstützung schon heute. Aber wie würde Hannah reagieren, wenn er sich in diesen Fragen einmischte?

30

Gott meinte es gut mit Lincoln. Er las den Namen, der in goldenen Lettern an der Tür stand, noch einmal und lächelte. Der Vizedirektor der Iowa-Telefongesellschaft – Victor Bradford – war ein Studienkollege und sie hatten auch in derselben Mannschaft gerudert. Ein gutes Zeichen. Er klopfte an.

„Linc, schön, dich nach so langer Zeit wiederzusehen!" Vic begrüßte ihn herzlich und deutete dann auf einen Stuhl. „Ich hoffe, du bist nicht aus juristischen Gründen hier?"

„Nein, überhaupt nicht." Er setzte sich in den Ledersessel. „Ich hatte gehofft, dass du mir bei etwas helfen könntest."

Vic nickte. „Für den Mann, der unsere Rudermannschaft zum Sieg geführt hat, tue ich fast alles."

„Es handelt sich um die Telefonistinnenstelle, die im Gericht neu besetzt werden muss."

„Linc, ist das alles? Die Stelle soll noch heute neu besetzt werden."

„Hast du schon entschieden, wer die neue Telefonistin ist?"

„Noch nicht", seufzte Vic. „Aber ich habe den Verdacht, dass du mir einen Vorschlag machen willst."

„Allerdings. Sie ist intelligent, hat eine schnelle Auffassungsgabe, und sie hat keine Angst vor Richtern und Anwälten. Und das Beste ist, dass sie in ‚Drake' Rechtswissenschaften studiert hat."

„Du sprichst von dieser Miss Gregory."

„Allerdings."

Vic betrachtete seinen Freund neugierig. „Sie hat ein paar Probleme, die Regeln hier einzuhalten, aber das Gericht könnte die ideale Stelle für sie sein. Ich lasse ihre Vorarbeiterin holen und frage, was sie davon hält."

„Ihre *frühere* Vorarbeiterin?" Lincoln atmete tief ein. „Ich glaube, sie wurde vorübergehend in eine andere Schicht versetzt."

„Ja, das stimmt." Vic runzelte die Stirn. Er ging zur Tür und teilte seiner Sekretärin mit, dass er Hannahs Vorarbeiterin sprechen wolle. Als er zurückkam, setzte er sich auf die Kante seines Schreibtisches. „Ehrlich gesagt, hatte ich schon darüber nachgedacht, was ich mit Miss Gregory anfangen soll. Die Telefonistin, für die sie in der Abendschicht eingesprungen ist, kommt morgen zurück, und ich bin nicht sicher, ob Miss Frogge deine Miss Gregory zurückhaben will."

Lincoln atmete langsam aus. Er verspürte den starken Wunsch, Hannah zu verteidigen. Falls Vic die Absicht hatte, sie wieder Miss Frogges Aufsicht zu unterstellen, würde Hannah nicht glücklich werden.

„Linc, du scheinst sehr viel über diese Miss Gregory zu wissen." Vic rückte seine Krawatte zurecht. „Weißt du, dass neunzig Prozent der Telefonistinnen, die wir heute haben, in drei Jahren fort sind, weil sie heiraten? Du hast hoffentlich nicht vor, mir eine meiner Telefonistinnen abspenstig zu machen?"

Es klopfte an der Tür, was Lincoln vor einer Antwort auf diese Frage bewahrte.

Als die Frau den Raum betrat, musste Lincoln die Zähne zusammenbeißen, um nicht laut aufzulachen, weil Hannahs Beschreibung ihrer Vorgesetzten zutraf. Sie hatte wirklich vortretende Augen und erinnerte an einen Frosch.

Sie trat neben Vics Schreibtisch und begrüßte die beiden Männer mit einem kurzen Kopfnicken. „Mr Bradford, Sie haben nach mir geschickt."

„Ja." Er beugte sich vor. „Die Kollegin, die Miss Gregory in der Abendschicht ersetzt hat, ist wieder zurück."

Die Frau verzog das Gesicht.

„Ich habe zwei Möglichkeiten: Entweder sie kehrt an ihren früheren Platz unter Ihrer Aufsicht zurück oder ich versetze sie in die Telefonvermittlung im Gericht. Wofür, meinen Sie, ist sie besser geeignet?"

„Miss Gregory hat wirklich eine sehr schnelle Auffassungsgabe. Ich habe noch niemanden erlebt, der so schnell lernt." Sie räusperte sich. „Ich denke, es wäre im Interesse der Iowa-Telefongesellschaft, sie ins Gericht zu versetzen. Aber ich würde raten, Mrs Beecher darauf hinzuweisen, dass Miss Gregory manchmal gegen die Etikette verstößt und die Regeln nicht einhält. Und gerade an einer Stelle wie dem Gericht ist es äußerst wichtig, die Regeln einzuhalten. Sie wird eine strenge Aufsicht benötigen."

„Danke, Miss Frogge. Das ist ein ausgezeichneter Vorschlag." Er nickte ihr kurz zu. „Sie können jetzt wieder gehen."

Lincoln wartete, bis die Frau den Raum verlassen hatte, bevor er Vic wieder anschaute. „Und?"

Vic rieb sich das Kinn. „Wir probieren es mit ihr im Gericht. Aber komm ja nicht auf die Idee, sie zu heiraten und sie uns wegzustehlen."

Lincoln lachte. „Das kann ich dir nicht versprechen."

Als Hannah in die Straßenbahn eilte, pochten ihre Schläfen. Zu spät zu kommen machte sie immer nervös. Sie bezahlte die Fahrt und suchte sich im hinteren Teil des Wagens einen Platz. Meistens ging sie zu Fuß zur Arbeit, um Geld zu sparen, aber heute war das anders. Sie hatte in der Juristischen Bibliothek Bücher gewälzt und nicht auf die Zeit geachtet. Sie würde nur rechtzeitig an ihrem Platz sein, wenn sie die Straßenbahn nahm.

Ihre Gedanken wanderten zu Miss Frogge und ihrer Liebe zu den Regeln der Telefongesellschaft. Wie sehr sie den Gedanken verabscheute, wieder in ihre Tagschicht zurückkehren zu müssen. Schuldgefühle regten sich in ihr. Warum war sie so unfreundlich? Ihre Mutter würde gewiss sagen, dass sie sich schämen solle. Sie hatte sie oft daran erinnert, dass Gott die Menschen, die sich an die Regeln hielten, genauso geschaffen hatte wie die Menschen, die sich gegen die Regeln auflehnten. „Dein Wunsch nach Unabhängigkeit kann ein Segen oder ein Fluch sein", hatte ihre Mutter immer gesagt. „Genauso ist es bei jemandem, der sich streng an alle Regeln hält. Gott ist ja sowohl ein gerechter Richter als auch unvergleichlich barmherzig. Wir, meine Liebe, sind das nicht."

Als die Straßenbahn vor der Telefongesellschaft hielt, ging Hannah durch den Gang zur Tür und stieg aus. Sie hob ihren Rock und eilte die Stufen hinauf in das Gebäude.

„Warten Sie bitte mit dem Fahrstuhl!" Sie hielt ihren Hut fest und hastete hinein. Als sie im Fahrstuhl stand, seufzte sie erleichtert auf. „Vielen Dank."

Als sie ihr Stockwerk erreicht hatten, eilte sie den Flur entlang zur Garderobe.

Und stieß schwungvoll gegen die harte Brust eines Mannes.

Ein vertrauter Seifengeruch stieg ihr in die Nase und sie hob den Blick.

„Hallo, Hannah."

„Lincoln, was machst du denn hier?"

Er bedachte sie mit einem schiefen Grinsen, gab ihr aber keine Antwort.

Mr Bradford trat hinter Lincoln aus seinem Büro. „Miss Gregory, da sind Sie ja. Kann ich Sie einen Moment sprechen?" Er wandte sich an Lincoln. „Und, Linc, wir sollten uns bald mal wieder treffen."

„Eine gute Idee, Vic." Er schüttelte die Hand ihres Vorgesetzten. „Und danke." Er nickte Hannah zu und stieg in den Fahrstuhl.

Hannah schaute ihm mit offenem Mund nach, während der Fahrstuhlführer die Tür schloss.

„Miss Gregory?"
O du meine Güte, was hatte Lincoln getan?

Lincoln lehnte sich an die Stoßstange seines Automobils und wartete. Er ließ die Eingangstür des großen Ziegelgebäudes nicht aus den Augen. Hannah würde in wenigen Momenten die gute Nachricht hören und wieder nach draußen kommen.

Er schmunzelte, als er an Miss Frogges Reaktion dachte, als sie gehört hatte, dass Hannah wieder zurückkäme. Hatte Hannah der Frau das Leben wirklich so schwer gemacht? Er konnte das eigentlich nicht glauben, da Hannah ihm erzählt hatte, was sie wiederum mit dieser Frau alles erlebt hatte. Auf dem Rückweg vom Kapitol hatte er sie gefragt, warum sie in die Abendschicht versetzt worden war, und ihr Gesicht hatte eine reizvolle Röte angenommen, als sie stockend mit der Wahrheit herausgerückt war.

Ein Spatz flog an ihm vorbei und Lincoln lächelte. Seine Hannah war wie ein Vogel. Gottes schönste Schöpfung. Kein Wunder, dass ihr die Vorstellung zu fliegen gefiel. Allein schon ihre Nähe erfüllte seinen Tag mit Freude, und dieser „Käfig" war der letzte Ort, an den sie gehörte.

Als sie durch die Eingangstür des Gebäudes trat, schlug sein Herz höher. Die meisten Frauen, die in der Stadt arbeiteten, trugen ähnliche weiße Blusen und schwarze Röcke, aber irgendwie sahen sie an Hannah viel besser aus als an den anderen Frauen. Er winkte ihr zu. Vielleicht könnten sie ihre Schwestern abholen und heute Abend zu viert essen gehen, um ihre neue Stelle zu feiern.

Sie stapfte wütend auf ihn zu. Sein Brustkorb zog sich zusammen. War es nicht so gelaufen, wie er erwartet hatte? Vic ließ sie scheinbar doch nicht gehen.

Sie stemmte die Hände in die Hüften. „Lincoln Cole, wie konntest du nur auf die Idee kommen, du müsstest dich bei meiner Arbeit einmischen?"

31

„Ich … ich wollte nur helfen“, stammelte Lincoln. Meine Güte! Was stellte sie nur mit ihm an? Er hatte seit seinem ersten Prozess nicht mehr so viel gestottert. „Ich habe von der freien Stelle im Gericht gehört und wusste, dass du dafür perfekt geeignet wärst. Deshalb bin ich hergekommen und habe dich vorgeschlagen.“

Er schaute sich um und bemerkte, dass einige Passanten ihr Gespräch verfolgten. Na großartig! Jetzt hatten sie auch noch ein Publikum.

„Falls“, sie tippte mit dem Finger auf seine Brust, „du gedacht hast, dass ich so *perfekt* bin, warum hast du es dann für nötig gehalten, deine Beziehungen spielen zu lassen und deinen ehemaligen Kommilitonen um seine Unterstützung zu bitten?“ Sie tippte ein weiteres Mal mit dem Finger auf seine Brust. „Wenn ich so *perfekt für die Stelle* bin, warum hast du mich dann nicht selbst zu Mr Bradford gehen und mich für die Stelle bewerben lassen?“

Er versteifte sich und eine Ader in seiner Schläfe begann zu pochen. Jetzt war auch er gereizt. Schließlich sollte sie ihm dankbar sein und nicht an ihm herumnörgeln. „Ich habe dich aus dieser furchtbaren Abendschicht herausgeholt. Ich dachte, du würdest dich freuen. Ich dachte sogar, du wärst mir *dankbar*.“

„Wenn du das gedacht hast, hast du dich geirrt!“ Sie wandte sich von ihm ab und verschränkte die Arme.

Lincoln rieb sich den Nacken und musste den Ärger zügeln, der in ihm aufstieg. Das lief nicht gut. Sollte er sich entschuldigen? Aber wofür? Er hatte doch nichts falsch gemacht.

Vater, warum benimmt sich Hannah so … als würde sie bedroht werden? Was soll ich machen?

Hatte er sie in irgendeiner Weise bedroht? Wenn Vögel sich bedroht fühlten, kämpften sie entweder oder sie flogen weg. Hannah würde natürlich beißen und um sich schlagen, als hinge ihr Leben davon ab, aber wodurch hatte er ihr das Gefühl vermittelt, bedroht zu werden?

Liebe ist geduldig. Aber er wollte nicht geduldig sein. Er wollte jetzt sofort eine Antwort von ihr haben.

Liebe ist freundlich. Freundlich? Jetzt? Erwartete Gott das wirklich?

Er atmete tief ein und mäßigte seinen Ton. „Was ist das eigentliche Problem?"

Sie fuhr herum und Tränen glänzten in ihren Augen. „Du hast nicht darauf vertraut, dass ich das selbst schaffen kann. Wenn du wirklich glauben würdest, dass ich die beste Kandidatin für diese Stelle bin, hättest du mich die Sache selbst regeln lassen sollen." Erneut tippte sie auf seine Brust. „Und ich hätte das auch ohne dich schaffen können."

„Du hast also das Gefühl, ich würde nicht an dich glauben?" Diese Erkenntnis traf ihn wie ein Schlag in den Magen.

Eine Träne lief über ihre Wange.

Er wischte sie mit dem Daumen weg. „Ich glaube ganz fest an dich. Ehrlich." Er zog sie an sich.

Wie sollte er ihr das nur klarmachen? Wie könnte er ihr zeigen, dass er sich nur um sie kümmern und sie ganz bestimmt nicht einsperren wollte?

Liebe ist geduldig. Das durfte er nicht vergessen. Einen Vogel durfte man nicht festhalten, sonst konnte es passieren, dass man nur eine Handvoll Federn in den Händen hielt.

Rosies Mutter tauchte häufiger auf der Veranda auf, als der Kuckuck aus einer Kuckucksuhr hervorlugte. Charlotte hätte fast gelacht, als die fürsorgliche Frau zum dritten Mal den Kopf aus der Tür steckte, lächelte und dann wieder verschwand.

„Sie ist ja noch schlimmer als deine Schwester", brummte George auf seinem Stuhl.

Mrs Murphy hatte angeordnet, dass Charlotte allein auf der Schaukel sitzen musste. George hatte zwar gemurrt, aber bis jetzt hielt er sich an diese Regel.

Charlotte zog einen Umschlag aus ihrer Schürzentasche und wedelte damit herum. „Ich habe gute Neuigkeiten."

„Hat dir jemand Geld vererbt?"

„Nein.“ Sie presste den Brief an ihre Brust. „Viel besser.“

„Willst du den ganzen Tag hier sitzen und mich auf die Folter spannen?“ Er hielt ihr auffordernd die Hand hin.

Charlotte reichte ihm rasch den Brief. Sie wollte auf keinen Fall, dass Mrs Murphy George schimpfen hörte. Sie hätte es besser wissen müssen. Schließlich wusste sie, dass George nicht gern wartete.

Er faltete den Brief auseinander, las ihn und runzelte die Stirn. „Du willst das wirklich machen?“

„Natürlich!“ Ein breites Lächeln überzog ihr Gesicht. „Es ist mein größter Wunsch, Fannie Farmers Kochkünste zu lernen.“

„Du kannst doch schon ganz gut kochen. Warum musst du jetzt noch auf irgendeine teure Schule gehen?“

„Ich kann gut kochen, aber ich will mehr lernen. Ich will einmal ein vornehmes Restaurant eröffnen.“ Als sein Stirnrunzeln nicht verschwand, sprach sie weiter: „Das ist eben mein großer Traum. Wie dein Traum das Baseballspielen ist.“

„Ich bin aber so klug zu wissen, dass Baseballspielen nur ein Traum ist, aber nicht so dumm zu glauben, dass ich tatsächlich in der obersten Liga mitspielen könnte.“

„Du glaubst, mein Traum wäre dumm?!“

„Komm schon, Charlotte! Wie viele Frauen kennst du, die ein Restaurant führen?“ Er schmunzelte und griff dann nach ihrer Hand. „Und warum willst du mich verlassen? Ich dachte, das mit uns ist etwas Besonderes.“

„Das ist es auch, aber –“

Mrs Murphy öffnete die Fliegengittertür. „George, ich glaube, es wird Zeit für dich, nach Hause zu gehen.“

„Ja, Ma'am“, murmelte er. Er zog Charlotte auf die Beine und küsste ihre Hand. „Begleitest du mich noch bis zur Ecke?“

„Lieber nicht.“

„Was können ein paar Schritte schon schaden?“

„Bitte, George, das ist ihre Regel. Mrs Murphy ist eine Freundin der Familie. Ich will ihre Gefühle nicht verletzen.“

„Und was ist mit *meinen* Gefühlen?“ Er umarmte sie und ließ sie nicht wieder los.

Sie entwand sich seinen Armen und hielt ihm die rechte Wange hin.

Seufzend gab er ihr einen kurzen Kuss auf die Wange. „Gute Nacht, Charlotte."

„Gute Nacht, George." Sie winkte ihm, als er auf den Gehweg trat. „Warte! Fast hätte ich etwas vergessen." Sie rannte die Stufen hinab und berührte seinen Arm. „Hannah will, dass du am Sonntag zum Essen zu uns kommst."

„Ich weiß nicht recht. Ich bin nicht besonders wild darauf, den Nachmittag mit deiner lästigen Schwester zu verbringen."

Sie biss sich auf die Lippe. „Aber du kommst?"

„Klar. Für dich tue ich alles." Er lachte. Und bevor sie begriff, was passierte, zog er sie plötzlich in die Büsche und presste seine Lippen auf ihren Mund.

„Charlotte?", rief Mrs Murphy von der Verandatür.

Sie wagte es nicht, ihr zu antworten. Stattdessen riss sie sich von ihm los und hielt sich wortlos den Mund zu.

Tränen der Enttäuschung brannten in ihren Augen. So hatte sie sich ihren ersten Kuss nicht vorgestellt.

„Aber Charlotte ist mit George nicht auf der Veranda geblieben, sondern war mit ihm im Garten."

Hannah bedachte ihre protestierende kleine Schwester mit einem finsteren Blick. Dann blickte sie verzweifelt zur Zimmerdecke hinauf und betete, dass Gott ihr helfen würde, sich zu beherrschen und Tessa nicht zu erwürgen. „Wenn Charlotte etwas Verbotenes getan hat, macht dich das nicht weniger schuldig." Sie las die Nachricht von Tessas Lehrerin noch einmal. Was hatte Tessa sich nur dabei gedacht?

Die junge Frau legte den Brief auf den Tisch und drehte sich zu ihrer Schwester herum, die auf dem Sofa saß. „Heraus mit der Sprache! Warum hast du bei der Prüfung gemogelt?"

„Das war nicht meine Schuld. Ingrid hatte ihr Blatt so offen auf dem Tisch liegen, dass es jeder lesen konnte."

„Was du nicht sagst!" Das würde nicht leicht werden. Aber bei Tessa war nie etwas leicht.

Tessa nickte. „Ja, sie hatte ihr Blatt mitten auf dem Tisch liegen."

„Höchstwahrscheinlich hatte sie es da liegen, weil sie eine Prüfung schrieb!" Hannah verschränkte die Arme. „Warum hast du das gemacht, Tessa? Ist dir klar, dass du bei einer Prüfung in *Bibelkunde* gemogelt hast?“

„Ich wollte eine Schleife. Mrs Devorak hat gesagt, dass jeder, der die Prüfung besteht, eine Schleife bekommt, und ich wollte nicht die Einzige sein, die keine bekommt.“

„Das dachte Mrs Devorak sich schon. Sie sagt, dass du morgen eine neue, schwerere mündliche Prüfung ablegen musst. Du solltest also anfangen zu lernen.“

„Ist das alles?“ Zu spät merkte Tessa, dass ein Lächeln nicht die richtige Antwort auf diese Aussage war.

In diesem Moment kam Charlotte die Treppe herab, und Hannah wandte sich kurz zu ihr um, bevor sie Tessa wieder einen finsteren Blick zuwarf. „Nein, das ist nicht alles. In den nächsten zwei Wochen hast du Hausarrest. Du erledigst jeden Tag zusätzliche Arbeiten, und du schreibst sowohl Mrs Devorak als auch Ingrid einen Brief, in dem du dich entschuldigst.“

Tessa blickte sie mit großen Augen an. „Ingrid? Warum soll ich mich bei *ihr* entschuldigen?“

„Du hast von ihr gestohlen.“

„Ich habe ihr nichts weggenommen!“

„Du hast ihr geistiges Eigentum gestohlen.“ Hannahs Stimme wurde leiser. „Und ich denke, du weißt selbst, dass das, was du getan hast, falsch war. Nicht wahr?“

Tessa stieß ein resigniertes Seufzen aus. „Dann fange ich jetzt am besten an zu lernen.“

„Das ist eine gute Idee.“

„Und was willst du mit Charlotte machen?“, meinte Tessa schmollend.

Hannah deutete streng zur Küche. „Ab mit dir!“

Nachdem Tessa verschwunden war, ließ sich Hannah aufs Sofa fallen. „Dieses Mädchen!“

„Vielleicht ist es für uns alle leichter, wenn du abends wieder zu Hause bist.“ Charlotte zog das Damebrett heraus. „Ich habe dich vermisst.“

„Ich habe euch auch vermisst.“ Hannah betrachtete ihre Schwester, die die Damesteine auf dem Brett verteilte. Dass sie sich von der Veranda geschlichen hatte, um ein paar Momente mit George allein zu verbringen, war kein Grund, sie zur Rede zu stellen. Aber die Veränderungen an Charlottes Verhalten beunruhigten sie so sehr, dass sie das unbedingt ansprechen wollte. Heute Abend wirkte Charlotte besonders still, und Hannah glaubte, sie weinen gehört zu haben. Andererseits war der erste Abend, den sie wieder zu Hause war, wohl kaum der geeignete Zeitpunkt für ein Gespräch über George. Vielleicht sollten sie sich erst wieder näherkommen, bevor sie ihrer Schwester offen sagte, was sie an George störte.

Sie warf einen Blick zu dem ovalen Bilderrahmen an der Wand. Ihre Eltern lächelten sie von der Fotografie hinter der Glasscheibe an. In ihrer Brust regte sich der vertraute Schmerz. Sahen ihre Eltern sie? Was würde ihre Mutter wegen George zu Charlotte sagen? Und was würde sie wegen Lincoln sagen? Hätte ihre Mutter ihr helfen können, aus Lincolns Verhalten an diesem Tag schlau zu werden? Sosehr sie sich auch bemühte, es fiel Hannah immer noch schwer zu begreifen, warum er es für nötig erachtet hatte, sich einzumischen.

„Hannah? Willst du jetzt spielen oder nicht?", fragte Charlotte.

„Ja, natürlich. Entschuldige."

Drei Partien später lehnte sich Charlotte auf ihrem Sessel zurück. „Du bist heute in Gedanken nicht bei der Sache. Ich kann mich nicht erinnern, wann ich dich das letzte Mal dreimal hintereinander geschlagen habe."

Tessa trat aus der Küche. „Kann ich mitspielen?"

„Bist du mit dem Lernen fertig?" Hannah hob den Kopf und dehnte ihren steifen Nacken.

Tessa nickte. „Stell mir doch ein paar Fragen."

„Das werde ich tun." Hannah erhob sich. „Aber vorher brauche ich eine kurze Pause. Willst du nicht eine Partie spielen? Danach frage ich dich aus."

Mit einem Grinsen setzte sich Tessa aufs Sofa und stellte die Spielsteine auf. „Liebe Schwester, jetzt geht es dir an den Kragen."

Charlotte verdrehte die Augen und machte den ersten Zug.

Hannah verfolgte die gut durchdachten Züge ihrer Schwestern. Tessa, die offensivere Spielerin, übernahm die Kontrolle in der Mitte des Spielbretts, während Charlotte defensiver spielte. Tessa übersprang zwei schwarze Steine von Charlotte und diese tat im Gegenzug das Gleiche. Da Tessa nicht der Typ war, der lange über eine

Strategie nachdachte, war das Spiel in weniger als zehn Minuten vorbei.

„Ich habe gewonnen!" Tessa klatschte in die Hände.

Charlotte lachte. „Abgesehen davon, dass du Hausarrest bekommen hast, Extraarbeiten erledigen und Entschuldigungsbriefe schreiben musst, bist du der absolute Gewinner dieses Abends!"

Hannah musste laut lachen. Sie hatte ihre Schwestern sehr vermisst.

„Hast du die Entschuldigungen schon geschrieben?", fragte Hannah Tessa.

„Muss ich das wirklich tun?"

„Was meinst du?"

Tessa stapfte davon und Hannah seufzte. War sie zu streng zu dem Mädchen? Aber Tessa musste lernen, dass es Grenzen gab. Genauso wie Lincoln.

Plötzlich tauchte sein niedergeschlagenes Gesicht vor ihrem inneren Auge auf. War sie zu hart zu ihm gewesen? Er hatte doch nur versucht, ihr zu helfen, und sie verdankte es ihm, dass sie abends wieder zu Hause sein konnte.

Vielleicht war Tessa nicht die Einzige, die eine Entschuldigung schreiben musste.

32

Hannah klopfte an den Türrahmen und wartete, bis sich ihre neue Vorarbeiterin zu ihr umdrehte. „Guten Tag, Mrs Beecher. Ich bin Hannah Gregory."

Die Telefonvermittlung im Gerichtsgebäude war in der ehemaligen Werkstatt des Hausmeisters untergebracht und hatte nicht viel Ähnlichkeit mit der riesigen Telefonzentrale. Hannah betrachtete die zwei Klappenschränke, die hundertvierzig Telefonanschlüsse verwalteten.

Mrs Beecher schenkte ihr ein breites Lächeln. „Kommen Sie doch herein, meine Liebe."

Hannah drehte den Türknopf an der unteren Hälfte der geteilten Tür und trat ein. Nachdem sie diese wieder hinter sich geschlossen hatte, wartete sie, bis Mrs Beecher den Anruf verbunden hatte, der gerade einging.

Mrs Beecher stand auf und reichte Hannah die Hand. „Meine Liebe, Sie sind eine Gebetserhörung für mich. Mr Bradford hat mich gestern angerufen und mir mitgeteilt, dass Sie heute Morgen kommen würden."

Hannah schaute sie mit offenem Mund an. Miss Frogge würde nie jemanden so freundlich begrüßen.

„Kommen Sie, ich zeige Ihnen alles."

„Was ist mit den Anrufern?", fragte Hannah.

„Die können ruhig ein paar Minuten warten." Mrs Beecher führte sie in ein angrenzendes kleineres Zimmer. Es war mit einem kleinen Tisch und zwei einfachen Stühlen eingerichtet. „Sie können Ihre Sachen dort an die Haken hängen. Verglichen mit dem Aufenthaltsraum in der Telefonzentrale ist es nicht viel, aber man kann sich hier ausruhen und in der Mittagspause einen Happen essen." Sie trat auf die andere Seite des Zimmers und legte die Hand auf einen großen Messinggegenstand mit einer Glashaube. „Und das ist unser Freudenquell."

Hannah betrachtete den Messingtopf, der auf einer festen Halterung angebracht war. Vorne ging ein kleines Metallrohr mit Verschluss ab und unter dem Topf flackerte eine winzige Flamme über einem Spiritusbrenner. Der Glasbehälter enthielt eine vertraute dunkle Flüssigkeit. Als sie begriff, was hier vor ihr stand, lächelte Hannah vor Entzücken über das ganze Gesicht. Eine Tisch-Kaffeemaschine. Sie hatte von diesen Geräten gehört, aber noch nie eines mit eigenen Augen gesehen.

„Ist das hier etwa ein Kaffeeperkolator? Ich könnte Sie küssen!"

„Ich wusste doch gleich, dass ich Sie mögen würde." Mrs Beecher schenkte eine Tasse ein und reichte sie Hannah, dann goss sie sich selbst auch eine Tasse voll. „Jetzt sollten wir an die Arbeit gehen. Ich erkläre Ihnen dann alles. Wenn ich zu schnell bin, sagen Sie es mir bitte. Ich will, dass Sie sich hier wohlfühlen. Wir werden viel Spaß miteinander haben."

Ab diesem Moment konnte Hannah nicht aufhören zu lächeln.

Vielleicht sollte sie Lincoln doch vergeben, dass er sich in ihre Angelegenheiten eingemischt hatte. Miss Frogge hatte Hannah irgendwie das Gefühl vermittelt, abgelehnt zu werden, aber Mrs Beechers natürliche Herzlichkeit gab Hannah das Gefühl, gern gesehen und angenommen zu sein.

Als sie zum Klappenschrank zurückkamen, leuchteten mehrere Lampen wie Glühwürmchen in der Nacht. Mrs Beechers Finger flogen regelrecht über das Gerät, während sie die Verbindungen herstellte. Hannah konnte kaum glauben, wie schnell die ältere Dame arbeitete. Innerhalb weniger Minuten war die Vorderseite des Klappenschranks mit roten Kabeln überzogen.

Nachdem Mrs Beecher alle Verbindungen hergestellt hatte, erklärte sie Hannah alle Nummern und den Bereich oder die Kunden, die mit diesen Nummern verbunden waren. Die Telefonvermittlung war nicht nur für das Gerichtsgebäude der Stadt, sondern auch für das des Bundesstaates zuständig, welches sich auf der gegenüberliegenden Straßenseite befand. Mrs Beecher reichte Hannah als Arbeitserleichterung eine einfache Liste. Diese würde ihr weiterhelfen, bis sie alle Verbindungen auswendig gelernt hatte.

„Ich weiß nicht, ob Ihnen Mr Bradford das gesagt hat, aber die Arbeitszeiten sind hier ein wenig anders als in der Telefonzentrale. Die Arbeitszeit beginnt um halb acht und endet um vier. Sie haben eine Stunde Mittagspause und eine halbe Stunde Kaffeepause. Wir müssen unsere Ruhepausen so absprechen, dass immer jemand am Klappenschrank sitzt, aber das dürfte kein Problem sein. Sie können entweder hierbleiben und essen", sie lächelte ihr verschwörerisch zu, „oder Sie verbringen Ihre Mittagspause lieber mit einem gewissen Anwalt, der gestern mit mir gesprochen hat."

Hannah versteifte sich. „Ich bin für diese Stelle qualifiziert. Ich habe bis zum Tod meiner Eltern Rechtswissenschaften studiert. Ich bin mit der Arbeit, die hier geschieht, also gut vertraut."

Mrs Beecher unterbrach Hannah mit erhobener Hand. „Meine Liebe, für mich besteht kein Zweifel daran, dass Sie qualifiziert sind. Aber für mich besteht auch kein Zweifel daran, dass Mr Cole von Ihnen begeistert ist. Ich finde beides sehr gut." Sie hielt inne und nahm einen Anruf entgegen. Anschließend drehte sie sich wieder zu Hannah herum. „Wo war ich stehen geblieben?"

„Bei den Regeln vielleicht?"

Die ältere Dame winkte ab. „Ich lege keinen großen Wert auf diese ganzen dummen Regeln, dass man die Beine nicht übereinanderschlagen oder sich nicht schnäuzen darf, aber auf eines lege ich allergrößten Wert." Mrs Beecher schaute Hannah direkt an. „Sie werden hier viel hören. Natürlich rein zufällig, aber Sie werden es trotzdem hören. Es ist wichtig, dass Sie absolutes Stillschweigen bewahren. Erzählen Sie das, was Sie hören, nicht einmal mir. Haben wir uns verstanden?"

„Ja, Ma'am."

Mrs Beecher deutete auf den anderen Kopfhörer und lächelte. „Dann fangen wir an."

Im Laufe des Vormittags beruhigte sich der Telefonverkehr ein wenig. Hannah rieb die Stelle unter ihrem Ohr, an der der Hörer drückte, dann bot sie an, Mrs Beechers Tasse neu aufzufüllen. Als sie zurückkam, zog sie den Entschuldigungsbrief aus ihrer Tasche und berührte ihn geistesabwesend, während sie ihren Klappenschrank anstarrte.

„Haben Sie etwas auf dem Herzen?", fragte Mrs Beecher.

Hannah drehte sich um und war überrascht, dass ihre Vorarbeiterin ein Gespräch mit ihr beginnen wollte.

Mrs Beecher lachte. „Meine Liebe, ich habe Ihnen doch gesagt, dass ich von den ganzen Regeln nicht viel halte. Es schadet niemandem, wenn wir uns zwischen den Anrufen ein wenig unterhalten. Dieses Zimmer ist so klein, dass wir es schon nicht übersehen, wenn eine Lampe aufleuchtet." Sie deutete auf den Umschlag. „Müssen Sie diesen Brief zur Post bringen?"

„Nein." Hannah schüttelte den Kopf. „Der Brief ist für –"

„Es ist ein Liebesbrief für Ihren Freund, Mr Cole."

„Nein, ein Entschuldigungsbrief."

Mrs Beecher verband den nächsten Anruf und drehte sich dann wieder zu Hannah herum. Sie fragte nicht noch einmal nach dem Brief, stellte Hannah aber zwischen den nächsten Anrufen viele andere Fragen. Diese waren kein Zeichen für ihre Neugier, sondern verrieten ein echtes Interesse. Es dauerte nicht lang, bis Hannah Mrs Beecher erzählt hatte, dass ihre Eltern beide an der Grippe gestorben waren, dass sie ihr Jurastudium abgebrochen hatte, um sich um ihre

Schwestern zu kümmern, und sogar, dass es Mr Cole gewesen war, der ihnen ihren Hof weggenommen hatte.

„Und dann hat er uns beim Umzug geholfen." Hannah wurde ganz warm ums Herz, als sie sich daran erinnerte, wie er mit hochgekrempelten Ärmeln Kisten geschleppt und die Betten zerlegt hatte. „Er ließ sich einfach nicht abwimmeln."

Mrs Beecher schmunzelte. „Nach allem, was ich gesehen habe, verstehe ich gar nicht, warum Sie ihn abwimmeln wollen."

Hannah grinste und beide brachen in Gelächter aus. „Ich weiß, dass wir uns heute erst kennengelernt haben, Mrs Beecher, aber so komisch es auch klingen mag, ich habe das Gefühl, als würde ich Sie schon seit Jahren kennen."

„Meine Liebe, sagen Sie ‚Jo' zu mir. Mir geht es genauso." Sie drückte Hannahs Arm. „Der Herr hat meine Gebete erhört und mir eine Freundin geschickt."

„Dann müssen Sie ‚Hannah' zu mir sagen."

„Gern, Hannah. Kannst du mir jetzt verraten, warum du seit einer halben Stunde diesen Umschlag festhältst?" Ihr Blick wanderte zu dem zugeklebten Brief.

Hannah seufzte. Sie musste mit jemandem über Lincoln sprechen, und im Moment sah es so aus, als wäre Jo dafür ideal. Aber was würde ihre neue Vorarbeiterin von ihr halten, wenn sie die ganze Geschichte hörte?

Hannah atmete tief ein und begann zu reden. Jo sollte wissen, wie sie zu dieser Stelle gekommen war. Zwischen den Anrufen erzählte sie die ganze Geschichte, angefangen bei ihrem kläglichen Scheitern in der Telefonzentrale über ihre Versetzung in die Abendschicht bis hin zu Lincolns Besuch bei Mr Bradford. Sie erzählte sogar, wie frustriert sie darüber gewesen war.

„Glaubst du an Gott, Hannah?" Jo nippte an ihrer Tasse.

„Ja."

„Dann kennst du wahrscheinlich die Geschichte von Ruth und Noomi."

Hannah nickte. „Nachdem ihr Mann gestorben war, verließ Ruth ihre Heimat und ging mit ihrer Schwiegermutter Noomi in deren Land zurück. Sie sammelte dort auf den Feldern Ähren und lernte schließlich Boas kennen."

Jo lächelte. „Hast du schon einmal darüber nachgedacht, wie viel Ähnlichkeit du mit Ruth hast?"

„Ich?" Hannah wartete nur ungern auf eine Antwort, aber sie musste den nächsten Anrufer verbinden. Als sie sich wieder zu Jo umdrehte, schien diese das Gespräch vergessen zu haben. „Was wolltest du noch sagen?"

„Ach ja! Ruth hat das, was sie geliebt hat, aufgegeben, um für ihre Familie zu sorgen. Du hast das Jurastudium und euer Zuhause aufgegeben, um in die Stadt zu ziehen und dich um deine Schwestern zu kümmern. Du sammelst zwar keine Ähren, aber du hast eine Arbeit angenommen, für die du überqualifiziert bist, und das nur, um sie zu versorgen. Und dann fiel deinem Boas auf, wie viel Liebe und Freundlichkeit du deinen Schwestern erweist."

„Mein Boas?"

Jo nickte. „Er konnte seinen Arbeitern zwar nicht auftragen, Ähren für dich liegen zu lassen, aber er ist zu mir gekommen, und dann hat er mit Mr Bradford gesprochen. Er hat gesehen, wie hart du arbeitest, und wollte dir deine Last erleichtern."

Lincoln war ihr Boas? Sie hatte seinen Besuch bei Mr Bradford nie als einen Akt der Freundlichkeit betrachtet. Hatte sie die Situation völlig falsch gedeutet?

Nachdem sie weitere Anrufe verbunden hatte, berührte Jo Hannahs Hand. „Erinnerst du dich, was Ruth als Nächstes getan hat?"

Hannah hob abwehrend die Hände. „Ich werde mich nicht vor seine Füße legen, falls du das damit sagen willst."

Jo lachte. „Nein, aber Ruth bat Boas, sie zuzudecken. Ein gottesfürchtiger Mann, der eine Frau liebt, will sie gewissermaßen zudecken. Er will sie beschützen und sie versorgen. Aber vorher muss man den Zipfel seines Mantels ergreifen."

„Erstens habe ich ihn nicht darum gebeten und zweitens deckt er mich nicht zu. Er erstickt mich."

„Das ist das uralte Problem."

„Wie meinst du das?"

Jo blickte an Hannah vorbei. „Guten Tag, Mr Cole. Sie kommen genau richtig, um Ruth zum Essen abzuholen."

Hannah fuhr herum und sah Lincoln in der Tür stehen. Er betrachtete sie mit fragend hochgezogener Braue. „Ruth?"

„Ach, habe ich ‚Ruth' gesagt?" Jo grinste Hannah vielsagend an. „Ich meinte natürlich Hannah. Eine schöne Mittagspause, meine Liebe."

33

Jedes Mal, wenn Lincoln Hannah zu Hause besuchte, strömten die Nachbarn wie Bienen aus ihren Häusern, um sein Automobil zu bestaunen. Während er sich heute draußen mit ihnen unterhielt, blieb sie im Haus und freute sich, dass Rosie gekommen war, um ihr zu helfen, sich für das Essen bei der Familie Williams fertig zu machen.

Seit sie ihre Differenzen zu Beginn der Woche ausgeräumt hatten, hatte sich die Beziehung zwischen Lincoln und ihr vertieft, und Hannah begann, sich Gedanken darüber zu machen, wie ihre gemeinsame Zukunft aussehen könnte. Das Essen bei Pete und Elise wäre gewissermaßen eine Prüfung. Aber warum war Lincoln schon so früh vorbeigekommen?

„Ist er das?" Rosie schob die Vorhänge vor dem Schlafzimmerfenster zur Seite und pfiff leise. „Ich finde, deine Beschreibung wird dem Mann nicht gerecht."

Hannah grinste und legte ein efeugrünes, maßgeschneidertes Kostüm auf ihr Bett. Dann legte sie ihr rosafarbenes Abendkleid daneben. Sie hatte das rosa Kleid im Winter umgenäht, damit es modischer wurde. Es wäre ideal für den Abend, aber es hatte auch einen tieferen Ausschnitt. Sie sollte lieber das Kostüm anziehen.

Aber Rosie deutete auf das rosa Kleid. „Heute ist ein besonderer Abend. Du musst unbedingt dieses Kleid anziehen. Mit all der elfenbeinfarbenen Spitze am Mieder wirst du umwerfend aussehen. Zieh dich jetzt an. Dann mache ich dir die Haare."

Mit fachmännischer Präzision befestigte Rosie einen Teil von Hannahs Haaren an ihrem Hinterkopf, ließ aber den Rest offen herabhängen. „Deine Locken glänzen wie Gold. Lincoln wird den Blick nicht von dir wenden können."

Hannah schlüpfte in ihre Handschuhe. „Beten wir lieber, dass er es nicht bereut, mich eingeladen zu haben."

„Du machst dich bestimmt großartig." Rosie reichte Hannah grinsend ihren gefütterten Mantel. „Ich gehe jetzt und sage ihm, dass du fertig bist, und dann werde ich Tessa wenn nötig mit Gewalt von ihm wegzerren." Sie tätschelte Hannahs Arm. „Schau nicht so ernst. Genieße den Abend."

Hannah blickte ihrer Freundin nach, als sie das Zimmer verließ. Nachdenklich betrachtete sie sich im Spiegel. Vielleicht sollte sie doch lieber das Kostüm anziehen?

Die Tür ging auf und Tessa steckte den Kopf in den Raum. „Komm schon, Hannah! Mr Cole steht unten und wartet auf dich."

Charlotte trat ebenfalls ein und seufzte laut. „Du siehst wunderschön aus."

„Danke." Hannah berührte die Nadeln in ihren Haaren.

„Lincoln wartet schon eine ganze Weile. Musst du dich nicht beeilen? Du willst ihn doch nicht verärgern."

„Warum sollte er sich darüber ärgern?" Hannah kniff sich in die Wangen und grinste ihre Schwestern an. „Eine Frau sollte wissen, dass sie es wert ist, dass ein Mann ein wenig auf sie wartet."

Sie schritt die Treppe hinab. Lincoln drehte sich um. Ein Lächeln trat in seine Augen, aber er sagte nichts. Für einen Moment geriet sie in Panik. War sie zu elegant oder zu wenig elegant gekleidet?

Sein Adamsapfel hüpfte. „Du siehst atemberaubend aus."

Ihr wurde warm. „Danke."

„Können wir?" Er bot ihr seinen Arm an und sie legte ihre Hand darauf. „Meine Damen, ich verspreche euch, sie vor Mitternacht nach Hause zu bringen, weil auf uns alle morgen ein großer Tag wartet."

Zu ihrer Freude hatte Lincoln das Verdeck an seinem Reo geschlossen. Sobald sie saß, rückte sie den Rock zurecht und schaute Lincoln an. „Morgen?"

„Ich habe überlegt, dass du und die Mädchen vielleicht Lust habt, die Feier anlässlich des Memorial Days auf dem Jahrmarkt mitzuerleben." Er ließ den Motor an und stieg ein. „Ich hoffe, du hast nichts dagegen, aber ich habe Charlotte gesagt, dass sie George einladen kann, uns zu begleiten. Dann muss er am Sonntag nicht unbedingt zum Essen kommen. Ich dachte, er fühlt sich vielleicht wohler, wenn wir etwas miteinander unternehmen, als wenn wir nur am Tisch sitzen und ihn alle anstarren."

„Das war eine sehr gute Idee. Danke."

Er grinste und fuhr los. „Gern geschehen."

Unterwegs bat Hannah Lincoln, ihr mehr über Pete und Elise zu erzählen. Sie erfuhr, dass Elise manchmal an Schüben von Melancholie litt, während Pete einer der fröhlichsten Menschen der Welt war. Lincoln erzählte ihr, wie Pete ihm geholfen hatte, den Kopf nicht hängen zu lassen, als er seine ersten drei Prozesse verloren hatte und alles hinwerfen wollte. Pete war in vielerlei Hinsicht ein Ersatzvater für Lincoln gewesen und seine Bewunderung für den Mann war grenzenlos.

Hannah schnappte nach Luft, als sie vor dem riesigen Anwesen der Williamsens vorfuhren, aber Lincoln beruhigte sie. „Sie werden dich genauso lieben wie ich."

Als sie das Haus betraten, hatte sie Mühe, den glitzernden Kristallkronleuchter im Foyer nicht anzustarren.

„Lincoln, das muss deine Miss Gregory sein." Elise ergriff Hannahs Hände. „Sie ist eine Schönheit. Schande über dich, dass du sie nicht schon früher mitgebracht hast!"

Pete trat zu seiner Frau. „Miss Gregory, unser Freund hier ist ganz hingerissen von Ihnen. Sie haben hoffentlich nicht vor, ihm das Herz zu brechen."

„Pete, benimm dich!" Elise bedachte ihren Mann mit einem nicht ganz ernst gemeinten strengen Blick. „Komm jetzt. Wir wollen Miss Gregory unseren anderen Gästen vorstellen."

Nachdem sie darauf bestanden hatte, dass die beiden „Hannah" zu ihr sagten, wurde sie in den großen Salon geführt, wo Pete ihr die anderen Gäste vorstellte. „Hannah, darf ich Ihnen unseren Sohn Albert vorstellen?"

Albert war ungefähr genauso alt wie sie und besaß weder die unübersehbare Lebensfreude seines Vaters noch die herzliche Art seiner Mutter. Er schob seine Drahtbrille nach oben und nickte zuerst Lincoln und dann ihr kurz zu.

Lincoln begrüßte den jungen Mann herzlich. Wenn Pete wie ein Vater für Lincoln war, musste Albert wie ein Bruder für ihn sein.

„Miss Gregory, das ist der andere Seniorpartner unserer Kanzlei, Mr Charles Harlington, und das ist seine bezaubernde Frau Susan."

Sie nickte höflich. „Es ist mir eine Freude, Sie beide kennenzulernen."

„Und das rechts neben Ihnen ist unser anderer Juniorpartner, Cedric Knox."

„Wir haben uns schon kennengelernt, aber unter völlig anderen Umständen", sagte Cedric. „Nicht wahr, Miss Gregory?"

Noch ehe sie eine Gelegenheit hatte, ihm zu antworten, hakte sich Elise bei ihr unter und verkündete: „Bevor jetzt jemand auf die Idee kommt, Hannah mit Fragen zu löchern, würde ich vorschlagen, dass wir erst einmal essen."

Charles legte eine Hand auf Lincolns Schulter. „Ich verstehe jetzt, warum du sie glücklich machen willst."

„Ja, das will ich, Charles. In jeder Hinsicht."

Wenn sie eine gute Phase hatte, war Elise die perfekte Gastgeberin. Lincoln stellte fest, dass der heutige Tag da keine Ausnahme bildete. Trotz Hannahs Behauptung, dass sie von solchen gesellschaftlichen Anlässen keine Ahnung hätte, kam sie anmutig und gekonnt mit allem zurecht, angefangen bei den vier verschiedenen Gabeln bis zur Ansammlung der Gläser rechts neben ihrem Teller. Sie hatte am College offenbar nicht nur Rechtswissenschaften studiert.

Als das Lamm aufgetragen wurde, stieg ihm der Geruch von Pfefferminze in die Nase. Die Sahnekarotten waren eher nach seinem Geschmack, aber Elises Spargelsalat mit Champagner-Safran-Vinaigrette war etwas erfreulich Neues. Hannah schien jeden Bissen zu genießen.

Sie hatten gerade den ersten Gang des Menüs gegessen, als Susan Harlington sich bei Albert nach seinen Plänen erkundigte, nach Yale zurückzukehren. Der hochbegabte junge Mann erklärte, dass sein Urlaub in Deutschland Wunder gewirkt habe und dass er sich darauf freue, im Herbst sein Studium wiederaufzunehmen.

„Was studieren Sie denn?", erkundigte sich Hannah.

„Naturwissenschaften", antwortete Albert. „Ich interessiere mich für die Erforschung von elektrischem Strom."

Während sich das Gespräch um aktuelle Themen wie die Prohibition drehte, beugte sich Hannah zu Lincoln, um ihm zu sagen, dass Charlotte von diesem Essen begeistert wäre. Ein ungewohntes Gefühl regte sich in ihm. Warum vermisste er plötzlich Hannahs Schwestern?

Er war so in seine Gedanken vertieft, dass er erst merkte, dass Cedric Hannah angesprochen hatte, als sie sich merklich versteifte. Wann war das Thema „Frauenwahlrecht“ angeschnitten worden?

Cedrics Stimme wurde lauter. „Diese Nörgelei der Frauen zuerst wegen der Prohibition und dann wegen des Frauenwahlrechts geht einem auf die Nerven. Was soll diese ganze Aufregung?“

Lincoln räusperte sich, um Hannah zu warnen, dass Cedric sie nur provozieren wollte.

„Sie sind also der Meinung, dass die Hälfte der Bevölkerung nicht repräsentiert sein sollte, Mr Knox?“ Ihr Tonfall war freundlich, aber Lincoln spürte, dass Ärger darin mitschwang. „Ich glaube, in unserer Verfassung steht, dass es keine Besteuerung ohne Repräsentation geben sollte. Wenn das der Fall ist, sollten Frauen folglich auch keine Steuern zahlen müssen.“

Lincoln sah Petes und Charles' belustigte Blicke. Ihre Frauen runzelten jedoch unbehaglich die Stirn. Ob sie sich über Cedric wegen seiner Fragen oder über Hannah wegen ihrer Antworten ärgerten, konnte er nicht sagen.

Cedric deutete mit seiner Gabel auf sie. „Aber selbst Sie müssen doch zugeben, dass Frauen für die Verantwortung, unsere gewählten Volksvertreter zu bestimmen, zu emotional sind.“

„Es gibt sicher einige, die Ihnen darin zustimmen würden.“ Sie schnitt mit dem Messer ein Stück von ihrem Spargel ab. „Man sagt ja gern, Männer seien Frauen überlegen, weil sie die Fähigkeit besitzen, auf Herausforderungen nicht emotional zu reagieren.“

Sie senkte den Blick auf ihren Teller und sagte nichts weiter zu dem Thema.

„Das war alles?“ Cedric ließ nicht locker. „Wie steht es mit Ihnen? Haben Sie keine eigene Meinung zu dem Thema? Wollen Sie uns nicht Ihren Standpunkt verraten?“

Sie schaute ihn direkt an. „Wenn Sie sich ehrlich für meine Meinung interessieren würden, würde ich sie Ihnen sagen.“

Ein Lächeln überzog Elises und Susans Gesicht.

Hannah nippte an ihrem Wasserkelch, schwieg aber.

Cedrics Gesicht lief rot an. Seine Stimme wurde laut. „Sie wollen jetzt also schmollen und mich mit Schweigen strafen? Damit beweisen Sie doch, dass ich mit meiner Aussage recht habe, Miss Gregory. Frauen sind zu emotional."

„Das genügt, Cedric." Lincoln knüllte seine Serviette zusammen und warf sie neben seinen Teller. „Ich lasse nicht zu, dass du sie derart bedrängst!"

„Meine Herren!" Charles schaute Hannah schmunzelnd an. „Wer reagiert jetzt emotional?" Er wandte sich an Hannah. „Miss Gregory, Sie sind ein Genie. Ich glaube, Sie haben Ihren Standpunkt unmissverständlich deutlich gemacht, ohne ein einziges Wort zu sagen." Er hob sein Glas. „Einen Toast auf Miss Gregory, deren Geschick vor Gericht sogar das Können unseres Mr Knox übertreffen würde."

Cedric schob seinen Stuhl vom Tisch zurück und legte seine Serviette neben seinen Teller. „Ich denke, ich sollte mich vorzeitig verabschieden. Das Essen bekommt mir heute Abend nicht."

„Ach, sei doch kein Spielverderber! Setz dich und iss deine Nachspeise." Pete strich über seinen Bauch.

Cedric kam der Aufforderung seines Gastgebers widerstrebend nach und setzte sich, aber sein finsterer Blick wanderte immer wieder zu Hannah.

Lincoln ergriff unter dem Tisch Hannahs Hand und beugte sich zu ihr hinüber. „Gut gemacht, Frau Anwältin. Sehr gut."

Hannah saß im Salon der Williamsens und bemühte sich, die Kunstwerke und die Tiffanylampen nicht anzustarren. Sie nahm an, dass Pete keine Kosten scheute, um seine Frau glücklich zu machen.

Die Männer kehrten von ihrer Verdauungszigarre im Arbeitszimmer zu ihnen zurück. Zu ihrer Erleichterung stellte Hannah fest, dass Cedric gegangen war.

„Ich muss euch allen unbedingt etwas zeigen." Elise klatschte in die Hände und bat eine Hausangestellte, das elektrische Gerät hereinzubringen.

Während Lincoln seinen Platz hinter Hannah einnahm, stellte die Angestellte einen Holzkasten auf den Tisch.

„Ihr habt vielleicht schon die alten magnetoelektrischen Geräte gesehen, aber dieses Gerät ist ein wissenschaftlicher Durchbruch und ein wahres Wunderheilmittel." Elise löste die Verriegelung und öffnete die Kiste. „Man braucht nur eine dieser Messingelektroden an den Körperteil zu drücken, der geheilt werden soll, und die andere Elektrode in der Hand zu halten, während jemand diese Kurbel dreht." Sie deutete auf die Beschriftung im Deckel. „Hier steht, dass damit Rheuma, schlechte Blutzirkulation, Kopfschmerzen, Mandelentzündungen, Katarrh, Asthma, Ohrenschmerzen, Hexenschuss, Rückenschmerzen und Nervosität behandelt werden können." Sie schaute ihren Mann an. „Zum Zubehör gehört sogar ein besonderer Kamm, mit dem Schuppenflechte behandelt wird und die Haarfollikel angeregt werden können."

„Mutter, ich habe dir schon gesagt, dass diese Apparatur lächerlich ist." Albert lehnte sich an den Kamin. „Ich verstehe nicht, warum du darauf bestehst, dieses gefährliche Gerät zu benutzen."

„Ist das Gerät wirklich so gefährlich?", fragte Susan.

„Unsinn." Elise goss Wasser in die Batterie. „Schau mich an. Ich benutze es seit einiger Zeit zweimal am Tag und ich fühle mich so gut wie noch nie."

„Ich werde gehen! Mit dieser Quacksalberei will ich nichts zu tun haben!" Albert verließ das Zimmer.

„Genug von deinem neuen Spielzeug, meine Liebe. Ich denke, ein wenig Musik wäre jetzt ganz schön." Pete wandte sich an Susan. „Spielst du für uns etwas auf dem Klavier?"

Susan willigte ein und spielte mehrere Stücke. Als sie mitten in einer hübschen Sonate war, erschütterte eine Explosion das Haus.

Elise begann zu schreien.

Hannah fuhr zu Lincoln herum. „Was war das?"

„Keine Ahnung. Bleib hier!" Er eilte zum Fenster.

Ein Dienstbote kam ins Zimmer gelaufen. „Mr Williams! Das war bei den Grennens."

Pete erblasste. „Ihr Kutschhaus?"

„Nein!" Lincoln rannte zur Tür. „Dieses Mal war es das Wohnhaus, fürchte ich!"

34

Es war schon weit nach Mitternacht, als das Feuer endlich unter Kontrolle war. Lincoln stand hilflos daneben und konnte nichts mehr tun, um zu verhindern, dass die Flammen das stattliche Anwesen zerstörten. Er hatte den Arm schützend um Hannah gelegt. Die Grennens hatten alles verloren, aber wenigstens hatten sie noch einander. Gott sei Dank waren die Tochter des Geschäftsführers der *Western Union* und ihre Familie zum Zeitpunkt der Explosion nicht zu Hause gewesen.

Pete und Elise boten an, die Nachbarn bei sich aufzunehmen, aber diese erklärten, dass sie zu ihren Eltern gehen wollten. Charles und Susan überredeten sie schließlich, den Brandort zu verlassen, und nahmen sie in ihrer Kutsche mit.

Als die junge Familie fort war, brach Elise in Tränen aus. Pete hielt sie fest umschlungen. Ein Blick auf Hannah verriet Lincoln, dass auch sie gleich weinen würde. Er strich ihr über die Wange. „Wir brechen auf, sobald ich mit dem Feuerwehrhauptmann gesprochen habe."

„Mutter." Albert legte eine Hand auf Elises Schulter. „Komm mit nach Hause. Du musst dich ausruhen."

„Ich bringe sie ins Haus", bot Hannah an.

Albert und Pete willigten zögernd ein und überließen Elise Hannah, die den Arm um die Schultern der älteren Frau legte, sie zum Haus führte und ihr dabei tröstende Worte zuflüsterte.

Lincoln staunte, wie sanft Hannah mit der Frau umging, die sie gerade erst kennengelernt hatte. Sie schien zu spüren, wie zerbrechlich Elise war, und trotzdem ging sie nicht herablassend mit ihr um, wie viele andere Frauen es tun würden.

Sobald die beiden Frauen im Haus verschwunden waren, suchte er den Feuerwehrhauptmann. Dieser erkannte ihn, war aber alles andere als begeistert, ihn hier am Brandort zu sehen.

„Wurde das Feuer durch eine Gasexplosion ausgelöst?"

„Nein."

„Sind Sie sicher?"

Der Feuerwehrhauptmann starrte ihn unnachgiebig an. „Dynamit."

„Wie können Sie das so genau wissen?"

Der Feuerwehrhauptmann deutete auf den Krater im Boden. „Die Gasleitung befindet sich da drüben. Es gibt nur eine einzige andere Ursache dafür, warum eine Veranda so in die Luft fliegt. Die Familie kann froh sein, dass niemand zu Hause war." Er verschränkte die Arme. „Und Sie freuen sich bestimmt auch. Ihr Verdächtiger müsste jetzt in Kürze wieder aus dem Gefängnis entlassen werden."

Nachdem sie Elise der Obhut des Hausmädchens übergeben hatte, trat Hannah auf den Flur hinaus. Im Erdgeschoss gab es zwar Gasbeleuchtung, aber hier im oberen Stockwerk nicht. Deshalb nahm sie die Petroleumlampe mit, um den Weg zu beleuchten. Hundemüde und nach Rauch stinkend, machte sie sich auf die Suche nach einem Badezimmer. Dann könnte sie sich vielleicht wenigstens die Asche aus dem Gesicht wischen, bevor sie nach Hause fuhr.

Sie folgte einem Gang und schaute hinter zwei Türen nach, aber dahinter befanden sich nur weitere Schlafzimmer. Eine dritte Tür war angelehnt. Sie stieß sie mit der Schuhspitze auf. Das Licht ihrer Lampe fiel flackernd auf Flaschen, Kabel, Drähte, Spulen und alle möglichen unbekannten Gegenstände.

„Kann ich Ihnen helfen? Suchen Sie etwas?"

Sie fuhr zusammen und wirbelte herum, als sie die Stimme hinter sich hörte. „Albert!" Erleichterung erfasste sie. „Ich suche das Badezimmer."

„Ich fürchte, Sie haben stattdessen mein Labor gefunden. Das Badezimmer befindet sich am Ende des Flurs. Und Lincoln wartet unten auf Sie."

„Danke." Sie wandte sich in die Richtung, in die er deutete.

Albert legte die Hand auf ihren Arm. „Miss Gregory, geht es meiner Mutter gut?"

„Ja, sie schläft jetzt."

„Gut." Er starrte auf Elises Tür. „Ich hoffe, es geht mit ihr nicht wieder bergab."

Hannah sah die Besorgnis in seinen Augen und für einen kurzen Moment erinnerte Albert sie an seinen Vater. „Ich werde für sie beten."

„Beten. Ja. Das kann nicht schaden." Er wandte den Blick nicht von der Schlafzimmertür ab.

Albert war wirklich ein seltsamer Kauz, und er klang so müde, wie sie sich fühlte. „Gute Nacht. Bitte richten Sie doch Ihrer Mutter aus, dass Lincoln und ich uns für das köstliche Essen bedanken."

Sie eilte den Flur entlang, hätte aber schwören können, dass sie Albert Selbstgespräche führen hörte. Hannah grinste. Seine Sorge um seine Mutter war bewundernswert, aber ihr Vater hätte wahrscheinlich gesagt, dass bei dem jungen Mann ein paar Schrauben locker waren.

Die Feierlichkeiten des Memorial Day in der Arena stattfinden zu lassen war brillant. Lincoln half Hannah, auf einer Sitzbank auf dem Jahrmarktgelände Platz zu nehmen. Die Arena bot viel Platz sowohl für die Teilnehmer als auch für die Zuschauer, und bei nur zehn Cent pro Platz war es eine gute Möglichkeit, der gesamten Familie einen schönen Tag zu bereiten.

Er schluckte schwer, als sich ein angenehmes, aber ungewohntes Gefühl in seiner Brust breitmachte. *Familie.* Es war sonderbar, dass er bei Hannah und ihren Schwestern an Familie dachte.

Hannah strich ihr efeugrünes Kostüm glatt und lächelte ihn an. „Danke, dass du uns alle hierher eingeladen hast. Das ist ein ganz besonderer Tag."

Sie gähnte hinter vorgehaltener Hand und er bekam leichte Schuldgefühle. Vielleicht hätte er nach den Ereignissen des Vorabends ihren geplanten Ausflug absagen sollen. Aber als er diese Möglichkeit erwähnt hatte, hatte Hannah darauf beharrt, dass sie ihre Schwestern nicht enttäuschen wollte.

Tessa, deren kupferfarbener Zopf in der Sonne glänzte, rutschte auf den Platz neben Hannah. Charlotte und George ließen sich in der Reihe vor ihnen nieder. Lincoln schloss aus seinen Beobachtungen, dass George ein ausgesprochen witziger junger Mann sein musste, weil er Charlotte oft ein Kichern entlockte. Aber wenn er nicht bald etwas mehr Abstand zu Charlotte hielte, würde Lincoln einschreiten.

„Schaut! Hier kommen sie." Tessa klatschte in die Hände.

Zwei Pferdegespanne der Feuerwehr von Des Moines nahmen ihre Plätze auf dem Feld ein.

„Wer steht denn auf welchem Gespann?", fragte Hannah.

Lincoln deutete auf das rechte Paar. „Das sind Jack und Jack. Sie haben im vergangenen Jahr den Bundeswettbewerb gewonnen. Vor das andere Gespann sind Black und Tan gespannt. Sie sind jünger, aber auch großartig." Zwei Feuerwehrmannschaften zogen ihre Pferdewagen auf das Feld und reihten sich an der Startlinie auf. „Der erste Wettkampf beginnt."

Eine Pistole gab den Startschuss, und die zwei Mannschaften rannten über das Feld, wobei zwei Mannschaftsmitglieder den Pferdewagen zogen. Alle fünfzig Meter tauschten sie mit anderen Mannschaftsmitgliedern die Plätze. Die Menge feuerte die Mannschaften an, während die Mannschaft mit der Nummer zwei, Jack und Jack, einen immer größeren Vorsprung herausholte.

„An den Start zu Wettkampf Nummer zwei!", verkündete der Sprecher.

„Jetzt kommt Jacks und Jacks Spezialdisziplin." Lincoln beobachtete die Pferde, die ihre Plätze einnahmen. „Die Feuerwehrleute müssen ihr Gespann vor die Dampfmaschine spannen. Dann steigt ein Mann auf den Wagen und bringt ihn zur Ziellinie."

Charlotte drehte sich zu Hannah herum. „Wie weit müssen sie laufen?"

„Zweimal um die Arena, nicht wahr, Lincoln?"

„Du sagst es, Tessa."

George hielt sich die Hand schützend über die Augen. Die Nachmittagssonne brannte vom Himmel. „Das sind ungefähr sechshundert bis siebenhundert Meter, schätze ich."

„Gut geschätzt. Es sind achthundertachtzig", antwortete Lincoln. „Eine halbe Meile."

George schaute ihn finster an und Lincoln verzog das Gesicht. Er hätte so klug sein und George nicht vor seiner Freundin berichtigen sollen.

Als der Pistolenschuss fiel, zuckte er leicht zusammen. Beide Mannschaften hatten ihre Pferde vor den Wagen gespannt und bewegten sie schneller, als Lincoln es für möglich gehalten hätte. In einem Kopf-an-Kopf-Rennen rasten die zwei Gespanne blitzschnell los. Nach etwas über einer Minute war das Rennen vorbei. Der Ansager erklärte Jack und Jack mit einer Zeit von einer Minute und vierzehn Sekunden zum Sieger.

„Black und Tan sind mit nur vier Sekunden Abstand Zweiter, Leute. Einen kräftigen Applaus für beide Mannschaften", rief der Ansager. „Als Nächstes wollen wir sehen, wer schneller den Schlauch auslegen und anschließen kann."

Am Ende der Feuerwehrübungen verkündete Tessa, dass sie Feuerwehrmann werden wolle.

„Dabei gibt es nur ein Problem." George schaute sie lachend an. „Es sind Feuerwehr*männer* und nicht Feuerwehr*frauen.*"

Tessa kniff die Augen zusammen. „Frauen haben im Laufe der Jahrhunderte schon jede Menge Brände gelöscht. Ich sehe nicht ein, warum sie nicht auch große Brände löschen könnten. Was meinst du, Charlotte?"

Charlottes Blick wanderte von Tessa zu George und sie war sichtlich nervös. Sie schaute Hannah an und hoffte augenscheinlich, dass diese sie aus ihrer Zwangslage befreien würde.

„Ja, Charlotte, was meinst du?" Hannah lächelte sie freundlich an.

„Ich … äh …"

„Komm schon. Sag uns, was du denkst. Du hast ein Recht auf deine eigene Meinung." Lincoln wollte ihr Mut zusprechen. Wenn sie eine Antwort gäbe, die Georges Meinung widersprach, würde dessen Reaktion viel über seinen Charakter verraten. Wie würde George damit umgehen?

Sie schluckte. „Ich denke, es ist ein sehr schwerer Beruf, aber es besteht kein Grund, warum eine Frau ihn nicht ausüben sollte, wenn sie die Kraft hat, den Schlauch zu heben, und so weiter. Wenn ein Haus brennt und eine Frau und ihre Kinder darin sind, würde niemand sie dafür kritisieren, dass sie ein Feuer bekämpft, um ihre Familie zu retten. Aber wenn es ein fremdes Haus ist, fragen wir uns plötzlich, ob sie das kann." Sie warf einen Blick auf George.

„Ich denke, die Frage ist weniger, ob eine Frau dazu in der Lage ist, sondern vielmehr, ob die Männer bereit sind, sie in ihren Reihen zu akzeptieren."

Obwohl er nicht wollen würde, dass Hannah oder ihre Schwestern je einen solchen Beruf ergriffen, hätte Lincoln ihr am liebsten Beifall geklatscht. Offenbar war Hannah nicht die Einzige in der Familie, die logisch argumentieren konnte. Die Gregory-Schwestern verstanden es sehr gut, ihren Verstand zu gebrauchen.

George sprang auf die Beine.

„Wohin gehst du?" Charlotte packte ihn am Arm.

„Spazieren." Er riss sich von ihr los und stapfte von der Tribüne.

Charlotte schaute ihre Schwestern an und Tränen traten in ihre Augen. „Ich hätte das nicht sagen sollen."

„Ist das dein Ernst?" Lincoln legte Charlotte eine Hand auf die Schulter. „Du hast deinen Standpunkt sehr klug vertreten. Lass ihm ein paar Minuten Zeit, um sich abzureagieren."

George kam erst zurück, als die Feuerwehrübungen abgeschlossen waren und der Startschuss zur Militärparade begonnen hatte. Er setzte sich neben Charlotte, sagte aber nichts, als das gesamte Regiment der zweiten Kavallerie in die Arena marschierte. Erst als ihre eindrucksvollen Vorführungen begannen, schien George nicht mehr beleidigt zu sein.

„George", Lincoln berührte ihn an der Schulter, „kommst du mit, den Damen eine Erfrischung zu holen?"

„Kann ich machen."

Als sie die Arena verlassen hatten, führte Lincoln George zu einem Getränkestand. Er bestellte fünf Flaschen und wartete. „George, was macht dein Vater eigentlich beruflich?"

„Im Moment arbeitet er im Steinbruch. Seine andere Stelle hat er verloren."

„Im Steinbruch? Wie weit ist der von euch zu Hause entfernt?" Er bezahlte die Erfrischungen und reichte George zwei Flaschen.

„Der Steinbruch liegt ungefähr zwanzig Meilen außerhalb der Stadt."

Lincoln klemmte sich eine Flasche unter den Arm und nahm die anderen beiden in die Hand. „Das ist ein weiter Weg, um ihn jeden Tag zu fahren."

George zuckte die Achseln. „Manchmal bleibt er über Nacht dort. Das kommt ganz darauf an."

„Du bist also mit deiner Mutter allein zu Hause?" Lincoln forderte ihn mit einer Kopfbewegung auf, zu den Damen zurückzukehren.

„Meine Mutter ist tot. Sie starb bei meiner Geburt." Er schaute beim Gehen zu Boden. „Es macht mir nichts aus, allein zu Hause zu sein. Ich bin kein Kind mehr."

„Nein, das bist du nicht", lachte Lincoln. „Wie verbringst du deine Zeit?"

„Ich habe jeden Tag nach der Schule Baseballtraining. Dann besuche ich Charlotte eine Weile, wenn ihre Schwester es erlaubt. Danach gehe ich zur Apotheke neben dem Opernhaus und fege den Boden. Damit verdiene ich ein bisschen Geld und kann meinen Vater unterstützen."

Lincoln sah den jungen Mann jetzt mit weniger strengen Augen. Keine Mutter. Sein Vater war die ganze Zeit fort. Er musste bis spätabends arbeiten, um Geld zu verdienen. Da Charlotte so ein großes Herz hatte, war es kein Wunder, dass sie bereit war, die Schwächen dieses Jungen großzügig zu übersehen. Wusste Hannah von diesen Dingen? Und wenn ja, was hielt sie davon? Aber vor allem fragte er sich, was er selbst davon hielt, dass dieser junge Mann sich mit Hannahs Schwester traf, gleichgültig, ob seine familiäre Situation alles andere als ideal war.

35

Lincoln und George kehrten auf die Tribüne zurück und reichten den Damen ihre Erfrischungen.

„Danke." Hannah hielt sich die Flasche an die Lippen und trank einen langen Schluck. Sie schloss mit sichtlicher Freude die Augen.

„Bitte." Er setzte sich neben sie und zwang sich, den Blick von ihrem Gesicht abzuwenden und ihn wieder auf die Arena zu richten.

Das gesamte Armeeregiment von Des Moines stand in voller Montur am Eingang des Feldes. Zu den patriotischen Klängen der zweiten Kavalleriekapelle marschierten die Infanteriekompanien nacheinander vor den Offizieren des Regiments her.

„Meine Damen und Herren, jetzt erwartet Sie eine besondere Darbietung!“, ertönte die Stimme des Ansagers. „Applaus für das Infanterieregiment.“

Selbst George richtete sich auf und bekam große Augen, als die Männer nach vorne marschierten und ihre Gewehre ohne einen einzigen Fehler synchron herumwirbelten und in die Luft schleuderten.

Die Zuschauer klatschten begeistert Beifall, als das Poltern von Pferdehufen die Ankunft der Kavallerie ankündigte. Die ersten beiden Pferde am Anfang der Reihe trugen sowohl die amerikanische Flagge als auch die Flagge der zweiten Kavallerie. Die Menschen standen zu Ehren der Flagge auf, als sie an ihnen vorbeizog. Die Pferde drehten eine Runde in der Arena, bevor sie an einem Ende zum Stehen kamen.

Hannah beugte sich zu Lincoln hinüber. „Was hältst du von George?“

„Ich kann noch kein Urteil sprechen.“

„Ich möchte ihn um Charlottes willen mögen.“

„Ich weiß. Ich auch.“

„Aber –“

Er berührte ihre Hand. „Ich behalte ihn im Auge.“

Der Ansager verkündete, dass die Kavallerie jetzt ihre gewagten Kunststücke vorführen werde, angefangen mit dem römischen Rennen im Stehen. Zwei Reiter und vier Pferde kamen aufs Feld. Dann ritt jeder Reiter auf einem Pferd mit einem zweiten Pferd, das neben ihm herlief, los.

Hannah keuchte und packte Lincoln am Arm, als die zwei Soldaten sich auf ihre Sättel stellten. Dann stellten sie einen Fuß auf den Sattel des zweiten Pferdes und lenkten die zwei Pferde im römischen Stil im Kreis durch die Arena. Sie überquerten fast Kopf an Kopf die Ziellinie.

„Das war ja unglaublich“, seufzte Hannah fast wehmütig.

Lincoln schmunzelte. „Du würdest das auch gern ausprobieren, nicht wahr?“

„Ja. Es ist fast wie –“

„Fliegen?" Lincoln küsste sie auf die Wange und sein Herz schlug höher. Er liebte diese Frau. Er würde alles tun, um sie glücklich zu machen. „Eines Tages werden wir dich in die Luft bringen, Hannah. Ich weiß noch nicht, wie, aber wir werden es schaffen."

Hannah breitete die Decke aus, die sie in den Park mitgebracht hatten. Das Picknick bildete den perfekten Abschluss eines perfekten Tages. Während George und Charlotte spazieren gingen und Tessa einen Blumengarten begutachtete, hatten Hannah und Lincoln ein paar Minuten für sich allein.

„Stört es dich, wenn ich meine Jacke ausziehe? Es wird ziemlich warm."

„Überhaupt nicht."

Nachdem er aus der Jacke geschlüpft war, krempelte er seine Hemdsärmel hoch und legte die Jacke auf die Decke. „Ich glaube, ich muss mich ein paar Minuten ausruhen." Er deckte seine Augen mit seinem Strohhut zu, und wenige Minuten später verriet ihr die gleichmäßige Bewegung seiner Brust, dass er eingeschlafen war.

Der arme Mann. Er musste noch müder sein als sie. Immerhin war er erst ins Bett gekommen, nachdem er sie am Vorabend nach Hause begleitet hatte.

Sie griff in den Picknickkorb und holte die Teller so leise wie möglich heraus. Sie stellte sie auf die Decke und lächelte den Mann an, der ihr Herz erobert hatte.

Ihr Blick blieb an seinen weichen, vollen Lippen hängen.

Ihre Wangen glühten. Was machte sie hier? Sie sollte ihm nicht beim Schlafen zusehen, und sie sollte ganz gewiss nicht an seine Küsse denken. Es hatte etwas so Vertrautes an sich, bei ihm zu sein, während er schlief. Vielleicht lag das auch daran, dass sie angefangen hatte, sich eine Zukunft mit Lincoln auszumalen, und diese Szene passte genau in ihre Vorstellungen.

Sie holte einen Apfelkuchen aus dem Korb. Natürlich hatte Charlotte einen gebacken, nachdem George sich darüber geärgert hatte, dass Charlotte für das Picknick keinen Kuchen eingepackt hatte. Sie hoffte wirklich, dass er dieses Mal zufrieden wäre.

Sie warf wieder einen Blick auf Lincoln und seufzte. George und Lincoln Cole trennten Welten. Vielleicht war der Junge nur noch zu jung und unreif, aber Hannah fürchtete, dass er noch viel lernen musste und keine Ahnung hatte, was es bedeutete, einen Menschen wirklich zu lieben. Sie nahm an, dass sein Vater, wie so viele Männer, nicht das beste Vorbild abgab.

Hannah erinnerte sich an Lincolns Versprechen, dass er eines Tages eine Möglichkeit finden wollte, dass sie fliegen könnte. Bei diesem Gedanken schlug ihr Herz höher. Womit hatte sie nur so viel Glück verdient? Natürlich erwartete sie nicht, dass sie irgendwann in einem Flugzeug fliegen oder über den Wolken schweben würde. Was zählte, war, dass ihm ihre Wünsche wichtig waren. Obwohl er selbst völlig zufrieden damit war, mit beiden Beinen fest auf der Erde zu stehen, versprach er ihr, dass er einen Weg finden würde, ihr ihren Traum zu erfüllen.

Sie holte eine Schachtel mit belegten Broten aus dem Korb und schenkte jedem ein Glas Limonade ein.

Lincoln schob den Hut von seinen Augen zurück. „Wolltest du mich den ganzen Tag schlafen lassen?“

„Ich dachte, du brauchst deinen Schlaf.“

„Aber ich möchte meine Zeit lieber mit dir verbringen.“ Er rieb sich die Augen und setzte sich auf. Gähnend nahm er das Glas entgegen, das sie ihm reichte. „Ist das ein Apfelkuchen?“

„Georges Lieblingskuchen.“

Sie mussten beide lachen.

„Wusstest du, dass seine Mutter schon gestorben ist?“ Lincoln nippte an seinem Glas. „Und sein Vater ist selten zu Hause. Außerdem arbeitet der Junge. Er fegt abends die Böden in einer Apotheke.“

„Das hast du alles erfahren, als ihr die Erfrischungen gekauft habt?“

Er nickte. „Und daher denke ich, dass wir etwas nachsichtig sein sollten.“

„Das denke ich auch – um Charlottes willen und auch seinetwegen, aber sie ist einfach nicht sie selbst, wenn sie mit ihm zusammen ist“, seufzte sie. „Nein, es ist mehr als das. Sie verbirgt ihr wahres Ich.“

„Da müssen wir bei dir keine Angst haben. Du läufst nicht Gefahr, dein wahres Ich vor mir zu verbergen“, schmunzelte Lincoln und ergriff ihre Hand. „Aber ich mache mir Sorgen, dass du einen Teil deines wahren Ichs vor der Welt verbirgst."

Was meinte er damit? „Wie bitte?"

„Du bist keine Telefonistin. Versteh mich nicht falsch. Das ist ein ehrbarer Beruf, aber du bist nicht für diesen Beruf geschaffen."

Unter seinem zärtlichen Blick entspannte sie sich ein wenig. „Und wozu bin ich deiner Meinung nach geschaffen?"

„Was meinst du?" Er zeichnete Kreise auf die weiche Haut ihrer Handfläche.

„Das kann keiner von uns mit Bestimmtheit sagen. Nur weil ich gern argumentiere, heißt das nicht, dass ich auch eine gute Anwältin wäre. Vielleicht wäre ich sogar eine ganz schlechte. Was würdest du dann sagen?"

Er grinste. „Du wärst überragend. Charlotte hat eine Leidenschaft fürs Kochen und du hast eine Leidenschaft für Gerechtigkeit."

Sie entzog ihm ihre Hand und griff nach der Schachtel mit den belegten Broten. „Dieser Traum muss sterben."

„Im Moment vielleicht, aber nicht für immer."

„Lincoln, bitte mach meinen Wunsch danach nicht noch größer, als er ohnehin schon ist."

George und Charlotte kamen wieder zu ihnen, gefolgt von Tessa. Sie setzten sich auf die Decke, Hannah verteilte die Brote und Lincoln sprach ein Dankgebet.

Als sie das köstliche Roastbeef zwischen den zwei weichen Brotscheiben gekostet hatte, lobte Hannah ihre Schwester. Keiner konnte ein so gutes Sandwich zubereiten wie Charlotte.

Nach dem Essen schnitt Charlotte den Kuchen an und lud für jeden ein Stück auf einen Teller. Hannah lächelte, als Charlotte George ein besonders großes Stück gab und er sich dafür bedankte.

Lincoln schob sich ein Stück in den Mund und stöhnte entzückt. „Köstlich." Er hob sein Glas. „Auf Charlotte und ihre kulinarischen Künste! ‚Fannie Farmers Kochschule' kann von Glück sagen, dass sie Charlotte bekommt."

Charlotte schaute George und dann Hannah an.

„Sag es ihnen." George stieß sie an.

Tessa ließ ihr Sandwich auf ihren Schoß sinken. „Was soll sie uns sagen?"

„Ich gehe nicht an die Kochschule. George sagt, dass ich schon alles kann, was ich können muss."

„Sie bleibt bei mir in Des Moines." Mit stolzgeschwellter Brust fügte er hinzu: „Denn das ist ihr Platz."

„Nur über meine Leiche!" Hannah hob ihren Teller und hätte ihn George am liebsten ins Gesicht geschleudert.

„Beruhige dich." Lincoln hielt sie am Handgelenk fest. „Mein Junge, ich denke, du und ich sollten einen Spaziergang machen."

„Aber ich habe meinen Kuchen noch nicht aufgegessen."

Lincoln nahm ihm diesen aus der Hand und reichte ihn Charlotte. Er packte den Jungen am Arm und zog ihn auf die Beine. „Ich denke, es ist zu deinem eigenen Besten, wenn du jetzt mit mir kommst."

„Warum?"

„Weil Charlottes Schwester sonst deine ‚Leitung' vielleicht für immer kappt."

36

Charlotte schaute ihre ältere Schwester finster an. Sie saßen seit fünf Minuten schweigend und mit unnachgiebiger Miene da. Ihretwegen konnten sie den ganzen Tag so sitzen bleiben. Sie würde George nicht aufgeben und niemand könnte sie zu etwas anderem überreden.

„Also gut." Tessa stand auf und blickte Hannah an. „Wenn du es nicht sagst, tue ich es." Sie wandte sich an Charlotte. „Schwester, du hast nicht mehr alle Tassen im Schrank."

Charlottes Blick wurde noch bedrohlicher.

„Wen meinst du damit?" Hannah streckte ihre Beine aus und erhob sich ebenfalls.

„Charlotte. Sie hat nicht mehr alle Tassen im Schrank. Bei ihr ist eine Schraube locker." Sie hob die Hände, als sei das ganz offensichtlich.

„Das genügt."

Tessa ließ nicht locker. „Ich glaube, sie ist vom Baum gefallen und hat sich beim Sturz den Kopf an jedem einzelnen Ast angeschlagen."

„Ich habe gesagt, dass du aufhören sollst." Aber Hannahs Mundwinkel zogen sich trotzdem leicht nach oben.

Charlottes Wut kochte über. „Ich glaube, du hast klargestellt, was du sagen willst, kleine Schwester." Sie packte die leeren Teller und warf sie regelrecht in den Korb. „Es ist mir egal, was du oder Hannah oder Lincoln oder sonst jemand denkt."

„Nein, dich interessiert nur, was George denkt." Hannahs Worte waren mit Sarkasmus getränkt.

Charlotte kippte den Inhalt eines Glases ins Gras. „Warum lasst ihr mich nicht in Ruhe und warum darf ich meine Entscheidungen nicht selbst treffen?"

„*Deine* Entscheidungen?" Hannah hob die anderen Gläser auf und stapelte sie. „Seit George in dein Leben getreten ist, hast du aufgehört, selbst zu denken. Die Charlotte, dic ich kenne, würde nicht springen, sobald ein Junge pfeift, sie würde nicht weinen, wenn ihm die Nachspeise, die sie mit viel Liebe gemacht hat, nicht schmeckt, und sie würde nie ihre Träume für irgendeinen Jungen aufgeben."

„Du bist sogar bereit, die Frau eines Politikers zu werden."

„Das ist etwas anderes. Außerdem reden wir gerade von dir." Hannah reichte Charlotte den Gläserstapel. „Warum machst du das? Willst du das wirklich?"

Sie stellte die Gläser in den Korb, ohne diese einzuwickeln. Es klirrte verdächtig, als diese auf den Tellern landeten, aber das war ihr gleichgültig. „George sagt –"

„Nein! Nicht George. *Du*. Weißt du überhaupt noch, was du willst? Weißt du überhaupt noch, wer du bist?"

Charlotte blinzelte. Wusste sie das?

Sie stand auf, schüttelte die Decke aus und legte sie zusammen. Dann drückte sie sich die Decke an die Brust. Natürlich wusste sie, wer sie war. Sie war die Freundin von George. Er brauchte sie. Sie gehörte zu ihm. Verstand Hannah denn nicht, wie sehr sie George brauchte? Besonders jetzt. Spürte Hannah nicht die gleiche Trauer, Erschöpfung und Leere wie sie? War sie nicht genau aus diesem Grund eine Beziehung zu Lincoln eingegangen?

„Glaubst du, er liebt dich?" Hannah nahm ihr die Decke aus den

Armen und ihre Stimme hatte wieder ihren gewohnten beruhigenden Klang angenommen. „Hat er dich geküsst? Bist du deshalb bereit, alles zu tun, was er will?"

Charlotte hielt erschrocken die Hand vor ihren Mund und ihr Magen zog sich bei der Erinnerung an diesen furchtbaren gestohlenen Kuss zusammen. Es war ihre Schuld gewesen. Wenn sie sich freiwillig von ihm hätte küssen lassen, hätte er nicht zu solchen Maßnahmen gegriffen.

„Charlotte, Liebes, woher weißt du, dass er sich wirklich etwas aus dir macht?"

Tränen brannten in Charlottes Augen. Er liebte sie. Konnte Hannah denn nicht wenigstens das sehen? Schmerz und Wut brachen aus ihr heraus. „Er ist hier und erträgt dich! Ist das nicht Liebesbeweis genug?"

Hannah taumelte nach hinten, als hätte sie eine Ohrfeige bekommen. „Ich glaube, wir sollten später weitersprechen."

„Da gibt es nichts zu sprechen. Es ist mein Leben und meine Entscheidung." Sie hob das Kinn. Ihre Entscheidung stand fest.

Tessa packte Charlotte am Arm. „Aber wir haben uns versprochen, dass wir uns gegenseitig helfen, unsere Träume zu verwirklichen."

„Und wenn es mein Traum ist, George zu heiraten? Unterstützt ihr mich bei diesem Traum nicht?"

„Nein." Hannah schüttelte den Kopf. „Erst, wenn du wieder du selbst bist. Du kannst nicht zulassen, dass George oder irgendjemand anders darüber bestimmt, wer du bist."

„Du bist nicht meine Mutter!!"

„Aber ich bin deine Schwester." Tränen standen in ihren braunen Augen. „Und ich liebe dich so sehr, dass ich dir die Wahrheit sage, auch wenn sie wehtut."

In diesem Augenblick kamen Lincoln und George zurück und Charlotte seufzte erleichtert auf. Aber George trat nicht zu ihr. Er schaute sie nicht einmal an.

Hatten Lincoln und Hannah alles kaputt gemacht?

Hannah berührte mit ihrem Stecker den Rand der Buchse. Als sie ein grelles Klicken vernahm, ließ sie das Kabel zurückrollen und sprach ins Mikrofon. „Es tut mir leid, Sir, aber diese Leitung ist im Moment besetzt.“

„Können Sie das Gespräch nicht unterbrechen?“

„Handelt es sich um einen Notfall, Sir?“

„Nein, wahrscheinlich nicht. Ich rufe später wieder an.“

„Ich rufe Sie an, wenn die Leitung frei ist.“ Sie notierte die Nummer des Anrufers auf ihrem Schreibblock. „Danke.“

Sie winkte Jo, die in die Pause ging, dann lehnte sie sich zurück und rieb sich den Nacken. Nach einer schweigsamen Straßenbahnfahrt von der Arena nach Hause war die angespannte Stimmung am Samstagabend und am Sonntag unverändert geblieben.

Bevor Lincoln gegangen war, hatte er ihnen erklärt, dass er George klargemacht hatte, dass er und Charlotte ein wenig Abstand zueinander bräuchten. Lincoln hatte ihn aufgefordert, sie zwei Wochen nicht zu besuchen. Er hatte ihm aber ausdrücklich gesagt, dass er ihr schreiben könne. Er hatte George sogar zehn Cent für Briefmarken gegeben.

„Ich weiß, dass ich das vorher mit dir hätte besprechen müssen“, hatte Lincoln zu ihr gesagt. „Aber ich dachte, wenn sie ein wenig Abstand zu ihm hat, fängt sie vielleicht an, die Dinge wieder klarer zu sehen. Ich glaube nicht, dass er ein schlechter Junge ist, aber er ist jung und egoistisch.“

Zuerst hatte Hannah sich ein wenig dagegen gesträubt, dass er die Sache in die Hand genommen hatte, aber je mehr sie jetzt darüber nachdachte, umso mehr bewunderte sie Lincolns Bereitschaft, sich um ihre Schwestern zu kümmern, und die einfühlsame Art, mit der er auf Charlotte und George einging.

Wenn sie nur auch so einfühlsam gewesen wäre!

Als sie nach Hause gekommen waren, hatte Charlotte sich in ihrem gemeinsamen Schlafzimmer eingeschlossen. Erst nachdem Tessa gedroht hatte, alle Gewürze im Küchenschrank umzustellen, hatte sie sie schließlich hineingelassen, damit sie sich schlafen legen konnten.

Selbst die Predigt am Sonntag hatte nicht geholfen. Der Pfarrer hatte darüber gesprochen, wie oft man aus Liebe schwere Entscheidungen treffen muss. Auch wenn das bedeutete, dass man Menschen und Orte, die man liebte, verlassen oder emotionale Risiken eingehen oder seinen Stolz hinunterschlucken musste. Hannahs Gedanken waren zu der Geschichte von Ruth und Noomi zurückgekehrt und dass Ruth ihre Heimat verlassen hatte, weil sie ihre Schwiegermutter liebte. Sie war ebenfalls ein großes Risiko eingegangen. Die Aussichten, als Außenseiterin in einem neuen Land Liebe zu finden, waren sehr gering gewesen, und damals war ein Leben ohne Ehemann gleichbedeutend gewesen mit einem Leben in Armut.

Der Pfarrer hatte auf die Entscheidungen hingewiesen, die Jonathan hatte treffen müssen, um David gegenüber loyal zu sein, obwohl sein Vater David töten wollte, und Königin Esther hatte ihr Leben aufs Spiel gesetzt, weil sie zum König gegangen war, um ihr Volk zu retten.

„Es gibt Situationen", hatte Bruder Molden gesagt, „in denen wir vor eine Entscheidung gestellt werden, in der es keine richtige Antwort zu geben scheint. Die Liebe verlangt, dass wir die Bedürfnisse von anderen über unsere eigenen Bedürfnisse stellen. Die Liebe verlangt, dass wir eine schwere Entscheidung treffen, auch wenn sie uns etwas kostet."

Plötzlich leuchtete das Lämpchen eines Gerichtsraums im ersten Stock auf ihrem Klappenschrank auf. Seltsam. Während einer Gerichtsverhandlung wurde das Telefon selten benutzt. Hannah steckte den Stecker in die Buchse. „Nummer, bitte."

„Wir brauchen hier oben sofort die Polizei!" Die Dringlichkeit in der Stimme des Anrufers jagte Hannah ein Schaudern über den Rücken.

Ein lauter Knall folgte.

„Hallo? Hallo?" Sie wartete auf eine Antwort. Niemand meldete sich, aber sie hörte Geräusche und Rufe.

Ihr Puls raste und der Raum drehte sich um sie. Wo war Lincoln? Hatte er nicht gesagt, dass er an diesem Morgen zu einer Gerichtsverhandlung müsse?

Sie drängte ihre Panik zurück, atmete tief ein und steckte den Stecker in die Buchse der Polizeiwache. Sie ließ es klingeln.

„Sergeant Griffin."

„Hier ist die Telefonistin im Gerichtsgebäude. Wir haben einen Notfall. In einem Gerichtssaal wird dringend die Hilfe der Polizei benötigt. Man hat mir gesagt, dass ich die Polizei rufen soll, und dann habe ich, glaube ich, einen Schuss gehört."

„Miss, könnte es auch etwas anderes gewesen sein? Vielleicht ein umgestürzter Stuhl?"

„Nein, es war kein Stuhl!", entgegnete sie aufgeregt.

„Beruhigen Sie sich, Miss. In welchem Gerichtssaal?"

Sie gab ihm die nötigen Informationen.

„Ich schicke sofort jemanden hin."

Sie legte die Hand über ihren Kopfhörer und lauschte, ob sie irgendetwas hören würde, das verriete, ob Lincoln da war, oder ob sie auch nur einen kleinen Hinweis darauf bekäme, was sich im Moment im Gerichtssaal abspielte.

Zwei Polizisten stürmten durch die Tür herein. Mit polternden Schritten rannten sie durchs Erdgeschoss und stürmten dann die Marmortreppe hinauf.

Weitere Geräusche und gedämpfte Stimmen drangen durch die Telefonleitung.

Ein Klappern in ihrem Kopfhörer verriet ihr, dass jemand den Hörer abgenommen hatte. „Sind Sie noch dran?", fragte der Anrufer von vorher.

„Ja, hier ist die Telefonistin."

„Wir brauchen hier oben auch einen Arzt."

„Wer ist verletzt?" Ihre Stimme war ganz heiser. Sie betete, dass es nicht Lincoln wäre.

„Einer der Anwälte hat etwas abbekommen, als wir dem Verdächtigen die Waffe des Gerichtsdieners genommen haben." Er brach ab.

„Wie schlimm ist es?"

„Er kommt wahrscheinlich für lange Zeit hinter Gitter."

„Nein, ich meine, wie schlimm der Anwalt verletzt ist?"

„Nicht allzu schlimm."

Klick. Er hatte aufgelegt.

Nur dank der Selbstbeherrschung, die sie in der Telefonistinnenschule gelernt hatte, rannte Hannah nicht die Treppe hinauf, um zu sehen, wer der Verletzte war und was der Anrufer mit „Nicht allzu schlimm" gemeint hatte. Ihre Finger zitterten, als sie die Nummer des Arztes wählte.

Sie zuckte zusammen, als Jo die Tür öffnete und eintrat. Sie hatte einen Strauß mit rosa und weißen Pfingstrosen in der Hand, die den Raum mit ihrem süßen Duft erfüllten.

„Ist alles in Ordnung, Hannah?“ Jo schaute sie fragend an. „Du siehst aus, als hättest du ein Gespenst gesehen.“

„Oben gibt es einen Notfall.“ Hannah hielt sich schnell die Hand auf den Mund. „Das hätte ich dir nicht sagen dürfen, nicht wahr?“

Jo lächelte. „Wenn es sich um einen Notfall handelt, solltest du es mir schon sagen.“

„Jemand hat oben in einem Gerichtssaal geschossen. Ich habe schon die Polizei benachrichtigt. Aber ich habe keine Ahnung, was seitdem passiert ist.“

„Und du weißt nicht, ob dein Lincoln da oben ist?“

Tränen brannten in Hannahs Augen.

„Warum sitzt du dann noch hier? Geh schon.“ Jo forderte sie mit einer Handbewegung auf, nach oben zu laufen. „Ich übernehme die Zentrale.“

Ohne lange nachzudenken, nahm Hannah ihren Kopfhörer ab und eilte aus dem winzigen Raum. Sobald sie in der Eingangshalle angekommen war, nahm sie ihren Rock in die Hand und stürmte zur Treppe.

37

„Hey! Warum hast du es denn so eilig?“

Hannah blieb stehen und drehte sich hastig um, als sie Lincolns Stimme hinter sich hörte. Er kam zu ihr und sie schlang die Arme um ihn und ließ ihn nicht mehr los.

Der junge Mann schob sie sanft zurück, ließ aber die Hände auf ihren Armen liegen. „Was ist los? Du machst mir Angst.“

„Ist mit dir wirklich alles in Ordnung?“ Ihre Stimme war vor Aufregung ganz heiser.

„Ich bin ein wenig außer Atem, weil ich dir nachlaufen musste, aber ansonsten geht es mir gut.“ Er neigte den Kopf zur Seite. „Warum?“

„Weil oben in einem Gerichtssaal geschossen wurde."

„In welchem?" Er warf einen Blick nach oben. „Hast du gedacht, ich wäre dort?"

Sie nickte.

„Mein Fall war früher zu Ende, als ich erwartet hatte. Ich muss schauen, was passiert ist. Aber vorher will ich dir die Überraschung zeigen, die ich für dich abgeholt habe." Er deutete zum Eingang.

Sie drehte sich um und entdeckte die Überraschung: Sie war einen Meter fünfundachtzig groß. Ihr Herz schlug höher. Viel schneller, als es sich für eine züchtige Telefonistin ziemte, lief sie über den Marmorboden.

Walt, frisch rasiert und sauber gekleidet, nahm sie in die Arme und schwang sie lachend herum.

Frei. Walt war frei. Gott sei Dank! Und die Freiheit roch nach frischer Seife.

Eifersucht regte sich in Lincoln, als er zuschauen musste, wie Walt Hannah in die Arme nahm, aber er verdrängte das ungebetene Gefühl schnell wieder. Den Kampf um Hannahs Herz hatte er bereits gewonnen, und wenn er sie liebte, musste er akzeptieren, dass Walt ein Teil ihres Lebens war.

Walt ließ sie los und Lincoln trat zu ihnen und legte die Hand auf Hannahs Rücken. Sie gehörte zu ihm und das konnte Walt ruhig wissen.

Hannah lächelte ihn an. „Warum haben sie Walt freigelassen?"

„Nach dem Brand letzte Woche war es nicht schwer, die Polizei davon zu überzeugen, dass sie den falschen Mann eingesperrt hatten. Ich war gleich heute Morgen bei ihm."

„Danke." Freude sprach aus ihrem Gesicht.

„Ich will jetzt nach oben gehen und schauen, wer verletzt wurde", sagte Lincoln. „Walt, du findest allein nach Hause?"

„Ich nehme die Straßenbahn. Von der Haltestation ist es nur noch eine halbe Meile Fußweg. Und ich weiß wieder neu zu schätzen, dass ich mich ungehindert an der frischen Luft bewegen kann."

„Dann verabschiede ich mich jetzt." Lincoln hielt Walt die Hand hin.

Walt drückte sie kräftig. „Danke für alles."

„Gern geschehen." Lincoln drückte Hannah einen Kuss auf die Wange. „*Dich* sehe ich später."

Da Walt noch ein wenig spazieren gehen wollte, bevor er mit der Straßenbahn nach Hause fuhr, lud Hannah ihn ein, sie während ihrer Pause auf den Markt in der Locust Street zu begleiten. Sie war noch einmal zu Jo gegangen, hatte sie beruhigt, dass Lincoln unverletzt sei, und sie gebeten, früher in die Pause gehen zu dürfen, damit sie Walt zur Straßenbahnhaltestelle begleiten konnte.

Neben Walt die Mulberry Street entlangzuschlendern, war ein sonderbares Gefühl. Seine Schritte waren größer als Lincolns, und als er ihren Ellbogen ergriff, um ihr vom Bürgersteig auf die Straße zu helfen, war seine Berührung ungewohnt. Hannah warf einen Blick auf ihren alten Freund. Das lag wahrscheinlich daran, dass er während des vergangenen Monats im Gefängnis gesessen hatte. Sie war seine Nähe einfach nicht mehr gewohnt.

Vier von Pferden gezogene Wagen säumten den Platz, auf dem die Marktstände standen. Große Körbe mit Frühlingsprodukten standen auf den Ladeflächen und vor den Wagen.

„Kannst du dir vorstellen, wie gut das alles nach dem furchtbaren Essen aussieht, das ich im Gefängnis bekommen habe?" Walt hielt eine Handvoll Spinat hoch. „Selbst das hier ist verlockend, und du weißt, wie wenig ich Spinat mag." Er rümpfte die Nase.

Sie lachte. „Gib ihn mir. Ich liebe Spinat." Sie bezahlte dem Bauern das Gemüse und legte es in ihren Korb.

„Was ist mit Lincoln? Mag er Spinat?" Walt steckte die Hände in die Hosentaschen.

Wollte Walt wissen, was zwischen ihr und Lincoln lief? Sie zuckte die Achseln und legte eine großzügige Menge Erbsenschoten in ihren Korb. „Das war bisher noch kein Thema."

Er nahm ihr den Korb ab. „Er hat mich zu sich nach Hause mitgenommen, damit ich mich waschen konnte. Sein Haus ist wirklich sehr eindrucksvoll."

„Ja, er ist ziemlich stolz darauf." Wie konnte sie ihn dazu bringen, mit diesen Fragen aufzuhören, ohne unhöflich zu klingen?

„Er hat einen teuren Geschmack. Er ist anders als du und ich." Walt nahm einen kleinen Blumenkohl und reichte ihn Hannah.

Dabei berührte er ihre Hand. „Er hat sogar ein Porzellanbecken in seinem Badezimmer. Aber das weißt du wahrscheinlich."

„Ich habe sein Badezimmer noch nicht gesehen. Ich war anlässlich von Charlottes Abschlussfeier nur im Ess- und im Wohnzimmer." Sie ging auf die andere Wagenseite herum und wählte ein Körbchen Erdbeeren aus. „Aber er liebt Erdbeeren. Vielleicht sollte ich zwei Körbe nehmen, damit ich genug habe, wenn er zu Besuch kommt."

„Kommt er oft zu dir nach Hause?" Ein Anflug von Eifersucht schwang in seiner Stimme mit.

„Das könnte man so sagen."

Walt runzelte die Stirn. „Und das hältst du für klug? Bist du damit deinen Schwestern ein gutes Vorbild?"

Hannah bedachte ihn mit einem finsteren Blick. „Wir tun nichts Unanständiges. Ich dachte, so gut würdest du mich kennen."

„Natürlich kenne ich dich. Wahrscheinlich besser, als du dich selbst kennst."

Es fiel ihr schwer, das zu glauben, aber seine Worte entlockten ihr trotzdem ein Lächeln. Der liebe Walt! Er wollte nur, dass sie glücklich war. Als die Unsicherheit zwischen ihnen allmählich wieder verschwand, erinnerte sie sich an einige schöne Erlebnisse mit Walt: Als sie zusammen geangelt hatten. Als sie erwischt worden waren, weil sie bei den Nachbarn Äpfel gestohlen hatten. Als sie in der Schule „Romeo und Julia" aufgeführt hatten. Walt hatte einen furchtbaren Romeo abgegeben, und er hatte sich ständig beschwert, dass Shakespeare kein richtiges Englisch gesprochen hätte. Hannah fuhr mit dem Finger ihre Lippen nach. Was für einen Romeo würde Lincoln abgeben? Sie zweifelte nicht daran, dass ihre Knie weich würden, wenn er zu ihr sagen würde: „Der Liebe leichte Schwingen trugen mich, kein steinern Bollwerk kann der Liebe wehren."

Sie bot Walt eine der Erdbeeren an. Er schob sie sich in den Mund und stöhnte vor Entzücken.

Sie lachte. „Komm, gehen wir. Mehr kann ich mir heute nicht leisten."

Als sie in die Locust Street bogen, schaute sie zum Observatory Building hinauf. Da das zehn Stockwerke hohe Gebäude noch einen fünfstöckigen Turm hatte, war es das höchste Bürogebäude der Stadt. Sie fragte sich, ob die Aussicht von oben auch so atemberaubend war wie der Blick vom Kapitol.

Sie packte Walt am Arm. „Komm mit! Ich möchte sehen, welche Aussicht man von da oben hat."

„Warum sollten wir so weit hinaufsteigen?"

„Um die Aussicht zu genießen."

„Man sieht das Gleiche wie hier, nur aus einem anderen Blickwinkel."

Seufzend nahm sie ihm ihren Korb ab. Wenn Walt einmal etwas entschieden hatte, ließ er sich selten umstimmen. Vor allem, wenn er der Meinung war, er hätte recht.

Während sie mit Walt unter den bunten Markisen der Läden entlangschlenderte, ließ sie ihren Gedanken freien Lauf. Walt kannte die Person, die sie war. Lincoln wusste, wer sie werden wollte. Walt war vertraut, sicher; sie kannte ihn durch und durch. Lincoln war neu, unbekannt, eine Herausforderung. Sosehr sie es auch genoss, mit Walt zusammen zu sein, ihr Herz sehnte sich nach Lincoln.

Sie überquerten die Straße und blieben vor dem Savory Hotel stehen. Mit seinen neoklassizistischen Mauerbrüstungen war es ihr Lieblingshotel in der Stadt. Sie spähte durch die Fenster hinein, um die gemütliche Hotellobby zu bewundern. Hinter ihr vermischte sich das Klappern von Pferdehufen auf dem Kopfsteinpflaster mit den Motorengeräuschen eines Automobils. Würden Automobile die Pferdekutschen wohl eines Tages verdrängen?

Walt legte die Hände auf ihre Schultern. „Hannah, ich muss dir etwas sagen."

Sie drehte sich um. Als sie den Blick in seinen Augen sah, wurde sie nervös. „Was ist?"

„Ich hatte im Gefängnis viel Zeit zum Nachdenken, und ich hoffe, du weißt, dass ich nur dein Bestes im Sinn habe."

Hannah versteifte sich innerlich. Bei einem Satz, der so eingeleitet wurde, konnte nichts Gutes herauskommen.

Er ergriff ihre Hand. „Ich denke, du machst mit Lincoln Cole einen Fehler."

„Das geht dich nichts an." Sie entzog ihm ihre Hand und ging weiter.

Er holte sie ein und ging neben ihr her. „Ich weiß besser als jeder andere, was du brauchst."

„Nein, was ich brauche, weiß ich selbst am besten." Sie blieb an der Ecke stehen, wo sich die Haltestation seiner Pferde-Straßenbahn befand. „Und nur zu deiner Information: Er liebt mich und ich liebe ihn."

„Wenn das so ist, musst du eine Entscheidung treffen."

Die Straßenbahn kam mit laut klingelnder Glocke näher. Sie hielt ihren Korb schützend vor sich. „Und warum?"

„Weil ich dich auch liebe."

Lincoln setzte sich im Konferenzraum des Gerichtsgebäudes auf einen Stuhl, schlug die Beine übereinander und rückte seine Krawatte zurecht.

Pete schaute von seinen Unterlagen auf. „Hast du Cedric nach Hause gebracht? Wie ernst sind seine Verletzungen?"

„Er hat einen kräftigen Schlag auf den Kopf bekommen, aber er wird es überleben. Er hat gesagt, sein Mandant habe dem Gerichtsdiener die Waffe abgenommen und den Schuss abgegeben, bevor sie ihn überwältigen konnten." Lincoln trommelte mit den Fingern auf den Tisch. „Nachdem ich ihn nach Hause gebracht hatte, habe ich mit dem Feuerwehrhauptmann über das Feuer bei den Grennens gesprochen."

„Und?"

„Er hat etwas gefunden, das auf eine wahre Höllenmaschine schließen lässt."

Pete runzelte die Stirn. „Dynamit, Zündhütchen, Zünder, nehme ich an."

„Aber wodurch wurde das Feuer entzündet?"

„Das wusste er nicht genau. Das Beweisstück ist wahrscheinlich zusammen mit der Veranda explodiert." Lincoln legte die Ellbogen auf den Tisch und faltete die Hände vor sich. „Ich kann mir nicht vorstellen, dass dieses Feuer in irgendeiner Weise mit den letzten Bränden zu tun hat. Aber der Feuerwehrhauptmann glaubt daran, denn alle Brände hatten irgendwie mit der ‚Western Union' zu tun."

„Dieses Mal besteht aber nur ein sehr loser Zusammenhang, doch wenn du ihm widersprichst und das der Polizei mitteilst, sitzt dein Mandant schnell wieder hinter Gittern."

Lincoln nickte.

„Eine schwere Entscheidung. Willst du Hannah davon erzählen?"

„Dazu besteht keine Notwendigkeit und sie kann ja auch nichts tun. Sie würde sich nur Sorgen machen, dass Walt wieder ins Gefängnis kommt."

„Und es gibt sowieso bald auch noch etwas anderes, über das sie sich den Kopf zerbrechen kann", schmunzelte sein Mentor. „Schau mich nicht so nervös an! Heute Morgen ist ein Telegramm in der Kanzlei angekommen. Deine Tante kommt zu Besuch."

38

„Wann kommt sie? Und hat sie gesagt, warum sie kommt?" Lincoln trommelte mit einem Bleistift auf den Block, der vor ihm lag. Vorfreude erfüllte ihn. Ein halbes Jahr war eine lange Zeit seit seinem letzten Besuch bei der Frau, die er so sehr liebte.

„Sie kommt in knapp zwei Wochen." Pete strich über seinen Bart. „Was ihre Gründe betrifft, nun, ich nehme an, dass sie einfach sehen will, wie es dir geht. Hast du ihr von Hannah geschrieben?"

Lincoln nickte. „Ich habe schon vor langer Zeit gelernt, keine Geheimnisse vor Tante Sam zu haben. Sie hat einen besonderen Riecher, wenn es um so etwas geht."

„Sie war schon immer ein ganz besonderer Mensch. Wenn ich dir einen Rat geben darf: Ich vermute, dass sie wirklich herkommt, um deine Freundin kennenzulernen." Pete hustete. „Was, glaubst du, wird sie von Hannah halten?"

„Sie wird wahrscheinlich begeistert sein, dass ich mich endlich für eine Frau interessiere. Auch wenn Hannah keine typische Politikerfrau ist."

„Was das angeht –"

„Pete, wenn du mir ausreden willst, dass ich mich mit ihr treffe, will ich es nicht hören."

„Nein, nein! Das ist es nicht." Pete winkte beschwichtigend ab. „Ich habe über deine politische Zukunft nachgedacht."

„Und?"

„Bist du sicher, dass du das wirklich willst? Du bist jemand, der gern gewinnt."

„Und du denkst, dass ich verlieren werde?"

„Wahrscheinlich nicht. Da du in die Fußstapfen deines Vaters trittst, wirst du vermutlich schon aufgrund deines Namens gute Chancen haben."

„Aber?"

Pete schmunzelte. „In der Politik geht es nicht darum zu gewinnen. Meistens geht es in der Politik darum, Kompromisse zu schließen und Beziehungen mit Personen zu pflegen, die du möglicherweise nicht einmal magst. Zum Beispiel mit Personen wie Cedric, die bei allem, was sie tun, ihre eigenen Ziele verfolgen. So bist du aber nicht."

„War mein Vater so?"

Pete nickte. „Er beherrschte das Spiel gut."

„Und du glaubst, ich nicht?"

„Im Gegenteil, ich denke, du könntest es lernen und es dann ausgesprochen gut beherrschen. Aber ich habe in letzter Zeit viel darüber nachgedacht, welchen Preis man dafür zahlen muss, wenn man eine Lüge lebt. Wahrscheinlich wegen dieses Betrugsfalles, an dem ich gerade arbeite. Ich möchte, dass du dir einfach reiflich überlegst, ob das wirklich dein Weg ist. Vielleicht haben wir dich alle in diese Richtung gedrängt, weil auch dein Vater Politiker war, aber ich möchte, dass du dem treu bist, was Gott mit dir vorhat, und weder für irgendjemanden noch für irgendetwas Kompromisse eingehst." Sein Blick wanderte in die Ferne. Schließlich erhob er sich. „Ende des Vortrags. Gehst du jetzt in die Kanzlei zurück?"

Warum sprach Pete davon, dass er keine Lüge leben solle? Lincoln hatte in seinem ganzen Leben noch nie einen ehrlicheren Mann kennengelernt als Pete. Aber hatte er recht? Hatten wirklich alle Lincoln gedrängt, in die Politik zu gehen? In letzter Zeit hatte er diese Berufung infrage gestellt und gebetet, dass Gott ihm den Weg zeigen würde, den er gehen sollte. Wenn ein gottesfürchtiger Mann in die Politik ging, war das doch sicher eine gute Sache.

„Ja, ich gehe zurück. Ich muss noch ein Plädoyer verfassen. Kommst du mit?"

„Ich will erst noch meine Arbeit hier fertig machen." Er nahm das oberste Blatt von seinem Papierstoß. „Richte Hannah liebe Grüße aus."

Er nickte. „Mach ich."

Das kleine Sandwich, das Hannah hintergeschlungen hatte, bevor sie von ihrem Spaziergang zurückgekehrt war, lag ihr schwer im Magen. Sie hatte noch ein paar Minuten Mittagspause, schenkte sich eine Tasse Kaffee ein und spülte das trockene Brot damit hinunter. Sie seufzte. Sollte sie Lincoln erzählen, was Walt gesagt hatte? Musste Lincoln überhaupt davon erfahren, da sie Walts Gefühle sowieso nicht erwiderte?

Sie leerte ihre Tasse, spülte sie dann aus und kehrte an ihren Arbeitsplatz zurück. Da Jo jetzt in die Pause gehen konnte, legte sie ihr eine Hand auf die Schulter. „Gibt es irgendetwas, das ich wissen muss?"

„Wir haben Störgeräusche in den Leitungen. Ich bin mir nicht sicher, ob bei dem Schuss oben etwas beschädigt wurde. Falls ein Schaden vorliegt, muss ich eine Schadensmeldung einreichen. Kannst du so lieb sein und die Leitungen überprüfen, wenn du Zeit hast?"

„Natürlich." Sie rutschte auf den Platz und setzte ihren Kopfhörer auf. „Hast du gehört, wer verletzt wurde?"

Jo schmunzelte. „Selbst wenn, dürfte ich es dir nicht verraten. Schweigepflicht, weißt du noch?"

„Ja, Ma'am, natürlich."

Jo steckte ihren Hut fest. „Ich gehe ins Café. Soll ich dir ein Stück Kuchen mitbringen?"

„Nein danke. Aber guten Appetit." Hannah winkte ihr nach und drehte sich dann zum Klappenschrank herum, um einen Anrufer zu verbinden.

Wenige Minuten nachdem Jo gegangen war, tauchte Lincoln an ihrer geteilten Tür auf.

Seine blauen Augen funkelten. „Ich habe nach der Arbeit zwei Überraschungen für dich."

Sie lächelte ihn an. „Das macht drei Überraschungen an einem Tag. Ich weiß nicht, ob ich so viele Überraschungen verkrafte."

„Bestimmt." Er klopfte mit der Hand an den Türrahmen. „Wir sehen uns, wenn du Feierabend hast."

Ein ständiger Strom von Anrufen hielt Hannah davon ab, Jos Bitte nachzukommen und die Leitungen zu überprüfen. Schließlich wurde es ein wenig ruhiger. Sie begann in der oberen Reihe ihres Klappenschranks, steckte den Stecker nacheinander in alle Buchsen und lauschte auf mögliche Störgeräusche. Wenn sie keine vernahm, tätigte sie einen Kontrollanruf. Wenn eine Leitung besetzt war, steckte sie ihren Stecker trotzdem in die Buchse und lauschte ein paar Sekunden. Zwischen den nächsten Gesprächen, die sie verband, notierte sie ein paar Leitungen, die gemeldet werden mussten.

Schließlich war sie in der dritten Reihe angelangt. Die erste Buchse verband sie mit einem Konferenzraum in der Nähe des Gerichtssaals, in dem es zu dem Schusswechsel gekommen war. Hier konnten sich Anwälte mit ihren Mandanten oder mit anderen Anwälten treffen. Da mit diesem Apparat bereits ein Telefonat geführt wurde, hörte sie kurz zu. Ein leichtes Knistern war zu vernehmen. War es so stark, dass es gemeldet werden musste?

Sie hielt die Hand über ihr Mikrofon und strengte ihre Ohren noch mehr an.

„Elise, Schatz, bitte mach dir deshalb keine Sorgen."

O du meine Güte! Sie erkannte Pete Williams' Stimme. Sollte sie sich aus der Leitung ausklinken? Aber sie wollte ihre Aufgabe erledigen, bevor Jo zurückkam, und sie brauchte nur noch wenige Sekunden, um zu entscheiden, ob diese Leitung repariert werden musste.

„Und wenn er doch etwas damit zu tun hat?" Elises Stimme klang schrill. „Ich muss ständig an diese arme Familie denken. Du weißt doch, was er früher immer gemacht hat."

Von wem sprach sie? Hatte Elise jemanden in Verdacht? Wusste sie, wer die Brände gelegt haben könnte?

„Es geht ihm jetzt besser. Mach dir keine Sorgen, Schatz", versuchte Pete, sie zu beruhigen. „Sein Aufenthalt in Deutschland hat ihn geheilt. Das hast du selbst gesagt."

Mit pochendem Herzen zog sie den Stecker aus der Buchse.

Verdächtigte Elise ihren eigenen Sohn? Konnte Albert das Feuer bei den Grennens gelegt haben?

Sie schüttelte den Kopf. Sicher nicht. Es war, wie Pete sagte: Er war geheilt. Außerdem müsste Pete als Anwalt seinen Sohn der Polizei melden, wenn er ihn eines Verbrechens verdächtigte. Aber Pete liebte seine Frau sehr, und Lincoln hatte gesagt, dass sie unter Schüben von Melancholie litt. Würde ihn die Angst, dass sie wieder in Depressionen abglitt, davon abhalten, die Wahrheit zu sagen?

Mechanisch verband Hannah den nächsten eingehenden Anruf. Sie sollte die Leitungen weiter überprüfen, aber sie konnte nicht vergessen, was sie mit angehört hatte. Lincoln wäre am Boden zerstört, wenn er erführe, dass Pete seinen Sohn verdächtigte. Aber vielleicht könnte Lincoln auch mit Pete sprechen und sich einen besseren Eindruck verschaffen, was es mit der Sache auf sich hatte.

Das konnte sie nicht tun. Was sie zufällig mit anhörte, war streng vertraulich. Sie durfte es nicht einmal Jo sagen.

Aber wenn Albert doch hinter den Bränden steckte und wieder ein Feuer legte?

Hannah hatte das Gefühl zu ersticken. Sie presste ihre zitternde Hand auf ihren Bauch. Vielleicht sollte sie in diesem Fall gegen die Regeln verstoßen. Vorsichtshalber. Aber andererseits bestand die Gefahr, dass sie ihre Anstellung verlor. Was würde das für ihre Schwestern bedeuten?

Lincoln warf Hannah einen Seitenblick zu. Sie war ungewöhnlich still, seit er sie in seinem Automobil abgeholt hatte, und schien in Gedanken versunken zu sein. Obwohl sie behauptete, dass es ihr gut gehe, glaubte er ihr nicht.

Vielleicht quälte sie immer noch der Streit mit Charlotte. Die drei Gregory-Schwestern standen sich sehr nah. Er hoffte, dass seine Überraschung sie ein wenig auf andere Gedanken bringen würde.

Sie hielten vor einem Juweliergeschäft und er stellte den Motor ab. Hannah fuhr hoch, als sei sie aus einem Traum erwacht.

Er half ihr aus dem Automobil. „Bist du für die erste Überraschung bereit?"

Sie warf einen Blick auf das Juweliergeschäft und riss die Augen weit auf. Er musste sich ein Schmunzeln verkneifen. Er legte die

Hände auf ihre Schultern und drehte sie zu dem Geschäft neben dem Juwelier herum. „Dieses Geschäft ist unser Ziel."

„Ein Fahrradgeschäft? Was machen wir denn hier?"

„Das wirst du gleich sehen."

Die Glocke klingelte, als sie eintraten, und der Ladenbesitzer begrüßte sie freundlich. „Mr Cole, schön, dass Sie kommen. Ich habe alles fertig."

Hannah neigte den Kopf zur Seite. „Du kaufst ein Fahrrad?"

„Ja."

„Ich wusste nicht, dass du ein Radfahrer bist."

„Das bin ich auch nicht."

Der Ladenbesitzer schob das Fahrrad zu ihnen und stellte es vor Hannah ab. „Ich hoffe, Sie haben viel Freude daran, Ma'am."

Ihr stockte der Atem und sie schaute Lincoln an. „Du weißt, dass ich das nicht annehmen kann."

„Dir gehört nur ein Drittel des Fahrrads, aber es dürfte dir schwerfallen, dein Drittel zurückzugeben, weil deinen Schwestern die anderen zwei Drittel gehören. Charlotte wird es brauchen, wenn sie zur Arbeit fährt, um die Zeit bis zur Kochschule zu überbrücken. Und so wie ich Tessa kenne, wirst du sie nicht dazu überreden können, ihren Teil zurückzugeben. Du musst es also behalten."

Der Ladenbesitzer schmunzelte.

Hannah beugte sich zu Lincoln. „Das ist zu viel. Das kann ich nicht annehmen."

Er strich mit der Hand über ihren Arm. „Bitte, Hannah, du tust mir gewissermaßen einen Gefallen. Du sollst es nämlich haben, damit du fliegen kannst."

39

Hannah blinzelte und biss sich auf die Lippe. War Lincoln eigentlich bewusst, wie sehr sie sich immer gewünscht hatte, Fahrrad zu fahren? Sie hatte es noch nie erwähnt, aber sie sehnte sich schon lange danach, es einmal auszuprobieren.

Sie schaute zuerst ihn und dann das Fahrrad an und strich mit der Hand liebevoll über den Lenker. Das Metall fühlte sich unter ihren Fingerspitzen kühl an.

Sollte sie dieses Geschenk wirklich annehmen? Lincoln liebte es, vor Gericht zu gewinnen, und auch in diesem Fall hatte er ausgezeichnet argumentiert, dass ihr nur ein Drittel des Rades gehörte.

Sie erwiderte seinen hoffnungsvollen Blick und lächelte. „Wenn ich dir damit einen Gefallen tue, geht es wahrscheinlich in Ordnung. Wie bringen wir es nach Hause?"

Der Ladenbesitzer schmunzelte wieder. „Die meisten Leute fahren damit."

Sie hob die Brauen. „Ich … ich bin noch nie … Ich weiß nicht, ob ich …"

„Entspann dich." Lincoln packte den Lenker des Rades. „Ich denke, wir können es hinten auf dem Automobil befestigen."

Eine halbe Stunde später löste Lincoln die Schnüre und hob das Fahrrad vom Heck des Reo. Und schon kamen Charlotte und Tessa angelaufen und jubelten, als Lincoln ihnen erklärte, dass das Fahrrad ein Geschenk für alle drei Gregory-Schwestern sei. Spätestens jetzt konnte sie es ihm nicht mehr zurückgeben.

Er hielt den Lenker des Rades fest. „Bist du bereit, es auszuprobieren?"

Hannah presste die Fingerknöchel an die Lippen. Alles in ihr wollte auf das Fahrrad springen, aber es war ein so großes Geschenk.

Er klopfte auf den Sitz. „Hast du Angst?"

„Nein, natürlich nicht." Sie bemühte sich, mutig zu klingen. Ihre Tapferkeit war nicht gespielt, aber etwas in ihr fürchtete sich doch davor, sich vor Lincoln zum Narren zu machen.

„Ich denke, du hast doch Angst." Er hob herausfordernd die Augenbrauen.

Tessa schob mutig das Kinn vor. „Ich nicht. Ich fahre."

Charlotte zog sie zurück. „Hannah probiert es als Erste, sie ist die Älteste. Dann komme ich dran." Damit war die Diskussion beendet.

Tessa wandte sich an Lincoln und hob unschuldig die Hände. „Aber Hannah hat Angst aufzusteigen."

„Habe ich nicht." Hannah schob ihren Rock hoch, setzte sich und umklammerte den Lenker.

„Ausgezeichnet." Ein breites Grinsen überzog Lincolns Gesicht. „Ich halte dich am Sitz fest, bis du losfährst. Ich will nicht, dass du stürzt."

Sie nickte. „Und wie halte ich an?"

„Du stellst die Füße auf den Boden oder trittst rückwärts in die Pedale." Er küsste sie auf die Wange. „Du wirst begeistert sein."

Nachdem sie sich vergewissert hatte, dass ihre glatten Schuhsohlen fest in den Pedalen standen, begann sie zu treten. Erst als sie sich in Bewegung setzte, wurde ihr bewusst, dass Lincoln den Sitz festhielt. Ihre Wangen glühten, und das hatte nichts mit der Anstrengung zu tun, mit der sie in die Pedale trat.

„Du musst dich konzentrieren." Er lief neben ihr her. Das Fahrrad wackelte, aber er hielt es fest. „Tritt schneller in die Pedale. Du brauchst mehr Geschwindigkeit."

Sie trat kräftiger und spürte, wie das Fahrrad unter ihr reagierte. Sie konzentrierte sich darauf, das Gleichgewicht nicht zu verlieren und das Fahrrad ruhig zu halten.

„Hannah, du kannst es!"

Lincolns Stimme klang gar nicht mehr so nah. Sie fuhr Fahrrad! Wann war das geschehen? Der Wind wehte ihr die Haare um die Wangen und blähte ihren Rock auf, aber sie hielt nicht an. Sie war nicht einmal sicher, ob sie das könnte.

Während ihr Herz wie wild gegen ihr Korsett hämmerte, fuhr sie weiter. Frei und atemlos. Lincoln hatte recht: Sie flog fast.

Lincolns Herz schlug höher, als er sah, wie Hannah das Radfahren beherrschte. Er hatte sie losgelassen, als er sicher gewesen war, dass sie allein zurechtkam. Jetzt kicherte sie wie ein Schulmädchen, während sie mitten auf der Straße fuhr.

Sie verlangsamte ihre Geschwindigkeit und das Fahrrad geriet ins Wanken. Sie verlor das Gleichgewicht und das Fahrrad kippte zur Seite. Er lief zu ihr und machte sich große Sorgen, als sie keinen Versuch unternahm, sofort wieder aufzustehen. War sie verletzt?

Lincoln blieb vor ihr stehen und hob das Fahrrad hoch. „Hast du dir wehgetan?"

„Nein." Sie lachte laut und ließ sich von ihm auf die Beine helfen. „Das war unglaublich!"

„Es freut mich, dass es dir gefällt.“ Er schob das Fahrrad zu ihrem Haus und Hannah ging neben ihm her. „Das macht es mir leichter, dich um einen Gefallen zu bitten.“

„Soll das heißen, dass du mich wirklich um einen Gefallen bitten willst? Das war kein Trick, damit ich dein Geschenk annehme?“

„Natürlich nicht.“ Vor Rosies Haus blieb er stehen. Mrs Murphy winkte ihnen von der Veranda aus zu. „Meine Tante Sam kommt mich besuchen und sie ist eine begeisterte Radfahrerin. Ich hoffe, du kannst sie auf ihren Touren begleiten.“

„Die Tante, die dich aufgezogen hat?“

Er nahm ihre Hand und lächelte. „Schau mich nicht wie ein erschrockener Hase an. Sie wird dich lieben.“

„Das halte ich für sehr unwahrscheinlich. Hast du dir schon mal überlegt, dass jemand mit der gesellschaftlichen Stellung deiner Tante vielleicht nicht mit einer jungen Frau wie mir einverstanden ist? Die meisten reichen Frauen verbringen nicht viel Zeit mit Telefonistinnen, und sie erwarten, dass ihre Söhne oder Neffen das auch nicht tun.“

„Tante Sam ist nicht wie die meisten Frauen. Das wirst du schon sehen.“

„Wann kommt sie?“

Er grinste sie verschmitzt an. „Du brauchst wirklich nicht nervös zu sein. Ich mache mir viel größere Sorgen darüber, was du von ihr hältst, als was sie von dir hält.“

„Warum denn das?“

„Das wirst du schon sehen. Sie kommt am Freitag, den Zwölften hier an.“

„Wenigstens spricht Charlotte wieder mit dir.“ Lincoln saß auf der Verandaschaukel, hatte den Arm um Hannah gelegt und spielte mit den Haaren in ihrem Nacken. Der Pfingstrosenduft aus dem Nachbargarten wurde vom warmen Wind zu ihnen herübergetragen und Glühwürmchen funkelten in den Sträuchern. Im Haus brannte nur ein schwaches Licht.

„Wenn du ‚Gib mir bitte die Butter‘ für ein tiefgehendes Gespräch hältst, muss ich dir recht geben.“

„Sie wird bald darüber hinwegkommen. Außerdem war ich

derjenige, der ihm gesagt hat, dass er sich zwei Wochen von ihr fernhalten soll."

„Aber dich *mag* sie."

„Natürlich mag sie mich. Ich bin ja auch ein sehr sympathischer Mensch." Er zeichnete Kreise auf ihren Nacken. Sie erschauerte unter seiner Berührung und er lächelte. „Siehst du das nicht auch so?"

„Meistens."

Er liebte den neckischen Klang ihrer Stimme. „Erzählst du mir jetzt, was dich heute nach der Arbeit so beunruhigt hat? War etwas mit Walt?"

Sie versteifte sich sichtlich. „Lincoln, erzähl mir von Albert."

Hannah wechselte das Thema. Das war kein gutes Zeichen, aber er ging darauf ein. „Ich habe dir doch schon von ihm erzählt. Als er geboren wurde, waren Pete und Elise schon etwas älter. Er ist also ungefähr in deinem Alter. Er ist ziemlich intelligent und hat vor, im Herbst wieder nach Yale zu gehen."

„Aber warum ist er überhaupt von dort weggegangen?"

Lincoln schluckte schwer. Er wollte Hannah auf keinen Fall Angst einjagen, und wenn man Alberts ganze Geschichte kannte, konnte man leicht Angst bekommen. „Du erinnerst dich, dass Elise an Melancholie leidet, ja?"

„Ja."

„Albert hat diese Neigung anscheinend auch. Und wenn es ihm nicht gut geht, trifft er manchmal schlechte Entscheidungen."

„Wie zum Beispiel?"

Er seufzte. Natürlich ließ Hannah nicht so schnell locker, aber er musste ihr ja nicht die ganze Wahrheit sagen. Wenn sich ihre Beziehung weiterhin so gut entwickelte, würden sie viel Zeit mit Pete und Elise verbringen. „Er hat an der Uni etwas beschädigt und einige Leute bedroht." Er zog sie an sich heran. „Woher kommt dein plötzliches Interesse an Albert? Habe ich Konkurrenz?"

„Nein, bestimmt nicht." Sie lachte.

„Dann könnten wir jetzt das Thema wechseln. Wie war dein Tag?"

Sie schaute ihn an und lächelte. „Ich würde lieber über dich sprechen."

„Über mich?"

„Es hat so viel Freude gemacht zuzusehen, wie Tessa und Charlotte Fahrrad fahren gelernt haben. Ich weiß nicht, ob ich dir schon gesagt habe, wie dankbar ich dir dafür bin, dass du so nett zu ihnen bist. Fast wie –“

Sie beendete ihren Satz nicht. Fürchtete sie, dass sie zu viel sagen könnte? Hatte sie immer noch Zweifel oder Ängste? Er hatte ihr zwar noch keine Versprechungen gemacht und nicht um ihre Hand angehalten, aber irgendwann zwischen seinem ersten Besuch auf ihrer Farm und dem Ausflug am Memorial Day war Hannahs Familie zu *seiner* Familie geworden.

„Ich behandle sie wie meine eigene Familie, weil sie meine Familie sind.“

Sie stieß einen leisen Laut aus. Es war ihm unmöglich, ihre vor Überraschung leicht geöffneten Lippen zu ignorieren und diese Situation nicht auszunutzen. Er küsste sie und hoffte, damit alle Zweifel, Sorgen und Ängste aus ihrem Herzen und aus ihrem Kopf zu vertreiben.

40

Charlotte hatte erneut im Briefkasten vor ihrem Haus nachgesehen und knallte enttäuscht die Klappe zu. Der Briefkasten war leer. Eine Woche war vergangen. Warum schrieb George ihr nicht?

Sie sank auf die Verandastufen, verschränkte die Arme über ihren Knien und vergrub ihren Kopf darauf. Es war alles Hannahs Schuld. Wenn sie sich nicht eingemischt hätte, wäre mit George alles in Ordnung. Und Lincoln! Wie hatte er sich das Recht herausnehmen können, George zu sagen, dass er sie zwei Wochen lang nicht besuchen durfte?

Die Fliegengittertür klapperte und Tessa trat aus dem Haus auf die Veranda.

„Nicht schon wieder“, stöhnte Tessa und ließ sich auf die Schaukel sinken. Die Kette rasselte und dann setzte das vertraute Quietschen ein. „Was willst du jetzt machen?“

„Nichts."

„Weißt du, was ich denke?" Tessa schwieg kurz, sprach dann aber weiter, als Charlotte ihr keine Antwort gab. „Ich glaube, du hast großes Glück."

Charlotte hob den Kopf. „Und wie kommst du auf diese Idee?"

„Der schöne George macht sich nicht viel aus dir. Er wollte bloß eine hübsche Freundin haben, die nach seiner Pfeife tanzt. Wenigstens siehst du jetzt, wie er wirklich ist."

„Wie bitte?"

„Denk doch mal darüber nach: Ihm gefällt es, dich an seiner Seite zu haben, aber interessiert es ihn wirklich, wer *du* bist?"

Charlotte setzte eine finstere Miene auf. Was wusste Tessa schon? Sie war erst vierzehn und ganz bestimmt keine Expertin in Liebesdingen. „Natürlich interessiert ihn das."

„Woher willst du das wissen?" Tessa stieß sich ab und schaukelte immer höher. „Du hast doch gesehen, wie wahre Liebe aussieht: Wahre Liebe kauft ein Fahrrad, damit deine Freundin fliegen kann. Wahre Liebe behandelt deine Schwestern so, als wären sie deine eigenen Schwestern. Wahre Liebe lässt keinen Tag vergehen, ohne dass du deiner Freundin ein Lächeln entlockst. Ich bin zwar erst vierzehn, aber ich habe Augen im Kopf. Wann hat George je das, was *du* willst, über seine eigenen Wünsche gestellt?"

Charlottes Verstand arbeitete auf Hochtouren. Es war eine einfache Frage – warum fiel ihr keine Antwort ein? Er begleitete sie jeden Tag nach Hause. Sie unterhielten sich über seinen Tag. Er sagte ihr, dass er sie an seiner Seite haben wollte, aber das alles beantwortete Tessas Frage nicht.

Die Wut, die in ihr schwelte, weil der Briefkasten wieder einmal leer gewesen war, loderte lichterloh auf. Warum hatte er ihr nicht geschrieben? Wenn er ihr einen Brief geschrieben hätte, könnte sie diesen als Beweis vorweisen, dass er sich für sie interessierte. Sie könnte Tessa den Brief zeigen und sagen: „Siehst du? Er interessiert sich für mich."

Aber sie hatte keinen Brief.

„Du bist zu jung, um das zu verstehen. Du bist doch noch ein Baby", schleuderte sie ihrer Schwester stattdessen an den Kopf.

„Ich bin kein Baby mehr, und wenigstens kann ich sehen, wie

George wirklich ist. *Du* benimmst dich hier wie ein Baby! Er hat dich um den Finger gewickelt, er kritisiert dich ständig und will dich ändern, bis du nicht mehr weißt, wer du bist. ‚Charlotte, komm her.'" Sie äffte George nach. „‚Charlotte, es gefällt mir nicht, wenn ich auf dich warten muss.' ‚Charlotte, bleib! Ich will nicht, dass du gehst.'" Sie sprang von der Schaukel. „Und was hast du getan? Du bist ihm brav gefolgt, als wärst du sein Schoßhündchen."

„Ich bin kein Schoßhündchen!"

„Wirklich nicht? Wann hast du das letzte Mal das gemacht, was *du* willst?" Tessa öffnete die Fliegengittertür. „Wie ich schon sagte: Liebe macht dumm und du bist der beste Beweis dafür."

Die Fliegengittertür fiel hinter ihr zu und Charlottes Gefühle purzelten wild durcheinander. Wut vermischte sich mit Schmerz und Demütigung. Tränen brannten in ihren Augen. War sie für die Wahrheit blind gewesen? Hatte sie sich Georges Zuneigung so sehr gewünscht, dass sie nur das gesehen hatte, was sie hatte sehen wollen?

Herr, bitte hilf mir, die Wahrheit zu erkennen.

Hannah lehnte das Fahrrad an den Ständer und eilte ins Gerichtsgebäude. In der letzten Woche hatte sie sich daran gewöhnt, das Fahrrad zu benutzen, statt die kurze Strecke zur Arbeit zu Fuß zu gehen. Wenn Charlotte eine Arbeitsstelle fände, würde sie ihr das Fahrrad wahrscheinlich überlassen, aber bis dahin müsste sie lernen, gut genug zu fahren, um mit Lincolns Tante mithalten zu können.

„Guten Morgen, Jo." Hannah nahm ihren Hut ab und hängte ihn an den Haken. „Gibt es etwas Neues?"

„Gestern Nacht hat es wieder gebrannt."

Hannah keuchte. „Wo?"

„Außerhalb der Stadt." Sie brach ab, um einen Anruf zu verbinden. „Mr Cole war hier, um es dir zu erzählen. Er sagte, dass er später noch einmal vorbeikäme."

Hannah nahm ihren Platz am Klappenschrank ein und setzte mit zitternden Fingern den Kopfhörer auf. Was, wenn Albert der Brandstifter war? Hätte sie dieses Feuer verhindern können, wenn sie etwas gesagt hätte? Sie schüttelte den Kopf. Nein, Lincoln hatte gesagt, dass er einen kleinen Schaden angerichtet hatte, aber nicht, dass er Brände gelegt hatte. Wenn er sich wegen Albert Sorgen machen würde, hätte er etwas gesagt.

Jo deutete auf eine Lampe an Hannahs Klappenschrank. „Willst du nicht drangehen?"

Hannah fuhr zusammen. „Natürlich. Entschuldige." Sie steckte den Stecker in die Buchse. „Nummer, bitte."

Der Mann knurrte die Nummer, und Hannah versuchte, so freundlich wie möglich zu antworten. „Drei-acht-fünf. Danke." Als sie den Stecker in die Buchse steckte, vernahm sie ein schneidendes Klicken. Sie wandte sich wieder an den Anrufer. „Es tut mir leid, Sir, die Nummer ist besetzt. Bitte versuchen Sie es später wieder."

Er warf ihr Beschimpfungen an den Kopf. Hannah hatte Mühe, sich zu beherrschen. „Sir, wenn Sie sich nicht beruhigen, bin ich gezwungen, Sie meinen Vorgesetzten zu melden."

„Ich *bin* ruhig! Nun regen Sie sich mal nicht auf!"

„Ich rege mich nicht …" Sie trennte die Verbindung und atmete tief ein.

Jo berührte sie am Arm. „Hast du einen unfreundlichen Anrufer erwischt? Was hat er gesagt?"

Hannah bemühte sich, den Kern des Gesprächs zusammenzufassen, ohne die unfreundlichen Worte zu wiederholen.

„Diesem jungen Mann muss man Manieren beibringen. Welcher Anrufer war es?"

Hannah zeigte Jo die Nummer und schaute dann zu, wie ihre Vorarbeiterin den Spezialstecker, den sie sehr selten benutzte, oben in Hannahs Klappenschrank steckte und den jungen Mann anrief.

„Sir", sagte Jo, „hier ist die leitende Telefonistin des Gerichts. Ich muss Sie auffordern, sich sofort bei meiner Kollegin zu entschuldigen, da ich andernfalls dafür sorgen werde, dass Ihnen Ihr Telefon weggenommen wird."

Sie bedeutete Hannah, sich zu verbinden. „Hallo."

„Sind Sie die Frau, der ich gesagt habe, dass sie sich nicht aufregen solle?" Seine Stimme klang jetzt ganz zerknirscht.

„Ja, Sir, das bin ich."

„Es tut mir leid", murmelte er unüberhörbar beschämt. „Sie können sich jetzt gern aufregen."

Hannah warf einen Blick auf Jo und die Frauen grinsten sich vielsagend an. Sie trennte eilig die Verbindung, damit er nicht hörte, wie sie in lautes Gelächter ausbrachen.

Hannah wischte sich die Tränen aus den Augen. „Du hast den armen Mann so erschreckt, dass er nicht mehr wusste, was er sagt."

Es klopfte an ihren Türrahmen und Lincoln lehnte sich über die geteilte Tür. „Was ist denn hier los?"

Jo winkte ab und kicherte wieder. „Ich habe die Sache schon erledigt." Sie wandte sich an Hannah. „Geh und sprich mit Boas. Ich übernehme die Anrufe."

Die junge Frau nickte und trat zu Lincoln an die geteilte Tür.

„Boas?"

„Das ist eine lange Geschichte."

„Ich glaube, diese Geschichte würde ich gern hören." Er schaute sie mit seinen blauen Augen so eindringlich an, dass sie kurz davorstand, ihm die Geschichte zu erzählen.

„Aber nicht heute." Sie grinste ihn an, bevor sie ihren Kopfhörer abnahm. Nachdem sie ihre Haare berührt hatte, um sich zu vergewissern, dass ihre Frisur in Ordnung war, fragte sie: „Was führt dich zu mir?"

Er betrachtete den Kopfhörer. „Vielleicht kann das, was ich dir sagen wollte, warten, bis du Feierabend hast. Ich will dir den Tag nicht verderben."

„Du musst mich nicht mit Glacéhandschuhen anfassen." Sie richtete sich auf. „Du bist aus einem bestimmten Grund gekommen. Was ist los?"

„Es hat wieder gebrannt."

„Das weiß ich bereits. Jo hat es mir gesagt. Sie sagte, der Brand sei außerhalb der Stadt ausgebrochen."

„In einem Materialschuppen der ‚Western Union'." Er schluckte. „An Walts alter Strecke."

Ihr stockte der Atem.

„Er wurde wieder verhaftet."

„O Lincoln! Bitte sag mir, dass er ein Alibi hat."

Er fuhr sich mit den Fingern durch die Haare. „Er hat eines. Bis seine Eltern ins Bett gegangen sind. Das Problem ist, dass das Feuer mitten in der Nacht ausgebrochen ist."

„Du glaubst ihm doch, oder?“

Er nickte. „Ja, aber der Staatsanwalt wird argumentieren, dass er genug Zeit gehabt hätte, sich aus dem Haus zu schleichen und das Dynamit zu werfen.“

Sie neigte den Kopf zur Seite. „Wieder Dynamit? Walt hat noch nie Dynamit verwendet. Sein Vater benutzt es nicht einmal, um Baumstümpfe zu entfernen, wie es manche Bauern machen. Sein Bruder wurde durch Dynamit getötet. Deshalb weigert er sich, das Zeug im Haus zu haben. Warum sollte Walt also Dynamit haben und woher sollte er es bekommen?“

Lincoln rieb sich das Kinn und lächelte. „Es lohnt sich, dieser Spur nachzugehen.“

„Du kümmerst dich also sofort darum?“

Er ergriff ihre Hand. „Die Seniorpartner sind nicht gerade begeistert, dass ich seinen Fall wieder übernehme.“

„Pete auch?“

Er nickte. „Leider.“

„Oh.“

„Ich mache es trotzdem, Hannah, aber ich werde nicht tagsüber daran arbeiten können. Wir brauchen den Namen der Person, die seiner Meinung nach dahintersteckt.“ Er berührte ihre Wange. „Versuche, dir keine Sorgen zu machen. Wir besuchen ihn heute Abend.“

„Nein, ich besuche ihn, bevor ich nach Hause gehe.“ Als Lincoln die Stirn runzelte, fügte sie hinzu: „Wenn wir allein sind, bringe ich ihn vielleicht eher dazu, mir etwas zu verraten.“

Widerwillig pflichtete Lincoln ihr bei. Nachdem sie verabredet hatten, sich zum Abendessen bei ihr zu Hause zu treffen, erinnerte er sie daran, für Walts Verteidigung zu beten. Er drückte ihre Hand und verschwand wieder.

Sie schaute ihm nach. Seine breiten Schultern hingen trotz der Last, die er für sie und für Walt trug, nicht nach unten.

Jemand anderer steckte hinter diesen Bränden. Walt war es nicht. Aber vielleicht Albert?

Auch wenn sie nicht sicher war, wie sie es anstellen sollte, müsste sie die Wahrheit irgendwie herausfinden.

Die Feuchtigkeit im Gefängnis kroch ihr in die Knochen und jagte ihr ein Schaudern über den Rücken. Sie hätte sich am liebsten die Nase zugehalten und den Gestank von ungewaschenen Körpern und schimmeligen Ziegelwänden, der die Luft erfüllte, ausgesperrt. Dem Gefängniswärter schien der Geruch überhaupt nicht mehr aufzufallen. Konnte man sich daran gewöhnen?

Da sie allein war, bestand der Gefängniswärter darauf, dass sie Walts Zelle nicht betrat. Nur weil der Mann wusste, dass sie mit Lincoln zusammenarbeitete, erlaubte er ihr, sich überhaupt so weit in das Gefängnis zu begeben. Sie überlegte, ob sie mit ihm verhandelt sollte, entschied dann aber, dass es besser war, auf dem Gang zu bleiben.

Während sie an den Zellen vorbeischritt, richtete sie den Blick starr auf den vor ihr gehenden Gefängniswärter, ohne den Pfiffen und Einladungen der anderen Gefangenen Beachtung zu schenken. Sie sandte ein stilles Gebet für diese Männer zu Gott. Gott wusste, was sie brauchten, auch wenn sie es selbst nicht wussten.

Walt trat ans Gitter. „Du solltest nicht allein hier sein. Wo ist Lincoln?"

„Er konnte heute nicht kommen." Sie sehnte sich schmerzlich danach, seine Hand zu halten, aber nach seiner Liebeserklärung hielt sie es für besser, ihm keine falschen Hoffnungen zu machen. „Aber ich musste herkommen, weil ich dich etwas fragen muss."

Ein leises Lächeln überzog sein Gesicht und verschwand dann wieder. „Ich zuerst."

Ihre Nerven waren angespannt. Warum hatte sie sich nur keine Antwort auf die Frage überlegt, die er ihr bestimmt stellen würde?

Sie benetzte ihre trockenen Lippen. „Gut."

„Hast du über das nachgedacht, was ich dir gesagt habe?"

Sie betrachtete ihn forschend. Er blickte sie mit vorsichtiger Erwartung an. Es gefiel ihr nicht, seine Hoffnungen zu zerschmettern. Schon gar nicht hier und jetzt. Aber war es fair, ihm die Wahrheit zu verschweigen? Wenn der Pfarrer ihrer Gemeinde recht hatte, dass die Liebe manchmal schwere Entscheidungen verlangte, war das jetzt eine der schwersten Entscheidungen, die sie treffen musste.

„Du brauchst nichts zu sagen." Er biss die Zähne zusammen, und sie konnte seinen Worten entnehmen, dass er sich verraten fühlte.

„Ich kenne dich lange genug, um dir anzusehen, wie die Antwort lautet."

„Ich mag dich sehr, aber ich –"

„– aber du liebst ihn." Er zwang sich zu einem Lächeln. „Ich weiß."

„Es tut mir leid."

„Sag so was nicht." Er umklammerte die Gitterstäbe so fest, dass seine Knöchel hervortraten. „Jemanden zu lieben sollte uns nie leidtun, und ich will, dass du glücklich bist."

„Und ich will, dass du aus dem Gefängnis kommst." Sie schluckte schwer. „Ich weiß, dass du meinst, du müsstest deinem Gewerkschaftsfreund gegenüber loyal sein, aber dieser Mann legt in der ganzen Stadt Brände. Würdest du mir bitte verraten, wer deiner Meinung nach hinter den Anschlägen steckt?"

„Ich werde niemanden verraten! Schließlich bin ich wirklich ein loyaler Freund."

Diese Anschuldigung traf sie hart, aber ihre Freundschaft zwang sie, ihre Enttäuschung zu verdrängen. „Es gibt niemanden, der loyaler wäre als du, aber wer auch immer der Brandstifter ist, er hat kein Problem damit, *dich* zu verraten." Sie trat näher ans Gitter heran. „Meine Güte, Walt! Er hat auf deiner alten Strecke ein Feuer gelegt. Er will dir die Sache anhängen."

Walt ging in der Zelle auf und ab und rieb sich den Nacken. Ihn unter Druck zu setzen hatte nie zum Erfolg geführt. So ließ sie ihm Zeit, sich die Sache in Ruhe durch den Kopf gehen zu lassen.

Schließlich ließ er die Hand sinken und trat auf sie zu. „Er heißt Donnelly. Joe Donnelly", flüsterte er. „Er steht auf der schwarzen Liste und muss jetzt im Steinbruch arbeiten."

Hannahs Beine gaben fast unter ihr nach. Sie klammerte sich an die kalten Eisenstäbe, um sich abzustützen. Handelte es sich bei diesem Mann etwa um den Vater von George?

Sie atmete tief ein und lächelte Walt ermutigend an. „Danke. Ich überprüfe ihn."

„Überlass das Lincoln. Dieser Mann ist ein Hitzkopf." Er kniff die Augen zusammen. „Das ist mein Ernst, Hannah."

„Glaubst du wirklich, ich würde einen möglichen Brandstifter ganz allein befragen?" Sie lachte kurz. Er kannte sie wirklich gut.

„Ja, das würde ich dir zutrauen." Walt streckte die Hand durch die Gitterstäbe und hielt sie am Handgelenk fest. „Versprich mir, dass du Lincoln seinen Namen sagst." Seine Finger gruben sich in ihren Arm.

„Ja. Das verspreche ich dir."

Sie würde es Lincoln sagen, wenn sie ihn traf. Aber vorher musste sie noch in Erfahrung bringen, ob dieser Joe Donnelly wirklich Georges Vater war – und um das herauszufinden, gab es nur einen einzigen Weg.

41

Hannah fuhr auf ihrem Fahrrad holpernd über die unebenen Pflastersteine. Durch einen Anruf bei der Auskunft in der Zentrale hatte sie Joe Donnellys Adresse in Erfahrung gebracht, und sie hatte keine Sekunde gezögert, sich auf den Weg zu machen, auch wenn sein Wohnort sich in einer fragwürdigen Gegend befand. Donnelly war ein ziemlich häufiger Name. Bei dem Mann musste es sich also nicht unbedingt um einen Verwandten von George handeln. Aber um Charlottes willen musste sie es herausfinden. Falls sein Vater der Brandstifter sein sollte: Wusste George Bescheid? Was, wenn er selbst auch etwas damit zu tun hatte?

Ein Hund bellte sie drohend an und sie wich ihm hastig aus. Ein paar blonde Kinder mit schmutzigen Gesichtern starrten ihr Fahrrad an. Vielleicht hatten sie in dieser Gegend noch nie ein Fahrrad zu Gesicht bekommen.

Wenn Lincoln wüsste, dass sie hier war, wäre er nicht begeistert, und daraus könnte sie ihm keinen Vorwurf machen. Doch sie musste es auch um seinetwillen tun. Falls dieser Joe hinter den Bränden steckte, könnte sie damit ihre Befürchtungen in Bezug auf Albert ad acta legen. Denn wie würde Lincoln sich fühlen, wenn er wüsste, dass Pete ihm die Wahrheit über Albert verschwiegen hatte?

Hannah hatte überlegt, dass sie – falls es sich bei diesem Joe um den Vater von George handelte – ja vorgeben könnte, dass sie nach dem jungen Mann sehen wollte, da er Charlotte nicht geschrieben hatte. Aber welchen Vorwand hätte sie für ihren Besuch, wenn George nicht da war – schließlich war sie ja eine unverheiratete Frau?

Die junge Frau bog um die Ecke und erblickte das Haus der Donnellys. Das Holzhaus, das dringend einen neuen Anstrich gebrauchen konnte, stand zwischen zwei kleinen, aber sauber und ordentlich aussehenden Häusern. Im Gegensatz zu den anderen beiden zierten den Vorgarten des Donnelly-Hauses auch keine Blumen.

Nachdem sie das Fahrrad an den ehernen Briefkasten gelehnt hatte, ging sie den Gehweg hinauf. Sie hatte gerade die Hand gehoben, um an die Tür zu klopfen, als sie ein Kichern neben dem Haus hörte. Sie spähte um die Ecke.

Ihre Wangen glühten, als sie einen jungen Mann und eine junge Frau entdeckte, die gerade in einer engen Umarmung standen. Als das Mädchen sie erblickte, sprang es mit glühendem Gesicht einen Schritt zurück. Der junge Mann fuhr erschrocken herum.

Sie keuchte laut. „George!“

„Was wollen Sie denn hier?“ Er baute sich zwischen Hannah und dem Mädchen auf, als könnte er damit verbergen, dass sie hier war. „Libby, geh nach Hause. Wir unterhalten uns später weiter.“

Das Mädchen lief wie ein verängstigtes Reh davon.

George schaute Hannah finster an. „Ich frage Sie noch mal: Was machen Sie hier?“

Sie sah der jungen Frau nach und sagte: „Das Gleiche könnte ich dich auch fragen.“

„Das ist alles Ihre Schuld. Und die von Mr Cole. Wenn Sie mir erlauben würden, Charlotte zu sehen, wäre das nicht passiert.“

„Du konntest Charlotte nicht einmal zwei Wochen lang treu bleiben, und das ist unsere Schuld?“ Hannahs Stimme wurde lauter. „Sie sehnt sich danach, ein Wort von dir zu hören, und du küsst heimlich andere Mädchen?“

„Was ist hier los?“, knurrte eine männliche Stimme hinter ihr.

Hannah drehte sich um und stand vor einem Mann, bei dem es sich anscheinend um Joe Donnelly handelte. Ihr Puls raste. Der Mann musste mindestens einen Meter achtzig sein und seine Arme waren so dick wie Eisenbahnseile. Als wäre sein Körperbau noch nicht einschüchternd genug, hatte er auch die Arme vor seiner Brust verschränkt und schaute sie mit einem verächtlichen Blick finster an.

Hannah weigerte sich, sich einschüchtern zu lassen, und sie war klug genug, Georges ruchloses Verhalten nicht sofort anzusprechen. Sie warf die Schultern zurück und lächelte. „Sie müssen der Vater von George sein."

Er packte seinen Sohn am Arm und zog ihn neben sich. „Wenn der Junge etwas ausgefressen hat, wird er die Bekanntschaft meines Gürtels machen."

„Nein, Sir, Sie verstehen mich falsch. Ich bin Charlottes Schwester, Hannah Gregory."

„Ich kenne keine Charlotte."

„Aber Ihr Sohn kennt sie. Er trifft sich seit ein paar Monaten mit ihr."

„Wirklich?" Seine Miene wurde noch finsterer. „Und wann wolltest du mir erzählen, dass du eine Freundin hast?"

„Ich glaube nicht, dass er sie weiterhin treffen wird." Sie schaute George vielsagend an. Sie hatte Mitgefühl mit dem jungen Mann und seiner Situation, aber sie konnte nicht zulassen, dass Charlotte sich weiterhin mit einem so treulosen Menschen traf. „Ich bin gekommen, um ihm das mitzuteilen."

„Jetzt haben Sie es gesagt. Sie können also wieder gehen." Mr Donnelly trat zur Seite und deutete zur Straße.

Sollte sie ihn auf die Brände oder das Problem mit der Gewerkschaft ansprechen? Sie hatte ihre Antwort bekommen, aber sie wollte die Gelegenheit, mehr herauszufinden, nicht ungenutzt verstreichen lassen.

Sie ging ein paar Schritte, bevor sie sich noch einmal umdrehte und ihre letzte Frage stellte. „Mr Donnelly, haben Sie zufällig für die ‚Western Union' gearbeitet?"

„Ja, warum?"

„Ich bin mit Walt Calloway befreundet. Mir kommt Ihr Name irgendwie bekannt vor. Ich glaube, er hat Sie erwähnt. Wissen Sie, dass er wegen der Brände bei der ‚Western Union' im Gefängnis sitzt?"

Georges Augen wurden riesengroß, und Mr Donnelly setzte zu einer Schimpftirade über das Unternehmen an, das ihn so unfair behandelt hatte.

Hannah zog einige Male den Kopf ein, weil er so wild mit seinen kräftigen Armen fuchtelte. „Aufgrund der jüngsten Ereignisse kann ich mir gut vorstellen, dass ein unzufriedener Arbeiter die Aufmerksamkeit der Polizei auf sich zieht. Hat man Sie schon befragt?"

Er kam so dicht auf sie zu, dass er sie hätte packen können. Finster schaute er auf sie herab. „Wollen Sie etwa mir die Schuld an den Bränden in die Schuhe schieben?"

„Nein, Sir, warum sollte ich das machen? Walt wurde doch dafür verhaftet."

„Dann hat er es wohl auch getan." Er deutete auf die Straße. „Verschwinden Sie und lassen Sie sich nie wieder hier blicken!"

Hannah eilte zu ihrem Fahrrad und schob es auf die Straße.

Doch George versperrte ihr den Weg. „Wenn Sie wissen, was gut für Sie ist, sollten Sie den Mund halten!"

„In Bezug auf dich oder auf deinen Vater?"

Er warf einen Blick hinter sich und wandte sich dann ihr wieder zu. „In Bezug auf uns beide."

Sie stieg auf ihr Fahrrad. „Für den Fall, dass dir das noch nicht aufgefallen sein sollte, George: Den Mund zu halten war noch nie meine Stärke."

„Charlotte wird Ihnen nicht glauben, wenn Sie ihr erzählen, was Sie hier gesehen haben."

Sie lachte trocken. „Das werden wir ja sehen."

Wo steckte Hannah nur?

Lincoln ging bis zum Ende der Straße und schaute in alle Richtungen. Sein Unbehagen wuchs immer mehr. Als er gegen sechs Uhr eingetroffen war, hatte Charlotte ihm erklärt, dass Hannah vor ungefähr einer Stunde mit dem Fahrrad weggefahren sei und gesagt habe, sie habe noch etwas zu erledigen. Sie war noch nie zu einer Verabredung zu spät gekommen. Wo steckte sie nur? Hatte sie mit dem Fahrrad einen Unfall gehabt? Er könnte sie suchen gehen, aber wo sollte er mit der Suche beginnen?

In der Ferne tauchte ein Punkt auf, der nach und nach größer wurde. Sie radelte in seine Richtung, und je näher sie kam, umso mehr entspannte er sich. Sie hatte beim Einkaufen wahrscheinlich nicht gemerkt, wie die Zeit verging, oder es hatte länger gedauert, als sie geplant hatte.

Sie hielt neben ihm an. „Ist es schon Zeit fürs Abendessen? Was machst du hier?"

„Dich suchen." Er blickte sie fragend an. „Ich habe mir Sorgen gemacht. Ist alles in Ordnung?"

„Ja und nein." Sie stieg ab und warf einen Blick zum Haus. „Können wir nach dem Essen darüber sprechen? Die Mädchen haben sicher Hunger."

Lincoln hätte sie am liebsten gezwungen, ihm zu erklären, was sie mit ihren Worten meinte, aber er rief sich wieder ins Gedächtnis, dass Liebe geduldig war. Er nahm ihr das Fahrrad aus der Hand und schob es, während sie nebeneinanderher gingen.

„Hast du Walt besucht?", fragte er.

„Ja."

„Und?"

„Darüber müssen wir später sprechen."

Obwohl Charlotte ein köstliches Essen aus Hühnchen mit Klößen und Spinat sowie Erdbeeren als Nachspeise gemacht hatte, achtete Lincoln kaum darauf, was er aß. Hannahs Andeutungen gingen ihm nicht aus dem Kopf.

Er betete, dass Walt ihr einen Namen genannt hatte. Lincoln hatte zwar nichts gesagt, aber er hegte noch eine andere Befürchtung, wer die Brände gelegt haben könnte. Er hatte darüber nachgedacht, Hannah seine Bedenken anzuvertrauen, aber dann entschieden, dass er sie nicht mit zweifelhaften Theorien beunruhigen wollte.

Seit dem Abend bei Pete und Elise stellte er sich neue Fragen in Bezug auf den Brandstifter. Cedric und Albert hatten sich verabschiedet, bevor das Feuer ausgebrochen war, und angesichts von Alberts Geschichte war alles möglich. Er verdrängte diesen Gedanken. Wenn Pete sich darüber Gedanken machen würde, dass Albert hinter all den Bränden stecken könnte, würde er etwas sagen, und Pete kannte seinen Sohn besser als jeder andere.

Nachdem sie das Geschirr gespült hatten, lud Lincoln Hannah ein, mit ihm spazieren zu fahren. Als sie den Ingersoll Park erreichten, hielt er an, nahm ihre Hand und führte sie zum See hinab. Sie gingen mehrere Minuten schweigend spazieren.

Als sie den See erreichten, zog er sie zu der weißen Brücke, die über das stille blaue Wasser führte. Ihre Schuhe klapperten auf den Holzbrettern der Brücke. Außer dem Schnattern der Gänse war dies das einzige Geräusch.

„Du spannst mich jetzt schon lange genug auf die Folter, finde ich“, sagte Lincoln schließlich. Sie blieben in der Mitte der Brücke stehen und er drehte sich zu ihr um. „Was hat Walt dir erzählt? Hat er dir einen Namen genannt?“

„Ja.“ Tränen standen in ihren Augen.

Lincolns Herz stockte. „Hannah, wer ist es?“

„Einer der Männer, die von der ‚Western Union‘ auf die schwarze Liste gesetzt wurden: Joe Donnelly.“

„Und?“ Seine Stimme blieb ruhig, was sie immer tat, wenn er einen widerstrebenden Zeugen befragte. Warum trieb ihr dieser Name Tränen in die Augen?

„Er ist der Vater von George.“

„Es gibt in dieser Stadt viele, die Donnelly heißen. Bist du dir sicher?“

Sie nickte und drehte sich zum See herum. Sie legte die Hände auf das Geländer und schaute über das stille Wasser. „Ich bin mir sicher, weil ich zu seinem Haus gefahren bin und nachgesehen habe.“

„Du warst dort? Allein?“ Es kam ihm vor, als drücke ihm diese Nachricht die Luft ab. Wie konnte Hannah so etwas Gefährliches machen? Seine Stimme wurde lauter. „Er könnte der Brandstifter sein! Was hast du dir nur dabei gedacht?“

„Ich musste um Charlottes willen wissen, ob er etwas mit George zu tun hat.“ Sie ließ das Geländer los und verschränkte die Arme.

„Und du bist nicht auf die Idee gekommen, dass *ich* zu ihm gehen könnte, um herauszufinden, ob er Georges Vater ist, oder dass wir *zusammen* hingehen könnten?“ Sein Brustkorb hob und senkte sich schnell. Er schlug mit der Faust auf das Brückengeländer. „Nein, natürlich bist du nicht auf diese Idee gekommen, weil du so felsenfest entschlossen bist, immer alles allein zu machen! Wann merkst du endlich, dass du nicht mehr allein bist? Wie sollen wir je eine Beziehung haben, wenn du so weiterlebst, als wäre ich nicht für dich da?“

„Du übertreibst etwas.“

„Wirklich?“ Er legte die Hand auf ihre Schultern. „Ist dir nicht bewusst, in welche Gefahr du dich damit gebracht hast? Wenn er der Brandstifter ist, jagt er gern Häuser in die Luft. Und jetzt weiß er, dass du ihn verdächtigst.“

Sie presste die Lippen aufeinander. „Ich bin doch nicht dumm. Ich habe Mr Donnelly glauben lassen, dass ich wegen der Beziehung zwischen Charlotte und George gekommen wäre.“

„Dann hast du nichts von den Bränden gesagt?“

„Ich habe ihn nur gefragt, ob er früher für die ‚Western Union‘ gearbeitet hat, und ihn darauf aufmerksam gemacht, dass sich in einem solchen Fall die Polizei für einen unzufriedenen früheren Arbeiter interessieren könnte.“

„Das hast du nicht getan!?“ Er rieb seine pochende Schläfe. „Hannah, das ist genauso, als hättest du dem Mann ins Gesicht gesagt, dass du ihn für schuldig hältst.“

Sie versteifte sich. „Aber das habe ich nicht getan!“

„Was hat er dann gesagt?“

„Er sagte, dass Walt schuldig sei.“ Mit stählerner Entschlossenheit erwiderte sie seinen Blick. „Und er hat gesagt, dass ich verschwinden solle.“

„Das war alles?“ Er kniff die Augen zusammen. Hannah verheimlichte ihm etwas. „Hat George noch etwas gesagt?“

Sie senkte kurz den Blick, dann schaute sie ihn wieder an. „Er hat gesagt, dass ich den Mund halten solle. Aber ich glaube, er hat damit hauptsächlich das gemeint, was ich vorher gesehen hatte.“

„Wovon sprichst du?“

„Als ich kam …“, ihre Wangen röteten sich, „… hat er im Garten gerade ein Mädchen geküsst.“

„Dieser miese Kerl!“ Sein Atem kam schneller. „Je früher er aus Charlottes Leben verschwindet, desto besser.“ Noch nie in seinem Leben hatte Lincoln so sehr den Wunsch verspürt, etwas mit bloßen Händen in der Luft zu zerreißen, wie in diesem Moment. Er brauchte Fakten und er brauchte sie jetzt. Ihm fiel nur eine Möglichkeit ein, wie er sie bekommen konnte.

„Also, fassen wir noch einmal zusammen: Nachdem sich Walt wochenlang weigert, uns den Namen des Mannes zu verraten, den er für den Brandstifter hält, hast du ihn endlich dazu gebracht, ihn dir zu verraten. Dann hast du die Adresse dieses Mannes herausgefunden und bist hingegangen, ohne jemandem ein Wort zu sagen – schon gar nicht mir, seinem Anwalt und dem Mann, der dich liebt. Nur um dort zu entdecken, dass sein Sohn, der mit deiner Schwester befreundet ist, ein anderes Mädchen küsst."

Sie wollte etwas erwidern, aber er hob die Hand. „Dann bist du nicht gegangen, sondern hast den möglichen Brandstifter wissen lassen, dass du erstens mit dem Mann befreundet bist, der angeklagt wird, diese Brände gelegt zu haben, sondern hast ihm zweitens auch noch zu verstehen gegeben, dass er ein erstklassiger Verdächtiger ist."

Mit vorgeschobenem Kinn sprach er weiter – so entschieden, wie er vor Gericht die gegnerischen Zeugen ins Kreuzverhör nahm. „Und wenn ich raten darf, dann nehme ich mal an, dass George mit seiner letzten Warnung sowohl von seinem Vater als auch von deiner Entdeckung in Bezug auf ihn und das andere Mädchen gesprochen hat. Und du hast ihm deutlich gemacht, dass du nicht die Absicht hast, in Bezug auf irgendetwas zu schweigen. Ist das eine korrekte Zusammenfassung?"

Sie wand sich, warf dann aber die Schultern zurück. „Sprich nicht so, als stünde ich vor Gericht."

Seine Stimme war stahlhart und wurde noch lauter. Wut schwang in seinen Worten mit. „Ich mache, was ich will! Du machst das ja auch!"

Wenn Blicke töten könnten, würde er jetzt tot umfallen.

Sollte sie doch wütend sein! Sollte sie sich doch ärgern! Das geschah ihr gerade recht.

Liebe ist geduldig. Liebe ist freundlich.

Die Worte trafen ihn erneut. Offenbar hatte Paulus Hannah Gregory nicht gekannt, als er diese Worte geschrieben hatte.

Er atmete tief ein und langsam wieder aus. Als er weitersprach, zwang er sich zu einer ruhigeren Stimme. „Warum hast du mir nichts gesagt? Wir hätten gemeinsam hinfahren und mit ihm sprechen können."

„Wenn ich es dir vorher erzählt hätte, wärst du ohne mich hingegangen. Das wissen wir doch beide."

Er rieb sich den Nacken. Sie machte es ihm auch nicht leicht.

„Aber, Hannah, siehst du denn nicht, was du getan hast? Du hast ihn gewarnt. Falls es in seinem Haus irgendwelche Beweise gibt, die ihn mit dem Verbrechen in Verbindung bringen, wird er sie jetzt vernichten, und wenn er verhört oder verhaftet wird, wird er dich in die Sache hineinziehen."

Sie blinzelte und ihre Stimme wurde leiser. „Daran habe ich nicht gedacht." Ihr Kinn zitterte. „George weiß, wo wir wohnen. Falls Charlotte oder Tessa etwas zustößt …"

Er nahm sie in die Arme und drückte ihren Kopf an seine Schulter. „Beruhige dich. Wir finden einen Weg. Du hast recht, ich hätte nicht zugelassen, dass du mitkommst, und dann hätten wir nichts von George und dem anderen Mädchen erfahren. Das ist auch wichtig, aber wir müssen lernen, einander zu vertrauen."

„Ich weiß", murmelte sie. „Und wenn er zu uns kommt?"

„Es wird schon nichts passieren. Ich glaube nicht, dass er dir oder deinen Schwestern etwas antut. Aber ich wollte, dass du begreifst, in welch große Gefahr du dich begeben hast."

Sie hob den Kopf und schaute ihn an. Tränen standen in ihren braunen Augen. „Es tut mir leid. Ich hätte dich um Hilfe bitten sollen."

„Gut. Ich kriege nämlich graue Haare, wenn du nicht aufhörst, mir ständig Angst einzujagen."

Ihre Lippen verzogen sich zu einem Lächeln. Sie strich über die Haare an seiner Schläfe. „Ich glaube, du gefällst mir auch mit grauen Haaren."

Er hielt ihre Hand fest und küsste ihre Fingerspitzen. „Und wenn es nach mir geht, wirst du mich eines Tages auch mit grauen Haaren sehen."

Als Hannah ihn jetzt anblickte, bekam Lincoln eine Gänsehaut. Sie benetzte mit der Zungenspitze ihre Lippen. Er konnte den Wunsch, sie zu küssen, genauso wenig verdrängen, wie er Hannah daran hindern konnte, Risiken einzugehen. Er gab ihr einen zärtlichen Kuss. Konnte sie spüren, wie sehr er sie liebte? Begriff sie, dass er alles tun würde, um sie zu beschützen? Würde sie ihm irgendwann die Winkel ihres Herzens anvertrauen, die sie ihm vorenthielt?

Er zog sie näher an sich heran und ließ seine Lippen das sagen, was seine Worte nicht vermochten. Es kostete ihn seine ganze

Selbstbeherrschung, um den Kopf wieder zurückzuziehen. Ihr gerötetes Gesicht und ihre geschwollenen Lippen weckten in ihm den Wunsch, sie erneut in die Arme zu ziehen. Jeden Tag, für den Rest seines Lebens.

Sie schaute ihn verwirrt an. Lincoln lächelte. Hannah hatte keine Ahnung, was sie in ihm auslöste.

Er drückte ihr einen zärtlichen Kuss auf die Stirn und zog sie an seine Brust. Der Duft ihrer Haare stieg ihm in die Nase. Er zeichnete mit dem Daumen sanfte Kreise auf ihrem Nacken.

Wann hatte sie sein Herz erobert? An jenem ersten Tag, an dem sie sich kennengelernt hatten und sie ihm so tapfer widersprochen hatte? Als sie für ihren Freund um Hilfe gebeten hatte? Als sie ihn in den See gezogen hatte?

Es war nicht ein einziger Moment gewesen. Es waren Hunderte kleiner Momente. Und er hoffte, es kämen noch sehr viele solcher Augenblicke, solange er lebte.

42

Ein weiterer Kuss an der Tür raubte Hannah den Atem. Sie trat ins Haus, schloss die Tür hinter sich und lehnte sich daran. Sie presste zwei Finger an ihre Lippen und hielt sich die andere Hand auf den Bauch, während eine angenehme Wärme durch ihre kribbelnden Glieder fuhr.

Herr, hilf mir, Lincolns Liebe würdig zu sein.

Obwohl sie sich nach einer Beziehung mit ihm sehnte, spürte sie auch nach seinem Kuss ein leises Widerstreben in ihrem Herzen. Wie konnte sie ihm erklären, was sie zurückhielt? Würde er verstehen, dass sie sich davor fürchtete, sich selbst zu verlieren? Könnte sie die Kontrolle über ihr Leben einem Mann überlassen? Selbst wenn es sich bei diesem Mann um Lincoln handelte?

„Da bist du ja!“ Tessa kam um die Ecke gesaust. „Wann bist du nach Hause gekommen und warum stehst du hier und schaust so komisch drein?“

Hannah schob sich von der Tür weg. „Brauchst du etwas, Tessa?"

„Ich wollte dir die neue Schlagzeile und den Artikel zeigen, die ich gefunden habe." Sie hielt ihr einen Zeitungsausschnitt hin.

Die Schlagzeile machte Hannah hellhörig. „Junge erzählt von furchtbaren Plänen." Hannah überflog den Artikel. In der oberen Ecke hatte Tessa ein Datum aus dem Februar notiert. Hannah las entsetzt, dass ein Sohn seine Mutter angezeigt hatte, weil diese plante, mit einer infernalischen Apparatur viele Menschen zu ermorden.

Sie warf einen Blick auf Tessa. „Hast du noch andere Artikel über diesen Fall gelesen?"

„Natürlich. Damals stand jeden Tag etwas darüber in der Zeitung." Sie deutete auf den Zeitungsausschnitt. „Aber der hier hatte die beste Story und die beste Beschreibung der Höllenmaschine. Kannst du dir vorstellen, dass eine Frau geplant hat, einen Richter zu töten?"

Konnte ihr Brandstifter solche Artikel gelesen haben? Hier wurden so viele Informationen geliefert, dass jemand, der ein wenig Ahnung von Technik hatte und ein wenig Kreativität besaß, eine solche Apparatur konstruieren konnte. Sie schloss die Augen und versuchte, sich an das zu erinnern, was sie in Alberts Labor gesehen hatte. Wenn sie eine Gelegenheit bekäme, mit Albert unter vier Augen zu sprechen, könnte sie ihm vielleicht Interesse an diesen Gerätschaften vorgaukeln und seine Reaktion beobachten.

„Danke, Tessa. Ich werde Lincoln diese Artikel zeigen. Vielleicht gibt es einen Zusammenhang zwischen dem Artikel und der Brandstiftung." Sie küsste ihre Schwester auf die Wange. „Geh jetzt ins Bett. Ich will noch ein paar Minuten mit Charlotte sprechen."

Tessa runzelte die Stirn, trabte aber widerspruchslos die Treppe hinauf.

Hannah sandte ein stilles Gebet zum Himmel und ging ins Wohnzimmer. Charlotte saß in einem Sessel und las in einer Ausgabe von „Die kluge Hausfrau". Rosie hatte ihnen neulich mehrere Zeitschriften gebracht.

Charlotte hob den Blick und lächelte sie an. „War eure Spazierfahrt schön?"

„Ja." Hannah setzte sich aufs Sofa. „Wie geht es dir? Ich weiß, dass du wütend auf mich warst. Bist du mir immer noch böse?"

Charlotte klappte die Zeitschrift zu. „Nein. Ich sehe jetzt ein, dass ich vielleicht nicht ganz ich selbst war."

„Es freut mich, das zu hören." Hannah seufzte. Wie sollte sie es ihr sagen? Charlotte wäre am Boden zerstört. Hannah betete, dass Gott ihr Weisheit schenken und ihre Worte lenken würde. „Hast du etwas von George gehört?"

Ihre Schwester schüttelte den Kopf. „Er schreibt nicht gern. Nicht einmal in der Schule. Und diese Zeit der Trennung hat mir viel Zeit zum Nachdenken gegeben."

„Das freut mich. Du solltest wissen, dass ich heute bei George war."

„Wirklich?" Charlottes runde Augen leuchteten auf. „Hat er dir eine Nachricht für mich mitgegeben?"

„Sozusagen."

Charlotte zog die Brauen zusammen. „Hannah, was ist los? Stimmt etwas nicht?"

„Als ich hinkam, habe ich gesehen, wie er ein anderes Mädchen geküsst hat."

„Vielleicht war es eine Base." Charlottes Stimme klang heiser. Sie stand auf und trat an den Kaminsims. Tränen glänzten in ihren Augen.

„So küsst man keine Familienmitglieder."

Tränen liefen Charlotte übers Gesicht. Nach ein paar Sekunden wischte sie sie mit dem Handrücken weg, atmete tief ein und warf die Schultern zurück.

„Es liegt nicht an mir." Sie schaute Hannah mit großen Augen an. „Mit mir ist alles in Ordnung." Lachen perlte aus ihrem Mund.

Hatte ihre Schwester den Verstand verloren? „Charlotte?", fragte Hannah vorsichtig. „Geht es dir gut?"

„Mir geht es bestens." Sie drehte sich wie ein kleines Mädchen im Kreis. „Siehst du das nicht? Ich bin genau richtig, so wie ich bin."

„Charlotte, wovon sprichst du?"

Ihre Schwester blieb stehen und faltete die Hände. „Ich habe die ganze Zeit versucht, so zu sein, wie er mich haben wollte. Ich habe versucht, ihn glücklich zu machen. Aber es stimmt nicht, dass ich nicht gut genug oder nicht hübsch genug oder nicht schnell genug bin. Ich habe zugelassen, dass er mich verändert. Ich habe versucht, für ihn liebenswerter zu sein, aber es wäre nie genug gewesen. Ihm liegt so wenig an mir, dass er nicht mal zwei Wochen auf mich warten konnte."

„Das ist richtig, aber –"

„Nie wieder!" Charlotte ergriff Hannahs Hände und zog sie auf die Beine. „Ab sofort werde ich mich für niemanden mehr verbiegen. Nie wieder. Ich werde die Frau sein, als die Gott mich geschaffen hat. Punkt."

„Und was will diese neue Frau?"

Charlotte hob das Kinn. „Ich bin Charlotte Gregory und ich will auf ‚Fannie Farmers Kochschule' gehen."

„Und ich verspreche dir, dass ich dich dabei unterstütze."

Die helle Junisonne stand in einem schmerzlichen Gegensatz zum dunklen Inneren des Gefängnisses. Lincolns Augen brauchten ein paar Minuten, bis sie sich an die Dunkelheit gewöhnt hatten.

Der Gefängniswärter sperrte Walts Zelle auf und bedeutete Lincoln hineinzugehen. Der junge Anwalt nahm sich einen Stuhl aus dem Gang mit und stellte diesen vor die Pritsche. Die Tür fiel krachend ins Schloss, und er vernahm das vertraute Klirren der Schlüssel, als der Gefängniswärter sie hinter ihm wieder zusperrte.

Walt richtete sich auf seiner Pritsche auf. „Gibt es gute Nachrichten?"

„Das liegt ganz bei Ihnen." Er setzte sich rittlings auf den Stuhl. „Wissen Sie, was Hannah gemacht hat, nachdem Sie ihr Donnellys Namen verraten haben?"

„Ich habe ihr gesagt, dass sie Ihnen den sagen soll." Walt rieb über die Bartstoppeln an seinem Kinn. „Aber Ihrem Blick nach zu schließen hat sie das nicht getan. Bitte erzählen Sie mir jetzt nicht, dass sie allein zu ihm gegangen ist."

„Doch."

„Das glaube ich einfach nicht! Ich habe ihr ausdrücklich gesagt, dass sie das nicht tun soll."

„Und Sie dachten, das würde sie davon abhalten? Wie lange kennen Sie sie schon?" Der Muskel an seinem Kinn zuckte und seine Frustration drohte in Wut umzuschlagen. Aber seine Wut würde den Falschen treffen. So gern er auch Walt die Schuld an dieser

Angelegenheit geben würde, Hannah hatte sich und den Fall in Gefahr gebracht und nicht Walt. Sie hatte diese Entscheidung ganz allein gefällt, und wenn sie eine Gelegenheit dazu bekäme, würde sie es wieder tun. Deshalb musste er Walt überreden, mit ihm zusammenzuarbeiten.

Lincoln atmete tief ein. „Ich hätte einen Vorschlag: Wir beide mögen Hannah. Und wir wissen, dass sie erst aufhören wird, nach der Wahrheit zu suchen, wenn Sie aus dem Gefängnis freikommen. Wenn Sie also bereit sind, mit mir zusammenzuarbeiten, können wir Hannah beschützen und Ihre Freilassung erreichen."

„Und wie?"

Lincoln erhob sich. „Sie müssen der Polizei sagen, was Sie wissen."

„Können Sie ihnen nicht Donnellys Namen verraten?"

„Nein, das wäre nur Hörensagen." Er schaute Walt eindringlich an. „Wenn Sie es nicht für sich selbst tun, dann tun Sie es für sie."

„Sie lieben sie wirklich, was?"

„Ja, sehr."

Walt atmete tief durch und erhob sich ebenfalls. Er hielt Lincoln die Hand hin. „Ich tue es. Für Hannah."

Lincoln ergriff seine Hand und schüttelte sie kräftig. „Danke."

„Nein, ich danke Ihnen. Ich sehe, dass Sie sie lieben, und ich weiß, dass sie Sie liebt. Sie sind ein echter Glückspilz." Bedauern sprach aus Walts Blick.

Lincoln konnte ihm daraus keinen Vorwurf machen. Er hatte gehofft, dass Walts Liebe zu Hannah ihn dazu bewegen würde, mit ihm zusammenzuarbeiten. Die Sache unnötig in die Länge zu ziehen wäre für beide Parteien nur unangenehm. Er rief nach dem Gefängniswärter. „Ich spreche mit der Polizei und dann bringen wir die Sache hinter uns." Vor der Zelle drehte er sich zu Walt herum. „Nochmals danke, Walt."

Nachdem er den Ball bereitgelegt hatte, atmete Lincoln tief ein und holte mit dem Golfschläger aus. Der gefühlvolle Schlag ließ den Ball weit durch die Luft segeln und mehrere Meter auf das Grün rollen.

Pete beugte sich zurück und strich über seinen runden Bauch. „Ja, ja. Wie ich sehe, spielst du besser, seit du verliebt bist, mein Junge."

„Ich habe nie gesagt, dass ich verliebt bin."

„Das ist auch nicht nötig." Petes Augen funkelten. „Du bist nicht der Einzige, der die Körpersprache von anderen deuten kann. Man sieht es an deinem Gang. An der Art, wie du sprichst. Und an deiner Spielweise." Pete stellte sich neben seinem Ball auf. Er holte kräftig aus und schlug ab. „Du hast eine gute Frau gefunden."

„Du auch." Lincoln stecke den Golfschläger in seine Tasche. „Apropos Hannah, ich habe ihren Freund Walt aus dem Gefängnis geholt. Gestern hat er uns den Namen des Mannes genannt, den er verdächtigt. Die Polizei und der Feuerwehrhauptmann sind dem Verdacht nachgegangen und haben Joe Donnelly verhaftet. Sie haben in seinem Haus Dynamit und Kraftstoff gefunden. Sein Sohn wohnt vorerst bei Nachbarn, bis ich ein neues Zuhause für ihn gefunden habe."

„Du suchst ein neues Zuhause für ihn?"

Lincoln zuckte die Achseln. „Ich dachte, das wäre das Mindeste, was ich tun kann."

Pete schwang sich seine Golftasche über die Schulter und folgte Lincoln. „Dann ist der Fall mit den Brandstiftungen geklärt und wir können alle wieder ruhiger schlafen."

„Außer …"

„Ach ja, deine Theorie von einem zweiten Brandstifter." Als sie bei ihren Golfbällen ankamen, stellte Pete seine Tasche ab und stützte sich darauf, während Lincoln sich daranmachte einzulochen. „Hast du dem Feuerwehrhauptmann schon von deiner Theorie erzählt?"

Lincoln schaute zu, wie sein Ball Richtung Loch rollte. Daneben. „Meine laienhaften Theorien haben ihn nicht interessiert."

„Damit ist die Sache dann wohl erledigt."

„Da wäre ich mir nicht so sicher." Lincoln versenkte den Ball beim zweiten Versuch im Loch. Er holte ihn wieder heraus und stützte sich auf seinen Schläger. „Du hast neulich etwas gesagt, das mir nicht aus dem Kopf geht. Du hast erwähnt, dass es keinen direkten Zusammenhang zwischen den Grennens und der ‚Western Union' gibt. Sie ist zwar die Tochter eines der Geschäftsführer, aber die anderen Brände wurden im Haus von Angestellten der ‚Western Union' gelegt oder in einem Gebäude, das der Firma gehört."

Pete blähte seine Nasenflügel auf. „Und du hast etwas gefunden?"

„Die Grennens und der Geschäftsführer der ‚Western Union' sind beide Mandanten von Cedric, und der versucht doch gerade, die Brandversicherungen für die Kanzlei an Land zu ziehen."

„Jetzt verdächtigst du Cedric?", schmunzelte Pete. „Ich weiß, dass du den Mann nicht leiden kannst, aber ich glaube nicht, dass das ein hieb- und stichfestes Argument ist." Pete traf ebenfalls das Loch und sie gingen zum nächsten weiter.

„Ich glaube nicht, dass Cedric der andere Brandstifter ist, aber ich habe das Gefühl, dass wir irgendetwas übersehen haben."

„Vergiss es, mein Junge. Freu dich einfach darüber, dass du gewonnen hast." Er zog die Brauen hoch. „Und bereite dich auf den Besuch deiner Tante vor. Sie kommt morgen."

„Wie könnte ich das vergessen?"

Sie spielten weiter, ohne die Brandstiftung noch einmal zu erwähnen, aber Lincoln konnte das unangenehme Gefühl nicht abschütteln, dass weiterhin ein Brandstifter frei herumlief. Als er die Sprache auf die teuflische Apparatur gebracht und Pete gefragt hatte, ob Albert ihm erklären könnte, wie man so ein Gerät baute, hatte Pete das Thema gewechselt und vom Besuch seiner Tante und dem bevorstehenden Ball in Terrace Hill gesprochen.

Vielleicht hatte Pete recht. Er sollte sich auf Hannah und seine Tante Sam konzentrieren. Immerhin würden sich die zwei Frauen, die er am meisten liebte, morgen zum ersten Mal begegnen. Würden die Fetzen fliegen oder würden sie sich auf Anhieb ins Herz schließen? Bei Tante Sam war mit allem zu rechnen.

43

Dampf zischte und Bremsen quietschten, als der Zug in die Union Station einfuhr. Da der Bahnhof sich direkt gegenüber vom Court House Square befand, hatte Hannah keine Probleme, pünktlich zur Ankunft des Zuges um 17:20 Uhr am Bahnsteig zu stehen. Lincoln hatte den Wunsch geäußert, dass ihre Schwestern mit der Straßenbahn kämen und seine Tante ebenfalls begrüßen sollten.

Als sie jetzt neben Lincoln stand, flatterten Schmetterlinge, die so groß waren wie Fledermäuse, in ihrem Bauch. Und wenn Tante Sam sie nicht mochte? Immerhin hatte diese nicht so viel Geld in ihren Neffen investiert, nur damit er ein einfaches Mädchen wie sie heiratete.

Jo hatte ihr geraten, sich darum keine Sorgen zu machen. Ruth und Boas waren auch aus verschiedenen Welten gekommen. Sie hatte gesagt: „Gott kann die Menschen zusammenführen, die nach seinem Willen zusammengehören."

Vermutlich hatte sie recht, aber trotzdem war Hannah nervös.

Als spürte er ihre Unsicherheit, nahm Lincoln ihre Hand und drückte sie. „Vergiss nicht, was ich gesagt habe: Tante Sam hat ihre eigenen Vorstellungen und Erwartungen. Sei einfach du selbst, dann wird sie dich lieben."

„Ja", pflichtete Tessa ihm trocken bei. „Wir lieben dich doch auch trotz deiner Fehler."

Charlotte schlug ihr mit dem Handrücken auf den Arm, kicherte aber.

Der Schaffner stieg aus und half den ersten Fahrgästen aus dem Zug. Würde Hannah Tante Sam auf den ersten Blick erkennen? Wahrscheinlich trug sie ein elegantes Reisekostüm. Vielleicht reiste sie sogar im luxuriösen Pullman-Palace-Waggon am Ende des Zuges.

„Da ist sie!" Lincoln zog Hannah zu den Reisenden, die aus dem Zweiter-Klasse-Abteil ausstiegen. Die Frau, die gerade den Zug verließ, trug ein braunes maßgeschneidertes Kostüm. Lockige graue Haare umrahmten ihr Gesicht und wurden von einem unauffälligen Hut bedeckt. Trotz der Falten um ihre Augen und ihren Mund strahlte die Frau von Kopf bis Fuß etwas Jugendliches aus.

Hannah schnappte nach Luft. Du meine Güte! Trug sie etwa eine Fahrradhose? Obwohl einige diese Kleidung selbst bei Fahrradliebhabern skandalös fanden, vertrat Hannah die Auffassung, dass die Hose ein notwendiges und praktisches Kleidungsstück für Frauen war. Wie oft hatte sich ihr Rock in den vergangenen Tagen schon in der Kette ihres Fahrrads verfangen? Aber würde sie darin verreisen?

Mit einem schnellen Blick beobachtete Hannah die Reaktion ihrer Schwestern auf die ungewöhnliche Reisekleidung. Charlottes Augen wurden so groß wie Knöpfe. Hannah verkniff sich ein Kichern.

Tessa grinste. „Diese Frau gefällt mir."

Hannah ging es genauso.

Lincoln bahnte für sich und Hannah einen Weg durch die Menge und ließ ihre Hand erst los, als er seine Tante erreichte. Er umarmte die ältere Dame herzlich und warf dann einen Blick auf Hannah.

„Darf ich vorstellen? Mrs Samantha Phillips, Miss Hannah Gregory."

„Unsere künftige Anwältin." Tante Sam zog Hannah in die Arme, bevor sie sich dagegen wehren konnte. „Das finde ich großartig!"

„Ich … ich verfolge dieses Ziel nicht länger, Mrs Phillips."

„Das wird sich zeigen." Sie hakte sich bei Hannah unter. „Und du musst ‚Tante Sam' zu mir sagen. Diese Mädchen müssen deine Schwestern sein. Lasst mich raten: Du bist Charlotte und du Tessa."

Hannah wurde warm ums Herz. Lincoln hatte seiner Tante nicht nur von ihr erzählt, sondern auch so viel von ihren Schwestern, dass die Frau sie auf Anhieb erkannte.

„Es freut mich, Sie kennenzulernen." Charlotte machte einen kleinen Knicks. „Tante Sam."

„Was haltet ihr Mädchen davon, wenn wir vier jetzt einkaufen gehen? Ich habe gehört, dass zu meinen Ehren ein Ball stattfinden soll, und ich brauche dafür noch ein Kleid. Außerdem hatte ich nie eine Tochter, die ich verwöhnen konnte." Sie warf einen Blick auf Lincoln. „Tut mir leid, Linc, du kannst nicht mitkommen. Du darfst die Damen vor dem großen Ereignis nicht in ihren Kleidern sehen."

„Aber du bist doch gerade erst angekommen!" Seine Stimme klang leicht gereizt. „Wollen wir nicht erst einmal deine Sachen holen und dich ins Hotel bringen? Ich weiß, dass du gern deine Privatsphäre hast. Deshalb habe ich dir ein Zimmer im Kirkwood Hotel gebucht."

„Hör auf zu quengeln. Das ist unhöflich." Sie verdrehte die Augen in Hannahs Richtung. „Ich habe wirklich versucht, ihn gut zu erziehen. Bist du sicher, dass du dein Leben mit einem Quengler verbringen willst?"

„Er quengelt nicht oft." Hannah musste sich beeilen, um mit der Frau Schritt zu halten.

„Ich quengle überhaupt nicht!" Lincoln folgte ihnen entrüstet.

Tante Sam zwinkerte ihr zu und Hannah schmunzelte. Die ältere Dame blieb abrupt stehen und schaute auf die Uhr, die an ihrer Jacke hing. „Das war ein neuer Rekord, glaube ich. Ich habe keine fünf Minuten gebraucht, um meinen Neffen auf die Palme zu bringen." Sie drehte sich zu ihm herum. „Und, Linc, ich wohne nicht in irgendeinem Hotel. Ich wohne natürlich bei dir. Maureen kümmert sich um meine Sachen. Sie kennt die Adresse und hat Geld für ein Hansom-Taxi. Wo steht dein Automobil? Ich muss mich frisch machen, bevor wir diese hübschen Damen zum Essen einladen können."

„Aber ich dachte, du hast gesagt –"

Sie warf einen Blick auf Hannah. „Bist du wirklich sicher, dass du dir das antun willst? Er bringt jetzt schon alles durcheinander."

„Tante Sam, bitte benimm dich."

Sie lächelte ihn an. „Und wo bliebe dann der Spaß?"

Nachdem er Hannah pünktlich um halb zehn Uhr am Samstag abgeholt hatte, fuhr Lincoln sie ins Kaufhaus, wo seine Tante sie bereits erwartete. Am Vorabend hatte Tante Sam beschlossen, dass sie mit jedem der Mädchen allein einkaufen gehen wollte und dass sie mit Hannah anfangen würde.

„Sie hat gesagt, dass sie in der Damenabteilung auf dich wartet. Sie will deine Meinung zu einem neuen Kleid hören." Lincoln küsste Hannah auf die Wange, als er ihr aus dem Reo half. „Danke, dass du bei allem so geduldig mitspielst. Ich weiß, dass sie anstrengend sein kann, wenn man sie zum ersten Mal trifft. Ich sage immer, meine Tante zu lieben sei, als umarme man einen Wirbelsturm."

„Sie ist aber auch wirklich liebenswert, Lincoln."

„Ich hoffe, wenn wir uns später zum Essen treffen, sagst du das immer noch." Er hielt ihr die Tür auf. „Noch etwas, Hannah: Sie akzeptiert ein Nein genauso wenig wie du und sie gewinnt genauso gern wie ich."

Sie grinste ihn fröhlich an. „Was willst du mir damit sagen?"

„Dass es leichter ist, Ja zu sagen, als mit ihr zu diskutieren."

Hannah trat ein und machte sich auf den Weg zur Damenabteilung. Als sie Tante Sams Stimme vernahm, ging sie darauf zu und stieß schließlich auf die ältere Dame, die zwischen den Kleidern stand. Hannah blieb stehen und betrachtete die Kleider, die sie in die engere Wahl gezogen hatte: ein elfenbeinfarbenes Satinkleid mit Spitze. Ein hellblaues mit einem viel zu tiefen V-Ausschnitt und mit faszinierender dunkelblauer Spitze. Und ein dunkelgraues Chiffonkleid mit türkisfarbener Seide und einem Pfauenfedernmotiv.

„Da bist du ja!“ Tante Sam, die jetzt ein sonnengelbes Kostüm mit engem Rock trug, ergriff ihre Hände. „Ich habe mir die Freiheit genommen, die ersten fünf Kleider auszuwählen, die du unbedingt anprobieren solltest. Aber wenn sie dir nicht gefallen, kannst du dir gern ein anderes aussuchen. Wenn dir hier überhaupt kein Kleid gefällt, können wir in ein anderes Geschäft gehen.“

„Ich dachte, wir wären hier, um ein Kleid *für dich* auszusuchen?“

„Unsinn. Ich habe viele Kleider, die die guten Leute von Des Moines noch nie gesehen haben.“ Sie drückte ihre Hände. „Bitte, Hannah, sei nicht beleidigt. Ich hatte nie eine Tochter und kann es nicht erwarten, Lincolns Blick zu sehen, wenn er dich in einer dieser Kreationen erblickt.“

Eine Frau mittleren Alters, die ebenfalls ein Reisekostüm trug, trat neben Tante Sam. „Sind Sie so weit, Miss?“

„Das ist meine persönliche Begleiterin und liebe Freundin Maureen. Sie kann mit einer Nadel Wunder vollbringen, falls irgendwelche Änderungen nötig sein sollten.“ Tante Sam forderte Hannah auf, in den Umkleideraum zu gehen. „Probiere als Erstes das pfirsichfarbene Kleid an. Ich denke, es könnte sehr gut zu deinen Haaren passen.“

Sie schlüpfte nacheinander in die luxuriösen Kleider, von denen eines hübscher war als das andere. Wie sollte sie sich für eines entscheiden? Zum Glück lehnten Tante Sam und Maureen die meisten ab, bevor Hannah Gelegenheit hatte, sie ernsthaft in Betracht zu ziehen. Das elfenbeinfarbene Satinkleid war zu traditionell. Das hellblaue zu radikal. Das dunkelgraue zu theatralisch.

„Was halten Sie von diesem Kleid, Miss?“ Maureen hielt ein atemberaubendes auberginefarbenes Kleid mit handgeklöppelten Spitzen hoch.

Hannah stockte der Atem. „Es ist wunderschön!"

Maureen schob es ihr über den Kopf und knöpfte es hinten zu. „Der Knopf ist hier hinten unter violetten Rosetten verborgen. Sehen Sie?" Sie deutete auf den Ankleidespiegel, der im Umkleideraum aufgestellt war, damit die Kundinnen sich von allen Seiten bewundern konnten.

„Mir gefällt, wie die Rückseite des dunkelroten Stoffs mit der hellroten Seide gesäumt ist, die über den Rücken fällt", sagte Hannah.

„Und das Gegenstück auf der Vorderseite ist ebenfalls mit Rosetten befestigt." Maureen zupfte an Hannahs Taille. Dort war der Stoff etwas zu weit. „Hier müsste man es ein wenig enger nähen, aber das wäre in wenigen Minuten geschehen."

„Zeigen wir es Tante Sam."

Hannah liebte das Rascheln des Rocks und die weiche Seide und den Samt. Da das Kleid keine Schleppe hatte, konnte man sich auch gut darin bewegen.

Sie präsentierte sich Tante Sam, die auf einem Sofa saß. Diese forderte sie auf, sich im Kreis zu drehen. Als sie sie wieder anschaute, hatte die Frau Tränen in den Augen. „Mein liebes Mädchen, kannst du dir vorstellen, wie sehr es mich freut, dich in diesem Kleid auf dem Ball zu sehen? Du wirst einen unauslöschlichen Eindruck hinterlassen und Linc wird den Blick nicht von dir abwenden können." Sie winkte die Verkäuferin herbei. „Wir brauchen alles, was dazugehört: Schuhe, Hüte und so weiter. Und sie braucht eine Brosche für den Kragen. Bitte lassen Sie eine Auswahl von allem hierherbringen."

Hannah blinzelte. Träumte sie? Wie konnte sie so ein teures Geschenk annehmen? „Tante Sam, das ist zu viel."

„Unsinn." Die ältere Dame stand auf und rief der Verkäuferin nach: „Außerdem brauchen wir passende Fahrradkleidung. Lassen Sie uns davon auch eine Auswahl bringen."

Hannah blieb der Mund offen stehen.

„Ich kann schließlich nicht allein Fahrrad fahren", erklärte Tante Sam. „Und im Rock kannst du nicht mit mir mithalten. Ich bin ein sehr egoistischer Mensch, wie du siehst."

Als sie sich zum Mittagessen mit Lincoln im Restaurant des Warenhauses trafen, hatte Tante Sam für Hannah nicht nur ein Kleid und Fahrradbekleidung gekauft, sondern auch zwei Korsetts, von denen eines zum Radfahren geeignet war, ein Paar Schuhe, einen Seidenhut, Ohrringe und eine Brosche, die genau zu ihrem Kleid passte, und außerdem einen juwelenbesetzten Einsteckkamm, den Hannah laut Tante Sam unbedingt brauchte.

Lincoln küsste seine Tante auf die Wange und dann Hannah. „War euer Einkaufsbummel erfolgreich?"

„Ja, sehr." Tante Sam breitete die Serviette auf ihrem Schoß aus. „Und deine Hannah hat mir viel Freude gemacht."

Lincoln schaute Hannah an. „Wirklich?" Er ergriff unter dem Tisch ihre Hand. „Danke, dass du meine Tante glücklich gemacht hast. Sie liebt nichts mehr, als Geschenke zu verteilen, und sie freut sich am meisten, wenn sie einen dankbaren Abnehmer dafür findet."

„Unser himmlischer Vater hat uns reich gesegnet. Warum sollte ich die Menschen, die ich liebe, nicht auch an diesem Segen teilhaben lassen?" Die alte Dame schaute Hannah an. „Ja, meine Liebe, das schließt dich mit ein." Sie nahm die Speisekarte zur Hand. „Jetzt sollten wir aber mal bestellen."

Hannahs Blick wanderte von Tante Sam zu Lincoln. Sie hatte vor ein paar Monaten wieder einmal Lewis Carrolls „Alice im Wunderland" gelesen. Wenn sie es nicht besser wüsste, würde sie denken, sie wäre ins Wunderland eingetaucht und säße bei einer Teegesellschaft. Es gab angeregte Gespräche, ein ausgezeichnetes Essen und viel Gelächter. Besonders schön war, dass Hannah sich als Teil von Lincolns Familie fühlte. Könnte sie wirklich Mrs Lincoln Cole werden?

Sie biss sich auf die Lippe. Vorher müsste sie ihm aber alles sagen.

„Telefonvermittlung des Gerichts. Nummer, bitte." Hannah verband den Anruf und lehnte sich zurück. Sie nahm den Kopfhörer ab und rieb sich die Stelle, an der das Gerät etwas drückte.

Eine Lampe an ihrem Klappenschrank leuchtete auf und sie steckte den Stecker ein. „Telefonvermittlung des Gerichts. Nummer, bitte."

„Die einzige Nummer, die ich haben will, ist Ihre, Miss Gregory."

„Lincoln!", flüsterte sie. „Du sollst mich hier doch nicht anrufen."

Jo warf ihr einen lächelnden Blick zu und nickte.

„Wenn der Mann, den du liebst, anruft, darfst du nicht auflegen." Er schwieg einen Moment. „Ich gebe es wirklich nur ungern zu, aber ich bin ein wenig eifersüchtig auf meine Tante. Du verbringst so viel Zeit mit ihr, dass wir kaum einen Moment für uns haben."

„Wir sind doch oft zusammen."

„Aber nicht allein."

Wie recht er hatte! Sie hatte ihm schon längst von dem Telefongespräch erzählen wollen, das sie zufällig mit angehört hatte, aber bis jetzt hatte sich keine Gelegenheit dazu ergeben. Sie vermisste ihn, aber Tante Sam würde bald wieder abreisen, und dann hätten sie alle Zeit der Welt.

Sie bemühte sich, ungezwungen zu klingen. „Ich vermisse dich auch."

„Was hältst du davon, wenn ich dich nach der Arbeit abhole?"

„Ich gehe mit deiner Tante Rad fahren. Sie will jemanden besuchen."

„Hannah!", stöhnte er.

„Du wirst es überleben." Sie flüsterte in ihr Mikrofon: „Und ich sehe dich in meinen Träumen."

„Wenn du glaubst, dass du mich mit dieser samtweichen Stimme vertrösten kannst, irrst du dich gewaltig. Wenn du nicht aufpasst, muss ich dich vielleicht doch entführen."

„Dazu musst du mich aber erst mal finden." Sie lachte. „Bis heute Abend! Ich muss aufhören. Ich liebe dich."

„Ich liebe dich auch. Tschüs."

Nachdem sie den nächsten Anruf verbunden hatte, warf sie einen Blick auf die Uhr. Noch eine halbe Stunde, dann würde sie mit dem Fahrrad zu Lincolns Haus fahren, um Tante Sam abzuholen. Wohin würden sie heute fahren? In den Park?

Hannahs Wangen glühten, als sie an Lincolns Küsse auf der Brücke denken musste.

Vielleicht sollten sie doch lieber auf der Straße bleiben.

Als Hannah Lincolns Haus erreicht hatte, schlüpfte sie dort in ihre Fahrradhose, die sie mitgebracht hatte.

„Ich hole deine Schwestern ab, während ihr mit dem Fahrrad unterwegs seid." Er zog sie in die Arme und drückte die Lippen an ihr

Ohr. „Und wir *werden* uns heute Abend irgendwann zu zweit davonschleichen."

Trotz des Windes begannen ihre Wangen zu glühen.

„Quengelt er schon wieder?" Tante Sam warf ihr einen vielsagenden Blick zu. „Was sollen wir nur mit ihm machen? Morgen hast du sie wieder ganz für dich allein." Sie winkte Lincoln zu und fuhr los. „Komm, wir fliegen, Hannah."

Er küsste Hannah auf die Wange. „Bis später! Pass auf dich auf!"

„Tue ich das nicht immer?" Sie stieß sich ab und trat in die Pedalen, um Tante Sam einzuholen. „Nein, gib mir darauf lieber keine Antwort!"

44

Da Tante Sam Hannah nicht nach dem Weg gefragt hatte, wie sie es gewöhnlich tat, vermutete Hannah, dass sie genau wusste, wohin sie fahren wollte.

Sie bogen in die Grand Avenue und fuhren, ohne anzuhalten, einige Straßen weiter. Hannah staunte über die Kondition der älteren Frau. Als sie schließlich an einer Kreuzung anhielten, schnaufte Hannah, aber Tante Sam hatte keine Atemprobleme.

„Entschuldige den steilen Anstieg, aber ich wollte unbedingt Elise Williams besuchen und sehen, wie es ihr geht. Lincoln hat mir erzählt, dass sie wieder einen ihrer Melancholie-Schübe hat."

Kurze Zeit später führte das Hausmädchen sie ins Wohnzimmer, wo Elise gerade neben ihrer elektrischen Apparatur stand. Sie hob kaum den Blick, als die beiden eintraten.

Tante Sam nahm einen Stuhl und stellte diesen direkt vor die teilnahmslose Frau. „Guten Tag, Elise. Ich habe Lincolns Freundin Hannah mitgebracht. Erinnerst du dich an sie? Du hast sie bei deiner Abendgesellschaft kennengelernt."

Elise hob kurz den Kopf und schaute Hannah an. Ihre hellgrünen Augen verrieten, dass sie sie erkannte. „Das war in der Nacht, als es gebrannt hat."

„Ja, es hat gebrannt."

Tränen traten in Elises Augen. „So viele Flammen. So viel Rauch."

„Es ist in Ordnung, wenn du weinst, Elise. Weine die Traurigkeit einfach aus dir heraus." Tante Sam wischte die Tränen der anderen Frau weg. „Hannah, könntest du bitte dem Hausmädchen sagen, dass sie ihr ein Glas Wasser oder einen Tee bringen soll?"

Hannah nickte und huschte aus dem Zimmer. Auf dem Flur hielt sie kurz inne und lauschte auf das Scheppern von Töpfen, das ihr verraten würde, in welcher Richtung die Küche lag. Da sie nichts hörte, ging sie einfach in eine Richtung los. An der ersten offenen Tür blieb sie stehen. Ein Büro.

„Was suchen Sie denn jetzt schon wieder?"

Sie fuhr herum und stand Albert gegenüber. Wie hatte er unbemerkt hinter sie treten können?

„Ich suche ein Hausmädchen. Ihre Mutter braucht ein Glas Wasser oder einen Tee."

„Meine Mutter braucht viel mehr als ein Glas Wasser." Er deutete den Flur hinunter. „Die Küche befindet sich dort."

Hannahs Puls raste. Albert stand weiterhin wortlos vor ihr. War das die Chance, ihn nach dem Feuer zu fragen?

Hannah warf die Schultern zurück. „Albert, dürfte ich Ihnen eine technische Frage stellen?"

Misstrauen trat in seine blauen Augen. „Ja, warum nicht?"

„Ich habe in der Zeitung gelesen, dass durch eine unbekannte Apparatur ein Feuer entfacht werden kann." Sie benetzte ihre trockenen Lippen. „Was könnte das für ein Gerät sein? Wie könnte man eine solche Explosion auslösen?"

Sein Gesicht lief rot an und er betrachtete sie finster. „Hat Lincoln Sie auf mich angesetzt? Sagen Sie ihm, dass mit mir alles in Ordnung ist. Das liegt alles hinter mir."

„Was?" Hannah wich einen Schritt zurück. „Ich habe nicht … Ich wollte Sie nicht beleidigen. Lincoln hat mit meiner Frage nichts zu tun. Ich dachte nur, dass Sie es mir erklären könnten, weil Sie technisch so versiert sind."

„Sie können Ihrem Freund etwas von mir ausrichten, Miss Gregory: Mein Vater braucht ihn nicht länger als seinen Sohn. Jetzt bin ich da. Haben Sie das verstanden?"

„Ja, aber –"

„Und Sie wären beide gut beraten, Ihre Nase nicht in meine Angelegenheiten zu stecken."

Ein Frösteln lief über ihren Rücken, als sie Alberts Blick sah. Wie sollte sie diesen Blick deuten? Hass? Ja, es war Hass. Er schien Lincoln zu hassen und die Ursache für diesen Hass war Lincolns Beziehung zu Pete. Wusste Lincoln von Alberts Gefühlen?

Auch als sie die Küche gefunden und um ein Glas Wasser gebeten hatte, ließ dieses bizarre Gespräch sie nicht los. Was hatte Albert damit gemeint, dass sie Lincoln ausrichten solle, mit ihm sei alles in Ordnung? Was lag hinter ihm? Wenn Lincoln Kenntnis davon hätte, dass Albert in der Vergangenheit ein Feuer gelegt hatte, hätte er es ihr doch sicher erzählt.

Sie blieb abrupt stehen. Und wenn Lincoln Albert ebenfalls deckte? Er liebte Pete wie einen Vater. Würde er alles tun, um diesen Mann zu schützen? Wollte sie ihm wirklich erzählen, was sie gehört hatte?

Wir müssen lernen, einander zu vertrauen. Lincolns Worte gingen ihr durch den Kopf. Sie wollte ihm vertrauen, aber wenn sie ihn wirklich liebte, sollte sie dieses Geheimnis vielleicht für sich behalten.

Hannahs Kopfhaut begann zu brennen und sie zog den Kopf zurück. Tante Sam hatte vorgeschlagen, dass Hannah sich in Lincolns Haus fertig machen sollte, damit Maureen ihr die Haare frisieren konnte. Ihre Schwestern waren ebenfalls hier, und Mrs Reynolds hatte versprochen, ihnen ein köstliches Abendessen zu bereiten.

Tante Sam hatte ihren Neffen aus dem Haus geworfen und ihm mitgeteilt, dass er erst wiederkommen dürfe, wenn sie fertig seien. Es war ein sonderbares Gefühl, sich in Lincolns Haus anzuziehen.

„Entschuldigung. Ich bin mit dem Lockenstab ein wenig zu dicht an die Kopfhaut gekommen." Maureen rollte die Haare vom Stab, steckte ihn wieder in den Lampenschirm und blies auf die heiße Locke. „Freuen Sie sich darauf, auf einen Ball in Terrace Hill zu gehen?"

Hannah strich nervös über ihr neues Kleid. Unter der eleganten Form ihres neuen Korsetts drehte sich ihr Magen wie ein Windrad im Sturm. Mr und Mrs Frederick Allen Hubbell waren oft Gastgeber von gesellschaftlichen Ereignissen, aber Hannah war nie auf den Gedanken gekommen, dass sie je einen Ball auf ihrem herrschaftlichen Anwesen Terrace Hill besuchen würde.

„Hoffentlich mache ich mich nicht zum Narren!"

„Das werden Sie schon nicht!" Maureen drückte die nächste Locke fest. „Geschafft! Was sagen Sie dazu?"

Hannah hielt den Handspiegel so, dass sie ihre Haare sehen konnte. Maureen hatte ihre Haare zu einer wunderhübschen Hochsteckfrisur frisiert, nur einige wenige Locken fielen sanft in Hannahs Nacken. Tante Sams Begleiterin steckte nun noch den neuen, mit Edelsteinen besetzten Kamm auf ihren Hinterkopf.

„Das ist perfekt. Wie kann ich Ihnen je danken?" Die junge Frau stand auf und nahm ihr Kleid, das am Kleiderschrank hing.

„Sie können mir danken, indem Sie sich heute Abend alles merken, was Sie erleben. Ich möchte alles erfahren – von der Farbe des Teppichs bis zur Anzahl der Kronleuchter, die an der Decke hängen, und der Menge der Verehrer, die Lincoln abwehren muss, um mit Ihnen tanzen zu können." Sie nahm das auberginefarbene Kleid und schob es Hannah vorsichtig über den Kopf.

„Ich werde mich bemühen, mir alles zu merken." Hannah zupfte das Kleid zurecht und drehte sich so, dass Maureen es hinten zuknöpfen konnte.

Nachdem sie noch ein wenig Rouge auf Hannahs Wangen gegeben hatte und diese Schuhe, Schmuck und Handschuhe trug, erklärte Maureen, dass sie fertig sei.

„O Moment, haben Sie ein Parfum?" Maureen blickte suchend über den Ankleidetisch.

„Nein. Ich habe nichts mitgebracht."

Charlotte trat ins Zimmer. „Aber ich." Sie hielt einen Zerstäuber hoch. „Das war Mamas Parfum." Sie bestäubte Hannah mit ein paar Tropfen, dann trat sie einen Schritt zurück und lächelte. Ein würziger Blumenduft erfüllte den Raum. „Wenn du diesen Duft heute Abend riechst, wird er dich daran erinnern, dass sie bei dir ist."

Tante Sam schwebte in einem eleganten rosafarbenen Kleid ins Zimmer. Sie bedeutete Hannah aufzustehen. „Lass dich ansehen, meine Liebe."

Hannah drehte sich langsam im Kreis.

Tante Sam klatschte. „Maureen, du hast dich selbst übertroffen, und Hannah, du bist eine Naturschönheit." Sie zog ihre langen Handschuhe an und Maureen knöpfte sie schnell zu.

„Wo ist Tessa?" Hannah schaute sich um.

Charlotte lugte in den Flur hinaus und rief nach ihrer Schwester. Wenige Sekunden später kam Tessa angelaufen. „Er ist gleich da, aber, Hannah, du musst hier oben warten. Es gibt nichts Besseres, als wenn der große Auftritt einer wunderschönen Dame das Blut eines Mannes in Wallung bringt."

Die Frauen lachten, dann gingen sie hinaus. Hannah war zum ersten Mal allein.

Bitte, Gott, lehre mich, Lincoln von ganzem Herzen zu lieben. Zeig mir, was mich daran hindert, ihm mein Herz ganz zu öffnen.

Obwohl die Stimmen verrieten, dass Lincoln eingetroffen war, wartete sie, bis Maureen sie abholte. Ein Blick aus dem Fenster verriet ihr, dass Lincoln eine elegante Kutsche angemietet hatte. Warum hatte sie nicht daran gedacht, dass sie und Tante Sam nicht beide in den Reo passen würden?

Maureen klopfte an die Tür. „Sind Sie fertig, meine Liebe?"

„Ich hoffe es."

Ohne den Blick von Lincoln abzuwenden, schritt Hannah die Treppe hinab. Der junge Anwalt hatte noch nie attraktiver ausgesehen als jetzt in seinem schwarzen Frack, der weißen Weste und der schwarzen Krawatte.

Er hielt ihr die Hand hin. Als sie sein Lächeln sah, breitete sich eine angenehme Wärme in ihr aus. Ihre Knie wurden ganz weich.

„Du siehst atemberaubend aus." Seine Stimme klang heiser.

„Ja, ja, ist ja schon gut. Sie ist schön. Und du siehst auch nicht schlecht aus." Tessa legte beiden eine Hand auf den Rücken und schob sie zur Tür. „Jetzt geht zum Ball und erzählt mir hinterher ein paar gute Geschichten. Und ich meine damit nicht, wer mit wem getanzt hat. Ich will pikante Details hören."

Lincoln lachte und bot Hannah seinen Arm an. „Du hast gehört, was sie gesagt hat."

Hannah warf einen Blick auf Tante Sam. Die ältere Frau strahlte. Lincoln bot ihr seinen anderen Arm an. „Ich habe die Ehre, die beiden hübschesten Damen des Abends zu begleiten. Kommt, eure Kutsche wartet vor der Tür."

Wenn Hannah sich nicht sowieso schon wie eine Prinzessin in einem Märchen gefühlt hätte, geschah das spätestens, als sie durch die Türen der viktorianischen Villa trat.

In der Eingangshalle wurden sie von einem Butler begrüßt, der ihnen mit ernster Stimme verkündete, dass er sie in die Empfangshalle führen werde.

„Schau nur!", flüsterte Hannah, als sie durch die massiven Türen traten und den prunkvollen Raum sah.

Da Tante Sam vor den anderen Gästen hier sein sollte, hatten Hannah und Lincoln Zeit, sich umzusehen. Sie schlenderten von der Empfangshalle in den kleinen Salon und dann weiter ins Musikzimmer. Ein Raum war schöner als der andere. Alle Türen, die die Räume miteinander verbanden, standen weit offen, wodurch ein großer Saal entstand.

Das Saitenquartett spielte im Musikzimmer, und Hannah hoffte, später würde auch jemand auf dem eindrucksvollen Steinway-Piano spielen. Sie wollte das Instrument so gern hören. Im Esszimmer waren mehrere Hausangestellte damit beschäftigt, einen letzten prüfenden Blick auf das aufgebaute Büfett zu werfen.

Während die anderen Gäste nach und nach eintrafen, steckte Lincoln sich eine gezuckerte Pflaume in den Mund. Hannah schaute ihn zum Spaß strafend an und er zog sie an sich heran und küsste sie auf die Schläfe.

Sie sollte ihm jetzt, da sie allein waren, von Albert erzählen. Sie schluckte. Wo sollte sie anfangen?

Doch bevor sie etwas sagen konnte, forderte der Butler alle Gäste auf, in den großen Salon zu kommen, damit das Fest beginnen könne. Hannah stockte der Atem, als sie den Raum betrat. Wände und Möbel waren in einem Rosé-Ton gehalten. Der Teppich war entfernt worden, um eine Tanzfläche zu schaffen, und die Stühle waren an den Rand geschoben worden. Überall, wohin sie schaute – von den Gemälden an der Wand bis zum weißen Marmorkamin –, hatte sie das Gefühl, in eine Traumwelt eingetaucht zu sein.

Als sie dann auch noch in den Armen des Mannes, den sie liebte, unter den Kristallkronleuchtern über die Tanzfläche schwebte, betete sie, dass sie nie aufwachen würde.

„Hast du eigentlich eine Ahnung, wie hübsch du heute Abend bist? Ich glaube, jeder Mann hier hat nur Augen für dich." Lincoln drehte sie im Kreis herum. „Ich hoffe, du kannst ein paar Tänze für mich reservieren."

Ihr Rock streifte seine Beine. „Wenn es nach mir ginge, könntest du sie alle haben."

„Das wäre schön. Aber trotz ihrer modernen Einstellung würde meine Tante das leider als gesellschaftlichen Fauxpas betrachten." Er zog sie an sich heran. „Hauptsache, du weißt, wem du gehörst."

Wem sie gehörte? Unter anderen Umständen würde Hannah angesichts einer solchen Formulierung auf die Barrikaden gehen, aber sie stellte fest, dass seine Worte etwas völlig Neues in ihr weckten. Sie riskierte einen Blick, und das Herz schlug ihr bis zum Hals, als sie das Glühen in seinen Augen sah.

Der Walzer ging viel zu schnell zu Ende und Lincoln trat sie an den nächsten Herrn ab. Zu ihrer Überraschung forderte Cedric sie zum nächsten Tanz auf. Er entschuldigte sich für sein rüpelhaftes Verhalten auf der Dinnerparty der Williamsens.

Nach dem Tanz mit dem Anwalt forderte Albert sie auf, mit ihm auf die Tanzfläche zu gehen. Wenn auch ein wenig widerwillig, nickte sie und stellte fest, dass er ein bemerkenswert guter Tänzer war.

Gegen Ende des Tanzes verstärkte er seinen Griff. „Haben Sie Lincoln ausgerichtet, was ich Ihnen kürzlich gesagt habe?"

Hannah schaute ihn an und versuchte zu entscheiden, ob diese Frage von dem wütenden Albert kam oder von dem freundlichen Mann, der höflich Konversation betrieb. Sie entschied sich für den zweiten Albert. „Er versucht nicht, Sie zu verdrängen, Albert. Ihr Vater ist sein Mentor und Freund. Lincoln liebt Ihre gesamte Familie."

Albert schwang sie in einem weiten Kreis herum und lachte trocken. „Das spielt jetzt sowieso keine Rolle mehr."

„Weil Sie im Herbst wieder Ihr Studium aufnehmen?"

„Nein, weil ich alles geregelt habe." Er lachte ein weiteres Mal. „Miss Gregory, ich habe gelernt, die Dinge so zu akzeptieren, wie sie sind, und entsprechend zu handeln." Er wirbelte sie mit leuchtenden Augen herum. „Sie sehen wirklich traumhaft aus. Ich kann verstehen, dass Lincoln so entzückt von Ihnen ist. Er hat großes Glück."

„*Ich* habe großes Glück."

„Das stimmt wahrscheinlich auch."

Meinte er das im Ernst? Sie schaute ihn fragend an, aber seine Miene verriet nichts. Sie entspannte sich, während sie ein weiteres Mal durch den Raum tanzten. Von der seltsamen Art, die Petes Sohn manchmal ausstrahlte, war heute nichts zu spüren. Vielleicht hatte Lincoln recht und er war geheilt. Trotzdem wollte sie nicht naiv sein. Wenn er der Brandstifter war, musste sie das wissen. Nur ein paar Fragen, und sie hätte ihre Antworten. Lincoln würde sie tadeln, weil sie ein Risiko einging, aber selbst wenn Albert schuldig war, würde er ihr hier auf dem Ball nichts antun.

„Albert ..." Sie schluckte. „Darf ich Sie etwas fragen?"

„Gerne."

„Was ist das für ein Mensch, der diese Brände legt?"

Sein Blick wich keine Sekunde von ihren Augen, aber falls diese Frage unwillkommen war, ließ er sich nichts anmerken. Er lächelte und schmunzelte dann vergnügt. „Ich nehme an, dass es ein Verrückter sein muss. Stehe ich auf Ihrer Liste?"

„Nein, natürlich nicht."

„Kommen Sie schon, Miss Gregory! Ich würde das verstehen." Das Lied ging zu Ende und ihre Schritte verlangsamten sich. „Aber ich kann Ihnen versichern, meine Liebe, dass Sie von mir nichts zu befürchten haben."

Erleichterung erfüllte sie. Sie musste Lincoln nichts von diesem Mann erzählen, der so aufrichtig auf ihre Fragen antwortete. Lincoln selbst hatte sie gelehrt, auf die Körpersprache der Menschen zu achten und daran abzulesen, ob jemand log, und sie hatte bei Albert nicht den geringsten Hinweis darauf entdeckt, dass er die Unwahrheit sagte. Sie atmete langsam aus und sandte ein stummes Dankgebet zum Himmel. Sie hatte die Situation geklärt, ohne dass Lincoln von ihren Ängsten erfahren musste.

Als der Tanz zu Ende war, beugte sich Albert über ihre Hand. „Danke. Und falls Sie in Zukunft einen Partner brauchen, stehe ich Ihnen gern zur Verfügung."

Da sie eine Verschnaufpause brauchte, setzte Hannah den nächsten Tanz aus und suchte sich einen leeren Stuhl in der Empfangshalle.

Als Lincoln sie entdeckte, brachte er ihr ein Glas Fruchtpunsch. „Gefällt dir der Abend?"

„Es ist wunderbar. Aber meine Füße brauchen eine Pause." Sie schaute auf ihre neuen eleganten Schuhe hinab, die unter dem Saum ihres Kleides hervorschauten.

„Deine Füße brauchen eine Pause?", lachte Lincoln. „Und dabei hast du nicht einmal mit der ungraziösen Grace getanzt!"

„War es so schlimm?"

„Noch schlimmer." Er stellte ihr leeres Glas auf das Silbertablett eines Bediensteten. Dann hielt er ihr die Hand hin. „Darf ich bitten?"

Sie legte ihre Hand in die seine und lächelte. „Und nennst du mich dann Hannah das Huhn, wenn ich dir auf die Zehen trete?"

„Nein." Er ahmte ein Gackern nach.

Mit einem Kichern ließ sie sich vom Zauber dieses Abends mitreißen.

Müde, aber glücklich half Lincoln zuerst seiner Tante aus der Kutsche und dann Hannah. Er hatte vor, Tante Sam bei ihm zu Hause abzusetzen und dann Tessa und Charlotte einzuladen, die den Abend hier zusammen mit Maureen verbracht hatten.

„Ich schätze, dass wir meine Schwestern wahrscheinlich wecken müssen." Hannah verbarg ein Gähnen hinter ihrer Hand.

Im Schein des Vollmonds leuchtete Hannahs Gesicht wie das eines Engels. Er war wirklich ein Glückspilz.

Er wandte sich zum Haus und blieb abrupt stehen. Warum ging Albert hier in der Gegend spazieren? Seine Eltern wohnten doch nicht einmal in der Nähe.

Tante Sam entdeckte ihn ebenfalls. „War das nicht ...?"

Hannah schnappte nach Luft.

Wumm!

Lincoln flog nach hinten und schlug hart auf dem Boden auf. Die Erde erzitterte.

Er drehte sich auf die Seite und blickte suchend nach Hannah und seiner Tante. Tante Sam entdeckte er zuerst. Sie war direkt neben ihm gelandet. „Bist du verletzt?"

„Nein, mir ist nichts passiert." Sie schaute sich um. „Wo ist Hannah?"

Er entdeckte sie im Garten. Sie lag regungslos auf dem Boden.

45

Der Nebel um sie herum lichtete sich langsam. Hannah setzte sich zitternd auf und rieb sich ihren schmerzenden Kopf. Was war passiert?

„Geht es dir gut?" Lincoln klang weit entfernt.

Sie schüttelte den Kopf und plötzlich war ihr alles klar. Eine Explosion. Albert. Das Haus.

Ihre Schwestern!

Sie sprang zu schnell auf die Beine und taumelte. Lincoln fing sie auf.

Flammen loderten auf der Veranda.

„Lass mich los! Sie sind noch da drin!"

„Du kannst nicht durch die Vordertür hinein! Ich hole sie." Er schob sie in Tante Sams offene Arme. „Wartet hier!"

Sie versuchte, sich aus Tante Sams Armen zu befreien.

„Er holt sie aus dem Haus. Vertrau ihm, Hannah."

Vertrau ihm. Die Worte trafen sie wie eine zweite Explosion und sie zitterte am ganzen Körper. Wenn sie ihm vertraut hätte, wäre das alles nicht passiert. Warum hatte sie ihm nur nicht von ihrem Verdacht erzählt?

In der Ferne ertönte das Läuten der Feuerglocke, aber sie konnte es kaum hören, so laut pochte ihr Herz.

Bitte, Gott, nimm sie mir nicht auch noch weg!

Lincoln riss die Hintertür weit auf und stürmte ins Haus. Rauch drang sogleich heraus.

„Charlotte! Tessa! Maureen!"

Keine Antwort. Waren sie bewusstlos? Wo hatten sie sich zum

Zeitpunkt der Explosion aufgehalten? Tief gebeugt tastete er sich durch die Küche ins Esszimmer. Obwohl seine Lunge nach frischer Luft verlangte, kämpfte er sich weiter. Er hatte es Hannah versprochen.

„Charlotte!"

„Hier ..."

Die Stimme war schwach. Im Wohnzimmer? Natürlich. Keine der drei kannte sich in seinem Haus so gut aus, dass sie an einen anderen Ausweg dachten als durch die Haustür.

Augenblicke später fand er Charlotte und Maureen. Gott sei Dank waren die Frauen klug genug gewesen, sich den Mund zuzuhalten und auf dem Boden zu bleiben. „Bleibt unten. Wir kriechen hinaus. Ich zeige euch den Weg." Als er durch den Flur kam, spürte er die Hitze des Feuers, das den vorderen Teil seines Hauses zerstörte. „Schnell! Beeilt euch!"

Schließlich erreichten sie die Hintertür. Er half Charlotte und Maureen hinaus. Wo war Tessa? Seine Lunge brannte, aber ihm blieb keine andere Wahl. Nachdem er tief eingeatmet hatte, stürzte er sich wieder hinein und fand Tessa, die neben der Tür lag. Er hob sie auf die Arme und taumelte hinaus.

Herr, rette sie. Hannah darf nicht noch ein Mitglied ihrer Familie verlieren.

Tessa begann zu husten, sobald sie im Freien angelangt waren. Hannah kam bereits auf sie zugelaufen. Sobald er Tessa auf den Boden gelegt hatte, half Hannah ihrer Schwester, sich aufzusetzen.

Beinahe hysterisch wiederholte sie unablässig: „Das ist alles meine Schuld! Das ist allein meine Schuld."

Lincoln legte die Hände auf die Knie und rang keuchend nach Luft. Rauch drohte ihm die Kehle zuzuschnüren und er hatte Mühe zu atmen. Er legte Hannah eine Hand auf die Schulter, um ihr zu signalisieren, dass sie sich keine Vorwürfe zu machen brauche, aber er bekam einen neuerlichen Hustenanfall. Es kam ihm wie eine Ewigkeit vor, bis er endlich wieder zu Atem gekommen war. „Es ist nicht deine Schuld."

Sie blickte zu ihm. Selbst im schwachen Mondlicht sah er den Schmerz in ihren Augen. „Doch! Ich wusste, dass Albert der Brandstifter war."

„Das *wusstest* du? Woher willst du das gewusst haben?“

„Ich habe es unabsichtlich am Telefon gehört. Die beiden machten sich Sorgen darüber, dass er es sein könnte.“

Wut und Verwirrung erfassten ihn wie das Feuer, das sein Haus vernichtete. Sie hatte es gewusst? Und sie hatte es vor ihm verschwiegen? Warum hatte sie das getan?

Weil Hannah das immer tat! Sie wollte immer alles selbst in die Hand nehmen und deshalb wären ihre Schwestern beinahe ums Leben gekommen.

„Wen“, wollte er wissen und kochte innerlich, „wen hast du gehört?“

„Bitte zwing mich nicht, dir das zu sagen.“ Ihre Stimme klang heiser.

„*Wen hast du gehört?*“ Seine Stimme wurde lauter. Er schüttelte Tante Sams Hand von sich ab, die beschwichtigend seine Schulter berührte. „Sag es mir, Hannah!“

„Pete und Elise“, schluchzte sie. „Es tut mir so leid. Ich hätte es dir sagen sollen. Ich hätte dir vertrauen sollen. Es war nur so, dass –“

„– dass du dachtest, du könntest das allein regeln. Wieder einmal.“ Er deutete wütend auf die Feuerwehrmänner, die die Flammen bekämpften. Er fühlte sich verraten und der Schmerz raubte ihm aufs Neue den Atem. „Und schau, was du damit angerichtet hast!“

46

Mit gebrochenem Herzen schlüpfte Hannah aus ihrem nach Rauch stinkenden roten Kleid und sank auf ihr Bett. Tränen liefen ihr übers Gesicht, aber sie unternahm keine Anstalten, sie wegzuwischen. Sie presste die Augen zusammen und hoffte, dadurch dem Anblick des Feuers verdrängen zu können. Aber Lincolns Gesicht, in dem deutlich geschrieben stand, dass er sich verraten fühlte, war tief in ihr Gedächtnis eingebrannt.

Im hintersten Bett hustete Tessa unablässig, aber der Arzt hatte ihnen mitgeteilt, dass kein dauerhafter Schaden zurückbleiben würde. Trotz seiner Wut hatte Lincoln dafür gesorgt, dass sie nach Hause gebracht wurden, und er hatte einen Arzt geschickt, der nach ihnen sehen sollte. Sie hatte sich dagegen gewehrt, sich untersuchen zu lassen, aber sie war sehr erleichtert, dass ihre Schwestern nicht mit einem dauerhaften Schaden für ihren Fehler zahlen mussten.

Sie hingegen zahlte einen hohen Preis.

Selbst wenn es Lincoln irgendwie gelingen würde, ihr zu vergeben, sich selbst könnte sie nie verzeihen. Sie sah unablässig die Flammen vor sich, die Lincolns Haus verzehrten. Die Feuerwehrleute hatten das Feuer schon gelöscht, als sie gegangen war, aber die Veranda war abgebrannt und der vordere Teil des Hauses schwer beschädigt. Konnte es gerettet werden?

Wahrscheinlich viel leichter als ihre Beziehung zu Lincoln.

Ein neuerliches Schluchzen erschütterte ihren Körper. Als sie keine Kraft mehr hatte, ließ sie sich schließlich von der Müdigkeit übermannen. Morgen würde sie den Tag wieder genauso bestreiten müssen wie immer.

Allein.

Das Zimmer im Kirkwood Hotel enthielt ein einladendes Bett, aber Lincoln konnte sich einfach nicht schlafen legen. Er setzte sich aufs Bett und zog seine Schuhe aus. Wütend schleuderte er sie durchs Zimmer. Der Sohn seines väterlichen Freundes, den die Polizei in Kürze verhaften würde, hatte ein Attentat auf ihn verübt. Und die Frau, die er liebte, hatte Informationen zurückgehalten, die dieses Fiasko hätten verhindern können.

Warum?

Er zerrte an seiner Krawatte und ließ sie zu Boden fallen. Seine Lunge schmerzte, aber nicht halb so sehr wie sein Herz. Derselbe freie Geist, den er an Hannah so liebte, trieb ihn jetzt von ihr weg. Sie glaubte, sie müsste es mit der ganzen Welt aufnehmen und sich beweisen. Sie dachte, sie müsste jedes Hindernis allein überwinden und jedes Risiko eingehen, das sich ihr in den Weg stellte. Er hatte versucht, sie vom Gegenteil zu überzeugen, und er war es müde, dass seine Worte nichts fruchteten. Sie zu lieben kostete ihn zu viel und er dachte dabei nicht einmal an sein Haus.

Er sank auf die Kissen zurück und seufzte. Hannah klammerte sich an ihr eigenes Können. Sie gab ihm immer wieder eigensinnig zu verstehen: „Das schaffe ich selbst." Und sie war nicht bereit, ihm zu vertrauen.

Er schlug auf das Kissen unter seinem Kopf. Wenn er nicht ihr ganzes Herz haben konnte, wollte er es überhaupt nicht haben.

Jeder Muskel in Hannahs ein Meter fünfundsechzig großem Körper schmerzte noch davon, dass sie durch die Explosion zu Boden geschleudert worden war. Doch ihr größter Schmerz saß viel tiefer. Sie setzte sich an ihren Arbeitsplatz hinter den Klappenschrank im Gerichtsgebäude und rückte ihren Kopfhörer zurecht, ohne ein Wort zu sagen.

Jo beäugte sie kritisch. „Heraus mit der Sprache! Was ist passiert?"

„Selbst wenn es mit etwas zu tun hat, das ich am Telefon gehört habe?"

„Ja, auch dann." Jo lehnte sich zurück und wartete.

Hannah gab ihrer Kollegin und Freundin eine kurze Zusammenfassung von dem, was am Wochenende passiert war, und verschwieg dabei auch ihre eigene Rolle nicht und dass sie niemandem erzählt hatte, was sie am Telefon gehört hatte.

„Das war die Regel und gegen die Regel durfte ich nicht verstoßen." Hannah wusste, dass Jo sie verstehen würde.

„Wirklich interessant."

„Warum sagst du das?"

„Es überrascht mich nur, dass eine Frau, die immer dann gegen die Regeln verstößt, wenn es ihr passt, sich ausgerechnet an diese Regel hält."

„Aber –"

Da gerade ein Anruf hereinkam, bedeutete Jo ihr, einen Augenblick zu schweigen. Als sie den Anruf verbunden hatte, drehte sie sich wieder zu Hannah herum. „Beantworte mir eine Frage: Hast du auch nur ein einziges Mal mit Gott darüber gesprochen, ob du mir oder Lincoln oder sonst jemandem von diesem Gespräch erzählen solltest?"

„Nein, ich war mir ja nicht sicher. Ich dachte, ich könnte herausfinden, ob etwas an der Sache dran ist oder nicht."

„*Du* dachtest, *du* könntest die Wahrheit herausfinden?" Jo schaute sie mit einem schwachen Lächeln an. „Hannah, ich fürchte, du bist ein schwerer Fall. Du verlässt dich zu sehr auf dich selbst und nicht auf Gott."

„Aber was ist daran so falsch? Ruth hat sich auch auf sich selbst verlassen. Sie beharrte darauf, mit Noomi zu gehen. Sie sammelte Ähren auf den Feldern. Sie ging auf den Dreschboden."

„Und sie befolgte Noomis und Boas' Rat und sie nahm Noomis Gott als ihren Gott an." Jo tätschelte Hannahs Arm. „Deine Welt wurde auf den Kopf gestellt, als du deine Eltern verloren hast, und du hast alles getan, um dein Leben wieder in den Griff zu bekommen. Aber wenn du ehrlich in dich hineinschaust, stellst du vielleicht fest, dass Lincoln nicht der Einzige ist, dem du nicht wirklich vertraust."

Hannah biss sich auf die Lippe. „Du glaubst, ich habe aufgehört, Gott zu vertrauen?"

Jo deutete auf Hannahs Klappenschrank. „Ich glaube, dass du den Stecker in der Hand hältst, den Anruf aber nicht verbindest. Du hast Angst."

Hatte Jo recht? Warum hatte sie Gott nicht gefragt, ob sie Lincoln alles erzählen sollte, und warum hatte sie nicht gegen diese Regel verstoßen? Es ergab keinen Sinn. Hatte sie wirklich Angst gehabt? Hatte sie Angst davor gehabt, das größte Risiko einzugehen, das es gab: ihr Herz zu riskieren?

Sie rieb sich ihre schmerzenden Schläfen. Sie hatte Gott gebeten, ihr zu helfen, Lincoln vorbehaltlos zu lieben, aber wenn sie jetzt die Antwort auf ihre Gebete erhielt, warum kam sie, wenn es zu spät war?

47

Lincoln stocherte in den Trümmern, die früher einmal seine Veranda gewesen waren, und seufzte tief. Eine Woche war vergangen, seit der Feuerwehrhauptmann den Brand gründlich untersucht hatte, aber Lincoln musste die Brandstelle mit eigenen Augen sehen. Er musste diese Sache für sich abschließen – und die Asche erschien ihm dafür der richtige Ort zu sein, da auch sein Leben in Flammen aufgegangen war.

Zu seiner Überraschung konnte der größte Teil des Hauses gerettet werden. Es müssten nur eine neue Wandverkleidung und eine neue Veranda gebaut werden und einige andere Schäden müssten repariert werden, aber er hatte bereits Handwerker damit beauftragt. Sie würden in der kommenden Woche mit der Arbeit beginnen.

„Es sieht dir gar nicht ähnlich, dass du als viel beschäftigter Anwalt mitten am Tag so untätig hier herumstehst", erklang eine weibliche Stimme. Seine Tante stand hinter ihm im Garten.

„Ich bin nicht zu Scherzen aufgelegt, Tante Sam."

Sie stemmte die Hände in die Hüften. „Jemand muss dir aber endlich sagen, dass es höchste Zeit ist, dich nicht mehr wie ein schmollendes Kind zu benehmen."

„Ich wurde von meinem besten Freund und von der Frau, die ich liebe, verraten. Ich finde, ich habe ein Recht, beleidigt zu sein."

„Pete hat dich nicht verraten. Ich habe mit ihm gesprochen. Er hatte keine Ahnung, dass sein Sohn zu so etwas fähig sein könnte. Er wollte Elise schützen und einfach nicht glauben, dass sein Sohn der Brandstifter sein könnte." Sie räusperte sich. „Machst du ihm Vorwürfe?"

Wenn er ehrlich war, machte er ihm durchaus im Stillen Vorwürfe, aber ihre Worte rührten etwas in ihm an. „Ich würde wahrscheinlich auch nicht glauben wollen, dass mein Sohn zu so etwas fähig ist."

„Er leidet, Lincoln. Er hat das Gefühl, euch beide verloren zu haben."

Lincoln zuckte die Achseln. „Ich weiß nicht, ob ich so tun kann, als wäre nichts geschehen."

„Dann richte deinen Blick in die Zukunft." Sie packte ihn am Arm und zog ihn zu einer Bank im Garten. „Lincoln, ich kann dir ansehen, dass du Schuldgefühle hast. Warum?"

„Weil ich wusste, was Albert in Yale getan hat. Er musste die Universität verlassen, weil er in einem Labor Feuer gelegt hatte."

Sie tippte sich ans Kinn. „Hast du Hannah davon erzählt?"

„Nein, ich wollte nicht, dass sie vor Albert Angst bekommt. Ich dachte – ich *hoffte* –, er wäre geheilt."

„Du wolltest sie also schützen?" Tante Sam zog die Brauen hoch. „Und sie wollte dich schützen. Ich werde den Schmerz in ihrer Stimme nie vergessen, als sie dir gestehen musste, dass sie ein Telefonat zwischen Elise und Pete mit angehört hat. Sie hat es dir vielleicht verschwiegen, weil sie die Sache selbst regeln wollte, aber vor allem hat sie geschwiegen, weil sie dich liebt und nicht wollte, dass du verletzt wirst."

Lincoln stieß einen tiefen Seufzer aus.

„Noch etwas …" Sie stand auf. „So, wie ich dich kenne, hast du sie bedrängt. Ich wette, du denkst, dass sie dir vertrauen und sich mit allem an dich wenden sollte, nicht wahr?"

„Ja, ich will, dass sie sich von mir helfen lässt!" Er hob verzweifelt die Hände.

„Das verstehe ich. Aber Hannah kann sich nicht über Nacht ändern. Sie ist unabhängig und stark und sie trägt schon ihr ganzes Leben lang die Verantwortung für ihre Schwestern. Es dauert seine Zeit, bis sie lernt, sich von dir helfen zu lassen. Und ein solches Vertrauen kann man nicht erzwingen. Man muss es sich verdienen."

Lincoln erhob sich ebenfalls und rieb sich den Nacken. „Ich weiß nicht, wie ich anfangen soll."

„Fang hier an." Sie legte die Hand auf sein Herz. „Wie David schon gesagt hat: Freue dich über den Herrn; er wird dir alles geben, was du dir von Herzen wünschst."

Mit einem Gebet auf den Lippen schlug Hannah das Buch Ruth auf. Sie hatte in der vergangenen Woche viele Tränen vergossen, aber der Schmerz in ihrem Herzen ließ nicht nach. Jetzt war es Zeit, sich von Gott den Weg zeigen zu lassen. Falls Ruths Weg ihren eigenen widerspiegelte, musste dieses Buch die Antwort enthalten, was sie jetzt tun sollte.

Ihr Blick blieb an Kapitel 3, Vers 3 hängen: „Nimm ein Bad, verwende duftende Salben, zieh dein schönstes Kleid an und geh dorthin! Pass auf, dass er dich nicht entdeckt, bevor er gegessen und getrunken hat."

Hannah starrte den Vers an. Galt dieser Rat auch ihr? Genauso wie sie hatte auch Ruth versucht, in einer schweren Zeit zu überleben. Sie musste neu anfangen, und sie brauchte einen Boas, der sein Gewand über sie ausbreitete. Wie sehr hatte sich Hannah vorher an diesem Gedanken gestört! Und wie sehr sehnte sie sich jetzt danach.

Sie las den Vers von Anfang an. „Nimm ein Bad"? Sollte sie das so verstehen, dass sie im geistlichen Sinn ihr Herz reinigen und Gott um Vergebung bitten sollte?

„Herr", betete sie laut, „ich war eigensinnig und stolz. Ich habe mich nicht an Lincoln gewandt, aber noch schlimmer ist, dass ich mich nicht an dich gewandt habe. Bitte vergib mir. Reinige mein Herz. Führe mich auf den Weg, den du für mein Leben vorgesehen hast."

Dann legte sie den Finger unter die Worte: „Verwende duftende Salben." Sie erinnerte sich an die Frau, die Jesu Füße mit einer teuren Salbe gesalbt hatte. Dass sie ihm so ihre Liebe gezeigt hatte, war riskant gewesen. Hannah hatte nicht die Absicht, sich Öl aufs Haupt zu gießen oder in Parfum zu baden, aber könnte sie Gott ihren Dank als Opfer darbringen?

In den nächsten Stunden dankte sie Gott für seine Versorgung und bat ihn um seine Gnade. Selbst wenn alles dunkel schien, hielt er sie in seiner liebevollen Hand.

„Zieh dein schönstes Kleid an"? Sie könnte zwar ihr Sonntagskleid anziehen, aber das war hier wahrscheinlich nicht gemeint. Sie beschloss, Jesus anzuziehen. Sie hatte vor fünf Jahren in der Taufe Jesus angezogen, wie es in der Bibel hieß. Eine plötzliche Aufregung erfasste sie, als sie sich an den Tag erinnerte, an dem sie Ja zu ihm gesagt hatte. Er war jetzt ihr Kleid. Er war ihr Leben.

Als letzten Rat las sie, dass Ruth sich nicht hatte bemerkbar machen sollen. Noomi hatte ihr geraten zu warten.

Hannah atmete tief ein und starrte aufs Telefon. Sie musste warten, bis die Liebe sich bei ihr meldete.

Das Telefon klingelte und riss Hannah aus einem schönen Traum. Sie rieb sich mit beiden Händen das Gesicht. Sonnenlicht drang durch das Fenster. Sie musste eingedöst sein.

Sie ging ans Telefon und hielt sich den Hörer ans Ohr. „Hallo?"

„Hannah?"

Ihr Herz stockte und Tränen schnürten ihr die Kehle zu. „Lincoln, es tut mir so leid. Ich hätte –"

„Psst“, sagte er leise, „hör mir bitte zu. Ich liebe dich. Ich will dich nicht ändern, und ich will dein Leben nicht bestimmen, aber ich will mein Leben mit dir teilen. Ich will in allem dein Partner sein, und das ist nur möglich, wenn du mir vertraust und wenn ich dir vertraue.“

„Ich vertraue dir.“

„Wirklich?“ Die Verbindung knisterte.

Sie wickelte das Kabel um ihren Finger. „Hundertprozentig. Ich wusste, dass es dich verletzen würde, wenn du erfährst, dass Pete dir seinen Verdacht verschweigt, aber ich hätte es dir trotzdem sagen sollen. Ich wollte es selbst regeln. Ich wollte alles selbst in die Hand nehmen.“

„Und jetzt?“

„Jetzt will ich, dass Gott und du das für mich übernehmt.“ Sie schluckte und wartete, bis das Knistern in der Leitung wieder aufhörte. „Aber kannst du mir nach allem, was ich getan habe, noch vertrauen?“

„Du hast versucht, mich zu schützen, und ich habe versucht, dich zu schützen.“ Seine Stimme klang so sanft.

„Ich wusste von Alberts Vergangenheit und habe dir nichts davon gesagt. Es tut mir ebenfalls leid.“ Seine Stimme zitterte und er räusperte sich. „Hannah, ich habe dir diese Frage schon einmal gestellt, aber ich frage dich noch einmal: Bist du bereit, ein Risiko mit mir einzugehen?“

48

Hannah stand vor dem Spiegel und betrachtete sich. Das elfenbeinfarbene Kleid mit dem Spitzenbesatz schmiegte sich eng um ihre Taille. Das impulsive Mädchen, das sein Studium aufgegeben hatte, um sich um seine Schwestern zu kümmern, gab es nicht länger. An seine Stelle war eine junge Frau getreten, die gelernt hatte, sich auf Gott zu verlassen.

„Bist du immer noch nicht fertig?“ Tessa steckte den Kopf zur Tür herein.

„Fast. Kannst du Charlotte bitten, eine Minute zu mir zu kommen?“

Tessa verschwand und kam mit Charlotte zurück. „Du siehst wunderschön aus.“

„Danke. Kannst du mir helfen, diese Handschuhe zuzuknöpfen?“ Hannah hielt Charlotte die Hand hin.

Charlotte schob die Perlenknöpfe durch die Löcher. „Ich kann immer noch nicht glauben, dass du es Lincoln überlassen hast, etwas so Wichtiges wie den Ort, an dem eure Hochzeit stattfindet, ganz allein festzulegen.“

„Ich finde das sehr romantisch.“ Tessa zog den Vorhang zur Seite. „Die Kutsche, die uns abholt, fährt gerade vor. Bist du jetzt endlich fertig?“

„Sobald ich euch beiden gesagt habe, wie sehr ich euch liebe.“ Hannah ergriff die Hände ihrer Schwestern. „Und mich bei euch bedankt habe. Es ist sehr lieb von euch, dass ihr mit unserem Umzug nach St. Paul einverstanden seid. Lincoln kann es nicht erwarten, dort seine eigene Kanzlei zu eröffnen.“

Hannah wurde schwer ums Herz, als sie sich daran erinnerte, wie Lincoln ihr erklärt hatte, dass Pete seine Kanzlei aufgab, um mehr Zeit für Elise zu haben, da Albert jetzt in eine Irrenanstalt eingesperrt worden war. Diese Entscheidung bedeutete, dass sie alle ein neues Leben anfingen.

„Und du wirst an Lincolns Seite sein, wenn wir dort wohnen.“ Charlotte strahlte sie an.

„Ja, nachdem ich mein Studium geschafft habe.“

Tessas Augen funkelten verschmitzt. „Du meinst, *falls* du es schaffst.“

Charlotte steckte eine von Hannahs Locken fest. „Sie wird ihr Studium schaffen. Dafür werden wir schon sorgen.“

Die Kutsche blieb stehen. Lincoln öffnete ihnen die Tür. Tessa sprang als Erste heraus, gefolgt von Rosie und dann Charlotte. Zuletzt tauchte Hannah auf. Er nahm ihre Hand. Die Augenbinde, die sie auf seine Bitte hin trug, bedeckte immer noch ihre Augen.

„Vorsicht.“ Er half ihr beim Aussteigen und legte ihre Hand auf seinen Arm. „Vertrau mir. Ich halte dich fest.“

„Das weiß ich."
Nach einigen Schritten blieben sie stehen. „Wir sind da."

Hatten sie ein Gebäude betreten, ohne dass sie es gemerkt hatte? Nein, Hannah konnte weiterhin das Vogelgezwitscher und das Rascheln der Blätter hören.

Lincoln nahm ihr die Augenbinde ab.

Sie blinzelte. Dann schnappte sie nach Luft. Vor ihr stand der schwere Weidenkorb eines Heißluftballons. Ihre Augen wanderten nach oben. Neben dem riesigen bunten Ballon kam sie sich plötzlich ganz klein vor. Im Korb wartete Bruder Molden auf sie.

Sie wandte sich an Lincoln. „Wir heiraten da drin?"

„Ich fand, das ist der richtige Ort für die Frau, die ich liebe – und die vom Fliegen träumt. Gefällt es dir?"

„Lincoln, das ist perfekt."

Er schwang sie auf die Arme und trug sie zum Korb. Nachdem er ihr hineingeholfen hatte, kletterte er ebenfalls hinein, und der Ballonführer löste die Seile.

Der Ballon begann, in die Luft zu steigen, und Hannah konnte kaum atmen. Sie winkten ihren Schwestern, Rosie, Pete und Elise, Jo und Tante Sam zu. Walt war ebenfalls mit seinen Eltern gekommen. Sie hatten auch George mitgebracht. Es war sehr freundlich von den Calloways, den Jungen bei sich aufzunehmen, solange sein Vater wegen der Brände, die er gelegt hatte, im Gefängnis saß.

Sie erhoben sich über die Bäume und Wiesen, und ihre Familie und ihre Freunde unter ihnen wurden immer kleiner, genauso wie die Gebäude der Stadt. Hannah schaute Lincoln an. Er schien nur Augen für sie zu haben und nicht für die Aussicht unter ihnen. Ihr Gesicht und ihr Hals begannen zu glühen.

„Können wir anfangen?", erkundigte sich Bruder Molden.

Hannah nickte und Lincoln nahm ihre Hände. „Ja. Ich würde diese Frau wirklich gern heiraten."

Bruder Molden grinste. „Liebes Brautpaar, wir sind hier oben zusammengekommen …"

Hannah hörte kaum, was der Pfarrer sagte. Sie sagte an der richtigen Stelle „Ja, ich will", wiederholte das Eheversprechen und steckte Lincoln den Ring an den Finger, aber die Gefühle, die in ihr übersprudelten, waren zu stark. Wie der Heißluftballon, der immer höher stieg, schwoll ihr Herz vor Liebe an, bis sie fürchtete, es würde gleich platzen.

„Lincoln, du darfst deine Braut jetzt küssen."

Hier oben, zwischen den kreisenden Falken und den Wolkentürmen, fühlte sie seinen weichen Atem auf ihren Lippen. Er ließ sich alle Zeit der Welt und küsste sie mit einer Zärtlichkeit, die ihr Herz erfüllte.

Die Liebe hatte gewissermaßen bei ihr angerufen, und sie war gern bereit, diesen Anruf für den Rest ihres Lebens zu beantworten.

Anmerkung der Autorin

Viele Leserinnen werden vielleicht überrascht sein, wenn ich ihnen sage, dass die Idee zu diesem Buch auf ein YouTube-Video zurückgeht. Als ich ein Video über die Anfangszeit der Telefonistinnen entdeckte, war ich fasziniert. Danach fand ich mehrere wunderbare Videos in den Archiven der amerikanischen Telefongesellschaften, die das Leben der ersten Telefonistinnen darstellten und erklärten, wie ein Klappenschrank funktionierte. Zeitungsartikel aus den Zeitungsarchiven, die den Alltag der Telefonistinnen, ihre Ausbildung und einige humorvolle Erfahrungen, die sie gemacht hatten, beschrieben, waren ebenfalls eine reiche Informationsquelle.

Bis 1910 gab es allein bei der New Yorker Telefongesellschaft über 600 000 Telefonistinnen. Überall leisteten diese jungen Frauen mit ihrer angenehmen melodischen Stimme sowohl freundlichen als auch unangenehmen Kunden trotz knisternder Leitungen mit unvergleichlicher Freundlichkeit wertvolle Dienste.

Diese Frauen und alle, die in den Jahren danach als Telefonistinnen gearbeitet haben, sind die wahren Heldinnen dieses Buches, und ich möchte mich bei ihnen bedanken. Und ich danke Ihnen, liebe Leserinnen, dass Sie die Geschichte dieser Frauen mit mir erlebt haben.

MIX
Papier aus verantwortungsvollen Quellen
FSC® C014496
www.fsc.org

Verlagsgruppe Random House® N001967

Originally published in English under the title *When Love Calls*
by Revell, a division of Baker Publishing Group, Grand Rapids,
Michigan, 49516, U.S.A.

1. Auflage 2016
Bestell-Nr. 817048
ISBN 978-3-95734-048-1

Umschlaggestaltung: Yannick Schneider; Design Source Creative Services
Umschlaggrafik: Dan Thornberg
Satz: Greiner & Reichel, Köln
Druck und Verarbeitung: GGP Media GmbH, Pößneck